# ROOFBOUW

Karakter Uitgevers B.V.

*Oorspronkelijke titel:*
The Dark Fields

*Vertaling:*
Martin Jansen in de Wal


*Omslag:* Select Interface

ISBN 90 6112 191 4
NUGI 331

# Deel een

# 1

Het is al laat.
Ik ben me niet echt bewust van de tijd maar ik weet dat het elf uur is geweest, of misschien al tegen middernacht is. Maar ik wil niet op mijn horloge kijken, want dat herinnert me eraan hoe weinig tijd ik nog heb.
Het is in elk geval laat.
En het is stil. Afgezien van het gezoem van de ijsmachine op de gang en heel af en toe een auto die op de snelweg voorbijrijdt hoor ik helemaal niets; geen ander verkeer, geen sirenes, geen muziek of pratende mensen en geen dieren die elkaar vreemde, nachtelijke kreten toeschreeuwen. Niets. Geen enkel geluid. Dat bevalt me niet en ik word er een beetje bang van. Misschien had ik hier niet naartoe moeten komen. Misschien had ik gewoon in de stad moeten blijven, de gebruikelijke knipperende lichten laten inbranden in mijn bovennatuurlijk scherpe geest en me laten afmatten door de drukte en het lawaai, om een eind te maken aan alle energie die door mijn lichaam wordt gepompt. Maar als ik niet naar Vermont was gekomen, naar dit motel – de Northview Motor Lodge – waar had ik dan naartoe gemoeten? Ik wilde mijn vrienden niet opzadelen met mijn problemen, dus zat er niets anders voor me op dan in de auto te stappen en een paar honderd kilometer naar het noorden te rijden, naar dit stille, verlaten deel van het land...
En in deze doodstille motelkamer schreeuwen drie verschillende patronen – van de vloerbedekking, het behang en de dekens; allemaal even lelijk en druk – om mijn aandacht, om nog maar te zwijgen van de goedkope reproducties aan de muren, het sneeuwlandschap boven het bed en de zonnebloemen van Van Gogh naast de deur.
Ik zit in een rieten fauteuil in een motelkamer in Vermont, waar niets me bekend voorkomt. Op mijn bovenbenen staat een laptop en naast me op de grond een fles Jack Daniels. Ik zit tegen-

over de tv, die in de hoek van de kamer met bouten in de muur is verankerd en aanstaat, op CNN, maar zonder geluid. Het scherm toont een panel van commentatoren – nationale veiligheidsadviseurs, correspondenten in Washington, buitenlandkenners – en hoewel ik hen niet kan horen, weet ik waarover ze het hebben. Ze hebben het over de huidige situatie, de crisis, ze hebben het over Mexico.
Uiteindelijk geef ik toe en kijk op mijn horloge.
Ik kan niet geloven dat ik hier al bijna twaalf uur ben. Straks is het vijftien uur en dan twintig uur, en dan een hele dag. Wat vanochtend in Manhattan is gebeurd, is aan het vervagen, glijdt weg via de talloze hoofdstraten van de plattelandsstadjes waar ik doorheen ben gereden en de kilometers snelweg die ik heb afgelegd. Het wordt teruggeslingerd in de tijd met een kracht en snelheid die me als abnormaal voorkomen. Maar het begint ook te bezwijken onder de enorme druk, barsten te vertonen en af te brokkelen in afzonderlijke stukken herinnering terwijl het tegelijkertijd aanwezig blijft als een hard, onbreekbaar geheel dat echter aanvoelt dan alles wat ik hier om me heen zie.
Ik kijk weer op mijn horloge.
De gedachte aan wat er is gebeurd laat mijn hart sneller kloppen, hoorbaar bijna, alsof het in paniek raakt en in een laatste wanhoopspoging uit mijn borstkas wil springen. Maar gelukkig bonkt mijn hoofd nog niet. Dat komt nog wel, weet ik, en dan zullen de ijskoude speldenprikjes achter mijn ogen zich uitbreiden tot een kloppende, allesvernietigende hoofdpijn. Maar die is gelukkig nog niet begonnen.
Desondanks is het duidelijk dat de tijd begint te dringen.

Hoe zal ik beginnen?
Ik neem aan dat ik de laptop heb meegenomen om het allemaal op de harde schijf te krijgen, om een duidelijk en openhartig verslag te geven van wat er is gebeurd. Maar nu ik hier zit, aarzel ik en draai ik om de feiten heen alsof ik nog maanden de tijd heb alsmede een reputatie die gered moet worden. Het punt is dát ik geen maanden de tijd heb – waarschijnlijk nog maar een paar uur – en er geen reputatie meer ís om te beschermen, hoewel ik nog steeds het gevoel heb dat ik voor de stijlvolle opening moet gaan, grotesk en vol grandeur, zoals een negentiende-eeuwse schrijver – met baard – zijn negenhonderd pagina's tellende memoires zou beginnen.

De brede penseelstreek.
Wat, heb ik het gevoel, zou passen bij de aard van de gebeurtenissen.
De nuchtere werkelijkheid is echter dat er geen sprake was van stijl en grandeur en brede penseelstreken toen ik op een middag, een paar maanden geleden, op straat Vernon Gant tegen het lijf liep.
Dat is, denk ik, waar ik echt moet beginnen.

# 2

Vernon Gant.

Van alle relaties en verschuivingen die in moderne families kunnen voorkomen, van alle mogelijke verwanten en contacten met wie je kunt worden opgezadeld – mensen die voor eeuwig aan je gebonden blijven door middel van officiële papieren en foto's, en die blijven voortleven in de duistere hoekjes van de geest – zeker als het om absurde en onechte relaties gaat, is er één figuur die boven alle anderen uitsteekt en hen moeiteloos overschaduwt: de ex-zwager.

Hij wordt zelden bezongen in liederen en gedichten en meestal is de relatie met een ex-zwager er niet een die je nieuw leven wilt inblazen. Sterker nog, als jij en je ex-echtgenote geen kinderen hebben, is er zelfs geen reden om hem ooit nog te zien. Tenzij je hem natuurlijk op straat tegenkomt en je bent niet in staat, of niet snel genoeg, om de andere kant op te kijken.

Het was een dinsdagmiddag in februari, een uur of vier, het was zonnig en niet al te koud. Ik liep in 12th Street, in een stevig tempo, rookte een sigaret en was op weg naar Fifth Avenue. Ik was in een slecht humeur en had inktzwarte gedachten over een breed scala aan onderwerpen. Mijn boek voor Kerr & Dexter – *Turning On: From Haight-Ashbury to Silicon Valley* – had daar een belangrijk aandeel in en werkte door in alles wat ik deed, elke maaltijd die ik at, elke douche die ik nam, elke sportwedstrijd die ik op tv bekeek en elke wandeling die ik 's avonds maakte naar het winkeltje op de hoek om melk, wc-papier, chocola of sigaretten te kopen. Waar ik die middag bang voor was, was de vraag of het boek wel iets zou worden. Je moet bij dit soort dingen de subtiele balans zien te vinden tussen het vertellen van het verhaal en... het vertellen van het verhaal – als u begrijpt wat ik bedoel – en ik was bang dat er misschien geen verhaal wás, en dat het hele boek was gebaseerd op een grote hoop onzin. Daar kwam bij dat ik genoeg had van mijn appartement op de hoek van Avenue A en 10th Street en iets wilde wat groter was, maar alleen al het idee deed me het angstzweet uitbreken, want dan moest ik al mijn boeken van de planken halen en mijn bureau leegruimen, om alles in identieke verhuisdozen te stoppen en vervolgens te vergeten wat ik in welke doos had gedaan. Ik dacht ook aan mijn ex-vriendin, Maria, en haar tienjarige dochtertje Romy, en aan hoe ik voor haar duidelijk de verkeerde partner was geweest. Met de moeder had ik nooit genoeg gepraat en ik was ook niet in staat geweest mijn taal aan te passen om met het kind te praten. Nog meer sombere gedachten gingen door mijn hoofd: ik rookte te veel en had pijn in mijn borst. Ik was blijkbaar de gastheer van allerlei onduidelijke kwaaltjes die af en toe de kop opstaken: rare pijntjes, bulten en uitslag, symptomen, of een netwerk van symptomen die tekenend waren voor mijn algehele lichamelijke gesteldheid. Maar stel dat ze erger zouden worden en op een dag de handen ineen zouden slaan om mij de dood in te jagen?

Tot slot had ik een hekel aan hoe ik eruitzag en wist ik dat ik nodig eens naar de kapper moest.

Ik tikte de as van mijn sigaret op de stoep en keek op. Ik was een meter of twintig van de hoek van 12th en Fifth Street. Opeens kwam van Fifth Street een man de hoek om die net zo snel liep als ik. Vanuit de lucht zouden we eruitzien als twee moleculen die op een onvermijdelijk botsing afgingen. Op tien meter afstand herkende ik hem en hij mij. Op vijf meter trapten we allebei op de rem en brak het moment aan voor de gebaren en blikken van herkenning.

'Eddie Spinola.'

'Vernon Gant.'

'Hoe gaat het?'

'God, hoelang is het geleden?'

We schudden elkaar de hand en sloegen elkaar op de schouder.

'Jezus, Eddie, je bent er niet magerder op geworden, is het wel?'

Hij refereerde aan het aanzienlijke aantal kilo's dat ik zwaarder was geworden sinds we elkaar zo'n negen of tien jaar geleden voor het laatst hadden gezien.

Hijzelf was lang en slank zoals hij dat altijd was geweest. Ik keek naar zijn kalende hoofd en knikte. 'Nou, wat haar betreft heb ik meer geluk gehad dan jij, zo te zien.'

Hij danste even om me heen in een Jake LaMotta-stijl en deed alsof hij me een linkse hoek wilde geven.

'Nog altijd meneer Bijdehand, hè? En, wat doe je tegenwoordig, Eddie?'
Hij had een duur, losvallend linnen pak en donkere leren schoenen aan. Hij droeg een zonnebril met een gouden montuur en zijn huid was gebruind. Hij rook naar geld en zag er ook zo uit.
Wat deed ik tegenwoordig?
Opeens had ik geen zin meer in dit gesprek.
'Ik werk voor Kerr & Dexter, je weet wel, de uitgeverij.'
Hij snoof, knikte en wachtte op meer.
'Ik werk voor ze als copywriter, nu zo'n jaar of drie, vier, nonfictie en handleidingen, dat soort dingen, maar ze zijn bezig met een serie geïllustreerde boeken over de twintigste eeuw – je weet wel, in de hoop wat te verdienen aan de eerste golf van nostalgie in die richting – en ik ben uitgekozen om het boek over vormgeving van de jaren zestig tot negentig te doen...'
'Interessant.'
'Van Haight-Ashbury tot Silicon Valley...'
'Heel interessant.'
'Van LSD tot personal computer,' hield ik vol.
'Te gek.'
'Nou, niet echt. Ze betalen niet geweldig en omdat de boeken niet al te dik worden – maar honderd, honderdtwintig bladzijden – heb ik niet veel speelruimte, wat het natuurlijk ook weer tot een uitdaging maakt, want...'
Ik viel stil.
Hij fronste zijn wenkbrauwen. 'Ja?'
'Want...' Het leek wel of ik mezelf stond te rechtvaardigen, wat onverwachte steken van schaamte en afkeer tot gevolg had. Ik verplaatste mijn gewicht van de ene voet op de andere. '... want, nou ja, in principe schrijf je alleen onderschriften bij de foto's en illustraties, dus als je een soort visie wilt overbrengen, moet je echt boven op het materiaal gaan zitten.'
'Dat is geweldig, man.' Hij glimlachte. 'Dat is wat je altijd gewild hebt, hè?'
Daar moest ik even over nadenken. Dat was het, in zekere zin, nam ik aan. Maar niet zoals hij het zag. Jezus, dacht ik, Vernon Gant.
'Dat moet kicken zijn,' zei hij.
Vernon was cokedealer toen ik hem aan het eind van de jaren tachtig ontmoette. Hij zag er toen heel anders uit, had een grote

bos haar, droeg leren jasjes en was gek van tao en meubels. Het begon allemaal weer terug te komen.
'Eigenlijk zit het me helemaal niet lekker,' zei ik, hoewel ik geen idee had waarom.
'O, nee?' zei hij terwijl hij een stapje achteruit deed. Hij zette zijn zonnebril recht alsof mijn woorden hem verbaasden, hoewel hij er zo te zien klaar voor was om me van advies te dienen zodra hij begreep wat mijn probleem was.
'Er zijn zoveel lijnen, weet je, en contradicties, en het is gewoon lastig om te bepalen waar ik moet beginnen.' Mijn blik bleef rusten op een metallic blauwe Mercedes aan de overkant van de straat. 'Ik bedoel, je hebt de jaren zestig, weinig technologisch, terug naar de natuur, windcarillons, bruine rijst en patchoeli; dat soort gelul. Daarna kreeg je het visuele spektakel in de rockmuziek, lichtshows, plus het feit dat werd bekendgemaakt dat LSD werkelijk in laboratoria werd geproduceerd.' Ik bleef naar de auto kijken. 'En – let op – het prototype van internet, Arpanet, dat in 1969 op de UCLA werd ontwikkeld. 1969!'
Ik viel opnieuw stil. De enige reden dat ik hem dit vertelde, nam ik aan, was omdat ik er al de hele dag mee bezig was. Ik dacht gewoon hardop en dacht: waarom ben ik deze weg ingeslagen?
Vernon klakte met zijn tong en keek op zijn horloge. 'Wat ben je op dit moment aan het doen, Eddie?'
'Niks. Ik loop op straat en rook een sigaret. Het werk lukt niet erg.' Ik nam weer een trek van mijn sigaret. 'Hoezo?'
'Ik denk dat ik je kan helpen.'
Hij keek weer op zijn horloge en leek in gedachten een soort rekensom te maken.
Ik staarde hem ongelovig aan en stond op het punt geïrriteerd te raken.
'Kom op,' zei hij. 'Ik zal je uitleggen wat ik bedoel. Laten we iets gaan drinken.' Hij klapte in zijn handen. '*Vamos*.'
Ik geloofde niet dat het een goed idee was om mee te gaan met Vernon Gant. Want afgezien van al het andere wat ik tegen hem had, was de vraag: hoe kon hij me in godsnaam helpen met het probleem dat ik hem had geschetst? Het idee was ronduit absurd.
Maar ik aarzelde.
Het tweede deel van zijn voorstel, om iets te gaan drinken, klonk me wel aangenaam in de oren. Ik moet toegeven dat er ook een Pavloviaans element in mijn aarzeling zat, want het idee om

Vernon tegen het lijf te lopen en spontaan met hem een bar binnen te stappen, had diep binnen in mij een rilling van opwinding veroorzaakt. Toen ik hem ook nog '*vamos*' hoorde zeggen, klonk dat als de toegangscode of het wachtwoord voor de fase van mijn leven die bijna tien jaar geleden was afgesloten.

Ik wreef over mijn neus en zei: 'Oké.'

'Mooi.' Hij zweeg even en zei toen, alsof hij de naam in zijn mond wilde proeven: 'Eddie Spinola.'

We gingen naar een bar op Sixth Avenue, een ranzige cocktailbar in retrostijl die Maxie's heette, waar daarvoor een Tex-Mex-zaak had gezeten die El Charro heette, die op de plaats was gekomen van Conroy's, een café met zaagsel op de vloer en waar op de grond werd gespuugd. Het duurde even voordat we aan het licht en de inrichting waren gewend en, vreemd genoeg, totdat Vernon een box had gevonden die hem beviel. De zaak was praktisch leeg – het zou nog enige tijd duren voordat het drukker zou worden, zeker tot vijf uur – maar Vernon gedroeg zich alsof het stampvol was en hij op zaterdagavond de laatste twee stoelen in de laatste bar van de stad probeerde te bemachtigen. Het was op dat moment, toen ik hem alle overige boxen en de ligging van de wc's en de uitgang zag bekijken, dat ik begon te vermoeden dat er iets aan de hand was. Hij was nerveus en lichtgeraakt en dat was voor hem niet gebruikelijk, in elk geval niet voor de Vernon die ik me herinnerde, de cokedealer wiens grootste verworvenheid was dat hij in alle situaties kalm wist te blijven. Andere dealers die ik had ontmoet gedroegen zich meestal als een wandelende reclamezuil voor het product dat ze verkochten, kenden geen moment rust en praatten de oren van je hoofd. Vernon daarentegen was altijd rustig en zakelijk geweest, aftastend, een goed luisteraar, soms zelfs wel eens té passief, als een toegewijd weedroker die per ongeluk in een zwerm cokevrienden terecht was gekomen. Als ik niet beter had geweten, zou ik zelfs gedacht hebben dat Vernon – of de persoon die tegenover me zat – die middag zijn eerste paar lijntjes coke had gesnoven en daar niet erg goed op reageerde.

We namen ten slotte plaats in de box en de serveerster kwam naar ons toe.

Vernon trommelde met zijn vingers op tafel en zei: 'Ik neem... eh, even denken... een wodka Collins.'

'En u, meneer?'

'Een whisky sour, alsjeblieft.'
De serveerster liep weg en Vernon haalde een pakje ultralichte mentholsigaretten en een halfvol mapje lucifers uit zijn zak. Toen hij een sigaret had opgestoken, vroeg ik: 'En? Hoe gaat het met Melissa?'
Melissa was Vernons zus, met wie ik in 1988 nog geen vijf maanden getrouwd was geweest.
'Goed. Met Melissa gaat het goed,' zei hij terwijl hij weer een trek van zijn sigaret nam. Hij scheen daarvoor alle spierkracht in zijn longen, schouders en bovenrug nodig te hebben. 'Maar ik zie haar niet vaak meer. Ze woont op het platteland, in Mahopac, en heeft een paar kinderen.'
'Wat is haar man voor iemand?'
'Haar man? Ben je soms jaloers?' Vernon begon te lachen en keek om zich heen of hij iemand deelgenoot van zijn grap kon maken. Ik zei niets. Het gelach hield uiteindelijk op en hij tikte de as van zijn sigaret op de rand van de asbak. 'Haar man is een eikel. Hij is er een jaar of twee geleden vandoor gegaan, heeft haar in de stront laten zitten.'
Dat vond ik echt jammer om te horen, maar tegelijkertijd kostte het me moeite om me een behoorlijk beeld te vormen van Melissa die met twee kinderen in Mahopac woonde. Het gevolg daarvan was dat het nieuws niet echt tot me doordrong, niet genoeg in elk geval. Wat ik nu wel voor me zag, heel duidelijk en levensecht zelfs, was de rijzige Melissa in een jurk van roomkleurige, gekreukte zijde op onze trouwdag, nippend aan een martini in Vernons appartement in de Upper West Side, met vergrote pupillen en glimlachend naar mij vanaf de andere kant van de kamer. Ik zag haar smetteloze huid voor me, en het glanzende, steile zwarte haar dat tot halverwege haar rug hing. Ik zag ook haar brede, sierlijke mond die geen enkel woord onbeantwoord liet...
De serveerster kwam aanlopen met onze drankjes.
Melissa was slimmer geweest dan iedereen in haar naaste omgeving, slimmer dan ik, en zeker slimmer dan haar oudere broer. Ze had gewerkt als productiecoördinator van een omroepgids van een kleine kabelzender, maar ik had altijd gedacht dat ze in staat was tot grotere, betere dingen: redactrice van een krant, regisseur van een film, of kandidaat voor de Senaat.
Toen de serveerster was verdwenen hief ik mijn glas en zei: 'Dat spijt me.'
'Ja, het is een schande.'

Maar hij zei het alsof hij het had over een lichte aardbeving in de een of andere Aziatische republiek met een onuitspreekbare naam, alsof hij het in het nieuws had gehoord en het gesprek op gang probeerde te houden.
'Werkt ze nog?' wilde ik weten.
'Ja, ze doet wel iets, geloof ik. Ik weet niet precies wat. Zo vaak spreek ik haar niet meer.'
Dat verbaasde me. Tijdens onze wandeling naar de bar, Vernons zoektocht naar de juiste box en het wachten op de drankjes had ik het fotoalbum van Melissa en mij voorbij zien flitsen, en zelfs een paar live-beelden, zoals die van onze trouwdag, in Vernons appartement. Psychedelische, onwerkelijke beelden: Eddie en Melissa tussen de pilaren voor het stadhuis, Melissa die haar lijntjes coke snoof van het spiegeltje op haar knieën terwijl ze door de grillige, witte tralies naar haar eigen mooie gezicht keek, Eddie in de badkamer, in diverse badkamers en in verschillende stadia van onwelzijn, Melissa en Eddie die ruzie maakten over geld en wie het twintigje mocht gebruiken om op te rollen. Niet alleen de trouwpartij was overheerst geweest door coke, maar ons hele huwelijk, hoewel Melissa het ooit ontkennend 'dat cokegedoe' had genoemd, dus ongeacht de echte gevoelens die ik voor haar had gekoesterd, en zij voor mij, was het niet echt verbazingwekkend dat het maar vijf maanden had geduurd, of wel verbazingwekkend dat het nog zo lang had geduurd; dat weet ik niet precies.
Maar goed, waar het nu om ging was de vraag: wat was er met Vernon en Melissa gebeurd? Ze waren altijd zo close geweest, hadden altijd zo'n grote rol in elkaars leven gespeeld. Ze hadden op elkaar gepast in de grote, boze stad, hadden elkaar altijd gesteund, getroost en geadviseerd, of het nu om relaties, banen, appartementen of inrichting ging. Het was zo'n broer-zusrelatie geweest waarin, als Vernon me niet had gemogen, Melissa me zonder pardon zou hebben gedumpt hoewel ik zelf, als ik als het vriendje in deze kwestie iets te zeggen zou hebben gehad, liever de oudere broer zou hebben gedumpt. Maar dat had gewoon niet tot de mogelijkheden gehoord.
Hoe dan ook, het was nu tien jaar later. Dit was nu en de zaken waren blijkbaar veranderd.
Ik zag weer hoe Vernon zich inspande om een lange trek van zijn sigaret te nemen. Ik probeerde iets te bedenken wat ik over superlichte, nicotinearme mentholsigaretten kon zeggen, maar ik

kon Melissa niet uit mijn hoofd krijgen. Ik wilde Vernon allerlei vragen over haar stellen, wilde een gedetailleerd verslag van haar huidige situatie, hoewel ik niet zeker wist of ik wel recht had op die informatie. Ik wist ook niet zeker tot welke hoogte Melissa's huidige situatie mijn zaak nog was.
'Waarom rook je die dingen?' vroeg ik ten slotte, terwijl ik mijn pakje Camel zonder filter tevoorschijn haalde. 'Is het niet een hele hoop moeite voor heel weinig lol?'
'Zeker, maar het is ongeveer de enige duurtraining die ik tegenwoordig nog doe. Als ik die dingen rookte,' zei hij, knikkend naar mijn Camels, 'lag ik nu aan de beademing. Maar je moet wat als je niet wilt stoppen.'
Ik besloot dat ik later zou proberen het gesprek weer op Melissa te brengen.
'En? Wat doe je tegenwoordig, Vernon?'
'Van alles, je weet wel.'
Dat kon maar één ding betekenen: hij dealde nog steeds. Een normaal mens zou gezegd hebben: ik werk tegenwoordig voor Microsoft, of ik ben kok in Moe's Diner. Maar nee, Vernon deed van alles. Op dat moment besefte ik dat Vernons aanbod om me te helpen waarschijnlijk zou bestaan uit een dosis coke tegen een zacht prijsje.
Shit, ik had het kunnen weten.
Aan de andere kant, was het echt zo verrassend? Waren het niet de herinneringen aan vroeger geweest die me ertoe hadden gebracht om met hem mee te gaan?
Ik wilde net een sarcastische opmerking maken over zijn aversie tegen fatsoenlijk werk, toen hij zei: 'Ik zit tegenwoordig in consultancy.'
'Wat?'
'Voor een farmaceutisch bedrijf.'
Mijn wenkbrauwen gingen omhoog, ik herhaalde zijn woorden en zette er een vraagteken achter.
'Ja, er wordt een nieuwe, exclusieve productlijn ontwikkeld die aan het eind van het jaar op de markt komt, en we zijn bezig met het genereren van de cliëntenafzet.'
'Wat krijgen we nou, Vernon? Praten ze tegenwoordig zo op straat? Ik ben er al een tijdje uit, ik weet het, maar...'
'Nee, nee, echt waar. Eigenlijk...' Hij keek om zich heen en ging zachter praten. '... was dat waarover ik met je wilde praten. Over een... creatief probleem waar we mee zitten.'

‘Ik...’
‘De mensen voor wie ik werk hebben een verbazingwekkend nieuw middel ontdekt.’ Hij stak zijn hand in zijn binnenzak en haalde zijn portefeuille eruit. ‘Het is in pilvorm.’ Uit zijn portefeuille haalde hij een piepklein, luchtdicht afgesloten plastic zakje. Hij trok het open, hield zijn linkerhand op en keerde het zakje om. Toen hield hij me zijn hand voor. In het midden van zijn handpalm lag een wit pilletje zonder merktekens.
‘Hier,’ zei Vernon. ‘Pak aan.’
‘Wat is het?’ vroeg ik.
‘Pak nu maar aan.’
Ik stak mijn rechterhand uit en hij liet het pilletje erin vallen.
‘Wat is het?’ vroeg ik weer.
‘Het heeft nog geen naam. Ik bedoel, het heeft een laboratoriumnaam, maar dat zijn alleen een paar cijfers en letters. Ze hebben er nog geen behoorlijke naam voor kunnen bedenken. Maar alle klinische proeven zijn al gedaan en het is goedgekeurd door de FDA, de Food and Drugs Administration.’
Hij keek me aan alsof dat het antwoord op mijn vraag was.
‘Oké,’ zei ik. ‘Het heeft nog geen naam, het heeft de proeven doorstaan en het is goedgekeurd door de FDA. Maar wat ís het?’
Vernon nam een slokje uit zijn glas en een trek van zijn sigaret. Toen zei hij: ‘Je kent het klotegevoel dat drugs je geven, hè? Ik bedoel, je vermaakt je kostelijk maar naderhand voel je je klote. En uiteindelijk, vroeg of laat, wordt je hele leven klote, waar of niet?’
Ik knikte.
‘Nou, daarmee niet.’ Hij wees naar het pilletje in mijn hand. ‘Dat schatje doet exact het tegenovergestelde.’
Ik liet het pilletje voorzichtig uit mijn hand op het tafelblad glijden en nam een slok van mijn drankje.
‘Vernon, alsjeblieft,’ zei ik. ‘Ik ben geen schooljongen die hier zijn eerste drugs komt scoren. Ik bedoel, ik ben niet eens...’
‘Geloof me, Eddie, zoiets als dit heb je nog nooit meegemaakt. Ik meen het. Neem het mee en merk het zelf.’
Ik had al jaren geen drugs meer gebruikt, en wel precies om de redenen die Vernon me in zijn verkooppraatje gaf. Zo nu en dan voelde ik de behoefte, verlangde ik naar die specifieke smaak achter in mijn mond en de gezegende uren waarin je kon praten met de snelheid van een machinegeweer terwijl je een blik werd gegund op de goddelijke vorm en inhoud van het gesprek van

dat moment, maar dat was nu allemaal geen probleem meer voor me. Het was meer als terugverlangen naar een eerdere fase in je leven, naar een voorbije liefde, en alleen al het terugdenken eraan kon een lichte, narcotische roes teweegbrengen. Maar om nu echt weer opnieuw te beginnen en iets nieuws te proberen, nou... Ik keek naar het pilletje dat voor me op tafel lag en zei: 'Ik ben te oud voor dit soort dingen, Vernon.'
'Waar jij je zorgen over maakt zijn de bijverschijnselen, en die zijn er niet. Ze hebben in de hersenen receptoren gelokaliseerd die bepaalde circuits activeren en...'
'Hoor eens.' Ik begon er al een beetje moe van te worden. 'Ik geloof echt niet dat...'
Op dat moment begon er een telefoon te piepen, een mobiele telefoon. Aangezien ik er zelf geen heb, moest het die van Vernon zijn. Hij stak zijn hand in de zak van zijn jasje en haalde de telefoon eruit. Terwijl hij het toestel openvouwde en de juiste knop zocht, knikte hij naar het pilletje en zei: 'Ik zal je dit zeggen, Eddie, als jij problemen hebt met dat boek van je, ligt daar de oplossing.'
Ik keek hem ongelovig aan terwijl hij de telefoon naar zijn oor bracht en zei: 'Gant.'
Hij was echt veranderd, en op een merkwaardige manier. Hij was duidelijk nog steeds dezelfde Vernon, maar hij leek zich ontwikkeld te hebben, of te zijn uitgegroeid tot een andere persoonlijkheid.
'Wanneer?'
Hij pakte zijn glas en liet de inhoud erin ronddraaien.
'Dat weet ik, maar wanneer?'
Hij keek achterom en keek meteen daarna op zijn horloge.
'Zeg maar dat we dat niet kunnen doen. Hij weet dat daar geen sprake van kan zijn. Dat kunnen we absoluut niet doen.'
Hij wuifde geërgerd met zijn hand door de lucht.
Ik nam een slok van mijn drankje en wilde een nieuwe Camel opsteken. Daar zit je dan, dacht ik bij mezelf, je middag te verprutsen met je ex-zwager. Toen ik een uur daarvoor mijn huis verliet om een straatje om te gaan, had ik absoluut niet voorzien dat ik in een bar terecht zou komen, en zeker niet met mijn exzwager, die verdomde Vernon Gant.
Hoofdschuddend nam ik nog een slok van mijn drankje.
'Nee, dat ga jij hem vertellen, en nu meteen.' Hij begon boos te worden. 'Hoor eens, ik ben over tien, vijftien minuten terug.'

Hij streek met zijn andere hand zijn jasje glad en zei: 'Uitgesloten, dat zei ik toch? Wacht maar, ik kom er zo aan.'
Hij zette zijn telefoon uit en stak hem in de zijzak van zijn jasje. 'Stomme hufters,' zei hij en hij keek me hoofdschuddend aan alsof ik het wel zou begrijpen.
'Problemen?' vroeg ik.
'Ja, dat kun je wel zeggen.' Hij haalde zijn portefeuille tevoorschijn. 'En ik zal je helaas alleen moet laten, Eddie. Sorry.'
Hij haalde een visitekaartje uit zijn portefeuille en legde het op tafel, vlak naast het pilletje.
'Trouwens,' zei Vernon, knikkend naar het pilletje, 'dat is van het huis.'
'Ik wil het niet, Vernon.'
Hij knipoogde naar me. 'Doe niet zo ondankbaar. Weet je wat die dingen kosten?'
Ik schudde mijn hoofd.
Hij stapte uit de box en het duurde even voordat hij zijn ruimvallende pak had gladgestreken. Toen keek hij me recht aan. 'Vijfhonderd dollar per stuk.'
'Wat?'
'Ja, echt.'
Ik keek naar het pilletje. Dat ding kostte vijfhonderd dollar?
'Ik reken de drankjes wel af,' zei hij en hij liep naar de bar. Ik zag hem de serveerster betalen, zich omdraaien en naar onze box wijzen. Dat betekende waarschijnlijk nog een drankje, met de complimenten van de grote man in het dure pak.
Op weg naar buiten wierp Vernon me een zijdelingse blik toe die zei: rustig aan, vriend, waarna hij even inhield en er met een gebaar aan toevoegde: bel me, oké?
Ja, best...

Ik bleef nog even zitten terwijl ik nadacht over het feit dat ik niet alleen geen drugs meer gebruikte, maar dat ik 's middags ook niet meer dronk. En dat zat ik hier dus wel te doen, wat het moment was waarop de serveerster een tweede whisky sour kwam brengen.
Ik dronk mijn eerste glas leeg, nipte van het nieuwe en stak nog een sigaret op.
Mijn probleem, nam ik aan, was dit: als ik 's middags had willen drinken, waren er minstens tien bars waarin ik dat liever had gedaan, gewoon op een kruk aan de bar, een praatje makend met

de man die naast me zat. Vernon en ik hadden deze tent gekozen omdat het hem blijkbaar zo uitkwam, want toen ik om me heen keek, zag ik niets wat me ook maar enigszins aantrok. Daar kwam nog bij dat er meer mensen kwamen binnendruppelen, waarschijnlijk van de kantoren uit de buurt, en dat ze nu al druk en luidruchtig waren. Een groep van vijf nam plaats in de box naast de mijne en ik hoorde iemand Long Island Iced Tea bestellen. Begrijp me niet verkeerd; Long Island Iced Tea was vast een uitstekend drankje om de werkstress wat te doen afnemen, maar het was ook een dodelijk drankje en ik voelde er weinig voor om te wachten totdat de combinatie van gin, wodka, rum en tequila haar effect op de gebruikers begon te krijgen. Maxie's was gewoon mijn bar niet, dat was duidelijk, dus ik besloot mijn glas zo snel mogelijk leeg te drinken en te maken dat ik wegkwam.

Trouwens, ik moest aan het werk. Ik had een paar duizend beelden die ik moest bekijken, sorteren, selecteren en voorzien van een onderschrift. Dus wat had ik te zoeken in een cocktaillounge op Sixth Avenue? Niets. Ik hoorde thuis te zijn, achter mijn bureau, om me centimeter voor centimeter door het hippietijdperk en de verworvenheden van de microchip te werken. Ik moest de bijlagen van *The Saturday Evening Post* doorbladeren, en de nummers van *Rolling Stone* en *Wired* en al het gekopieerde materiaal dat in stapels op de grond lag en elke beschikbare plek innam. Ik moest achter mijn computer zitten, in het blauwe licht van de monitor, om gestaag en in stilte aan mijn boek te werken. Maar dat deed ik niet, en ondanks mijn goede voornemens maakte ik evenmin aanstalten om op te staan en weg te gaan. In plaats daarvan gaf ik me over aan de warme gloed die de whisky in me teweegbracht en liet mijn gedachten weer afdwalen naar mijn ex-vrouw, Melissa. Ze was in het noorden gaan wonen, had nu twee kinderen en ze deed... iets. Vernon had het niet geweten. Waar sloeg dat op? Hoe kwam het dat hij dat niet wist? Ik bedoel, dat ík geen artikelen schreef voor *The New Yorker* of *Vanity Fair*, of geen internetgoeroe of stinkend rijke kapitalist was lag voor de hand, maar dat gold absoluut niet voor Melissa.

Sterker nog, hoe meer ik erover nadacht, hoe vreemder het me voorkwam. In mijn geval was het niet zo moeilijk om de lijnen naar vroeger te volgen. Ondanks alle bochten, heuvels en dalen was het vrij simpel om het verband te leggen tussen de redelijk stabiele Eddie Spinola die hier in een bar zat, met zijn contract voor een boek voor Kerr & Dexter en zijn ziektekostenverzekering, en de oude – laten we zeggen – wat wildere Eddie die tijdens een presentatie over het bureau van zijn baas kotste of de la met ondergoed van zijn vriendin overhoop haalde op zoek naar haar drugsvoorraad. Maar de huiselijke, bezadigde Melissa die Vernon me had geschetst, leek geen verband te hebben met de Melissa van vroeger, of dat verband was – weet ik veel – op de een of andere manier verstoord.

Toen was Melissa een soort natuurkracht geweest. Ze had een volledig uitgewerkte mening over alles, van de oorzaak van de Tweede Wereldoorlog tot en met de architectonische kwaliteiten, of het gebrek daaraan, van het nieuwe Lipstick Building in 53rd Street. Ze stond pal voor die meningen, praatte op je in, bijna dreigend alsof ze met een bijl om zich heen zwaaide, en had het altijd over het teruggaan naar de oorspronkelijke waarden. Je moest oppassen met Melissa, want ze gaf in zulk soort gevallen geen haarbreed toe.

Op de avond van Zwarte Maandag, op 19 oktober 1987, toen de aandelenbeurs was gecrasht, zat ik met haar in Nostromo's, een bar op Second Avenue, en raakten we in gesprek met vier verslagen beurshandelaars die aan de tafel naast ons wodka zaten te hijsen. Het is mogelijk dat Deke Tauber tot het gezelschap behoorde; hij staat op de een of andere manier in mijn geheugen gegrift zoals hij daar aan die tafel zat met zijn hand om zijn glas Stoli geklemd. In elk geval, de vier waren bleek en verslagen en leken in een soort shocktoestand te verkeren. Ze bleven elkaar maar vragen hoe het mogelijk was geweest en wat het te betekenen had, almaar ongelovig het hoofd schuddend, totdat Melissa uiteindelijk zei: 'Jezus, jongens, laat je door mij niet tegenhouden als jullie uit het raam willen springen, maar hadden jullie dit niet kunnen zien aankomen?' Ze nipte van haar margarita, stak een Marlboro Light op en nog voor de hoofdredacteuren van de kranten hetzelfde zouden doen trakteerde ze hen op een portie commentaar waarin ze van de amateurs van Wall Street, de miljarden dollars staatsschuld en het chronische infantilisme van dokter Spocks babyboomgeneratie geen spaan heel liet. Ze stortte de vier in een nog veel diepere depressie dan ze al hadden gehad toen ze op kantoor besloten iets te gaan drinken om de laatste eer te bewijzen aan de ingestorte beurs.

Ik zat nu in mijn eigen glas te staren en was benieuwd naar wat er met Melissa was gebeurd. Ik vroeg me af hoe haar stroomversnelling van creatieve energie ingedamd had kunnen worden tot zo'n rustig kabbelend beekje. Begrijp me niet verkeerd, ik wil niet denigrerend doen over de vreugden van het ouderschap, maar Melissa was vroeger echt heel erg ambitieus.

Toen moest ik ineens aan iets anders denken. De manier waarop Melissa naar de dingen keek en informatie tot zich nam, en haar messcherpe intelligentie... dát waren de dingen die ik nodig had om het boek voor Kerr & Dexter in vorm te rammen.

Maar iets nodig hebben en over iets beschikken waren twee heel verschillende zaken, zodat het nu míjn beurt was om in een depressie te raken.

Opeens begonnen de mensen in de box naast me hard te lachen. Dat hield ongeveer een halve minuut aan, waarin de warme whiskygloed in mijn maag nog één keer oplaaide en toen voorgoed doofde. Ik wachtte nog even, maar het had geen zin meer. Ik stond op, zuchtte, stak mijn sigaretten en aansteker in mijn zak en schoof de box uit.

Op dat moment zag ik het witte pilletje op het tafelblad liggen. Ik aarzelde, draaide me om om weg te lopen, keerde me weer terug en aarzelde opnieuw. Ten slotte pakte ik Vernons visitekaartje, stak het in mijn zak, pakte het pilletje, stak het in mijn mond en slikte het in.

Ik liep naar de uitgang en toen ik weer op Sixth Avenue stond, dacht ik bij mezelf: nou, je bent in elk geval weinig veranderd.

# 3

Op straat was het aanmerkelijk koeler dan eerder die middag. Het was ook een stuk donkerder, hoewel die bijzondere derde dimensie, de stad bij nacht, rondom me net vorm begon aan te nemen. Het was ook aanmerkelijk drukker op straat; een typische namiddag op Sixth Avenue, met de gebruikelijke stroom auto's, taxi's en bussen uit de West Village. De evacuatie van de kantoorgebouwen was in gang en iedereen liep moe, geïrriteerd en gehaast de trappen van de metrostations op en af.
Wat ook echt voelbaar was, merkte ik toen ik me in 10th Street een weg door de mensen en het verkeer baande, was hoe snel Vernons pil – wat er ook in zat – effect op me had.
Ik merkte het al zodra ik de bar uit kwam. Er had een verandering in mijn waarneming plaatsgevonden, heel minimaal weliswaar, maar toen ik vijf blokken was doorgelopen, was de intensiteit flink toegenomen en werd ik me scherp bewust van iedereen en alles om me heen: minimale veranderingen in het licht, het langzaam rijdende verkeer links van me, de mensen die me tegemoetkwamen en langs me heen liepen. Ik zag hun kleren, hoorde flarden van hun gesprekken en zag alle gezichten in een flits. Ik nam alles in me op, maar niet zoals je dat deed als je onder invloed van drugs was. Het leek allemaal heel natuurlijk, en na een tijdje, misschien twee of drie blokken verderop, kreeg ik het gevoel alsof ik had gerend, gesport, tot het uiterste van mijn lichamelijke kunnen was gegaan. Tegelijkertijd wist ik dat wat ik voelde niet natuurlijk kón zijn, want als ik had gerend, zou ik hijgend tegen een muur hebben gehangen of iemand hebben aangeklampt om te vragen een ambulance voor me te bellen. Rennen? Shit, wanneer had ik voor het laatst gerend? Volgens mij had ik in de afgelopen vijftien jaar helemaal niet gerend; daar was nooit een aanleiding voor geweest. En toch voelde ik me zo, echter zonder het bonzende hoofd, de suizende oren en het jagende hart die daar normaliter mee gepaard gaan. Ik

voelde me gewoon goed en alert, zonder paranoia en niet uitgelaten vrolijk. In elk geval niet zoals ik me gewoonlijk zou voelen na twee whisky's, drie of vier sigaretten en een hamburger met friet in een eethuisje in de buurt, om nog maar te zwijgen van alle andere ongezonde dingen die ik in mijn leven had gedaan, dingen die nu als vettige speelkaarten langs me heen flitsten.
En nu, in een tijdsbestek van acht tot tien minuten was ik opeens gezond?
Daar geloofde ik niets van.
Het is waar dat ik altijd vrij snel heb gereageerd op drugs, ook op medicijnen en zelfs op aspirines of paracetamol. Ik merk onmiddellijk als iets door mijn systeem wordt opgenomen en hoelang het erin blijft zitten. Als op een bijsluiter staat: 'kan duizeligheid veroorzaken', betekent dat voor mij meestal dat ik in een halve coma raak. Op de middelbare school was ik altijd de eerste die reageerde op hallucinerende middelen, de eerste die in de roes raakte en de kleine verschillen in kleur en structuur waarnam. Maar dit was iets heel anders, dit was een razendsnelle chemische reactie die ik nooit eerder had meegemaakt.
Tegen de tijd dat ik de treden van mijn appartementengebouw op liep, vermoedde ik dat het goedje dat ik had geslikt, wat het ook was, nu al op volle kracht werkzaam was.

Ik ging naar binnen, liep de trap naar de tweede etage op en werkte me langs de kinderwagens, fietsen en kartonnen dozen.
Ik kwam niemand tegen op de trap en ik wist ook niet hoe ik gereageerd zou hebben, hoewel ik eigenlijk niet het verlangen voelde om mensen te vermijden.
Ik kwam bij de deur van mijn tweekamerappartement en zocht naar mijn sleutel, ineens gehaast omdat de vraag of ik mensen wilde vermijden of juist niet, of het feit dat ik mezelf die vraag stelde, me een ongemakkelijk en kwetsbaar gevoel gaf. Voor het eerst besefte ik ook dat ik geen idee had in welke richting deze toestand zich zou ontwikkelen, en dat het in alle richtingen kon zijn. Toen dacht ik: o, shit, als er iets raars gebeurt, als er iets misgaat en de zaak op de verkeerde manier uit de hand loopt...
Maar ik riep mezelf tot de orde terwijl ik nog steeds roerloos voor mijn eigen voordeur stond en naar het koperen plaatje met mijn naam erop staarde. Ik probeerde te bepalen hoe ik op dit alles reageerde, een soort tijdelijke inventaris op te maken,

om al snel tot de slotsom te komen dat het niet om het middel maar om mezelf ging; ík was degene die in paniek raakte. En niet zo weinig ook.
Ik haalde diep adem, stak de sleutel in het slot en duwde de voordeur open. Daarna deed ik het licht aan, ik bleef even staan en staarde naar de knusse, vertrouwde, iets te kleine ruimte waar ik al meer dan zes jaar woonde. Maar in de paar seconden dat ik dat deed, moest er iets in mijn waarneming zijn veranderd want opeens kwam de ruimte me helemaal niet bekend voor; ze was bijna nieuw voor me, te klein en zeker geen plek om goed te kunnen werken.
Ik liep naar binnen en deed de deur achter me dicht.
Vervolgens – ik had nauwelijks mijn jasje uitgetrokken en op een stoel gegooid – betrapte ik mezelf erop dat ik een paar boeken van de plank boven de stereoset pakte, waar ze niet thuishoorden, en op een andere plank zette, waar ze wel thuishoorden. Daarna liet ik mijn blik door de kamer gaan, geërgerd en ongeduldig, met het gevoel dat ik door iets werd afgeleid, hoewel ik niet precies wist door wat. Al gauw besefte ik dat ik zocht naar een startpunt, iets om aan te beginnen, en ik vond het ten slotte in mijn verzameling van bijna vierhonderd cd's met klassieke muziek en jazz die her en der door het huis verspreid lagen, sommige uit het doosje en natuurlijk zonder enig systeem.
Ik zette ze op alfabet.
Ik deed dat in één onafgebroken reeks bewegingen. Ik legde ze allemaal op de grond, midden in de kamer, en verdeelde ze in twee stapels die ik vervolgens opdeelde in een aantal subcategorieën zoals swing, bebop, fusion, barok en opera. Daarna zette ik alle categorieën in alfabetische volgorde: Hampton, Hawkins, Herman, en Schubert, Schumann en Smetena. Toen ik dat had gedaan, zag ik dat er nergens een plek was waar ik ze alle vierhonderd bij elkaar kon zetten, dus moest ik iets aan de inrichting veranderen.
Ik schoof mijn bureau naar de andere kant van de kamer en creëerde op die manier een geheel nieuwe bergruimte waar ik de dozen met papieren, die op de planken hadden gestaan, kon opbergen. De vrijgekomen ruimte op de planken gebruikte ik om de cd's neer te zetten. Vervolgens gaf ik een nieuwe plek aan een aantal willekeurig neergezette meubelstukken: de kleine tafel waaraan ik at, een ladekast en een kastje met een tv en een videorecorder. Daarna wierp ik me op de boekenkast, gaf alle

boeken een nieuwe plek en haalde er zo'n honderdvijftig uit, allemaal goedkope uitgaven van misdaad-, horror- en sciencefictionromans die ik nooit meer zou herlezen en die dus weg konden. Ik pakte twee grote zwartplastic vuilniszakken uit de gangkast en stopte de boeken erin. Daarna pakte ik nog een vuilniszak en begon ik aan de papieren op mijn bureau en in de laden. Zonder enig mededogen gooide ik allerlei dingen weg die ik zonder goede reden had bewaard, rommel die mijn ongelukkige nabestaanden, als ik er niet meer was, ook zonder pardon zouden weggooien, want wat moesten ze met oude liefdesbrieven, bonnetjes, energierekeningen, vergeelde doorslagen van artikelen die waren geweigerd, gebruiksaanwijzingen van apparaten die ik allang niet meer had, reisgidsen van vakanties die nooit hadden plaatsgevonden? Jezus, dacht ik terwijl ik alles in de vuilniszak stopte, wat laat een mens toch een hoop rotzooi achter. Niet dat ik van plan was binnenkort de geest te geven, maar ik had wel de onbedwingbare neiging om de rommel in mijn appartement tot een minimum te beperken. En in mijn leven, dacht ik toen ik begon aan de reorganisatie van al mijn werkmateriaal: mappen vol krantenknipsels, boeken met foto's en illustraties, dia's, computerdiskettes... alles met de achterliggende gedachte om het project in beweging te zetten, om het af te maken, en het af te maken om ruimte te creëren om aan iets nieuws te beginnen, misschien een meer ambitieus project.
Toen mijn bureau keurig was opgeruimd, liep ik naar de keuken om een glas water te drinken. Ik had dorst gekregen en had nog niets gedronken sinds ik was binnengekomen. Het kwam op dat moment niet in me op dat ik zelden water dronk. Het kwam zelfs niet in me op dat mijn hele thuiskomst nogal vreemd was geweest, dat ik niet meteen was doorgelopen naar de keuken om een blikje bier open te trekken.
Evenmin bevreemdde het me dat ik op weg naar de keuken bleef staan, mijn blik door de kamer liet gaan en en passant de bank en de fauteuil een nieuwe plek gaf.
Hoe dan ook, toen ik de keukendeur opende en het licht aandeed, zonk mijn hart me in de schoenen. De keuken was lang en smal, met ouderwetse kastjes van formica en chroom, en achterin een grote koelkast. Elk beschikbaar horizontaal oppervlak, inclusief de gootsteen, werd in beslag genomen door vuile borden, aangekoekte pannen, lege melkpakken en dozen van cornflakes, en fijngeknepen bierblikjes. Ik aarzelde twee seconden en

ging aan de slag om alles op te ruimen en schoon te maken. Toen ik de laatste schone pan in de kast had gezet, keek ik op mijn horloge en zag ik hoe laat het was. Ik had het idee dat ik nog niet zo lang thuis was, misschien dertig, veertig minuten, maar ik ontdekte nu dat ik meer dan drieënhalf uur thuis was en constant aan het werk was geweest. Ik keek om me heen en herkende de keuken bijna niet meer. Met een toenemend gevoel van desoriëntatie liep ik terug naar de woonkamer en staarde geschrokken naar de veranderingen die ik daar had aangebracht.
En er was nog iets: in de drieënhalf uur dat ik thuis was, had ik geen enkele sigaret gerookt, wat voor mij ongehoord was.
Ik liep naar de stoel waar mijn jasje lag, haalde het pakje Camel uit de zak en hield het voor me. Het vertrouwde pakje met de afbeelding van de kameel zag er in mijn ogen ineens klein, gekrompen en vreemd uit. Het voelde niet als iets wat ik elke dag bij me had gehad, als een verlengstuk van mijn persoonlijkheid, en toen begon het pas echt vreemd te worden, want dit was de langste periode in mijn leven, waarschijnlijk sinds het eind van de jaren zeventig, dat ik geen sigaret had gerookt, en toch had ik nog steeds geen enkel verlangen om er een op te steken. Ik had sinds de lunch ook niets meer gegeten en was ook niet meer naar de wc geweest. Het was allemaal heel raar.
Ik stak het pakje sigaretten terug in mijn jaszak en bleef naar mijn jasje staren.
Ik was in verwarring want het was duidelijk dat ik onder invloed was van wat Vernon me had gegeven, maar ik had geen idee in wat voor soort roes ik verkeerde. Ik had niets gegeten, gedronken en gerookt en ik had mijn appartement opgeruimd, maar waar sloeg dat op?
Ik draaide me om, liep naar de bank en liet me er heel langzaam op zakken. Het punt was dat ik me normaal voelde, en dat was op zijn minst opmerkelijk te noemen omdat ik van nature een sloddervos was. Ik bedoel, waar hadden we het over, een middel voor mensen die minder vaak naar de wc wilden? Ik probeerde me te herinneren of ik er ooit iets over had gehoord, of gelezen misschien, maar er schoot me niets te binnen en na een paar minuten besloot ik even languit op de bank te gaan liggen. Ik legde mijn voeten op de armleuning aan het uiteinde en duwde mijn hoofd in het kussen in de hoop op deze manier een andere wending aan het gebeuren te geven en even weg te zweven. Maar bijna meteen begon ik iets anders te voelen, onrust, een tinte-

lende spanning en een algeheel gevoel van onbehagen, zodat ik mijn benen weer van de bank zwaaide en opstond.
Ik moest blijkbaar bezig blijven.
Navigeren door de troebele wateren van een onbekend, onvoorspelbaar en vaker wel dan niet voorgeschreven chemische substantie was een ervaring die ik lang niet had gehad, niet sinds de vervlogen, bizarre dagen van halverwege de jaren tachtig, en ik had nu spijt dat ik me er zo achteloos en dom opnieuw aan had overgegeven.
Ik ijsbeerde even door de woonkamer en ging in de draaistoel achter mijn bureau zitten. Er lagen wat papieren van een trainingshandleiding voor een telecommunicatiebedrijf die ik aan het herschrijven was, maar dat was buitengewoon saaie materie waarover ik nu niet wilde nadenken.
Ik draaide een keer rond in de stoel en liet mijn blik door de kamer gaan. Overal waar ik keek zag ik dingen die me herinnerden aan mijn opdracht voor Kerr & Dexter: boeken met illustraties, dozen dia's, stapels tijdschriften en een foto van Aldous Huxley op het prikbord aan de muur.
*Turning on: From Haight-Ashbury to Silicon Valley.*
Hoewel ik nogal sceptisch stond tegenover alles wat Vernon Gant me te zeggen kon hebben, had hij erop aangedrongen dat de pil me zou helpen met mijn creatieve problemen met betrekking tot het boek, dus ik dacht: goed, waarom zou ik mijn aandacht niet op het boek richten, al was het maar voor even?
Ik zette de computer aan.
Mark Sutton, mijn baas bij K&D, had me het voorstel drie maanden geleden gedaan en sindsdien speelde ik ermee, wandelde er in een boog omheen, praatte erover met vrienden en deed of ik al begonnen was, maar nu ik mijn aantekeningen in de computer bekeek, zag ik pas hoe weinig ik in feite had gedaan. Ik had nog meer werk te doen: proeflezen, tekstschrijven, en ik had het druk genoeg, maar aan de andere kant was dit de soort opdracht waarom ik had gezeurd sinds ik in 1994 voor K&D was gaan werken, iets van belang, en met mijn naam erin. Nu zag ik echter dat er een goede kans was dat ik de hele zaak zou verprutsen. Om de opdracht tot een goed einde te brengen, moest ik een voorwoord van tienduizend woorden schrijven, en nog eens tien- tot vijftienduizend woorden aan onderschriften, maar nu ik naar mijn aantekeningen keek, was het duidelijk dat ik nauwelijks wist wat ik in feite wilde zeggen.

Ik had wel al een berg materiaal verzameld: biografieën van Raymond Loewy, Timothy Leary en Steve Jobs, politieke en economische studies, naslagwerken over vormgeving, van stoffen tot reclames, platenhoezen, posters en gebruiksvoorwerpen, maar hoeveel ervan had ik echt gelezen?
Ik pakte de biografie van Raymond Loewy die op de boekenplank boven mijn bureau stond. De foto op het omslag toonde een zelfverzekerde, besnorde Loewy in zijn voor 1934 opvallend moderne kantoor. Hij was de man die leiding had gegeven aan de eerste generatie vormgevers en stilisten, de mensen die alles konden, met Loewy zelf als verantwoordelijke voor de gestroomlijnde Greyhound-bussen in de jaren veertig, het Lucky Strike-pakje en de Goldspot-Six-koelkast, welke informatie ik op de binnenflap had gelezen toen ik in een boekwinkel in Bleeker Street stond te aarzelen of ik het boek zou kopen of niet. Het was genoeg geweest om me ervan te overtuigen dat ik het boek nodig had en dat Loewy een cruciale figuur was, iemand in wie ik me maar beter kon verdiepen als ik de zaak serieus wilde aanpakken.
Maar had ik me echt in hem verdiept? Natuurlijk niet. Was het niet genoeg geweest dat ik 35 dollar voor dat kloteboek had neergeteld? Verwachtte men van me dat ik het ook nog ging lezen?
Ik sloeg *Raymond Loewy: A Life* open en bladerde door naar het eerste hoofdstuk, over zijn tijd in Frankrijk, voordat hij naar de Verenigde Staten emigreerde, en begon te lezen.

Op straat ging een autoalarm af. Ik besteedde er eerst geen aandacht aan maar keek toen op, wachtend en hopend dat het zou ophouden, en gauw. Na een paar seconden hield het op en ging ik door met lezen, maar toen ik mijn aandacht weer op het boek richtte, zag ik dat ik al op bladzijde 237 was.
En ik had nog maar twintig minuten zitten lezen.
Ik was verbijsterd en kon niet geloven dat ik in zo'n korte tijd zoveel bladzijden had gelezen. Ik ben een nogal trage lezer en normaliter zou zo'n stuk me drie tot vier uur kosten. Verbazingwekkend. Ik bladerde terug en keek of ik me iets herinnerde van wat ik had gelezen, en tot mijn grote verbazing was dat zo. Want ik had altijd erg veel moeite gehad om te onthouden wat ik had gelezen. Ik kon vaak niet eens ingewikkelde plots van misdaadromans onthouden, laat staan non-fictie en technische verhandelingen. Als ik in een boekwinkel bij de afdeling geschiedenis,

architectuur of occultisme stond, werd ik accuut overvallen door wanhoop. Hoe kon iemand ooit vat krijgen op al het materiaal dat over die onderwerpen was geschreven? Of zelfs over een gespecialiseerd onderwerp? Waanzin was het...
Maar wat ik nu meemaakte, was fantastisch.
Ik stond op uit mijn stoel.
Goed, vraag me iets over de beginperiode van Raymond Loewy's carrière.
Zoals?
Zoals... weet ik veel, zoals: hoe is hij begonnen?
Oké, hoe is hij begonnen?
Hij is begonnen als mode-illustrator aan het eind van de jaren twintig, voor *Harper's Bazaar* voornamelijk.
En toen?
Hij is overgeschakeld op industriële vormgeving toen hij werd uitgekozen om de behuizing van het nieuwe Gestetner-kopieerapparaat te ontwerpen. Hij deed dat in amper vijf dagen. Dat was in mei 1929. Hij is daarop doorgegaan en heeft ten slotte ontwerpen gemaakt voor alles, van dasspelden tot locomotieven.
Ik ijsbeerde door de kamer, knikte erbij en knipte met mijn vingers.
Wie waren zijn tijdgenoten?
Norman Bel Geddes, Walter Teague en Henry Dreyfuss.
Ik schraapte mijn keel en vervolgde hardop, alsof ik een lezing gaf: 'Hun gezamenlijke visie op een volledig gemechaniseerde toekomst waarin alles schoon en nieuw was, werd gepresenteerd tijdens de World's Fair in New York, in 1939. Onder het motto: "Morgen, Nu!" ontwierp Bel Geddes de grootste en duurste stand op de Fair voor General Motors. Die had de naam Futurama gekregen en gaf een beeld van het Amerika in 1960, wat toen nog ver in de toekomst lag, als een ongeduldige, fantasierijke voorloper van de Nieuwe Tijd.'
Ik viel stil, kon niet geloven dat ik zoveel had opgenomen, zelfs triviale zaken, details, zoals bijvoorbeeld wat was gebruikt als vulmateriaal voor het reusachtige landwinningproject in Flushing Bay, waar de Fair was gehouden.
Puin en verwerkt afval.
Zes miljoen kubieke meter.
Hoe was het mogelijk dat ik dat had onthouden? Het was bespottelijk, maar op hetzelfde moment was het fantastisch, en ik voelde me buitengewoon opgewonden.

Ik liep terug naar mijn bureau en ging zitten. Het boek telde ongeveer achthonderd pagina's en ik nam aan dat ik die niet allemaal hoefde te lezen; ik had het tenslotte gekocht als achtergrondinformatie en kon er altijd later nog eens op terugvallen. Dus bladerde ik de rest vluchtig door. Toen ik aan het eind van het laatste hoofdstuk was en het boek dichtgeslagen op mijn bureau had gelegd, besloot ik te proberen een samenvatting te maken van wat ik had gelezen.
Het meest relevante punt dat ik uit het boek had gehaald, dacht ik, was Loewy's stijl, die in de volksmond 'stroomlijning' werd genoemd. Het was een van de eerste ontwerpconcepten die de technologie en met name de aërodynamica ontdeed van hun rationele karakter. Er werd gesteld dat mechanische objecten thuishoorden in een strakke metalen behuizing, om op die manier een meer gestroomlijnde maatschappij te creëren. Je zag dat in die tijd overal in terug, in de muziek van Benny Goodman bijvoorbeeld, en in de elegante opzet van de films met Fred Astaire en in de oceaanstomers, nachtclubs en penthouses waar hij en Ginger Rogers zich zo gracieus doorheen bewogen.
Ik wachtte een ogenblik, liet mijn blik door de kamer gaan en keek ten slotte naar het raam. Het was donker en stil buiten, tenminste, zo donker en stil als het in de grote stad kon zijn, en ik besefte dat ik op dat moment buitengewoon en volmaakt gelukkig was. Ik hield dat gevoel zo lang mogelijk vast, totdat ik me bewust werd van mijn eigen hartslag en hoe deze de seconden weg telde...
Toen keek ik weer naar het boek, trommelde met mijn vingers op het bureaublad en ging door.
Goed... de gestroomlijnde vormen en hoeken creëerden de illusie van immer voortdurende beweging en werden op die manier een compleet nieuw vertrekpunt. Ze beantwoordden aan onze verlangens en beïnvloedden wat we van onze omgeving verwachtten, van treinen, auto's en gebouwen, en zelfs koelkasten en stofzuigers tot talloze andere alledaagse voorwerpen. Maar dat riep de vraag op: wat was er eerst, de illusie of het verlangen?
En natuurlijk, dát was het. Opeens zag ik het voor me. Dat was het eerste punt dat ik in mijn inleiding moest aansnijden. Want iets soortgelijks, met min of meer dezelfde uitwerking, zou later opnieuw plaatsvinden.
Ik stond op, liep naar het raam en bleef even staan nadenken. Ik haalde een keer diep adem, want ik wilde het deze keer goed doen.

Oké.
De invloed...
De invloed op vormgeving later in de eeuw van subatomaire structuren en microcircuits, tezamen met het besef van de roerige jaren zestig van de onderlinge verbondenheid van alles, loopt duidelijk parallel aan het vormgevingshuwelijk van het industriële tijdperk en het groeiende besef van voor de oorlog dat persoonlijke vrijheid alleen kon worden bereikt door middel van meer efficiëntie, mobiliteit en snelheid.
Ja.
Ik liep terug naar mijn bureau en typte een stel aantekeningen in mijn computer, een bladzij of tien, allemaal uit het blote hoofd. Mijn gedachten en denktrant waren zo helder, dat ik in een soort roes raakte en zelfs al was dit allemaal compleet nieuw voor me, ik vond het absoluut niet vreemd of beangstigend. Ik kon gewoon niet meer ophouden, wilde dat ook niet want in het afgelopen uur had ik meer nuttig werk aan mijn boek gedaan dan in de drie maanden daarvoor.
Zonder een pauze te nemen pakte ik een ander boek van de plank, een essay over de Democratische Nationale Conventie in Chicago in 1968. Ik bladerde het door in ongeveer drie kwartier en maakte een aantal aantekeningen. En ik las nog twee andere boeken, een over de invloed van art nouveau op de vormgeving in de jaren zestig en een over de begintijd van The Grateful Dead in San Francisco.
In totaal pende ik 35 bladzijden vol met aantekeningen. Daarnaast maakte ik een ruwe opzet van het eerste deel van de inleiding en een gedetailleerd schema voor de rest van het boek. Ik schreef ongeveer drieduizend woorden die ik daarna een paar keer herlas en waarin ik correcties aanbracht.

Om zes uur in de ochtend, na niets gegeten en gerookt te hebben en geen enkele keer naar de wc te zijn geweest, begon het tempo af te nemen. Ik was moe en had een lichte hoofdpijn, maar dat was alles en vergeleken bij de andere keren dat ik tot zes uur 's ochtends was opgebleven – tandenknarsend omdat ik niet kon slapen en ophouden met denken – stelden moeheid en een beetje hoofdpijn weinig voor.
Ik ging weer languit op de bank liggen, keek door het raam naar buiten, zag het dak van het gebouw aan de overkant en een stuk lucht waarin het ochtendlicht al zichtbaar was. Ik hoorde ook

geluiden: het zachte geronk van een langzaam voorbijrijdende vuilniswagen, de sirene van een politiewagen en af en toe het ruisen van het eerste verkeer van die ochtend. Ik draaide mijn gezicht naar de rugleuning en begon me ten slotte te ontspannen.

Deze keer bleef het onaangenaam tintelende gevoel weg en bleef ik liggen, hoewel ik na een tijdje merkte dat iets me nog dwarszat.

Er zat een zekere slordigheid in het neerstorten op een bank; het vertroebelde de grens tussen de ene dag en de andere en omzeilde het gevoel de dag afgesloten te hebben, tenminste, zo dacht ik op dat moment. Aan de andere kant was het zo dat achter de deur van de slaapkamer een hoop rotzooi lag. Ik was er nog niet geweest, was er op de een of andere manier in geslaagd het vertrek in de afgelopen hectische twaalf uur te vermijden. Ik stond op, liep naar de slaapkamerdeur en duwde hem open. Ik had gelijk gehad: mijn slaapkamer was een zwijnenstal. Maar ik moest even gaan slapen en wilde dat in mijn bed doen, dus begon ik ook daar wat orde aan te brengen. Het voelde meer als werk dan daarvoor en kostte me meer moeite dan toen ik de keuken en woonkamer had gedaan, maar ik voelde ook dat er nog steeds sporen van het middel in mijn lichaam aanwezig waren, die me aan de gang hielden. Toen ik klaar was, nam ik een lange, hete douche en twee extra sterke Excedrin-tabletten tegen de hoofdpijn. Daarna trok ik een schoon T-shirt en een boxershort aan, kroop onder de dekens en sliep binnen dertig seconden nadat ik mijn hoofd op het kussen had gelegd.

# 4

Hier in de Northview Motor Lodge is alles lelijk en saai. Ik laat mijn blik door de kamer gaan en ondanks alle bizarre patronen en vloekende kleuren is er niets wat echt in het oog springt, afgezien van de tv die nog steeds druk staat te flitsen in de hoek. Een man met een baard en een bril, gekleed in een tweed pak, wordt geïnterviewd en ik neem onmiddellijk aan – door zijn uiterlijk en de manier waarop hij in beeld is gebracht – dat hij een soort historicus is; geen politicus of woordvoerder van de Dienst Nationale Veiligheid of journalist. Mijn vermoeden wordt bevestigd als er een foto van de bandiet en revolutionair Pancho Villa in beeld verschijnt, gevolgd door oeroude, trillende filmbeelden in zwart-wit uit, neem ik aan, 1916. Ik ben niet van plan het geluid aan te zetten om dat bevestigd te krijgen, maar ik ben er vrijwel van overtuigd dat de figuren te paard die schokkend in de richting van de camera rijden vanuit een reusachtige stofwolk die meer met de teruggelopen kwaliteit van de film dan met de werkelijkheid te maken heeft, de vrijheidsstrijders en boeven van Pancho Villa zijn.

En dat was in 1916, nietwaar?

Ik schijn het me onmiddellijk te herinneren.

Ik staar gebiologeerd naar de knipperende beelden. Ik ben altijd een liefhebber van archiefbeelden geweest en word nog altijd verbijsterd door wat er dan op het scherm te zien is, dat die dag, dat bepaalde moment echt heeft plaatsgevonden, en door het besef dat de mensen die onwennig voor de camera langslopen en op film zijn vastgelegd, hun eigen dagelijkse leven hadden waarin ze gebouwen in en uit liepen, hun maaltijden aten, seks bedreven en weet ik wat nog meer, zich heerlijk onbewust van hun schokkende bewegingen toen ze een straat overstaken of uit een tram stapten, om tientallen jaren bewaard te worden en vervolgens vertoond te worden in een heel andere wereld.

Hoe is het mogelijk dat ik me hier druk over maak? Dat ik er zelfs maar over nadenk?
Ik moet mezelf niet zo laten afleiden.
Mijn hand gaat naar de fles Jack Daniels die naast mijn rieten stoel op de grond staat, terwijl ik me bedenk dat whisky drinken op dit moment niet zo'n goed idee is. Toch breng ik de fles naar mijn mond en neem een flinke slok. Dan sta ik op en ijsbeer een tijdje door de kamer. Maar mijn onrust, benadrukt door het zoemen van de ijsmachine op de gang en de wilde kleuren om me heen, heeft een dusdanig desoriënterend effect, dat het me beter lijkt om weer te gaan zitten en door te gaan met wat ik moet doen.
Je moet bezig blijven, zeg ik tegen mezelf, en je niet laten afleiden.

Goed, ik viel dus heel snel in slaap. Maar ik sliep niet goed. Ik lag te draaien en te woelen en had rare, verwarde dromen.
Het was over halftwaalf toen ik wakker werd, wat betekende dat ik maar vier uur had geslapen. Dus ik was nog steeds moe toen ik overeind kwam, want hoewel ik misschien nog wel even had kunnen blijven liggen, wist ik dat ik niet meer zou slapen en klaarwakker naar het plafond zou liggen staren terwijl de afgelopen nacht zich steeds weer opnieuw zou afspelen in mijn hoofd. Bovendien betekende dat uitstel van het onvermijdelijke, dat bestond uit naar de woonkamer lopen, mijn computer aanzetten en kijken of ik me alles had verbeeld of niet.
Toen ik mijn blik echter door de slaapkamer liet gaan, vermoedde ik dat ik het me niet had verbeeld. Mijn kleren lagen keurig opgevouwen op de stoel aan het voeteneind van het bed en mijn schoenen stonden in een kaarsrechte rij op de grond onder het raam. Ik stapte uit bed en liep naar de badkamer om te plassen. Daarna plensde ik een flinke hoeveelheid koud water in mijn gezicht.
Toen ik me wakker genoeg voelde, bekeek ik mezelf in de spiegel boven de wastafel. Wat ik zag was niet het beeld dat ik meestal zag. Niet de gebruikelijke boeventronie met de halfdichte en bloeddoorlopen ogen. Ik zag er alleen wat moe uit en voor het overige was er sinds de vorige dag niets veranderd; ik was nog steeds te zwaar, had een te bolle kop en moest nodig eens naar de kapper. Er was nog iets, maar dat kon je niet zien aan mijn gezicht in de spiegel; ik had behoefte aan een sigaret.

Ik liep naar de woonkamer en pakte mijn jasje van de stoelleuning. Ik haalde het pakje Camel uit de zijzak van mijn jasje, stak een sigaret op en zoog de kruidige rook diep in mijn longen. Terwijl ik de rook uitblies, liet ik mijn blik door de kamer gaan en bedacht ik me dat mijn slordigheid meer een karaktergebrek dan een vrijwillige keuze van levensstijl was, dus had ik weinig problemen met wat er was gebeurd. Toch besefte ik tegelijkertijd dat dit niet was waar het om ging, want als ik een keurig opgeruimd huis wilde, kon ik een schoonmaakster inhuren. Wat zeer zeker niet met geld te koop was, was wat ik de afgelopen nacht in mijn computer had getypt, tenminste, zo stond het in mijn herinnering, en ik hoopte nu dat ik het me goed herinnerde.

Ik liep ernaartoe, zocht de schakelaar aan de achterkant en zette hem aan. Terwijl de computer startte en zoemend tot leven kwam, keek ik naar het nette stapeltje boeken links van mijn toetsenbord. Ik pakte *Raymond Loewy: A Life* en vroeg me af hoeveel ik me ervan zou herinneren als iemand ernaar vroeg. Ik probeerde iets uit mijn geheugen op te diepen, een paar feiten en data, een anekdote of een stukje vormgevershumor, maar ik kon niet goed nadenken, kon helemaal niets bedenken.

Goed, had ik dan iets anders verwacht? Ik was moe. Het was alsof ik om twaalf uur naar bed was gegaan om vervolgens om drie uur 's nachts het telefoonboek uit mijn hoofd op te zeggen. Waar ik behoefte aan had was koffie, twee of drie koppen zwarte koffie om mijn hersens te starten, en dan zou ik weer oké zijn.

Ik opende het bestand dat ik 'intro' had genoemd. Het was de ruwe opzet die ik had gemaakt voor het eerste deel van de inleiding van *Turning On*, en ik stond voor mijn computer terwijl ik door de tekst naar beneden scrolde. Ik herinnerde me elke alinea terwijl ik hem las, hoewel ik op geen enkel punt wist wat er daarna zou komen. Het was door mij geschreven, maar ik had niet het gevoel dat ik het had geschreven.

Wat ik echter las – het zou naïef en onprofessioneel zijn om dat niet toe te geven – was vele malen beter dan ik ooit in normale omstandigheden op papier had gezet. Bovendien was het niet echt een ruwe opzet, want voorzover ik kon zien, had het alle kenmerken van een goed, zorgvuldig geschreven stuk proza. Het was samenhangend, afgemeten en goed doordacht, wat het deel van het proces was waar ik meestal de meeste moeite mee had en af en toe helemaal niet uitkwam. Elke keer dat ik een op-

zet voor *Turning On* probeerde te bedenken, flitsten er allerlei ideeën door mijn hoofd, maar steeds als ik ze wilde pakken en in een bepaalde volgorde wilde zetten, losten ze op in het niets en bleef ik zitten met het frustrerende gevoel dat ik weer helemaal overnieuw moest beginnen.
Toch was ik er in de afgelopen nacht blijkbaar in geslaagd om de hele verdomde rotzooi in één keer goed op papier te zetten.
Ik drukte mijn sigaret uit en bleef even verwonderd naar de monitor staren.
Toen draaide ik me om en liep naar de keuken om koffie te zetten.

Ik vulde het koffiezetapparaat met water en koffie en stond een sinaasappel te pellen toen het me voorkwam dat ik me een ander mens voelde. Ik was me bewust van elke beweging die ik maakte, alsof ik een acteur was die een scène in een toneelstuk speelde, een scène die gesitueerd was in een kraakheldere keuken waarin ik koffie moest zetten en een sinaasappel moest pellen.
Dat duurde echter niet lang, want al gauw vertoonden alle werkvlakken de gebruikelijke sporen van het ontbijt. Tien minuten later stonden er een leeg melkpak en een kom met voor de helft opgegeten doorweekte cornflakes, met daarnaast een paar lepels, een lege koffiemok, diverse vlekken, een gebruikte koffiefilter, een paar stukjes sinaasappelschil en een asbak met as en twee sigarettenpeuken.
Ik was weer de oude.
Mijn bezorgdheid over hoe de keuken eruitzag was echter een soort afleidingsmanoeuvre om niet weer achter mijn computer te gaan zitten. Want ik wist precies wat er zou gebeuren als ik dat wel deed. Ik zou proberen de inleiding af te maken, alsof het de gewoonste zaak van de wereld was, en natuurlijk compleet dichtklappen, waarna ik tot niets meer in staat zou zijn. Vervolgens zou ik in wanhoop terugvallen op het stuk dat ik de afgelopen nacht had geschreven en er net zolang aan plukken – als een aasgier aan een kadaver – totdat er niets meer van over zou zijn.
Ik slaakte een zucht van frustratie en stak weer een sigaret op.
Ik liet mijn blik door de keuken gaan en besloot haar weer op te ruimen, terug te brengen in de maagdelijke staat van daarvoor, maar mijn plan liep al stuk op de eerste hindernis, de kom met

bleke cornflakes, die ik als onoverkomelijk beschouwde. Wat kon mij die keuken trouwens schelen, of de nieuwe inrichting van de woonkamer, of die cd's op alfabet; het waren allemaal bijzaken, trivialiteiten zo u wilt. Het echte doelwit stond in de woonkamer, op mijn bureau.

Ik drukte de sigaret uit die ik nog geen minuut geleden had opgestoken – de vierde van die ochtend – en liep de keuken uit. Zonder naar mijn computer te kijken liep ik door naar mijn slaapkamer om me aan te kleden. Daarna liep ik naar de badkamer en poetste ik mijn tanden. Ik liep de woonkamer weer in, naar het jasje dat ik over de leuning van de stoel had gehangen en zocht in de zakken totdat ik had gevonden waar ik naar op zoek was: Vernons kaartje.

VERNON GANT, stond erop, CONSULTANT. Zijn telefoonnummer stond erop, en het nummer van zijn mobiele telefoon en zijn adres. Hij woonde tegenwoordig in de Upper East Side, kon je nagaan. En in de rechterbovenhoek stond een klein logo. Even overwoog ik hem te bellen, maar ik wilde niet afgescheept worden met smoesjes dat hij het druk had en ik pas volgende week woensdag of zo bij hem terecht kon. Want ik wilde hem onmiddellijk spreken, oog in oog met hem staan om alles te weten te komen over deze *smart drug*, want zo moest je het noemen, denk ik. Ik wilde weten waar het vandaan kwam, wat erin zat en – wat het allerbelangrijkste was – hoe ik aan meer kon komen.

# 5

Ik liep naar buiten, hield een taxi aan en zei tegen de chauffeur dat ik naar 90th Street en First Avenue wilde. Toen zakte ik onderuit en staarde uit het raampje. Het was een frisse, heldere dag en het verkeer was niet al te druk onderweg.
Omdat ik thuis werk en voornamelijk omga met mensen die in de Village, de Lower East Side en Soho wonen, kom ik niet vaak in de andere wijken, en zeker niet in de Upper East Side. Het was zelfs zo, dacht ik toen de straten langs me heen flitsten en we de 50th, 60th en 70th Street passeerden, dat ik me niet kon herinneren wanneer ik voor het laatst zo ver noordelijk was geweest. Manhattan is wat grootte en bevolking betreft een nogal gesloten gemeenschap. Als je daar woont, bescherm je je grondgebied en kies je vaste routes om ernaartoe en vandaan te rijden. Er zijn wijken waar je gewoon nooit komt. Of je hebt wijken die betekenis hebben voor een bepaalde fase van je leven, wat met werk, relaties en voorkeur voor restaurants te maken kan hebben. Ik probeerde me te herinneren wanneer ik... misschien was het dat Italiaanse restaurant met dat tuinterras, Il Vagabondo, ergens bij Third Avenue, geloof ik, maar dat was minstens twee jaar geleden.
Hoe dan ook, voorzover ik kon zien was er niet veel veranderd.
De taxichauffeur stopte langs de stoeprand in 90th Street, recht tegenover Linden Towers. Ik betaalde en stapte uit. Dit was Yorkville, het oude Germantown, oud omdat er niet veel van was overgebleven; misschien een paar winkels, een slijter, een stomerij en een paar delicatessenzaakjes, maar nog wel veel bewoners, oude bewoners voor het merendeel. Ik had gehoord dat men had geprobeerd de buurt op te waarderen met nieuwe appartementengebouwen, vrijgezellenbars, Ierse pubs en themarestaurants die elkaar met een beangstigende snelheid opvolgden.
Na een vluchtige blik werd dat bevestigd. Vanaf de plek waar ik

stond zag ik een O'Leary's, een Hannigan's en een restaurant dat zich 'De Oktoberrevolutie' noemde.

Linden Tower was een appartementenblok van donkerrode baksteen, een van de vele die in de afgelopen twintig tot vijfentwintig jaar in dit deel van de stad waren gebouwd. Ze hadden een onbetwistbaar monolithische uitstraling en Linden Tower was net zo log, koud en lelijk als de rest.

Vernon Gant woonde op de zeventiende verdieping.

Ik stak First Avenue over, liep de treden naar de ingang op naar de grote draaideur. Zo te zien liepen hier voortdurend mensen in en uit zodat de deur bijna constant in beweging was. Voordat ik naar binnen ging keek ik omhoog en ik zag hoe enorm hoog het gebouw was, want ik kreeg mijn hoofd niet ver genoeg achterover om de lucht te kunnen zien.

Ik liep langs de receptiebalie in het midden van de hal en sloeg links af naar het gedeelte waar de liften waren. Er stonden een paar mensen te wachten maar er waren acht liften, vier aan elke kant, dus lang duurde het niet. 'Ping,' zei een lift, waarna de deuren openschoven en er drie mensen uitstapten. Met zijn zessen stapten we in. We drukten op de gewenste knop en ik zag dat ik de enige was die hoger dan de vijftiende ging.

Te oordelen naar de mensen die ik naar binnen had zien gaan en degenen die nu naast me in de lift stonden, vormden de bewoners van Linden Tower een gevarieerd gezelschap. Veel van de appartementen genoten sinds lange tijd huursubsidie, maar er waren er ook veel onderverhuurd tegen exorbitante bedragen, wat op het maatschappelijke vlak voor een grote diversiteit zorgde.

Ik stapte uit op de zeventiende, keek weer op Vernons kaartje en zocht naar zijn huisnummer. Dat was achter in de gang, om de hoek links, de derde deur van rechts. Ik kwam onderweg niemand tegen.

Ik bleef even voor Vernons deur staan en belde toen aan. Eigenlijk had ik nog niet veel nagedacht over wat ik ging zeggen als hij opendeed, of wat ik zou doen als hij niet opendeed, of niet thuis was, maar toen ik daar stond, merkte ik dat ik behoorlijk gespannen was.

Toen hoorde ik binnen iets bewegen en werden er sloten opengedraaid.

Vernon moest door het kijkgaatje hebben gezien dat ik het was, want hij begon al te praten voordat de deur goed en wel open was.

'Shit, man, dát is snel.'
Ik had mijn mond in een glimlach geplooid, maar die verdween zodra ik hem zag. Hij had alleen een boxershort aan, had een blauw oog en de hele linkerkant van zijn gezicht was bont en blauw. Zijn lip was kapot en gezwollen, en zijn rechterhand zat in het verband.
'Wat heb...'
'Laat maar.'
Hij draaide zich om, liet de deur openstaan en gebaarde met zijn linkerhand dat ik binnen moest komen. Ik volgde hem en deed de deur zacht achter me dicht. Ik liep achter Vernon aan door de smalle gang naar een grote, open woonkamer. Die had een spectaculair uitzicht, alhoewel, in Manhattan hadden praktisch alle huizen op de zeventiende verdieping een spectaculair uitzicht. Vernons woonkamer keek uit op het zuiden, waar de gruwelen en de glorie van de stad in gelijke mate waren vertegenwoordigd.
Vernon liet zich op een lange, L-vormige zwartleren bank vallen. Ik voelde me buitengewoon ongemakkelijk, durfde hem amper recht aan te kijken, dus keek ik met overdreven belangstelling om me heen.
De kamer was gezien de afmetingen heel spaarzaam ingericht. Er stonden een paar oude dingen: een antiek bureau, een paar Queen Anne-stoelen en een schemerlamp. Er stonden ook moderne spullen: de zwartleren bank, een eettafel met een rookglazen blad en een leeg, metalen wijnrek. Maar je kon niet zeggen dat de meubels met zorg waren gekozen, want enige orde of systeem was er niet in te ontdekken. Ik wist dat Vernon ooit een groot liefhebber van meubelen was en dat hij 'stukken' verzamelde, maar dit zag er meer uit als het huis van iemand die het verzamelen had opgegeven, wiens interesse was overgewaaid. De stukken pasten niet bij elkaar en wekten de indruk dat ze uit andere huizen of van andere eigenaars afkomstig waren.
Ik stond midden in de kamer en had alles gezien wat er te zien viel. Ik keek naar Vernon en zweeg, wist niet waar ik moest beginnen, maar uiteindelijk begon hij te praten. Hij glimlachte, dwars door de pijnlijke uitdrukking op zijn gezicht, zijn beschadigde gelaatstrekken, lichtgroene ogen en hoge jukbeenderen en zei: 'Zo, Eddie, dus je vond het toch interessant.'
'Ja... het was buitengewoon... ik bedoel... écht.'
Ik flapte het eruit als een middelbare-schooljongen die de vorige

dag zijn eerste portie drugs had gescoord en nu terugkwam voor een tweede.
'Wat heb ik je gezegd?'
Ik knikte een paar keer, maar ik kon onmogelijk voorbijgaan aan de toestand waarin hij verkeerde, dus ik vroeg: 'Vernon, wat is er gebeurd?'
'Wat denk je, man? Ik heb gevochten.'
'Met wie?'
'Geloof me, dat wil je niet weten.'
Ik zei niets.
Misschien wilde ik het ook niet weten.
En toen ik erover nadacht, vond ik dat hij gelijk had: ik wilde het niet weten. Maar ik was ook een beetje geïrriteerd, want diep in mijn hart was ik bang dat het feit dat iemand hem voor zijn donder had geschopt, invloed zou hebben op de manier waarop hij me van nieuwe pilletjes zou voorzien.
'Ga zitten, Eddie,' zei hij. 'Ontspan je en vertel.'
Ik ging aan de andere kant van de bank zitten, zakte onderuit en vertelde hem alles. Ik had geen reden om dat niet te doen. Toen ik klaar was zei hij: 'Ja, dat klopt wel zo'n beetje.'
'Wat bedoel je?' vroeg ik onmiddellijk.
'Nou, zie je, het werkt op wat er al is. Het kan je niet slim maken als je dat van nature niet bent.'
'Dus het is een soort smart drug, bedoel je dat?
'Niet echt. Er is een enorme hype als het om smart drugs gaat, weet je? Ze verbeteren je cognitieve waarneming, verhogen de snelheid van je hersenreflexen, dat soort dingen, maar het merendeel van wat wij smart drugs noemen, zijn niets anders dan natuurlijke voedingssupplementen, kunstmatige voedingsstoffen en aminozuren en zo... designer vitaminen, als je wilt. Wat jij hebt genomen, was een designer drug. Ik bedoel, je had een verdomde hoop aminozuren moeten slikken om de hele nacht op te blijven en vier boeken te lezen, waar of niet?'
Ik knikte.
Vernon genoot hiervan.
Maar ik niet. Ik was nerveus en wilde dat hij ophield met die onzin en me gewoon vertelde wat hij wist.
'Het heeft geen straatnaam en dat is omdat het tot op heden geen straatbekendheid heeft, wat precies is wat wij graag willen. De jongens in de keuken houden het simpel en anoniem. Ze noemen het MDT-48.'

De jongens in de keuken?
'Voor wie werk je?' vroeg ik. 'Je zei dat je consultant was voor een farmaceutisch bedrijf?'
Vernon hield zijn hand tegen zijn gezicht. Hij zoog lucht naar binnen en ademde met een kreun uit.
'Shit, dat doet pijn.'
Ik boog me naar voren. Wat moest ik doen? Hem aanbieden ijs in een handdoek te doen, of een dokter te bellen? Ik wachtte. Had hij mijn vraag gehoord? Zou het opdringerig zijn om hem te herhalen?
Er gingen vijftien seconden voorbij en toen liet Vernon zijn hand zakken.
'Eddie,' zei hij ten slotte, nog steeds krimpend van de pijn, 'ik kan die vraag niet beantwoorden. Dat begrijp je toch wel?'
Ik keek hem verbaasd aan en zei: 'Maar je zei gisteren dat het product het eind van het jaar op de markt zou komen, dat alle klinische onderzoeken waren gedaan en dat het was goedgekeurd door de FDA. Wat had dat dan te betekenen?'
'Goedgekeurd door de FDA, laat me niet lachen,' zei hij snuivend en handig de vraag ontwijkend. 'De FDA keurt alleen medicijnen voor de behandeling van ziekten. Ze erkennen geen genotsmiddelen.'
'Maar...'
Ik wilde hem ter verantwoording roepen en zeggen: 'Ja, maar je hebt gezegd...', toen ik mezelf tot de orde riep. Hij had gezegd dat het klinisch getest was en goedgekeurd door de FDA, maar had ik het ook echt geloofd?
Goed, waar hadden we het over? Iets wat MDT-48 heette. Een onbekende, niet geteste en wellicht gevaarlijke chemische substantie afkomstig uit een onbekend laboratorium en aan mij aangeboden door een onbetrouwbare persoon die ik al tien jaar niet had gezien.
'Dus,' zei Vernon terwijl hij me recht aankeek, 'wil je er meer van?'
'Ja,' zei ik, 'zeker weten.'

Toen we dat hadden geregeld schakelden we, geheel in de traditie van de beschaafde drugsdeal, onmiddellijk over op een ander onderwerp. Ik vroeg Vernon naar de meubels in zijn woonkamer, en of hij nog steeds 'stukken' verzamelde. En hij vroeg mij naar mijn muziek, en of ik nog steeds op vol volume naar

tachtig minuten durende symfonieën van dode Duitsers luisterde. Zo praatten we een tijdje door en daarna gaven we elkaar een paar feiten over wat we de afgelopen jaren hadden gedaan. Vernon was er nogal vaag over, wat in zijn werk een vereiste was, nam ik aan, maar het had tot gevolg dat ik er niet veel wijzer van werd. Ik kreeg echter de indruk dat dit gedoe met MDT hem al geruime tijd bezighield, misschien zelfs al een paar jaar. Ik kreeg ook de indruk dat hij er graag over wilde praten, maar omdat hij niet wist of hij me kon vertrouwen, viel hij regelmatig midden in een zin stil, en elke keer dat hij op het punt stond om iets belangrijks te onthullen, aarzelde hij en schakelde hij snel over op een pseudo-wetenschappelijk verkooppraatje over zenuwgeleiders, hersencircuits en celreceptoren.
Hij zat ook vrij onrustig op de bank, tilde herhaaldelijk zijn linkerbeen op en strekte het, als een voetballer of balletdanser; ik was niet zeker welke van de twee.
En terwijl hij aan het woord was, zat ik stil te luisteren.
Ik had Vernon verteld over hoe ik in 1989, kort na de scheiding, de behoefte had gehad om een tijdje uit New York weg te gaan. Ik vertelde er niet bij dat hijzelf een aanzienlijk aandeel had gehad in mijn vertrek, want zijn Boliviaanse 'marcheerpoeder' had gezorgd voor ernstige financiële en gezondheidsproblemen – een geplunderde bankrekening en weggebrande neusgaten – die me op hun beurt mijn baan van redacteur van het inmiddels ter ziele mode- en kunsttijdschrift *Chrome* hadden gekost. Maar ik vertelde hem wel over het ellendige jaar dat ik werkloos in Dublin had doorgebracht, in een pathetische, bij voorbaat mislukte poging om literator te worden, en over de drie jaar dat ik in Italië had gewoond, waar ik lesgaf en vertalingen deed voor een bureau in Bologna, en waar ik enkele buitengewoon interessante zaken over eten leerde, zoals dat sommige groenten niet het hele jaar voorhanden waren maar hun eigen seizoen hadden, wat soms maar een week of zes duurde, in welke periode je de groente als een gek en op zo veel mogelijk verschillende manieren bereidde. Asperges bijvoorbeeld, als aspergerisotto, asperges met ei, fettuccine met asperges, en dat je het twee weken later niet in je hoofd haalde om je groenteboer naar asperges te vragen. Ik kletste maar wat en kon zien dat Vernon onrustig begon te worden, dus ging ik door met hoe ik ten slotte was teruggekomen en had ontdekt dat de productie van tijdschriften een enorme verandering had ondergaan, zodat alle kennis die ik

aan het eind van de jaren tachtig had opgedaan, min of meer waardeloos was geworden. Ten slotte beschreef ik de laatste vijf, zes jaar van mijn leven; hoe stil en saai ze waren geweest en voorbij waren gegaan – geflitst – in kleurloze soberheid.
Maar dat ik weer vol goede moed was dankzij het boek waaraan ik werkte.
Het was niet mijn bedoeling geweest om op die uitgekookte manier terug te komen op de reden van mijn komst, maar Vernon keek me aan en zei: 'Nou, weet je, ik zal kijken wat we kunnen doen.'
Dat stak me een beetje, hoewel mijn irritatie werd getemperd door het besef dat hij werkelijk iets voor me kon doen. Ik glimlachte naar hem en hield mijn handen op.
Vernon knikte, sloeg zich op de knieën en zei: 'Oké, in de tussentijd, heb je trek in koffie, of iets te eten wellicht?'
Zonder op antwoord te wachten kwam hij naar voren en stond hij op. Hij liep naar het keukengedeelte, dat van de woonkamer was gescheiden door een eetbar met krukken.
Ik stond op en ging hem achterna.
Vernon trok de koelkast open en keek erin. Over zijn schouder zag ik dat er vrijwel niets in stond. Een pak Tropicana-vruchtensap was ongeveer het enige; Vernon pakte het, schudde het heen en weer en zette het terug.
'Weet je wat?' zei hij terwijl hij zich omdraaide om me aan te kijken. 'Ik ga je om een gunst vragen.'
'O, ja?'
'Zoals je ziet ben ik niet in een toestand om naar buiten te gaan, maar ik zal later op de dag toch ergens naartoe moeten... en ik moet mijn pak ophalen bij de stomerij. Daarom ga ik aan jou vragen of jij mijn pak wilt ophalen. En misschien kun je onderweg meteen iets te eten meenemen?'
'Ja hoor.'
'En een doosje aspirines?'
'Best.'
Zoals hij daar voor me stond, in zijn boxershort, zag hij er mager en een beetje hulpbehoevend uit. Ook, van zo dichtbij, kon ik de rimpels in zijn gezicht en de grijze haren bij zijn slapen zien. Zijn huid zag er levenloos uit en opeens zag ik waar de tien jaar waren gebleven. Vernon, die naar mij keek en mijn veranderingen zag, moet hetzelfde hebben gedacht. Het gaf me een wat neerslachtig gevoel dat nog werd versterkt door het feit dat ik

de behoefte voelde om hem – mijn dealer – ter wille te zijn en bereid te zijn om naar buiten te rennen, zijn pak op te halen en eten voor hem te gaan kopen. Het verbaasde me hoe snel we vervielen in onze oude gewoonten en de relatie tussen dealer en klant werd hersteld, dat moeiteloze opofferen van je waardigheid in ruil voor een shot of een gram van het een of ander, of, in dit geval, een pil die me bijna een maand huur zou kosten.
Vernon liep door de kamer naar het oude bureau om zijn portefeuille te pakken. Terwijl hij erin keek – vermoedelijk op zoek naar geld en het bonnetje van de stomerij – zag ik op de eettafel met het rookglazen blad *The Boston Globe* liggen. Op de voorpagina stonden de ongefundeerde uitspraken van staatssecretaris van Defensie Caleb Hale over Mexico, maar ik vroeg me af waarom een New Yorker *The Boston Globe* zou lezen.
Vernon draaide zich om en kwam naar me toe.
'Neem voor mij Engelse toost, roereieren met kaas en Canadese bacon en een gewone koffie mee. En wat je zelf wilt, natuurlijk.'
Hij gaf me een bankbiljet en een blauw bonnetje. Ik stak het bonnetje in de borstzak van mijn jasje, keek naar het bankbiljet, het strenge, bebaarde gezicht van Ulysses S. Grant, en gaf het aan hem terug. 'Jouw plaatselijke cafetaria gaat vijftig dollar wisselen voor een Engels ontbijtje?'
'Waarom niet? Laat ze doodvallen.'
'Ik betaal wel.'
'Wat je wilt. De stomerij is op de hoek van 89th Street en de cafetaria er recht tegenover. Er zit een tijdschriftenwinkel in hetzelfde blok, waar je ook aspirines kunt krijgen. O, en wil je *The Boston Globe* voor me meenemen?'
Ik keek naar de krant op de eettafel.
Vernon zag het en zei: 'Die is van gisteren.'
'O,' zei ik, 'en je wilt die van vandaag.'
'Ja.'
'Oké,' zei ik schouderophalend, waarna ik me omdraaide en door de smalle gang naar de voordeur liep.
'Bedankt,' zei Vernon, die me achternakwam. 'En hoor eens, we regelen wel wat als je terug bent, over de prijs bedoel ik. Alles is bespreekbaar, waar of niet?'
'Ja,' zei ik terwijl ik de voordeur opende. 'Ik zie je zo.'
Ik hoorde de deur achter me dichtgaan toen ik de hoek omsloeg en doorliep naar de liften.
Op weg naar beneden dwong ik mezelf niet te veel te denken aan

het rotgevoel dat het hele gebeuren me gaf. Ik hield mezelf voor dat Vernon een pak op zijn donder had gehad en dat ik hem daarom een kleine dienst bewees, maar in werkelijkheid deed het me denken aan vroeger. Het herinnerde me aan de vele uren wachten in allerlei appartementen, voor Vernons tijd, tot 'de man' kwam opdraven en na een moeizaam praatje en de geladen spanning die de deal altijd begeleidde het glorieuze moment aanbrak dat je weer weg kon gaan, naar een club of naar huis, tachtig dollar lichter, oké, maar een hele gram coke zwaarder.
De oude tijd.
Waaraan tien jaar geleden een eind was gekomen.
Dus waar was ik verdomme mee bezig?

Ik stapte de lift uit en liep door de hal en de draaideur naar buiten. Ik stak 90th Street over, liep 89th Street in, zag halverwege de tijdschriftenwinkel en ging naar binnen. Vernon had niet gezegd welk merk pijnstillers hij wilde, dus koos ik voor mijn eigen favoriet: Excedrin Extrasterk. Daarna bekeek ik de kranten die op de toonbank uitgespreid lagen – Mexico, Mexico, Mexico – en pakte ten slotte de *The Boston Globe*. Ik bekeek de voorpagina en zocht naar een aanwijzing voor de reden dat Vernon juist deze krant las, maar afgezien van de ophanden zijnde rechtszaak over de betrouwbaarheid van een nieuw medicijn kon ik niets vinden. Het artikel telde maar een paar regels en verwees naar een uitgebreider verslag binnenin. Een internationaal chemieconcern, Eiben-Chemcorp, moest zich verantwoorden voor de rechtbank in Massachusetts omdat hun buitengewoon populaire antidepressivum, Triburbazine, er mogelijk voor had gezorgd dat een tienermeisje dat het middel pas twee weken gebruikte, haar beste vriendin en zichzelf om het leven had gebracht. Was dit het bedrijf waar Vernon voor werkte? Eiben-Chemcorp? Ik kon het me nauwelijks voorstellen.
Ik betaalde voor de krant en de Excedrin en liep naar buiten.
Mijn volgende halte was de cafetaria die, zag ik, DeLuxe Luncheonette heette en zo'n lunchroom in oude stijl was, waarvan je er in de stad wel meer zag. Waarschijnlijk zag het interieur er nog net zo uit als dertig jaar geleden en misschien kwamen er zelfs nog wel klanten uit die tijd, waardoor het een levende schakel was geworden met een eerdere versie van de buurt. Of misschien ook niet. Ik had geen idee. Het was er in elk geval niet al te schoon en aangezien het lunchtijd was, was het er redelijk

druk, dus ging ik bij de toonbank staan wachten totdat ik aan de beurt was.
Achter de toonbank stond een man van een jaar of vijftig, van Latijns-Amerikaanse afkomst, die zei: ‘Ik begrijp het niet. Ik begrijp er niets van. Ik bedoel, waar gaat het over? Hebben ze niet genoeg problemen hier? Moeten ze per se nog meer problemen maken?’ Hij keek naar links en zei: ‘Nou?’
Bij de bakplaten stonden twee jongere mannen die met elkaar praatten in het Spaans en zo te zien om hem lachten.
De oudere man wierp zijn armen in de lucht. ‘Niemand maakt zich er druk over. Het kan niemand nog een barst schelen.’
Naast me stonden drie mensen in stilzwijgen op hun bestelling te wachten en links van me zaten er nog een paar aan de tafeltjes. Aan het dichtstbijzijnde tafeltje zaten vier oudere mannen koffie te drinken en te roken. Een van hen las de *Post* en na een tijdje besefte ik dat de man achter de counter het tegen hem had.
‘Herinner je je Cuba?’ vervolgde hij. ‘De Varkensbaai? Gaat dit uitdraaien op een tweede Varkensbaai, net zo’n fiasco als dat?’
‘Ik zie het verband niet,’ zei de oude man met de krant. ‘Cuba was vanwege het communisme.’ Hij bleef in zijn krant kijken terwijl hij het zei, en hij sprak met een heel licht Duits accent. ‘En hetzelfde geldt voor de Amerikaanse bemoeienis met Nicaragua en El Salvador. In de vorige eeuw waren we in oorlog met Mexico omdat de Verenigde Staten Texas en Californië wilden hebben. Dat sloeg ergens op, strategisch gezien. Maar dit?’
Hij liet de vraag in de lucht hangen en las door.
De man achter de counter werkte snel twee bestellingen af en nam het geld in ontvangst, waarna er een paar mensen vertrokken. Ik schoof door en hij keek me aan. Ik bestelde wat Vernon had gevraagd, plus een zwarte koffie voor mezelf, en zei dat ik over twee minuten terug zou zijn. Op weg naar buiten hoorde ik de man achter de counter zeggen: ‘Ik weet het niet. Als je het mij vraagt, kan dit het begin zijn van een nieuwe Koude Oorlog...’
Ik liep naar de stomerij verderop, haalde Vernons pak af en stond even later weer buiten, met de klerenhanger op schouderhoogte om te voorkomen dat het pak de grond zou raken. Ik bleef even staan en keek naar het voorbijrijdende verkeer.
Terug in de DeLuxe Luncheonette zag ik een nieuwe klant aan een tafeltje zitten, een jonge man met een spijkershirt, die zich in het gesprek had gemengd.

'Wat? Jij denkt dat de regering zich zonder reden bij zoiets als dit laat betrekken? Dat zou waanzin zijn.'
De oudere man met de *Post* legde zijn krant neer en draaide zich moeizaam om op zijn stoel.
'De regering handelt niet altijd logisch,' zei hij. 'Soms volharden ze in een beleid dat in tegenspraak is met onze belangen. Kijk maar naar Vietnam. Dertig jaar...'
'Ah, hou op over Vietnam, wil je?'
De man achter de toonbank, die mijn bestelling aan het inpakken was, mompelde, zo te zien tegen de papieren zak: 'Ze moeten de Mexicanen gewoon met rust laten, dat is alles. Laat ze gewoon met rust.'
Ik rekende af en pakte de zak aan.
'Maar Vietnam...'
'Vietnam was een vergissing, oké?'
'Een vergissing? Ha! Eisenhower? Kennedy? Johnson? Nixon? Allemaal vergissingen.'
'Hoor eens, jij...'
Ik liep de DeLuxe Luncheonette uit en ging weer op weg naar Linden Tower met Vernons pak in mijn ene hand en zijn ontbijt en *The Boston Globe* in de andere. Het kostte wat moeite om door de draaideur te komen en toen ik op de lift stond te wachten, kreeg ik kramp in mijn linkerarm.
Op weg naar de zeventiende verdieping rook ik de geuren die uit de bruine papieren zak opstegen en had ik spijt dat ik voor mezelf alleen maar een zwarte koffie had meegenomen. Ik stond alleen in de lift en speelde even met de gedachte om een van Vernons reepjes spek in mijn mond te stoppen, maar ik besloot dat dat sneu voor hem was en bovendien, met die klerenhanger in mijn hand, lastig uitvoerbaar.
Ik stapte de lift uit, liep de gang in en sloeg de hoek om. Toen ik Vernons appartement echter naderde, zag ik dat de deur op een kier stond. Ik duwde de deur verder open met mijn voet en liep naar binnen. In de gang riep ik Vernons naam, maar voordat ik bij de woonkamer was, voelde ik al dat er iets mis was. Ik zette me schrap toen ik bij de deuropening kwam en deinsde achteruit toen ik zag wat een enorme bende het binnen was. Meubels waren omvergegooid: de stoelen, het bureau en het wijnrek, en de prenten aan de muur hingen scheef. Boeken, papieren en kleine voorwerpen waren door de kamer gegooid en even was het moeilijk om me op één ding tegelijk te concentreren.

Ik stond daar als versteend, met Vernons pak, de bruine papieren zak en *The Boston Globe* nog steeds in mijn handen toen er twee dingen gebeurden. Opeens zag ik Vernon op de zwartleren bank zitten en vrijwel op hetzelfde moment hoorde ik iets achter me, voetstappen en geschuifel. Ik draaide me meteen om en liet het pak, de zak en de krant op de grond vallen. Het was tamelijk donker in de gang maar ik zag een gedaante van een deur aan de linkerkant naar de voordeur aan de rechterkant schieten. Ik aarzelde en mijn hart begon als een bezetene te bonken. Twee seconden later rende ik de gang in en door de voordeur de hal in, keek naar links en naar rechts maar zag niemand. Ik rende door en wilde net de hoek omslaan toen ik de liftdeuren dicht hoorde gaan.
Deels opgelucht omdat ik geen lichamelijke confrontatie aan hoefde te gaan, draaide ik me om en liep terug naar het appartement maar terwijl ik dat deed, zag ik opeens weer het beeld van Vernon op de bank voor me. Wat zat hij daar te doen? Had hij de pest in over de ravage in zijn woonkamer? Zat hij zich af te vragen wie de indringer was? Of uit te rekenen hoeveel het kostte om zijn bureau te laten repareren?
Op de een of andere manier pasten deze opties niet bij het beeld in mijn hoofd en hoe dichter ik bij Vernons voordeur kwam, hoe nerveuzer ik werd. Ik liep naar binnen en liep door naar de woonkamer, al min of meer wetend wat ik daar zou aantreffen.
Inderdaad, Vernon zat nog steeds op de bank, in exact dezelfde houding als daarvoor; half onderuit, met zijn armen en benen gespreid en recht voor zich uit kijkend... of liever, starend, want het was duidelijk dat Vernon nooit meer iets zou zien.
Ik liep naar hem toe en zag het kogelgat in zijn voorhoofd. Het was klein, rood en keurig rond. Ondanks het feit dat ik het grootste deel van mijn leven in New York had gewoond, had ik nog nooit een echt kogelgat gezien, zodat ik er in een gefascineerd afgrijzen naar bleef staren. Ik weet niet hoelang ik daar heb gestaan, maar toen ik eindelijk weer in beweging kwam, trilde ik over mijn hele lichaam. Ik kon ook niet meer normaal nadenken, alsof er in mijn hoofd een schakelaar was omgezet en mijn hersenen niet meer op gang wilden komen. Ik wilde weglopen en verplaatste mijn voeten een paar keer, maar het waren valse starts die nergens toe leidden. Er drong niets door tot het controlecentrum, zodat ik niet deed wat ik moest doen, wat dat ook was, en wat erop neerkwam dat ik helemaal niets deed.

Toen trof het me als een meteoor die zich in de aarde boorde: natuurlijk, stomme idioot, je moet de politie bellen!
Ik keek om me heen, zocht naar de telefoon en zag hem ten slotte naast het kapotte antieke bureau op de grond liggen. De laden waren uit het bureau getrokken en alle papieren lagen door de kamer verspreid. Ik liep naar de telefoon, pakte hem op en toetste het alarmnummer in. Toen ik iemand aan de lijn kreeg, begon ik stotterend mijn verhaal te vertellen totdat iemand zei: 'Meneer, alstublieft, blijft u kalm', waarna me werd gevraagd waar ik was. Meteen daarna werd ik doorverbonden met iemand anders, iemand van het districtsbureau, nam ik aan, en opnieuw vertelde ik stotterend mijn verhaal. Toen ik uiteindelijk neerlegde, dácht ik dat ik het adres van Vernons appartement had gegeven, en mijn naam, en had gemeld dat er iemand was doodgeschoten.
Mijn hand bleef op de hoorn liggen en kneep erin, waarschijnlijk in de verkeerde veronderstelling dat ik nog steeds aan het bellen was. Het lag voor de hand dat ik een overdosis adrenaline in mijn lijf had en dat ik die op de een of andere manier kwijt moest, dus ik kon mezelf maar beter bezighouden en iets gaan doen wat mijn concentratie vergde. Daarnaast wist ik dat níet naar Vernons lichaam op de bank kijken in dit geval ook geen kwaad kon. Maar tegelijkertijd besefte ik dat er iets was wat ik in elk geval moest doen, ongeacht hoe ik eraan toe was.
Ik begon tussen de papieren rondom Vernons bureau te zoeken en na een paar minuten had ik gevonden wat ik nodig had: Vernons adresboekje. Ik deed het open bij de letter M en zag maar één naam, die van Melissa. Ze was Vernons enige nabestaande. Wie moest het haar anders vertellen?
Ik kon me niet eens meer herinneren wanneer ik Melissa voor het laatst had gesproken – negen of tien jaar geleden – en nu zag ik ineens haar telefoonnummer. Over negen of tien seconden zou ik misschien met haar in gesprek zijn.
Ik toetste het nummer in en het toestel ging over.
Shit, dacht ik. Dit ging me allemaal een beetje te snel.
Ring.
Ik hoorde een klik.
Een antwoordapparaat. Jezus, wat nu?
De volgende halve minuut maakte meer indruk op me dan al het andere wat ik me van de afgelopen 36 jaar kon herinneren. Eerst moest ik luisteren naar wat onmiskenbaar Melissa's stem was,

die zei: 'Ik ben op dit moment niet aanwezig; als u een boodschap inspreekt...', echter op een toon die me verontrustend onbekend in de oren klonk, en toen moest ik die opgenomen stem antwoorden dat haar broer – die hier bij me in de kamer was – dood was. Toen ik eenmaal mijn mond opendeed en begon te praten, was het te laat en kon ik niet meer ophouden. Ik zal niet ingaan op de details van wat ik tegen haar heb gezegd, vooral omdat ik me niet herinner wat ik heb gezegd, of hóe in elk geval... maar waar het om gaat is dat toen ik had neergelegd, ik opeens werd overvallen door het vreemde van de gebeurtenis en werd overspoeld door een onaangename variëteit aan emoties: schrik, zelfhaat, verdriet... en de tranen sprongen me in de ogen. Ik haalde aan paar keer diep adem in een poging mezelf onder controle te krijgen, en toen ik bij het raam stond en uitkeek over de vele verschillende bouwstijlen van de stad, bleef er één gedachte door mijn hoofd spelen, dat ik gisteren om deze tijd Vernon nog niet tegen het lijf was gelopen. Tot dat moment, in 12th Street, had ik hem bijna tien jaar niet gesproken. Zijn zus had ik evenmin gesproken, noch had ik echt veel aan haar gedacht, en nu, binnen het tijdsbestek van amper een dag, had mijn leven zich weer verweven met het hare en was een periode van mijn leven, waarvan ik dacht dat die voor altijd was afgesloten, weer geopend. Het was een van die onvoorspelbaarheden van het bestaan dat er maanden en zelfs jaren konden verstrijken waarin niets gebeurde wat noemenswaardig was, en dan opeens, binnen een paar uur of zelfs een paar minuten, kon dat allemaal op zijn kop worden gezet.

Ik draaide mijn rug naar het raam, schrok weer van de aanblik van Vernon op de bank en liep naar de open keuken. Ook die was overhoopgehaald. De kastjes waren geopend en doorzocht en de vloer lag vol gebroken borden en glasscherven. Ik keek weer naar de rommel in de woonkamer en werd opnieuw overvallen door een gevoel van hulpeloosheid. Toen liep ik de gang in, naar de deur aan de linkerkant, die van de slaapkamer. Ook daar was het een bende. Laden waren uit de kast getrokken en leeg gekiept, het matras was omgekeerd, er lagen overal kleren en een grote spiegel lag in stukken op de grond.
Ik vroeg me af waarom het nodig was geweest om er zo'n rotzooi van te maken, en in mijn verwarde toestand duurde het nog een paar minuten voordat het tot me doordrong... natuurlijk, de in-

dringer had naar iets gezocht. Vernon moest de deur voor hem hebben opengedaan, wat inhield dat hij hem kende, en ik had de indringer gestoord toen ik terugkwam. Maar waar was hij naar op zoek geweest? Ik voelde mijn hartslag al versnellen terwijl ik me dat afvroeg.

Ik bukte me, pakte een van de lege laden op en draaide hem om. Hetzelfde deed ik met de andere laden en het was pas een paar minuten daarna, toen ik een paar schoenendozen op de bovenste plank van de kast doorzocht, toen ik twee dingen besefte. Ten eerste liet ik overal mijn vingerafdrukken achter en ten tweede was ik werkelijk bezig Vernons slaapkamer te doorzoeken. Geen van beide was erg verstandig, bij lange na niet, maar het achterlaten van de vingerafdrukken in Vernons slaapkamer was vooral op de korte termijn zorgwekkend. Ik had de politie verteld hoe ik heette en was van plan geweest ze de waarheid te vertellen als ze kwamen, of in elk geval een groot deel van de waarheid, maar als ze zouden ontdekken dat ik hier had rondgeneusd, zou mijn geloofwaardigheid een behoorlijke deuk oplopen. Ik kon beschuldigd worden van verstoring van de plaats van het delict, of een poging de bewijzen weg te werken, of ik kon met de misdaad zelf in verband worden gebracht, dus begon ik onmiddellijk na te gaan wat ik had aangeraakt en met de mouw van mijn jasje de voorwerpen en oppervlakken schoon te vegen.

Een paar minuten later stond ik in de deuropening en keek ik of ik niets had vergeten. Om redenen die ik niet kan verklaren keek ik omhoog naar het plafond en zag daar iets wat niet helemaal klopte. Het plafond bestond uit een reeks vierkante, niet al te grote panelen en een daarvan, recht boven het bed, zat niet zoals het hoorde te zitten. Het zag eruit alsof het niet lang geleden omhoog was geduwd.

Op hetzelfde moment hoorde ik in de verte de eerste politiesirene. Ik aarzelde even maar liep toen naar het bed, ging erop staan en duwde het losse paneel omhoog. Ik keek in de donkere ruimte, maar zag alleen metalen pijpen en ophangbeugels, dus stak ik mijn hand naar binnen en voelde langs de randen. Mijn vingers raakten iets. Ik strekte mijn arm zo ver als ik kon, pakte het voorwerp vast en trok het uit het gat. Het was een grote bruine envelop met luchtkussentjes, die op het omgekeerde matras viel. Ik bleef staan en luisterde. Er waren nu twee sirenes, misschien wel drie, en ze kwamen onmiskenbaar dichterbij.

Ik strekte me en legde het losse paneel zo goed mogelijk terug op zijn plaats. Toen stapte ik van het bed en pakte de envelop op. Ik trok hem open en keerde hem om boven het matras. Het eerste wat ik zag was een klein, zwart notitieboekje, daarna een dik pak bankbiljetten, zo te zien allemaal briefjes van vijftig, en ten slotte een grote plastic zak met een sluitstrip, een grotere versie van het plastic zakje dat Vernon de vorige middag in de bar uit zijn portefeuille had gehaald. In de zak zaten – het was moeilijk te zeggen – misschien wel driehonderd, vierhonderd of vijfhonderd witte pilletjes...

Mijn mond viel open en ik staarde wezenloos naar wat misschien wel vijfhonderd doses MDT-48 waren. Ik schudde mijn hoofd en maakte een snelle rekensom. Vijfhonderd pillen à vijfhonderd dollar per stuk? Dat... dat was een kwart miljoen dollar. En als ik nog drie of vier van die dingen slikte, zou ik binnen een week mijn boek klaar hebben. Ik keek om me heen en was me opeens haarscherp bewust dat ik in Vernons slaapkamer stond en dat de sirenes, die harder waren gaan klinken toen ik de envelop opende, nu praktisch tegelijkertijd stilvielen.

Na weer een korte aarzeling griste ik alle spullen van het matras en deed ze terug in de envelop. Met de envelop onder mijn arm liep ik naar het raam in de woonkamer. Beneden op straat stonden drie politiewagens bij elkaar, alledrie met het blauwe zwaailicht aan. Agenten in uniform stapten uit, voorbijgangers bleven staan en maakten opmerkingen en het verkeer op 90th Street begon al snel vast te lopen.

Ik rende naar de keuken en zocht een plastic boodschappentas. Ik vond er een van de A&P in de buurt, stopte de envelop erin, liep de gang in en het appartement uit en zorgde ervoor dat de voordeur open bleef staan. Achter in de gang, aan het andere uiteinde dan dat waar de liften waren, was een grote stalen deur die ik eerder had gezien en waar ik nu naartoe rende. De deur kwam uit op de brandtrap. Links van de trap, waar de stortkoker van het vuilnis was, was een betonnen alkoof waar een bezem en een paar kartonnen dozen stonden. Ik aarzelde even, rende de trap naar de volgende verdieping op, en toen nog een verdieping hoger. Ook daar stonden vier of vijf kartonnen dozen in de alkoof. Ik propte de plastic tas erachter en rende zonder om te kijken met twee, drie treden tegelijk de trap weer af. Daarna duwde ik de stalen deur weer open en rende de gang naar Vernons voordeur in.

Ik was een paar meter van de deur toen ik de liftdeuren hoorde

opengaan, gevolgd door voetstappen en stemmen. Ik kwam bij de deur van het appartement, glipte naar binnen en liep rechtstreeks door naar de woonkamer, waar de aanblik van Vernon mij opnieuw de adem benam.
Hijgend en happend naar adem bleef ik midden in de kamer staan. Ik drukte mijn hand tegen mijn borst en boog me voorover alsof ik de uitputting nabij was. Toen werd er zacht op de voordeur geklopt en zei een stem op behoedzame toon: 'Hallo... hallo?' Een korte stilte en toen: 'Politie.'
Ik hapte nog een keer naar adem en zei op schorre toon: 'Ja. Hier.'
Om mezelf in beweging te houden, pakte ik Vernons pak en de papieren zak met zijn ontbijt van de grond, zette de zak op de glazen tafel en legde het pak op de bank.
Een jonge agent in uniform, ongeveer 25 jaar, verscheen in de deuropening. 'Neem me niet kwalijk,' zei hij en hij keek in een piepklein notitieboekje. 'Edward Spinola?'
'Ja,' zei ik en opeens voelde ik me schuldig, betrapt en een beetje een oplichter, 'ja, dat ben ik.'

# 6

In de daaropvolgende tien tot vijftien minuten werd het appartement overstroomd door een klein leger van politiemensen in uniform, rechercheurs in burger en technici van de forensische dienst.
Ik werd apart genomen, in de keuken, en ondervraagd door een van de agenten. Hij schreef mijn naam, adres en telefoonnummer op, vroeg me waar ik werkte en wat mijn relatie tot de overledene was. Terwijl ik de vragen beantwoordde, zag ik dat Vernon werd onderzocht en gefotografeerd. Ook zag ik twee rechercheurs in burger neerhurken naast het antieke bureau, dat nog steeds op zijn kant lag, en de papieren op de grond bekijken. Ze lieten de papieren, brieven en enveloppen aan elkaar zien en gaven er commentaar bij dat ik niet kon horen. Een agent stond bij het raam in zijn radio te praten en een tweede was in de keuken bezig om in de laden en kastjes te kijken.
Het was alsof ik droomde. Het was een geregisseerd gebeuren met een eigen ritme en hoewel ik erbij betrokken was, zoals ik daar vragen stond te beantwoorden, had ik niet het gevoel dat ik er deel van uitmaakte, zeker niet toen Vernon in een zwarte lijkzak werd gestopt en ze hem op een brancard de kamer uit reden.
Een paar minuten nadat dit was gebeurd, kwam een van de rechercheurs in burger naar me toe, stelde zich aan me voor en zei tegen de agent dat hij kon gaan. Hij heette Foley. Hij was van gemiddelde lengte, had een donker pak en een regenjas aan, was kalend en een paar kilo te zwaar. Hij vroeg me wanneer en onder welke omstandigheden ik het lichaam had gevonden en ik gaf netjes antwoord. Ik vertelde hem alles, behalve het deel over de MDT. Om te onderstrepen dat ik hem de waarheid vertelde, knikte ik naar het pak en de bruine papieren zak.
Het pak lag over de bank gedrapeerd alsof Vernons lijf er net nog in had gezeten. Het werd beschermd door een hoes van vliesdun plastic, waardoor het er griezelig en buitenaards uitzag, als een

visuele echo van Vernon zelf. Foley keek ook even naar het pak maar hij gaf geen reactie; hij zag het duidelijk anders dan ik. Toen liep hij naar de tafel met het glazen blad en pakte de bruine papieren zak op. Hij maakte hem open en haalde het ontbijt eruit: de twee bekers koffie, de muffin, de Canadese bacon en de saus, en stalde alles keurig naast elkaar uit op tafel, alsof hij in een forensisch laboratorium de delen van een skelet presenteerde.

'Dus, hoe goed kende u deze... Vernon Gant?' vroeg hij.

'Ik zag hem gisteren voor het eerst sinds tien jaar. Op straat. We liepen elkaar tegen het lijf.'

'Jullie liepen elkaar tegen het lijf,' herhaalde Foley knikkend terwijl hij me bleef aankijken. 'En wat voor werk deed hij?'

'Dat weet ik niet. Vroeger, toen ik hem kende, verzamelde hij meubels en handelde erin.'

'Ah,' zei Foley, 'hij was dus een soort dealer?'

'Ik...'

'Wat kwam u hier eigenlijk doen?'

'Nou...' Ik schraapte mijn keel. 'Zoals ik al zei liep ik hem gisteren tegen het lijf en maakten we een afspraak om, u weet wel, een beetje bij te praten.'

Foley keek om zich heen. 'Om een beetje bij te praten,' zei hij. 'Een beetje bij te praten.' Hij had blijkbaar de gewoonte om zinnen te herhalen, binnensmonds, min of meer tegen zichzelf, alsof hij ze overdacht, maar het was me duidelijk dat de ware reden een andere was, namelijk dat hij de geloofwaardigheid in twijfel trok en het vertrouwen van de spreker probeerde te ondermijnen.

'Ja,' zei ik, hoorbaar geïrriteerd. 'Een beetje bij te praten. Is daar iets mis mee?'

Foley haalde zijn schouders op.

Ik had het onaangename gevoel dat hij een tijdje om me heen zou blijven draaien om naar onwaarheden te zoeken in mijn verhaal en me vervolgens tot een of andere bekentenis te verleiden. Maar toen hij weer begon te praten en me meer vragen stelde, merkte ik dat zijn blik steeds afdwaalde naar de bekers koffie en de muffin, alsof hij dolgraag aan tafel had willen gaan zitten om de krant open te slaan bij de strips en lekker te gaan ontbijten.

'En de familie, de nabestaanden?' vroeg hij. 'Weet u daar iets van?'

Ik vertelde hem over Melissa, dat ik haar had gebeld en een bericht had ingesproken op haar antwoordapparaat.

Hij bleef even zwijgen, keek me toen aan en zei: 'U hebt een bericht ingesproken?'

'Ja.'
Hier moest hij echt even over nadenken. Toen zei hij: 'Het fijngevoelige type, hè?'
Ik reageerde niet hoewel ik dat wel had gewild; ik had hem willen slaan. Maar tegelijkertijd moest ik hem gelijk geven. Wat ik dertig of veertig minuten geleden had gedaan, een bericht inspreken op haar antwoordapparaat, was ronduit afschuwelijk. Hoofdschuddend draaide ik me naar het raam. Het nieuws was op zich al erg genoeg, maar het was nog vele malen erger dat ze het van mij moest vernemen, en dan ook nog via een bericht op haar antwoordapparaat. Ik slaakte een zucht van frustratie en merkte dat ik nog steeds een beetje trilde.
Uiteindelijk keek ik om naar Foley in de verwachting dat er meer vragen zouden komen, maar dat was niet zo. Hij had de deksel van een van de bekers koffie gehaald en stond net de muffin uit te pakken. Hij haalde zijn schouders op en keek me aan alsof hij wilde zeggen: ja nou, ik heb honger.

Na een minuut of twintig vertrokken we en reed ik in een van de politiewagens mee naar het districtsbureau om een officiële verklaring af te leggen. Onderweg zei niemand iets tegen me en ik werd zo in beslag genomen door al mijn gedachten, dat ik niet echt op mijn directe omgeving lette. Toen ik mijn verhaal weer moest vertellen, was dat in een grote, drukke teamkamer, aan een bureau, met opnieuw een te zware rechercheur tegenover me. Deze had een Ierse naam: Brogan.
Hij deed ongeveer hetzelfde wat Foley had gedaan, stelde dezelfde vragen en toonde net zo weinig belangstelling voor de antwoorden. Daarna moest ik een halfuur op een houten bank gaan zitten wachten terwijl de verklaring werd uitgetypt en geprint. Het was een drukte van jewelste in de teamkamer en er liepen voortdurend mensen in en uit, zodat ik moeite had met nadenken. Uiteindelijk werd ik weer naar Brogans bureau geroepen en werd me gevraagd de verklaring te lezen en te ondertekenen. Terwijl ik hem las, zat Brogan in stilte met een paperclip te spelen. Ik was bijna bij het eind toen zijn telefoon begon te rinkelen en hij opnam met een kort: 'Ja.' Hij luisterde, zei nog twee keer 'ja' en begon toen aan een samenvatting van wat er was gebeurd. Ik was inmiddels flink moe en luisterde niet echt mee, dus pas toen ik hem: 'Ja, mevrouw Gant', hoorde zeggen, schrok ik op en begon op te letten.

Brogans zakelijke verslag ging nog enige tijd door, maar toen zei hij ineens: 'Ja, hij zit hier naast me. Ik zal hem geven.' Hij hield me de hoorn voor en gebaarde dat ik hem moest aanpakken. Ik deed het en in de twee seconden die ik nodig had om hem naar mijn oor te brengen, had ik het gevoel dat een onmetelijke hoeveelheid adrenaline mijn bloedstroom binnendrong.
'Hallo... Melissa?'
'Ja, Eddie. Ik heb je bericht ontvangen.'
Stilte.
'Hoor eens,' zei ik, 'dat spijt me heel erg. Ik was in paniek en...'
'Maak je geen zorgen; daar zijn antwoordapparaten voor.'
'Ja... nou... oké.' Ik keek naar Brogan, angstig bijna. 'En ik vind het heel erg van Vernon.'
'Ja, ik ook. Jezus.' Haar stem had een slepende, vermoeide klank. 'Maar ik zal je één ding zeggen, Eddie, het kwam niet echt als een verrassing. Het hing al een hele tijd in de lucht.'
Ik kon niets bedenken wat ik daarop kon zeggen.
'Ik weet dat het hard klinkt,' vervolgde ze, 'maar hij was betrokken bij...' Ze wachtte even en zei toen: '... bepaalde zaken. Maar daar kan ik op deze lijn misschien beter mijn mond over houden, denk je ook niet?'
'Dat lijkt me een goed idee.'
Brogan zat nog steeds met zijn paperclip te spelen en keek alsof hij naar een aflevering van zijn favoriete hoorspelserie zat te luisteren.
'Maar ik kon het nauwelijks geloven toen ik je stem hoorde,' vervolgde Melissa. 'De strekking van het bericht ontging me bijna. Ik heb het twee keer moeten afspelen.' Ze viel even stil, wat langer dan normaal was. 'Maar... wat deed je eigenlijk bij Vernon?'
'Ik kwam hem gistermiddag in 12th Street tegen,' vertelde ik, het bijna voorlezend van de verklaring die voor me lag, 'en we maakten een afspraak voor vanochtend, in zijn appartement.'
'Het is allemaal zo raar.'
'Is er een kans dat we elkaar kunnen ontmoeten? Ik zou graag...'
Ik viel stil.
Ik zou wát graag?
De stilte bleef tussen ons in hangen.
Uiteindelijk zei ze: 'Ik ga ervan uit dat ik het de eerstkomende tijd flink druk zal hebben, Eddie. Ik moet de begrafenis en god weet wat nog meer regelen.'

'Nou, daar kan ik je toch mee helpen? Ik voel me min of meer verplicht om...'
'Niet doen. Je hoeft je niet verplicht te voelen. Ik zal je bellen als... zodra ik meer tijd heb. Dan kunnen we normaal met elkaar praten. Wat vind je daarvan?'
'Goed.'
Ik wilde meer zeggen, vragen hoe het met haar was, haar aan de praat houden, maar mijn tijd was op. 'Oké, dag,' zei ze, en toen hingen we allebei op.
Brogan schoot zijn paperclip weg, boog zich naar voren en knikte naar de verklaring.
Ik tekende en gaf de verklaring terug.
'Dat was het?' vroeg ik.
'Voorlopig. Als we u nodig hebben, bellen we wel.'
Hij trok zijn bureaula open en begon naar iets te zoeken.
Ik stond op en ging weg.

Buiten op straat stak ik een sigaret op en nam een paar diepe halen.
Ik keek op mijn horloge. Het was een paar minuten over halfvier.
Gisteren om deze tijd was het nog niet eens begonnen.
Het zou echter niet lang meer duren voordat ik die gedachte niet meer kon bezigen. Wat eigenlijk maar goed was ook, want elke keer dat ik dit dacht, had ik het gevoel dat ik in een ergerlijke val was gelopen waaruit een uitweg mogelijk moest zijn, bijna alsof me een mentale rustperiode werd gegund waarin ik een stap terug kon doen, dingen ongedaan kon maken en morele steun zou krijgen voor de stommiteit die ik had begaan.
Doelloos liep ik een paar blokken door en hield toen een taxi aan. Toen ik op de achterbank zat en richting centrum reed, dacht ik aan het telefoongesprek met Melissa en speelde het in gedachten nog een paar keer af. Ondanks het onderwerp van gesprek was de toon heel normaal geweest, en daar was ik bijna kinderlijk blij mee. Toch had er ook iets anders doorgeklonken in haar stem, iets wat ik al eerder had gehoord toen ze zich meldde op het antwoordapparaat, een sombere matheid. Maar wat was de oorsprong daarvan? Teleurstelling? Te veel roken? Haar kinderen?
Wat wist ík daarvan?
Ik keek door het zijraampje naar buiten. De straten flitsten weer

langs me heen – 50th, 40th, 30th Street en alles wat daartussen zat – als een dalende drukmeter die aangaf dat ik langzaam maar zeker terugkeerde in de vertrouwde atmosfeer. Hoe verder ik Linden Tower achter me liet, hoe beter ik me begon te voelen. Maar toen drong een andere gedachte zich op.

Vernon was met 'bepaalde zaken' bezig geweest, had Melissa gezegd. Ik dacht dat ik wist wat dat betekende, en ik nam aan dat het feit dat hij eerst in elkaar was geslagen en later was vermoord, een rechtstreeks gevolg was van die bepaalde zaken. En terwijl Vernon dood op zijn bank lag, had ik zijn slaapkamer doorzocht en daar een pak bankbiljetten, een notitieboekje en vijfhonderd pillen gevonden. Ik had die dingen verstopt en er niets over gezegd tegen de politie. Wat inhield dat ik nu ook betrokken was bij die bepaalde zaken.

En dat ik misschien in gevaar was.

Had iemand me gezien? Ik dacht het niet. Toen ik terugkwam in Vernons appartement, was de indringer in de slaapkamer geweest en was hij er onmiddellijk vandoor gegaan. Hij kon alleen mijn rug hebben gezien, of hooguit een glimp van mijn gezicht toen ik me omdraaide, net zoals ik alleen een glimp van zíjn gezicht had gezien.

Maar hij of iemand anders kon buiten Linden Tower hebben gestaan en me naar buiten hebben zien komen, mee zien gaan met de politie en me naar het bureau zijn gevolgd. Misschien volgden ze me nog steeds.

Ik vroeg de chauffeur te stoppen.

Hij zette de taxi stil op de hoek van 29th Street en Second Avenue. Ik betaalde en stapte uit. En ik keek om me heen. Ik zag geen andere auto of auto's die op hetzelfde moment stopten, hoewel ik dat natuurlijk niet met zekerheid kon zeggen. Ik liep in elk geval sneller dan gewoonlijk en keek herhaaldelijk achterom toen ik richting Third Avenue liep. Op 28th Street en Lexington Avenue liep ik de trap naar de metro af, nam de nummer 6 naar Union Square, en daar een L-trein in westelijke richting tot aan Eighth Avenue, waar ik de stadsbus naar First Avenue nam.

Ik was van plan daar een taxi te nemen en nog een beetje door de stad te rijden, maar ik was te dicht bij huis en te moe, en bovendien geloofde ik niet echt meer dat ik was gevolgd, dus gaf ik het op, stapte uit in 14th Street en liep de paar blokken naar mijn huis.

# 7

Terug in mijn appartement printte ik de aantekeningen en mijn ruwe opzet van de inleiding van het boek uit. Ik ging op de bank zitten om ze te lezen, om na te gaan of ik me geen rare dingen had verbeeld, maar ik was zo moe, dat ik bijna onmiddellijk in slaap viel.

Een paar uur later werd ik wakker met pijn in mijn nek. Het was inmiddels donker buiten. Overal lagen losse vellen papier, op mijn bovenbenen, naast me op de bank en rondom mijn voeten op de grond. Ik wreef in mijn ogen, zocht alles weer bij elkaar en begon opnieuw te lezen. Al na een paar minuten wist ik dat ik me niets had verbeeld. Ik besloot zelfs om dit stuk de volgende ochtend naar Mark Sutton van K&D te sturen om hem eraan te herinneren dat ik nog steeds met het project bezig was.

Nadat ik ook mijn notities had gelezen, vroeg ik me af wat ik nu moest doen. Ik probeerde mezelf bezig te houden door de papieren op mijn bureau op te ruimen, maar veel rust leverde dat niet op en bovendien had ik dat de vorige avond al gedaan. Wat ik moest doen – en het had geen enkele zin om te doen alsof het niet zo was – was teruggaan naar Linden Tower om de envelop op te halen. Het idee beangstigde me nogal, dus besloot ik me te vermommen. De enige vraag was: hoe?

Ik ging naar de badkamer, nam een douche en schoor me. Daarna haalde ik een pot gel uit de kast, masseerde een flinke hoeveelheid in mijn haar en kamde het vervolgens strak naar achteren. Toen ging ik in de kast in de slaapkamer op zoek naar voor mij ongebruikelijke kleding. Er hing één pak, een saai, grijs geval dat ik al een paar jaar niet aan had gehad. Ik haalde het uit de kast, completeerde het met een lichtgrijs overhemd, een zwarte das en een paar zwarte loafers en legde alles op het bed. Het enige probleem dat het pak kon opleveren, was dat de broek me niet meer paste, maar ik wist me erin te wurmen. Ook het overhemd kreeg ik aan en toen ik de das had geknoopt en de

schoenen had aangetrokken, ging ik voor de spiegel staan om mezelf te bekijken. Ik zag er belachelijk uit – als een te dikke gangster die het te druk had gehad met pasta eten en mensen afpersen om zijn garderobe up-to-date te houden – maar ik zou het ermee moeten doen. Ik leek in elk geval niet op mezelf en dat was de bedoeling.
Ik vond een oude aktetas die ik soms voor mijn werk gebruikte en besloot hem mee te nemen, maar ik zag af van de zwartleren handschoenen die ik op de plank in de kast zag liggen. Na mezelf nog een laatste keer bekeken te hebben in de spiegel bij de voordeur, ging ik op pad.
Op straat was er geen taxi te zien, dus liep ik naar First Avenue en hoopte ik vurig dat ik geen bekenden zou tegenkomen. Na een paar minuten vond ik een taxi en begon ik voor de tweede keer die dag aan mijn trip naar het andere gedeelte van de stad. Maar alles was nu anders. Het was donker, alle lichtjes in de stad waren aan en ik had een pak aan en een aktetas op mijn schoot. Het was dezelfde rit via dezelfde route, maar hij leek plaats te vinden in een ander universum, een waarin ik niet zeker wist wie ik was en wat ik deed.

We stopten bij Linden Tower in 90th Street.
Zwaaiend met mijn aktetas liep ik de hal in, waar het nog drukker was dan het eerder op de dag was geweest. Ik liep met een boogje om twee vrouwen met bruine, papieren boodschappenzakken heen en ging op weg naar de liften. Tezamen met twaalf tot vijftien andere mensen wachtte ik op de lift, maar ik voelde me te opgelaten om een van hen echt aan te kijken. Als me boven iets te wachten stond, een val of hinderlaag, zou ik er zonder meer in lopen.
In de lift naar boven voelde ik mijn polsslag versnellen. Ik had op het knopje voor de 25e gedrukt en was van plan over de trap terug te lopen naar de negentiende. Ik had gehoopt dat ik op een zeker moment alleen in de lift zou staan, maar dat werd me niet gegund. Toen we op de 25e aankwamen, waren we nog steeds met zijn zessen en ik stapte uit achter drie andere mensen. Twee van hen gingen linksaf en de derde, een oudere man in een pak, ging rechtsaf. Ik bleef een paar passen achter hem en hoopte vurig dat hij rechtdoor zou lopen en niet de hoek om zou gaan.
Maar hij ging de hoek wel om, dus bleef ik staan en zette mijn aktetas op de grond. Ik haalde mijn portefeuille uit mijn binnen-

zak, sloeg hem open en deed of ik iets opzocht. Na een minuut pakte ik de aktetas weer op en liep de hoek om. Er was niemand meer en ik slaakte een zucht van opluchting.
Maar meteen daarna hoorde ik ver achter me de liftdeuren weer opengaan, en ik hoorde iemand lachen. Ik versnelde mijn pas, begon bijna te rennen en net toen ik de stalen deur naar de brandtrap openduwde, keek ik achterom en zag ik aan het uiteinde van de gang twee mensen de hoek om komen.
Ik hoopte dat ze me niet hadden gezien en bleef even staan om op adem te komen. Toen ik weer voldoende tot rust was gekomen, begon ik de kille, grijze trap met twee treden tegelijk af te dalen. Op de overloop van de twintigste hoorde ik van een paar verdiepingen lager stemmen opklinken, of ik dacht dat ik ze hoorde, dus ik hield weer even mijn pas in. Maar zodra ik niets meer hoorde, kwam ik weer in beweging.
Op de negentiende bleef ik staan en zette mijn aktetas op de betonnen vloer. Toen ging mijn blik naar de stapel kartonnen dozen in de alkoof.
Ik hoefde dit niet te doen. Ik kon gewoon het gebouw uit lopen, de hele zaak vergeten en de envelop daar laten liggen totdat iemand anders hem zou vinden. Aan de andere kant, als ik nu doorging, zou niets in mijn leven ooit nog hetzelfde zijn. Daar was ik van overtuigd.
Ik haalde nog een keer diep adem, voelde met mijn hand achter de dozen en trok de plastic A&P-tas erachter vandaan. Ik keek snel of de envelop er nog in zat en of de spullen nog in de envelop zaten. Toen stopte ik de plastic tas in de aktetas.
Ik draaide me om en begon de trap af te lopen.
Toen ik op de elfde verdieping was aangekomen, besloot ik dat het waarschijnlijk veilig genoeg was om de lift te nemen. Beneden in de hal en op het plein voor het gebouw gebeurde er niets. Ik wandelde naar Second Avenue en hield daar een taxi aan.
Twintig minuten later stond ik voor mijn eigen huis in 10th Street.

In mijn appartement trok ik onmiddellijk het pak uit en nam ik snel een douche om de gel uit mijn haar te wassen. Ik trok een spijkerbroek en een T-shirt aan, pakte een biertje uit de koelkast, stak een sigaret op en liep naar de woonkamer.
Ik ging aan mijn bureau zitten en spreidde de inhoud van de envelop voor me uit. Bewust liet ik de zak met pillen en het pak

bankbiljetten voor wat ze waren en pakte eerst het zwarte notitieboekje op. Er stonden namen en telefoonnummers in. Sommige van de nummers waren doorgestreept en bij een deel daarvan stond er een nieuw nummer onder geschreven. Ik bladerde het hele boekje door maar zag geen namen die ik herkende. Ik had bijvoorbeeld Deke Tauber moeten herkennen, en er waren er nog een paar die me bekend hadden moeten voorkomen, maar op dat moment drong het niet tot me door.
Ik stopte het boekje terug in de envelop en begon het geld te tellen: 9450 dollar.
Ik haalde er zes biljetten van vijftig vanaf en deed ze in mijn portefeuille.
Daarna maakte ik wat ruimte op mijn bureaublad, schoof het toetsenbord van mijn computer opzij en begon de pillen te tellen. Ik maakte er stapeltjes van vijftig van en toen ik klaar was, waren het er negen en had ik nog zeventien losse pillen over. Ik vouwde een trechter van een blaadje papier en deed de 467 tabletten terug in de plastic zak. Ik bleef een tijdje naar de zak staren, niet goed wetend wat ik moest doen, en haalde er toen weer tien uit en deed ze in het aardewerk kommetje dat op de plank boven de computer stond. De rest van het geld en de zak met pillen deed ik terug in de bruine envelop, die ik meenam naar de slaapkamer en in een lege schoenendoos onder in de kast stopte. Ik dekte de schoenendoos af met een deken en zette er een stapel tijdschriften bovenop.
Nadat ik dat had gedaan, speelde ik even met het idee om een pil te nemen en meteen aan het werk te gaan. Maar ik besloot het niet te doen. Ik was doodmoe en had behoefte aan slaap. Maar voordat ik naar bed ging, dronk ik nog een biertje op de bank in de woonkamer, met mijn blik voortdurend gericht op het aardewerk kommetje op de plank boven mijn computer.

# Deel twee

# 8

Hoewel alles later wat vager werd, nu ik erop terugkijk vanuit mijn rieten fauteuil in de Northview Motor Lodge, kan ik me de volgende dag, een donderdag, en de twee dagen daarna goed herinneren, als dagen, eenheden van tijd met een begin en een eind, waarin je opstaat en een x aantal uren later weer naar bed gaat. Op die drie ochtenden nam ik een dosis MDT-48 en beleefde ongeveer hetzelfde wat ik de eerste keer had beleefd, wat inhoudt dat het effect vrijwel meteen merkbaar was, ik de hele dag in mijn appartement bleef om te werken en daarbij heel productief was, buitengewoon productief, totdat de werking begon af te nemen.

Op de eerste dag sloeg ik een paar uitnodigingen van vrienden af om ergens iets te gaan drinken, en zegde ik de afspraak af die ik voor vrijdagavond had. Ik maakte mijn inleiding af – 11.000 woorden in totaal – en maakte een opzet voor de rest van het boek, met name wat betreft de manier waarop ik de onderschriften wilde schrijven. Ik kon die nog niet schrijven omdat ik nog niet wist welke foto's en illustraties ik zou gebruiken, dus besloot ik te beginnen aan het bewerkelijke proces van het uitzoeken daarvan. Het kostte me een aantal uren. Onder normale omstandigheden zou het me vier tot zes weken hebben gekost, maar op dat moment leek het me het beste om er niet te lang over door te zeuren. Ik zocht al het benodigde materiaal bij elkaar: krantenknipsels, tijdschriftartikelen, platenhoezen, dozen met dia's en contactprints, en legde alles op de vloer in de woonkamer. Ik bekeek het allemaal en nam een aantal zelfverzekerde, resolute beslissingen. Voordat ik het wist had ik een bruikbare lijst van illustraties en kon ik met het schrijven van de onderschriften beginnen.

Maar toen ik was begonnen en ervan overtuigd raakte dat het nooit langer dan een dag kon duren, sloeg opeens de twijfel toe. Want zou ik dan niet het hele boek klaar hebben, een heel boek, in twee dagen? Goed, ik had er een paar maanden over nagedacht, had met het idee gespeeld en in de tussentijd materiaal verzameld, een soort werkschema bedacht, een zekere hoeveelheid research gedaan en een titel bedacht.

Ja toch?

Dat wel. Toch kon ik niet heen om het feit dat voor een aartsluiaard als ik, wiens hele denktrant was gebaseerd op de overtuiging dat een ernstig gebrek aan discipline een karaktereigenschap was die gekoesterd moest worden, het afmaken van het boek in slechts twee dagen een uitzonderlijke prestatie was.

Maar waarom zou ik me ertegen verzetten?

Op vrijdagochtend ging ik door met het schrijven van de onderschriften en tegen lunchtijd was ik ervan overtuigd dat ik voor het eind van de dag klaar zou zijn, dus belde ik Mark Sutton van Kerr & Dexter om hem te vertellen hoever ik was. Het eerste wat Mark wilde weten, was hoever ik was met de handleiding voor de telecommunicatietraining die ik zou herschrijven.

'Schiet het al op?'

'Ik ben er bijna mee klaar,' loog ik. 'Maandagochtend heb je hem in huis.'

Wat zou gebeuren.

'Geweldig. En, wat kan ik voor je doen, Eddie?'

Ik vertelde over mijn vorderingen met *Turning On* en vroeg of hij wilde dat ik het opstuurde.

'Eh...'

'Het ziet er goed uit. Een beetje redigeerwerk hier en daar, niet veel, maar...'

'Eddie, de deadline is pas over drie maanden.'

'Ik weet het, ik weet het, maar ik dacht dat er misschien nog wel een paar titels uit de serie voorhanden waren en ik er misschien... nog een kon doen?'

'Voorhanden? Eddie, die zijn allemaal al uitbesteed, dat weet je. Jij hebt er een, Dean en Clare Dormer hebben er een. Waar héb je het over?'

Hij had gelijk. Dean Bennet, een vriend van me, deed *Venus*, over de mooiste vrouwen van de afgelopen eeuw, en Clare Dormer, de psychiater, deed *Screen Kids*, over de manier waarop kinderen in tv-komedies werden afgebeeld. Er waren er nog drie. *Great Buildings* was er een van, geloof ik.

De andere kon ik me niet herinneren.

'Nou ja,' zei ik. 'Een tweede serie dan? Als deze goed loopt...'

'Er zijn nog geen plannen voor een tweede serie, Eddie.'
'Maar als deze het goed doen?'
Ik hoorde hem een gelaten zucht slaken. 'Er zou over een tweede serie gedacht kunnen worden,' zei hij, waarna het even stil bleef. Toen vroeg hij beleefd: 'Heb je daar al ideeën over?'
Ik had er nog niet echt over nagedacht maar wilde dolgraag zo gauw mogelijk aan een nieuw project beginnen, dus duwde ik de hoorn met mijn schouder tegen mijn oor, liet mijn blik langs de boekenplanken in de woonkamer gaan en begon ideeën te spuien. 'Wat dacht je van, wacht even...' Ik keek naar de grijze rug van een grootformaat boek op de plank boven de stereo, een boek dat ik van Melissa had gekregen nadat we een foto-expositie in MoMA hadden bezocht en ruzie hadden gekregen. 'Wat dacht je van beroemde nieuwsfoto's? Je zou kunnen beginnen met die verbluffende foto van de komeet van Halley uit 1910. Of die van Bruno Hauptmann... weet je nog, de executie? Of de treinramp in Kansas in 1928?' In een flits zag ik dubbelgevouwen treinwagons en kolkende zwarte rook- en stofwolken voor me. 'En, wat hebben we nog meer? Adolf Hitler met Hindenburg en Hermann Göring bij het Tannenberg-monument...' Weer een flits, deze keer van een geërgerde Göring die keek naar iets wat hij in zijn handen had, iets wat verdacht veel op een laptop leek. 'En dan hebben we de bommen boven Parijs, de landingen van D-Day. Het keukendebat in Moskou met Chroesjtsjov en Nixon. Het napalmmeisje in Vietnam. De begrafenis van de ayatollah.' Ik zat nog steeds naar de rug van het boek te kijken maar zag de beelden duidelijk en levensecht voor me, het een na het ander alsof ze op een microfiche onder mijn oog door gleden. Ik schudde mijn hoofd en zei: 'Er moeten duizenden andere zijn.' Ik keek weer naar mijn boekenverzameling en vervolgde: 'Of, weet ik veel, je kunt iets over filmposters doen, over printreclame, over de uitvindingen van de twintigste eeuw, van de blikopener tot de zakcalculator en de camcorder. Je kunt iets over auto's doen.'
Terwijl ik suggesties bleef spuien en mijn hand op het bureaublad had gezet om mezelf te ondersteunen, begon zich op hetzelfde moment in mijn geest een tweede stroom ideeën te vormen. Tot dat moment had ik alleen maar aan mijn eigen boek gedacht. Ik had geen moment gedacht aan de serie als geheel, maar ik besefte nu dat Kerr & Dexter de zaak met weinig enthousiasme had aangepakt. De serie over de twintigste eeuw

was waarschijnlijk alleen een reactie op een soortgelijk project van een concurrerende uitgeverij, iets waarvan ze lucht hadden gekregen en hadden gevonden dat ze het niet mochten laten lopen. Maar het was alsof toen ze dat besluit hadden genomen, dachten dat hun werk daarmee gedaan was. Om te overleven op de boekenmarkt en hoofd te kunnen bieden aan de concurrentie, zoals Artie Meltzer, de adjunct-directeur van K&D, altijd zei, moesten ze alert blijven, hoewel het doorschuiven naar Marks afdeling een project als dit nu niet direct recht deed. Mark had de middelen en de tijd er niet voor, maar Artie wist dat hij het toch zou aanpakken, want Mark Sutton, die nooit nee kon zeggen, pakte alles aan. Vervolgens zou Artie het vergeten, totdat iemand de schuld moest krijgen als de serie was geflopt.

Wat Artie echter vergat, was het feit dat de serie best een goed idee was. Oké, andere uitgevers zouden een soortgelijke serie op de markt brengen, maar daar ontkwam je gewoon niet aan. Waar het om ging was dat je de eerste en de beste was. Het materiaal – de grote voorbeelden van de twintigste eeuw – was aanwezig en klaar voor gebruik, maar voorzover ik kon zien had Sutton het maar voor de helft benut. Het ontbrak zijn ideeën aan inzicht en structuur.

'... en dan heb je, weet ik veel, de grote sportmomenten. Babe Ruth. Tiger Woods, en shit, het hele ruimtevaartprogramma. De mogelijkheden zijn eindeloos.'

'Hmm.'

'En zouden alle boeken niet soortgelijke titels moeten hebben?' vervolgde ik. 'Iets wat ze samenbindt? Het mijne heet bijvoorbeeld *Turning On: From Haight-Ashbury to Silicon Valley*, dus zou Deans boek niet alleen *Venus* moeten heten, maar bijvoorbeeld *Shooting Venus: From Pickford to Paltrow*, of *From Garbo to Spencer*, iets in die richting. En dat van Clare, tenminste, als ze zich beperkt tot jongens... *Raising Sons: From Beaver to Bart.* Ik weet het niet. Geef het een formule mee; dat maakt het gemakkelijker te verkopen.'

Het bleef enige tijd stil aan de andere kant en toen zei hij: 'Wat wil je dat ik zeg, Eddie? Het is vrijdagmiddag en ik heb nog een paar deadlines.'

Ik kon Mark in zijn kantoor zien zitten, mager en opgebrand, worstelend om zijn werklast voor te blijven, met een niet of half opgegeten cheeseburger voor zich op zijn bureau en een secretaresse op wie hij verliefd was en die geen kans onbenut liet om hem visueel te vernederen als hun blikken elkaar kruisten. Hij had een kantoor zonder ramen op de twaalfde verdieping van het oude Port Authority-gebouw op Eighth Avenue, waar hij het grootste deel van zijn leven doorbracht, ook de avonden, weekends en zijn vrije dagen. Ik voelde op dat moment een golf van verachting voor hem.

'Mij best,' zei ik. 'Hoor eens, Mark, ik spreek je maandag.'

Toen ik had neergelegd begon ik aantekeningen te maken voor een nieuwe opzet van de serie en binnen twee uur had ik een voorstel voor tien titels, plus een ruwe indeling en een lijst van de illustraties die een sleutelfunctie in elk van de boeken zouden vervullen. Toen rees de vraag wat mijn volgende stap moest zijn. Ik had niet de opdracht gehad om dit te doen en kon niet zonder hun toestemming aan het werk gaan.

Marks houding en gebrek aan interesse zaten me nog steeds dwars, dus besloot ik Artie Meltzer te bellen en hem het idee voor te leggen. Ik wist dat Mark en Artie het niet al te best met elkaar konden vinden en dat Artie met genoegen gebruik zou maken van elke mogelijkheid om Mark een hak te zetten, maar waar het nu om ging was of Artie al dan niet interesse had voor het idee.

Ik werd met hem doorverbonden en begon te praten. Waar ik het allemaal vandaan haalde weet ik niet, maar aan het eind van het gesprek had ik Meltzer praktisch zover dat hij het hele beleid zou omgooien en de serie over de twintigste eeuw tot middelpunt van de nieuwe voorjaarsaanbiedingen zou maken. Hij wilde met me uit eten, maar hij en zijn vrouw waren voor het weekend uitgenodigd in de Hamptons en daar kon hij onmogelijk onderuit. Zijn vrouw zou hem vermoorden als hij dat deed. Maar hij klonk oprecht geïnteresseerd en leek geen eind aan het gesprek te willen maken, alsof dit een grote kans was die hem nu al door zijn vingers begon te glippen...

Volgende week, zei ik, we spreken elkaar volgende week.

De rest van de dag was ik bezig met het herschrijven van de handleiding telecommunicatie voor Mark en het verfijnen van het plan dat ik aan Artie wilde presenteren, zonder oog te hebben voor de tegenstrijdige belangen en het feit dat er een kans was dat ik door mijn actie Marks baan misschien in gevaar zou brengen.

De werking van de MDT op die donderdag en vrijdag vertoonde

geen opvallende verschillen. Ik voelde me niet overdreven vrolijk, maar er was wel, net als daarvoor, het gevoel dat ik alleen kan beschrijven als het onweerstaanbare en onophoudelijke verlangen om bezig te blijven. In mijn appartement was niets meer te doen, want alles was al gedaan, tenzij ik het hele huis opnieuw wilde inrichten, de muren wilde sauzen en de vloerplanken wilde vervangen. Dat wilde ik niet, dus zat er niets anders op dan al mijn energie te richten op teksten schrijven en aantekeningen maken. En u moet in gedachten houden wat dat werk gewoonlijk met zich meebrengt. Dat kan van alles zijn: naar *Oprah* kijken, op de bank zitten niksen met een tijdschrift, of zelfs op bed liggen dutten. Uiteindelijk werd het werk wel gedaan, maar niet op de manier die u zou verwachten, en als u me één of twee dagen zou observeren, zou u er weinig van merken.

Donderdagnacht sliep ik vijf uur, redelijk goed ook, maar vrijdagnacht had ik er meer moeite mee. Ik werd om halfvier wakker, lag een uur te woelen en besloot uiteindelijk op te staan. Ik zette een pot koffie en nam een nieuwe dosis MDT in, wat inhield dat ik om vijf uur in de ochtend op volle toeren draaide maar dat ik niets concreets te doen had. Desondanks bleef ik de hele dag binnen en wist ik mezelf bezig te houden. Ik wierp me op de Italiaanse grammaticaboeken die ik had gekocht toen ik in Bologna woonde maar die ik nog nooit had ingekeken. Ik had genoeg Italiaans gekend om me daar te redden, zelfs genoeg om een paar eenvoudige vertalingen te doen, maar ik had de taal nooit op een fatsoenlijke manier bestudeerd. De meeste Italianen die ik kende wilden hun Engels oefenen, dus had ik het probleem altijd kunnen omzeilen en me met minimale inspanning verstaanbaar kunnen maken. Maar nu besteedde ik een paar uur aan de vervoegingen en andere grammatica die van belang was: de aanvoegende wijs, bijvoeglijke naamwoorden, wederkerende werkwoorden en de uitspraak van alles, en het merkwaardige was dat ik alles herkende en besefte dat ik die dingen al wist, zodat ik voortdurend dacht: ja natuurlijk, dát is het.

Ik deed een paar series oefeningen voor gevorderden en had alles goed. Daarna zocht ik een oud nummer van het Italiaanse opinieweekblad *Panorama* op en las de artikelen over Italiaanse politici, modeontwerpers en voetbaltrainers, en een groot artikel over Viagra waarbij ik de ijsschotsen van mijn passieve vocabulaire voelde losbreken en afdrijven naar het voorportaal van mijn bewuste geest. Daarna pakte ik het klassieke boek *I promes-*

*si sposi* van Alessandro Manzoni van de plank, dat ik ooit met de beste bedoelingen had gekocht maar waaraan ik nooit was begonnen. Zelfs nu verwachtte ik niet dat ik het echt zou begrijpen, en ik vreesde dat ik me zou voelen als een eerstejaars student Engels die *Bleak House* probeerde te lezen. Desondanks begon ik te lezen en ik merkte tot mijn verbazing dat ik al gauw genoot van de opvallend levendige beschrijvingen over het leven in Lombardije aan het begin van de zeventiende eeuw. Het was zelfs zo dat toen ik het boek na tweehonderd bladzijden neerlegde, ik nauwelijks in de gaten had gehad dat ik een vreemde taal had gelezen. En de reden dat ik was gestopt was niet dat het boek me niet meer boeide, maar het feit dat ik voortdurend werd afgeleid door de gedachte dat mijn gesproken Italiaans zich nu misschien op hetzelfde niveau zou bevinden.

Ik wachtte even en sloeg mijn adresboekje open, zocht het nummer van een oude vriend in Bologna en toetste het in. Terwijl de telefoon overging keek ik op mijn horloge en zag dat het daar halverwege de middag moest zijn.

'*Pronto.*'

'*Ciao, Giorgio, sono Eddie, da New York.*'

'*Eddie? Cazzo. Come stai?*'

'*Abastanza bene. Senti, Giorgio, volevo chiederti una cosa...*' Enzovoort. We zaten al een halfuur te praten – over de situatie in Mexico, Giorgio's scheiding en de spumante van dit jaar – toen Giorgio merkte dat we in het Italiaans met elkaar spraken. We hadden dat daarvoor bijna altijd in het Engels gedaan, afgezien van een praatje over het weer of wat we op onze pizza wilden. Hij was heel verbaasd en ik vertelde hem dat ik hard aan het studeren was geweest.

Toen ik mijn gesprek met Giorgio had beëindigd, ging ik weer verder in *I promessi sposi* en rond lunchtijd had ik het uit. Daarna begon ik aan een boek over de geschiedenis van Italië, een overzicht door de eeuwen heen, en kwam terecht in een stroom verwijzingen naar keizers, pausen, ministaatjes, invasies, cholera, verbonden en fascisme. Dat riep op zijn beurt weer een aantal vragen op over de meer recente geschiedenis, vragen die ik voor het merendeel niet kon beantwoorden omdat ik er geen leesmateriaal over had: Mussolini's deal met het Vaticaan in 1929, de betrokkenheid van de CIA bij de verkiezingen van 1948, de vakbonden, de Rode Brigade, de ontvoering van en moord op Aldo Moro aan het eind van de jaren zeventig, Bettino

Craxi in de jaren tachtig, Di Pietro en *tangentopoli* in de jaren negentig... Ik had het gevoel dat de veelbewogen eeuwen elkaar razendsnel opvolgden om ten slotte om te tuimelen als oude marmeren zuilen, hulpeloos terecht te komen op het heden en daar af te brokkelen in decennia, jaren en maanden. Ik voelde de spinnenwebben van samenzweringen en verraad – de verhalen, de moorden en het bedrog die heen en weer schoten door de tijd – letterlijk kriebelen op mijn huid. Ik was er ook van overtuigd dat dit alles met voldoende wilskracht bijeen kon worden gehouden in mijn geest en echt begrepen kon worden als concrete feiten met een definieerbare chemische structuur, en bijna gezien en aangeraakt kon worden, ook al was het maar heel even. Zaterdagavond vroeg echter, toen ik voelde dat de MDT uitgewerkt begon te raken, moest ik bekennen dat mijn vermogen om de complexe stromingen in de geschiedenis te begrijpen wat afgestompt raakte. Dus nam ik nog een pil. Maar hierdoor veranderde de dynamiek van het hele gebeuren en werd er een abrupt eind gemaakt aan al het gevoel voor tijd en orde dat ik tot dusver in mijn leven had gehad. Door zonder pauze een tweede pil in te nemen, leek de werking zelfs intenser te worden, met als gevolg dat ik niet langer in mijn appartement kon blijven en de straat op moest.

Ik belde Dean en ontmoette hem een uur later in Zola's op MacDougal Street. Het duurde even voordat ik mijn stem en manier van praten had aangepast en besefte dat ik niet in een sneltreinvaart de ene na de andere complexe zin moest uitbraken, want afgezien van de paar telefoongesprekken die ik had gevoerd, was deze ontmoeting met Dean de eerste echte confrontatie met een ander mens sinds ik MDT was gaan gebruiken, dus wist ik niet precies hoe ik me zou voelen en op een ander zou overkomen.

Tijdens een drankje namen we snel Mark Sutton en Artie Meltzer met elkaar door, waarna ik Dean mijn ideeën over de uitbreiding van de serie over de twintigste eeuw voorlegde. Maar ik zag dat Dean me wat bevreemd aankeek, met gefronste wenkbrauwen, alsof hij zich zorgen maakte over mijn geestelijke welzijn. Dean en ik werkten allebei als freelancer voor K&D en hadden elkaar daar een paar jaar geleden ontmoet. We hadden allebei een gezonde afkeer van het bedrijf en hielden er dezelfde halfslachtige werkethiek op na, dus dit gepraat over redactionele voorstellen en inspelen op de markt moest hem op zijn minst vreemd in de oren klinken. Ik bond wat in maar al gauw betrapte ik mezelf erop dat ik hem mijn bijna paranoïde theorieën over de Italiaanse politiek aan het voorleggen was, met veel meer passie en aandacht voor details dan hij van me gewend was. Iets anders waarop hij me betrapte, zag ik, maar wat ook voorkwam dat hij zou denken dat ik stijf stond van de coke, was het feit dat ik niet rookte. Dus besloot ik zijn verwarring nog wat groter te maken door een sigaret van hem te nemen, eentje maar.

Na een tijdje kregen we gezelschap van een paar vrienden van Dean en gingen we met zijn allen uit eten. Er was een ouder echtpaar dat ik al eens eerder had ontmoet, Paul en Ruby Baxter, die beiden architect waren, en een jonge Canadese actrice die Susan heette. Tijdens het eten praatten we over allerlei onderwerpen en al snel werd het iedereen duidelijk, ook mezelf, dat alle erudiete en bijna griezelig scherp geformuleerde inzichten van mijn kant van de tafel kwamen. Ik raakte in een eerder besproken meningsverschil met Paul over de beperkte betekenis van Bruckner en Mahler en daarna gaf ik hem mijn verhaal over de jaren zestig alsmede een korte uitwijding over Raymond Loewy en stroomlijning in het algemeen. Daarna kwam de geschiedenis van Italië door de eeuwen heen aan de beurt, wat uitmondde in een lange verhandeling over de tekortkomingen van westerse politieke theorieën met betrekking tot de snel veranderende rest van de wereld.

Eén of twee keer – en het was toen alsof ik uit mezelf was getreden en vanaf enige hoogte op mezelf neerkeek – was ik me opeens glashelder bewust dat ik aan deze tafel zat te praten en besefte ik, terwijl ik mezelf een pad hoorde hakken door de meest ingewikkelde zinsstructuren vol Latijnse woorden, dat ik niet echt wist wat ik zei en evenmin of ik samenhangend was of niet. Het kwam er in elk geval allemaal heel overtuigend uit, wat het ook was, en hoewel ik een beetje bezorgd was dat ik te drammerig zou overkomen, merkte ik bij Paul hetzelfde dat ik bij Artie Meltzer had opgemerkt, namelijk dat hij de onbedwingbare behoefte voelde om met me te blijven praten, alsof hij daar op de een of andere manier een soort kracht uit putte, of dat mijn energie op hem overstraalde. Evenmin verbeeldde ik het me, later op de avond, dat Susan met me begon te flirten, dat haar arm af en toe de mijne raakte en ze me langer aankeek dan nodig was. Ik kon haar op een zijspoor rangeren door met Paul weer over Bruckner en Mahler te beginnen, maar vraag me niet waarom,

want ik had allang schoon genoeg van dat onderwerp en Susan was oogverblindend mooi.
Na het eten bezochten we een hele reeks nachtclubs: eerst de Duma, daarna Virgil's, toen de Moon en ten slotte Hexagon. Ik weet niet meer precies wanneer, maar er was een moment dat ik ergens in een toilet een nieuwe dosis MDT nam. Wat ik me wel herinner was het harde tl-licht, die typische toiletten-atmosfeer met de beelden van mensen in de spiegels langs de wanden, de gefluisterde gesprekken om me heen en andere mensen die tegen de witte tegels steunden terwijl ze hun dronken, vermoeide of verhitte gezicht bekeken in de spiegel alsof ze hier per ongeluk terecht waren gekomen.
Ik herinner me dat ik me bolvol energie voelde.

Om een uur of twee vertrok Dean, wiens verbazing over mij almaar groter was geworden, en even daarna Susan. We kregen gezelschap van nieuwe vrienden van Paul en Ruby, en daarna weer van vrienden van hen. Er verstreken nog eens twee uur en in de tussentijd was ik terechtgekomen in een reusachtig appartement in de Upper West Side, met een stel mensen die ik nog nooit van mijn leven had gezien. We zaten met zijn allen aan een grote glazen tafel en iedereen snoof lijntjes coke, maar ik was nog steeds degene die het hoogste woord had. Op een gegeven moment stond ik op, begon door de kamer te ijsberen, zag mezelf in de grote spiegel met vergulde rand boven de nepmarmeren open haard en besefte dat ik in het middelpunt van ieders belangstelling stond en dat wat ik ook zei – en god mag weten wat het allemaal was – iedereen in de kamer, zonder uitzondering, aan mijn lippen deed hangen. Om een uur of vijf in de ochtend, of halfzes of zes uur – ik weet het echt niet meer – ging ik met een paar man ontbijten op Amsterdam Avenue. Een van de mannen, Kevin Doyle, was investeringsbankier bij Van Loon & Associates en het leek erop dat hij zei dat hij wat informatie mijn kant op kon sturen, goede informatie, en dat hij me kon helpen met het opzetten van een portefeuille. Hij bleef erop aandringen dat we elkaar in de komende week zouden ontmoeten, op zijn kantoor, voor de lunch of desnoods voor een kop koffie, op een dag die me uitkwam.
De andere man zat me de hele tijd alleen maar aan te staren.
Maar iedereen moest toch een keer naar bed dus bleef ik uiteindelijk alleen over. Ik bracht de rest van de dag in de stad door,

voornamelijk wandelend en kijkend naar dingen waaraan ik daarvoor nooit echt aandacht had besteed, zoals de logge appartementengebouwen aan Central Park West, met hun torens en gotische zuilen. Ik liep naar Times Square, Gramercy Park en Murray Hill, en terug via Chelsea, het financiële district en Battery Park. Ik nam de veerboot naar Staten Island en bleef op het dek staan om de frisse wind dwars door me heen te laten blazen. Daarna nam ik de metro en ik bezocht musea en galeries en andere plekken waar ik in geen jaren was geweest. Ik ging naar een recital van kamermuziek in Lincoln Center, brunchte bij Julian's, las *The New York Times* in Central Park en zag twee oude Preston Sturges-films in een bioscoop in de West Village. Later ging ik terug naar Zola's, waar ik een paar bekenden tegenkwam en toen ik uiteindelijk naar huis en naar bed ging, was het al maandagochtend.

# 9

De drie of vier weken die daarop volgden, liepen in elkaar over alsof de tijd van elastiek was. Ik was constant... wat? Alert? High? Stoned? In een roes? Aan het trippen? Onder invloed? Geen van deze termen was geschikt om mijn ervaring met MDT te beschrijven. Maar welke term je ook gebruikte, ik was nu wel een MDT-gebruiker, want ik nam één of soms twee pillen per dag en sprokkelde slechts af en toe een paar uurtjes slaap bij elkaar. Ik had het gevoel dat ik, of liever gezegd, dat mijn leven zich alle kanten op uitbreidde en dat het niet lang zou duren voordat de ruimte die ik innam, concreet of op andere manieren, niet groot genoeg meer zou zijn om me te bevatten, zodat de wanden van die ruimte onder een steeds grotere druk zouden komen te staan en zelfs zouden kunnen barsten.

Ik raakte gewicht kwijt. Ik raakte ook mijn gevoel voor tijd kwijt, dus ik weet niet hoeveel gewicht in hoeveel tijd, maar ik vermoed dat het acht tot tien dagen was. Mijn gezicht werd magerder en ik voelde me lichter en strakker in mijn vel zitten. Het was niet zo dat ik niet at, maar mijn maaltijden bestonden voornamelijk uit salades en fruit. Kaas, brood, vlees, chips en chocolade raakte ik niet meer aan. Ik dronk geen bier of frisdrank, maar wel heel veel water.

Ik was actief.

Ik liet mijn haar knippen.

En ik kocht nieuwe kleren. Want ik mocht dan wel in een appartement in 10th Street wonen, met zijn bedompte luchtjes en krakende vloerplanken, maar ik was niet van plan me te kleden in een stijl die een soort verlengstuk was van dat appartement. Dus haalde ik tweeduizend dollar uit de envelop in de kast en ging naar SoHo. Ik liep een paar winkels binnen en nam toen een taxi naar Fifth Avenue. In nog geen uur tijd kocht ik een antracietkleurig scheerwollen pak, een effen katoenen overhemd en een zijden Armani-das. Daarna kocht ik bij A. Testoni een paar bruinleren schoenen en nog wat vrijetijdskleding bij Barney's. Ik had in mijn leven nog nooit zoveel geld aan kleren uitgegeven, maar het was het waard, want mijn nieuwe, dure outfit zorgde ervoor dat ik me relaxed, vol zelfvertrouwen en – het moet gezegd worden – echt een ander mens voelde. Het was zelfs zo dat ik, om het juiste gevoel te krijgen van mezelf in mijn nieuwe pak, een paar keer Madison Avenue op en neer liep alsof ik een testrit in een nieuwe auto maakte, en me met kwieke pas in de mensenmassa in het financiële district begaf. Terwijl ik dat deed, ving ik in de rookglazen ruiten van de kantoorgebouwen af en toe een glimp van mezelf op, van een slanke, fitte man die wist waar hij naartoe ging en precies wist wat hij ging doen als hij daar aankwam.

Ik gaf ook geld uit aan andere dingen, liep dure winkels binnen, zocht een aantrekkelijke, elegant geklede verkoopster uit en kocht iets – een Mont Blanc-vulpen of een Pulsar-horloge – gewoon, om dat kinderachtige en vaag erotische gevoel te hebben om even gehuld te worden in een wolk van parfum en persoonlijke aandacht. 'Wil meneer deze misschien proberen?' Met mannelijk winkelpersoneel was mijn houding zakelijker en stelde ik gerichte vragen, zoals toen ik de cd-box kocht met de negen symfonieën van Beethoven uitgevoerd op de oorspronkelijke instrumenten, en ik de verkoper verleidde tot een discussie over het belang van hedendaagse uitvoeringen van achttiende-eeuwse muziekwerken. Ook mijn gedrag ten opzichte van obers en barkeepers was veranderd. Als ik in gelegenheden als Soleil en La Pigna en Ruggles kwam, wat ik nu met een zekere regelmaat deed, was ik – er is geen ander woord voor – ronduit lastig. Ik zat bijvoorbeeld onnodig lang de wijnkaart te bekijken, of ik bestelde dingen die niet op het menu stonden, of ik verzon ter plekke ingewikkelde nieuwe cocktails en verwachtte van de barman dat hij ze voor me maakte.

Later op de avond ging ik naar optredens in Sweet Basil en de Village Vanguard, waar ik in gesprek raakte met de mensen aan de tafeltjes naast me, en hoewel mijn uitstekende kennis van de jazz er meestal voor zorgde dat ik het middelpunt van het gesprek werd, was niet iedereen altijd even blij met me. Het was niet zo dat ik onbeleefd was, zeer zeker niet, maar ik bemoeide me met iedereen, op een heel intense manier, waar het ook over ging en wat het onderwerp ook was, alsof ik me wilde laven aan de laatste druppel van wat me mogelijk werd geboden, zelfs als het intriges, ruzies, trivialiteiten of roddels waren; het maakte allemaal niet uit. De meeste mensen die ik tegenkwam waren daar niet aan gewend en sommigen vonden het bijna beangstigend.

Ik werd me ook steeds meer bewust van het effect dat ik had op sommige vrouwen die ik ontmoette, of soms niet eens ontmoette maar alleen maar zag, aan een tafeltje verderop of aan de andere kant in een kamer vol mensen. Dan waren er die nieuwsgierige blikken in hun iets vergrote ogen, die ik niet echt kon plaatsen maar die konden leiden tot vertrouwelijke, openhartige gesprekken die af en toe – ik wist niet goed hoe ik dat moest beoordelen – een intieme, bijna seksuele lading hadden. En er was die keer dat tijdens een optreden van Lester Bowie in Sweet Basil een vrouw van een jaar of dertig, met een lichte huid en rood haar, tussen twee nummers naar me toe kwam en aan mijn tafel kwam zitten. Ze glimlachte naar me maar zei verder niets. Ik glimlachte terug en zei ook niets. Ik wenkte een ober en wilde haar net vragen wat ze wilde drinken toen ze nauwelijks zichtbaar haar hoofd schudde. '*Non*,' zei ze.
Ik aarzelde even en vroeg de ober om de rekening. We stonden op om weg te gaan terwijl Lester Bowie een nieuw nummer inzette, toen ze omkeek naar de tafel waaraan ze oorspronkelijk had gezeten. Ik keek ook om. Aan de tafel zaten een man en een vrouw die naar ons keken en onzekere, bedekte gebaren maakten, de soort lichaamstaal die op me overkwam als schrik, of zelfs paniek. Maar zodra we buiten waren, nam de vrouw met het rode haar me bij de arm, trok me praktisch de straat over en zei met een zwaar Frans accent: 'Mijn god, dat afschuwelijke getetter; ik kon het echt niet langer verdragen.' Toen begon ze te lachen, kneep in mijn arm en trok me mee alsof ze me al jaren kende.
Ze heette Chantal, kwam uit Parijs en was hier met vakantie met haar zus en zwager. Ik probeerde in het Frans met haar te praten, wat niet echt lukte maar wat ze buitengewoon amusant vond, en na een minuut of twintig had ik echt het gevoel dat ik haar al jaren kende. We liepen over Fifth Avenue en onderweg trakteerde ik haar op mijn verhaal over 23rd Street, waar de politie groepjes jongens wegjoeg bij het Flatiron-gebouw omdat ze gluurden naar vrouwen van wie de rokken omhoog werden geblazen door plotselinge windvlagen. Die werden veroorzaakt

door een tochthoek aan de noordkant van de straat, welke uitleg uitmondde in een verhandeling over luchtstroming met betrekking tot de eerste wolkenkrabbers, nou net het verhaal waar een jonge vrouw in een dergelijke situatie op zat te wachten, maar op de een of andere manier slaagde ik erin het verhaal over K-profielen en windgoten interessant en zelfs grappig te maken. In 23rd Street, voor het Flatiron-gebouw, bleef ze stilstaan en wachtte ze tot er iets zou gebeuren, maar er was die avond nauwelijks wind en alleen de zoom van haar lange, donkerblauwe plooirok ging even heen en weer. Ze leek teleurgesteld en zag eruit alsof ze met haar voet op de grond wilde stampen van boosheid.

Ik pakte haar hand vast en we liepen door.

Toen we bij de kruising van Fifth Avenue en 29th Street waren, sloegen we rechtsaf. Even later zei ze dat we bij haar hotel waren. Ze vertelde dat zij en haar zus de hele dag hadden gewinkeld, wat diende als verklaring voor alle tassen en dozen en vloeipapier en schoenen en ceintuurs die door de kamer lagen verspreid. Toen ik haar enigszins verbaasd aankeek, zuchtte ze en zei dat ik niet op de rommel moest letten.

De volgende ochtend ontbeten we in een eethuisje in de buurt, waarna we nog een paar uur in het hotel doorbrachten. Omdat Chantal nog een week in New York zou blijven, besloten we elkaar nog een keer te ontmoeten, en toen nog eens en, wat te verwachten was, nog eens. We bleven een heel etmaal op haar hotelkamer met de deur op slot, 24 uur waarin we allerlei dingen deden en ze me ook Franse les gaf. Ik denk dat ze verbaasd was over hoeveel ik in die relatief korte tijd in staat was op te nemen, want tijdens onze laatste ontmoeting, in een Marokkaans restaurant in Tribeca, spraken we vrijwel uitsluitend Frans met elkaar.

Chantal vertelde me dat ze van me hield en bereid was alles op te geven om bij me in Manhattan te komen wonen. Ze zou haar flat in Bastille en haar baan bij een buitenlandse hulpstichting opzeggen en haar hele Parijse leven opgeven. Ik had echt genoten van mijn week met Chantal en vond het vreselijk dat ze wegging, maar dit moest ik haar uit het hoofd praten. Relaties gingen me nu eenmaal niet zo goed af en ik durfde de gok niet te nemen. Bovendien zag ik niet hoe deze relatie zou kunnen standhouden in combinatie met mijn toenemende MDT-gebruik. De manier waarop we elkaar hadden ontmoet was in elk geval nogal onwerkelijk geweest, en die onwerkelijkheid was nog groter geworden door de dingen die ik haar over mezelf had verteld. Ik had gezegd dat ik financieel analist was en werkte aan een nieuwe onderzoeks- en voorspellingsstrategie die gebaseerd was op de complexiteitstheorie. Ik had haar ook verteld dat ik haar nooit had meegenomen naar mijn huis aan Riverside Drive omdat ik getrouwd was, ongelukkig getrouwd weliswaar. Het afscheid was moeilijk, hoewel het prettig was om te horen – in het Frans en met tranen in haar ogen – dat ik voor altijd een plekje in haar hart zou hebben.

Er waren ook een paar andere ontmoetingen. Op een ochtend ging ik naar het huis van mijn vriend Dean in Sullivan Street om een boek op te halen en toen ik wegging, raakte ik in gesprek met een jonge vrouw die op de eerste verdieping woonde. Volgens de gedetailleerde profielschets die Dean me ooit van al zijn buren had gegeven, was ze alleenstaand, computerprogrammeur, 26 jaar, niet-roker en geïnteresseerd in negentiende-eeuwse Amerikaanse kunst. We waren elkaar al een paar keer eerder op de trap tegengekomen, maar gezien de argwaan en afstandelijkheid die in de appartementengebouwen van New York heerst, om nog maar te zwijgen van de gebruikelijke botheid, hadden we elkaar compleet genegeerd. Maar deze keer keek ik haar glimlachend aan en zei: 'Hallo. Mooie dag, vind je niet?' Ze schrok, nam me een fractie van een seconde op en zei: 'Als je Bill Gates bent misschien, of Naomi Campbell.'
'Misschien wel,' zei ik terwijl ik bleef staan en achteloos tegen de muur leunde. 'Maar als de zaken er zo slecht voor staan, kan ik je misschien iets te drinken aanbieden.'
Ze keek op haar horloge en zei: 'Iets te drinken? Het is halfelf in de ochtend. Wie ben jij? Een sprookjesprins?'
Ik lachte en zei: 'Wie weet?'
Ze had een A&P-winkeltas in haar linkerhand en een groot boek met harde kaft onder haar rechterarm. Ik knikte naar het boek. 'Wat lees je?'
Ze slaakte een diepe zucht alsof ze dacht: hoor eens, vriend, ik heb het druk; een andere keer wellicht? Maar toen zei ze: 'Thomas Cole, de werken van Thomas Cole.'
'*View from Mount Holyoke*,' zei ik automatisch. 'Northampton, Massachusetts, na *Thunderstorm* en *The Oxbow*.' Ik moest me

inhouden om er niet aan toe te voegen: 1836, olieverf op linnen, 195 bij 132 centimeter.
Ze fronste haar wenkbrauwen en bleef me aankijken. Toen zette ze haar boodschappentas op de grond, trok het grote boek onder haar arm vandaan, hield het voor zich en begon het door te bladeren.
'Ja,' zei ze, bijna tegen zichzelf. '*The Oxbow*, dat is hem. Ik ben bezig...' Ze bleef afwezig in het boek bladeren. 'Ik ben bezig met een scriptie over Cole voor een cursus en... hé.' Ze keek me weer aan. 'Hier, *The Oxbow*.'
Ze had de bladzijde gevonden en hield het boek schuin, maar om het schilderij goed te kunnen zien moesten we iets dichter bij elkaar gaan staan. Ze was niet zo groot en had zijdezacht donker haar waar ze een groen sjaaltje met amberkleurige kraaltjes omheen had geknoopt.
'Je moet niet vergeten,' zei ik, 'dat *oxbow* staat voor "juk", en het juk is het symbool van onze controle over de wilde natuur. Cole geloofde niet in vooruitgang, niet als vooruitgang inhield dat er bossen gekapt werden om spoorwegen aan te leggen. Elke heuvel en vallei, heeft hij ooit geschreven, in een nogal mislukte poging tot het schrijven van poëzie, kan ik daaraan toevoegen, is verworden tot een altaar voor Mammon.'
'Goh.' Ze viel even stil om hierover na te denken. Toen leek ze iets anders te beseffen. 'Hoe weet je dit allemaal?'
Ik was een week daarvoor met Chantal naar het Metropolitan geweest en had veel informatie opgenomen uit catalogi en van de tekstpanelen aan de muren, en bovendien had ik onlangs *American Visions* van Robert Hughes en diverse werken van Thoreau en Emerson gelezen, dus ik voelde me zelfverzekerd genoeg om te zeggen: 'Tja, ik ben wel geen expert of zo, maar ik weet het wel.' Ik boog me iets naar voren en bekeek haar gezicht en ogen. Zij keek me in de ogen. 'Zal ik je helpen met je scriptie?' vroeg ik.
'Zou je dat willen?' vroeg ze met een klein stemmetje. 'Kun je... ik bedoel, je hebt het niet druk?'
'Ik ben een sprookjesprins, weet je nog? Dus ik hoef niet naar mijn werk of zoiets.'
Voor het eerst glimlachte ze.
We gingen naar haar appartement en in een uur of twee zette ik de ruwe versie van haar scriptie op papier. Nog eens vier uur later kwam ik ten slotte weer naar buiten.

Een andere keer was ik op bezoek bij Kerr & Dexter om kopij af te leveren, toen ik Clare Dormer tegen het lijf liep. Hoewel ik Clare pas één of twee keer had ontmoet, begroette ik haar hartelijk. Ze was psychiater en had een paar veelgelezen artikelen over geestesstoornissen bij beroemdheden geschreven, en op de een of andere manier hadden ze haar zo gek gekregen om een serie over de twintigste eeuw voor haar rekening te nemen. Ze was net bij Mark Sutton geweest om een contractprobleem te bespreken en ik besloot haar te vertellen over mijn idee om haar boek te beperken tot jongens, te beginnen met de tv-serie *Leave it to Beaver*, te eindigen bij de Simpsons en het *Raising Sons: From Beaver to Bart* te noemen. Daar kon ze hartelijk om lachen en ze gaf met de rug van haar hand een tikje tegen mijn revers. Toen was ze opeens stil alsof ze opeens iets besefte wat haar tot dusver altijd was ontgaan.

Twintig minuten later stonden we samen in het trappenhuis, op een stil plekje op de twaalfde verdieping, een sigaret te roken.

Ik bleef mezelf voorhouden dat ik in dit soort situaties een rol speelde en dat het hele gebeuren show was, maar net zo vaak besefte ik dat ik misschien helemaal geen rol speelde en dat het allemaal echt was. Als ik onder invloed van MDT was, was het alsof mijn nieuwe ik de oude nauwelijks kon plaatsen, alsof ik mezelf zag door een dikke mist, of een vuile, matglazen ruit. Het was alsof ik een taal probeerde te spreken die ik vroeger had gekend en nu voor het merendeel was vergeten, en dat ik, hoe graag ik het misschien ook wilde, niet kon terugschakelen naar de oude situatie, in elk geval niet zonder een enorme wilsinspanning. Vaak was het gemakkelijker om de moeite niet eens te doen – waarom zou ik? – maar een gevolg ervan was wel dat ik me minder op mijn gemak voelde bij de mensen die ik goed kende, of beter gezegd: de mensen die míj goed kenden. Onbekenden ontmoeten en imponeren was zowel opwindend als doodeenvoudig, maar met iemand als Dean bijvoorbeeld, merkte ik steeds dat ik werd aangekeken met een doordringende blik. Ik kon ook zien dat hij er moeite mee had en me ermee wilde confronteren, dat hij me een poseur, een clown of een arrogante klootzak wilde noemen terwijl hij tegelijkertijd ons samenzijn wilde verlengen om alles eruit te halen wat erin zat.

Ik sprak in deze periode ook een paar keer met mijn vader, en dat was nog erger. Mijn vader was gepensioneerd en woonde op Long Island. Hij belde af en toe om te vragen hoe het met me ging en dan praatten we een paar minuten met elkaar, maar nu was ik opeens in staat de soort gesprekken met hem te voeren die hij altijd graag met zijn zoon had wíllen voeren – en die zoonlief hem altijd had onthouden – geleuter over zaken en de aandelenmarkt. We hadden het over de stijging in de technologiesector en wanneer de ommekeer zou komen, en over de fusie van Waldrop met CLX en wat het effect op de prijzen van de aandelen zou zijn. En wie zou de nieuwe president-directeur worden?

Eerst bespeurde ik enige argwaan in de stem van mijn vader, alsof hij dacht dat ik hem voor de gek hield, maar na een tijdje wende hij eraan en leek hij te accepteren dat zijn zoon, na jaren allerlei hemeltergende onzin te hebben uitgekraamd, eindelijk op de goede weg zat of in elk geval in de buurt. Ik liet van me horen en ik denk dat ik voor het eerst van mijn leven tegen hem praatte zoals ik tegen iemand anders zou hebben gepraat. Maar ik paste er tegelijkertijd voor op om niet te ver te gaan, want ik had nu niet met Dean te maken. Ik had mijn vader aan de lijn, mijn váder, die geanimeerder klonk dan ooit, ongetwijfeld al allerlei plannen voor me zat te maken en toestond dat lang vergane hoop met een bijna hoorbare *plop!* terugkeerde in zijn hoofd: zou Eddie nu echt eens een behoorlijke baan vinden? *Plop!* Eens echt geld gaan verdienen? *Plop!* Me misschien een kleinkind schenken?

Als ik na zo'n gesprek had neergelegd was ik zo moe, dat ik het gevoel had dat ik ook werkelijk een kleinkind had gebaard, een vreemde, snellere versie van mezelf die ergens op de grond in de woonkamer lag. Om vervolgens mee te maken dat de oude ik, zoals je soms zag in natuurdocumentaires, opeens ineenschrompelde en in stof uiteenviel, wat de strijd om de vraag wie van de twee ik in werkelijkheid was alleen maar zwaarder maakte.

Maar angstige momenten als deze kwamen zelden voor en mijn overheersende indruk van deze periode was hoe goed het voelde om de hele dag bezig te zijn. Ik verspilde geen seconde. Ik las nieuwe biografieën van Stalin, Henry James en Irvin Thalberg, leerde Japans met behulp van een serie boeken en cassettebandjes, schaakte on line en maakte talloze cryptogrammen. Op een dag belde ik naar een radioprogramma, deed mee aan een quiz en won voor een jaar haarverzorgingsproducten. Ik zat uren op

internet en leerde hoe ik allerlei dingen moest doen, allemaal dingen – natuurlijk – die volstrekt overbodig waren, zoals bloemschikken, risotto maken, bijen houden en een automotor demonteren.
Er was één ding dat ik echt wilde leren, altijd al had gewild, en dat was muziek lezen. Ik vond een website die alles tot in de details behandelde en me in een sneltreinvaart loodste door de mysteriën van de bas- en vioolsleutels, akkoorden, accenten enzovoort. Ik ging de stad in en kocht een stapel bladmuziek, beginnersspul en een paar bekende liedjes, maar ook dingen die een grotere uitdaging vormden, zoals een paar concerten en de tweede symfonie van Mahler. Binnen een paar uur had ik alles onder de knie, behalve Mahler, die een behoedzamer, meer nauwgezette benadering verlangde. Het was zo'n complex werk, dat ik er veel langer voor nodig had, maar uiteindelijk slaagde ik erin me een weg te banen door de hartverscheurende melodieën en verpletterende fanfares met hun stuwende violen en opzwepende koren. Om een uur of twee 's nachts, in de doodse stilte in mijn woonkamer, kwam ik bij de indrukwekkende climax in E-mineur – *Was du geschlagen, zu Gott wird es dich tragen!* –, voelde ik de rillingen over mijn rug lopen en schoten de tranen me in de ogen.
De volgende stap was te proberen of ik zelf muziek kon spelen, dus ging ik naar Canal Street waar ik een niet al te duur keyboard kocht dat ik op mijn computer aansloot. Ik volgde een on line-cursus en begon toonladders en eenvoudige deuntjes te oefenen, maar dat bleek veel moeilijker dan ik dacht en het scheelde weinig of ik had het opgegeven. Toch, na een paar dagen, leek er iets te klikken en kon ik een paar behoorlijke stukjes spelen. Binnen een week speelde ik nummers van Duke Ellington en Bill Evans na en even daarna was ik in staat mijn eerste eigen improvisaties te doen.
Even speelde ik zelfs met de gedachte om te gaan optreden in club, een tournee door Europa te doen en me te laten ondersneeuwen door de visitekaartjes van platenbonzen, maar het duurde niet lang voordat ik besefte dat ik wel goed was, maar voor dat soort dingen niet goed genoeg. Ik kon *Stardust* en *It Never Entered My Mind* redelijk spelen en zou beide boeken van *Das Wohltemperierte Klavier* ook wel onder de knie krijgen als ik er de eerstvolgende vijfhonderd uur op oefende, maar de vraag was: wilde ik dat echt?

Waar de volgende vraag uit voortkwam: wat wilde ik dan wel?

Het was in die periode dat ik rusteloos begon te worden. Ik kwam tot het besef dat als ik wilde doorgaan met het gebruiken van MDT, ik behoefte had aan een doel en structuur in mijn leven, en dat heen en weer rennen van het ene interessegebied naar het andere niet voldoende was. Ik had behoefte aan een plan, een uitvoerbaar plan van aanpak... ik moest nu eens écht aan het werk.

Er was nog een vraag die mijn onmiddellijke aandacht verdiende. Wat moest ik met die vijfhonderd pillen doen? Een deel ervan kon ik verkopen voor vijfhonderd dollar per stuk, en als ik dat wilde, moest ik dat zelf doen, dus een soort dealer worden. Maar hoe moest ik dat precies aanpakken? Moest ik op een straathoek gaan rondhangen, of de nachtclubs gaan afschuimen? Of moest ik een grote partij ineens verkopen, aan een nerveuze knaap met een pistool in een hotelkamer? Er waren zowel te veel mogelijkheden als te veel risico's. Bovendien kostte het me niet lang om te beseffen dat zelfs al kreeg ik de volle prijs voor de helft van de pillen, honderdvijfentwintigduizend dollar niets was vergeleken bij het geld dat ik kon verdienen als ik ze zelf bleef innemen en op een creatieve, weloverwogen manier gebruikte. Ik had *Turning On* min of meer klaar en kon met gemak nog een paar delen van de serie doen.

Maar wat kon ik nog meer?

Ik begon mogelijke projecten voor mezelf te verzinnen. Het eerste idee was *Turning On* terug te trekken van Kerr & Dexter en verder te ontwikkelen tot een echt boek, door de tekst uit te breiden en het aantal illustraties terug te brengen. Een ander idee was een scenario voor een toneelstuk over het leven van Aldous Huxley, met de nadruk op zijn tijd in Los Angeles. Ik overwoog ook een boek te schrijven over de economische en sociale betekenis van genotmiddelen zoals sigaren, of opium, of saffraan, of over zijde, maar in elk geval iets waarvan later een chic geproduceerde serie tv-documentaires kon worden gemaakt. Ik dacht erover een tijdschrift te beginnen, of een vertaalbureau, of een filmproductiemaatschappij, of een nieuwe internet-service-dienst, of... weet ik veel, een elektronisch apparaatje uit te vinden dat onmisbaar zou worden, er patent op aan te vragen, waarna het binnen zes maanden of een jaar door alle grote merken en wereldwijd gevoerd zou worden en mijn naam toege-

voegd kon worden aan de grootindustriëlen van de twintigste eeuw: Kodak, Ford, Hoover, Bayer... en Spinola.
Maar het nadeel van al deze ideeën was dat ze zowel te idealistisch als te weinig origineel waren. Voor elk ervan waren een hoop tijd en geld nodig om het op te zetten en ik mocht dan nog zo verdomde slim zijn, uiteindelijk was er geen enkele garantie dat ze zouden werken en verkoopbaar zouden zijn. Dus was mijn volgende overweging om terug te gaan naar school en weer te gaan studeren. Met een voorzichtig gebruik van MDT kon ik redelijk snel en eenvoudig het pad effenen naar een carrière in... maar dat was het probleem... waarin? Rechten? Architectuur? Tandheelkunde? Een of andere tak van wetenschap? Alleen al het nadenken over deze opties was genoeg om me twintig jaar terug te schieten in het verleden en me te doen duizelen. En wilde ik echt terug naar al dat gezeur, de omgang met docenten en al die tentamens en examens? Alleen het idee al was genoeg om me kotsmisselijk te maken.
Maar wat dan, vroeg ik mezelf af.
Nou, wat dacht je? Ga geld verdienen.
Hoe?
Door aan de telefoon te gaan zitten.
Pardon?
De aandelenmarkt, domkop.

# 10

Het leek de meest voor de hand liggende keuze. Ik had elke dag het financiële nieuws in de kranten gevolgd, er regelmatig met mijn oude heer over gepraat en had onbekende vrouwen zelfs op de mouw gespeld dat ik financieel analist was. Dus was de logische volgende stap dat ik me er nu echt mee ging bezighouden, op een praktische manier, bijvoorbeeld op mijn computer thuis, in de daghandel in aandelen, opties, termijnen en weet ik wat nog meer. Het zou beter zijn dan welke baan ook en bovendien had het spelen op de aandelenmarkt de toegevoegde waarde van de tegenwoordig heersende mening dat het de nieuwe rock-'n-roll was. Het enige probleem was dat ik niet genoeg wist van wat aandelen, opties en termijnen in feite waren, in elk geval niet genoeg om erin te gaan handelen. Ik kon me door een gesprek over het onderwerp bluffen, oké, maar daar had ik weinig aan als er echt geld op tafel gelegd moest worden.

Waar ik behoefte aan had was één of twee uur met iemand die me haarfijn kon uitleggen hoe de markt werkte en kon laten zien hoe de daghandel in elkaar stak. Ik dacht even aan Kevin Doyle, de man met wie ik een paar zondagen geleden had ontbeten en die voor Van Loon & Associates werkte, maar ik herinnerde me dat hij op me was overgekomen als het serieuze Wall Street-type in pak dat waarschijnlijk weinig fiducie zou hebben in daghandel op een pc. Dus belde ik een paar bevriende journalisten en liet de boodschap achter dat ik bezig was met een nieuw boek voor K&D over de daghandel als fenomeen en dat ik om informatie verlegen zat. Een van hen belde terug met de mededeling dat hij een interview kon regelen met een vriend van hem die sinds vorig jaar in de daghandel zat en graag bereid was erover te praten. Het was zo geregeld dat ik naar zijn huis zou gaan, met hem zou praten, aantekeningen kon maken en hem in actie kon zien. Hij heette Bob Holland en woonde op de hoek van East 33rd Street en Second Avenue. Hij ontving me in zijn boxershort,

ging me door de gang voor naar de woonkamer en vroeg of ik een espresso wilde. Er stonden een lange mahoniehouten tafel met drie computerterminals en een Gaggia-espressoapparaat in de kamer, en tussen de tafel en de muur stond een hometrainer. Bob Holland was ongeveer 45 jaar, slank en pezig, en hij had grijs haar dat aan de terugtocht was begonnen. Hij stond voor een van de monitors, staarde ernaar en zei: 'Je bent nu in het hol van de leeuw, Eddie, dus je...' Hij trok geërgerd aan zijn boxershort en typte met zijn andere hand iets in op het toetsenbord. '... dus je moet me mijn kleding maar vergeven.' Hij wees afwezig naar de Gaggia en fluisterde: 'Espresso.'
Ik vulde het apparaat, zette het aan en keek om me heen terwijl ik wachtte totdat Bob Holland weer iets zou zeggen. Afgezien van de tafel en de ruimte eromheen maakte de kamer een wat verwaarloosde indruk. Het was er schemerig, rook er bedompt en het zag eruit alsof er al een tijdje niet was gestofzuigd. Het overige meubilair en de decoraties maakten een wat tuttige indruk, té tuttig in elk geval, dacht ik, voor deze toegewijde, Spartaanse krijger op het slagveld van de Nasdaq.
Ik had de sterke indruk dat hij in het afgelopen halfjaar of korter geleden was gescheiden.
Na een lange periode van opperste concentratie en voortdurend invoeren van codes op het toetsenbord – terwijl ik mijn espresso dronk – begon Bob Holland opeens te praten. 'Veel mensen denken dat als ze aandelen kopen, ze een daadwerkelijk aandeel in een bedrijf kopen.' Hij sprak langzaam, alsof hij college gaf, maar zijn blik bleef op de monitor gericht. 'Waaruit volgt dat om te weten te komen hoeveel zo'n aandeel waard is, je moet vaststellen hoeveel het bedrijf waard is. Dat staat bekend als de fundamentele analyse en omvat dat je kijkt naar de financiële gezondheid van een bedrijf, het groeipotentieel, de geschatte inkomsten, de cashflow, dat soort dingen.' Hij wachtte even, typte iets in en vervolgde: 'Anderen kijken alleen naar de cijfers en hebben nauwelijks aandacht voor het bedrijf erachter en de huidige waardering. Dat zijn de kwantitatieve analisten, of "kwants", de getallenkrakers. Ze beschouwen zaken als beleidsexpertise en marktpotentieel als te subjectief. Ze kopen en verkopen op puur kwantitatieve basis en gebruiken geavanceerde rekenstelsels om de minimale prijsdiscrepanties op de diverse markten te vinden.' Hij keek me even aan. 'Ja?'
Ik knikte.

'Dan heb je de technische analyse. Je bestudeert de patronen van prijs en aantal en probeert iets te begrijpen van de psychologie die de handel omgeeft.'
Hij bleef naar de monitor kijken terwijl hij sprak en ik bleef knikken.
'Maar de handel is geen exacte wetenschap, Eddie. Ik bedoel dat de aandelenmarkt niet kan worden verklaard door een van deze stelsels, zodat je vage praatjes krijgt over irrationele stemmingen en mensen die het handelsgedrag proberen te verklaren met behulp van de psychologie, biologie en zelfs hersenactiviteit. Ik maak geen grapje; er is onlangs echt gesuggereerd dat de behoedzame stemming op de beurs een gevolg was van het hoge percentage handelaars en speculanten dat aan de Prozac was. Dus...' hij haalde zijn schouders op. '... op grond van de vaststelling dat niemand eigenlijk iets weet, is het niet zo verbazingwekkend dat de meeste investeerders gebruikmaken van een combinatie van de drie benaderingen die ik je heb geschetst.'
In het daaropvolgende uur, staande achter de tafel en van de ene monitor naar de andere kijkend alsof hij een spannende partij tennis volgde, borduurde Bob Holland voort op deze begrippen en ging hij gedetailleerd in op de eigenschappen van aandelen, opties, termijnhandel, fondsen, wereldmarkten en ga zo maar door. Ik maakte een paar aantekeningen maar toen ik zijn uitleg hoorde, besefte ik dat ik alle termen al min of meer begreep en sterker nog, dat er, door er alleen maar over na te denken, een voorraad kennis werd geactiveerd die ik in de afgelopen jaren blijkbaar onbewust had vergaard.
Toen hij het totaalbeeld had geschetst, over hoe investeringsbanken en aandelenmakelaars werkten, ging hij dieper in op de daghandel.
'En vervolgens heb je jongens als ik,' zei hij, 'de nieuwe paria's van Wall Street. Tien jaar geleden waren het de snelle jongens, de Gordon Gekko's. Nu zijn het puistenkoppen met een honkbalpet die thuis achter hun computer zitten en dertig tot veertig transacties per dag doen waarmee ze een achtste, zestiende of zelfs tweeëndertigste punt per aandeel scoren en voor het eind van de dag hun posities sluiten.' Hij draaide zijn hoofd om en keek me recht aan, pas voor de tweede of derde keer sinds ik was binnengekomen. 'We worden ervan beschuldigd dat we de markt verstoren en de aandelenprijs opdrijven, maar dat is ge-

lul. We zijn gewoon een nieuw slag handelaars, Eddie, met de elektronische daghandel als gevolg van technologie en reglementaire veranderingen. Zo simpel is het, en het past bij de aard van het beestje.' Hij haalde zijn schouders op en keek weer naar het scherm.

'Ik bedoel, kom eens kijken...'

Ik liep snel naar hem toe en ging achter hem staan. Op de middelste monitor, waarmee hij aan het werk was, zag ik een reeks kolommen: afkortingen, getallen en percentages. Hij wees iets aan – ATRX, het aandelenpakket van een biotechnisch bedrijf – en zei: 'Deze is vanochtend geopend voor ongeveer zestig dollar per aandeel en vervolgens iets teruggelopen, zodat hij nu op $59^3/_8$ staat, en het bod is...' hij wees naar een andere kolom '... 59, wat een marge van $^3/_8$ is. Waar het nu om gaat is dat ik dankzij de nieuwste software en de reglementaire veranderingen die zijn geïntroduceerd door de Securities & Exchange Commission, binnen die marge kan handelen, hier in mijn woonkamer.

Hij klikte op de rij getallen achter het ATRX-symbool en keek er enige tijd naar. Hij checkte iets op een van de andere monitoren, keek weer naar de middelste en toetste iets in. Hij wachtte een paar seconden, toetste nog iets in, wachtte weer, tilde langzaam zijn hand op en zei zacht: 'Yes.'

Bob Holland draaide zich om en legde uit wat hij had gedaan. Met behulp van zijn nieuwe software had hij ontdekt dat ATRX drie bieders en twee aanbieders had. Ervan uitgaande dat ATRX zou standhouden, maakte hij gebruik van de marge door $59^7/_{16}$ te bieden op tweeduizend aandelen, wat $^1/_{16}$ meer was dan het tot dan toe beste bod. Door meer te bieden, werd Holland de eerste in de rij om een order te plaatsen en hij kocht de eerste portie van tweeduizend aandelen voor $59^7/_{16}$. Kort daarna bood hij ze te koop aan voor $59^{11}/_{16}$, wat nog steeds lager was dan de vraagprijs van de beste aanbieders. Holland had het goed gezien want zijn aandelen werden vrijwel onmiddellijk gekocht. In krap vijftien seconden en met een paar aanslagen op zijn toetsenbord had hij vijfhonderd dollar verdiend en de marge met $^1/_8$ punt verkleind.

Ik vroeg hoeveel van dit soort transacties hij per dag deed.

Voor het eerst glimlachte Holland. Hij zei dat hij er ongeveer dertig per dag deed, meestal in porties van duizend of tweeduizend aandelen, en dat hij die zelden langer dan tien minuten in zijn bezit had.

Hij glimlachte weer en zei: 'Oké, ze gaan niet allemaal zoals deze, maar er zijn er heel veel die wel zo gaan.' Hij wachtte even. 'Het gaat erom dat je de kleine discrepanties ziet en snel reageert.'

'Je bedoelt, het gaat niet om degene die de meeste informatie heeft?'

'Shit, nee. Met alle indicators die tegenwoordig voorhanden zijn, zou dat alleen maar verwarring stichten. Alsjeblieft niet.'

Nu ik zijn aandacht had, vuurde ik meteen een paar andere vragen op hem af. Hoe bereidde hij zich elke dag voor op de handel? Hoeveel posities had hij tegelijkertijd openstaan? Hoeveel commissie betaalde hij?

Terwijl Holland al mijn vragen beantwoordde, maakte hij zich langzaam maar zeker los van de monitors op de tafel. Hij ging een espresso voor zichzelf maken en tegen de tijd dat die klaar was en hij zijn eerste slokje nam, had hij zich blijkbaar voldoende losgemaakt van zijn werk om te beseffen dat hij alleen maar een boxershort aanhad en begon hij zich ineens ongemakkelijk te voelen. Hij sloeg de rest van zijn espresso achterover, excuseerde zich en liep de gang in, naar ik aannam naar de slaapkamer.

Tijdens zijn aanwezigheid keek ik weer naar de monitors. Het was verbluffend; hij had vijfhonderd dollar verdiend – de prijs van één MDT-pil – in vijftien seconden! Dit wilde ik ook leren, want als Bob Holland dertig transacties per dag kon doen, wist ik zeker dat ik er wel honderd of meer aankon. Toen hij terugkwam, in een spijkerbroek en een T-shirt, vroeg ik hem hoe ik dit ook kon leren. Hij zei dat 'gewoon doen' de beste manier was om de daghandel in de vingers te krijgen en dat de meeste on line-makelaars hieraan bijdroegen door vrije toegang te verlenen tot hun sites met simulatiespelletjes en handleidingen.

'Simulatiespelletjes,' zei hij op een toon die steeds formeler werd, 'zijn een uitstekende manier om behendigheid en zelfvertrouwen in het doen van transacties te ontwikkelen, Eddie, zonder werkelijk risico te lopen.'

Ik kreeg hem zover dat hij me een paar on line-makelaars noemde en vertelde welke software ik moest gebruiken, en terwijl ik alles opschreef, bleef ik hem met vragen bestoken. Holland beantwoordde elke vraag die ik hem stelde, maar ik kon zien dat hij een beetje onrustig begon te worden, alsof het aantal en de aard van de vragen meer waren dan waarop hij had gerekend en hij,

door alle vragen te beantwoorden misschien een soort monster van Frankenstein in cyberspace zou creëren, een hongerige wolf die tot wie weet wat voor financiële gruweldaden in staat zou zijn.
Het had even geduurd, maar Hollands aandacht was nu helemaal op mij gericht. Het was zelfs zo dat zijn bezorgdheid blijkbaar zo toenam, dat hij met elke vraag zijn antwoorden van meer waarschuwingen voorzag.
'... dus luister, begin klein en maak je pakketten niet groter dan honderd gedurende de eerste maand, of in elk geval totdat je zeker bent van je zaak...'
'Hm.'
'... en spring niet meteen een gat in de lucht als je een goede dag hebt gehad. Eén goede dag betekent nog niet dat je Warren Buffet bent. Je eerstvolgende transactie kan je hele account opblazen...'
'Hm.'
'... en wanneer je aan een transactie begint, zorg er dan voor dat je weet hoe die zich gaat gedragen, en als het omgekeerde gebeurt, maak dan dat je als de sodemieter wegkomt!'
Ik had de neiging om overal 'ja, ja, ja' op te zeggen en Holland zag dat. Maar de ware reden dat hij me niet langer bereikte, was hoe meer hij me waarschuwde voor de mogelijke gevaren van de daghandel, hoe meer opgewonden ik raakte door het vooruitzicht om straks naar huis te gaan en eraan te beginnen.
Toen ik mijn notitieboekje in mijn zak stak en mijn jasje aantrok met de bedoeling weg te gaan, deed Holland er nog een schepje bovenop.
'De daghandel kan heel ingrijpend zijn, weet je.' Hij zei even niets en voegde er toen snel aan toe: 'Leen nooit geld van familie of vrienden, Eddie, ik bedoel, om mee te handelen, of om je verliezen te dekken.' Ik keek hem aan, nu zelf ook een beetje ongerust. 'En lieg nooit over je verliezen.'
In zijn stem klonk een spoortje van wanhoop door. Ik begon de indruk te krijgen dat hij meer tegen zichzelf dan tegen mij sprak. Maar ik had ook de indruk dat hij niet wilde dat ik wegging.
Ik wilde echter heel graag weg, maar ik aarzelde. Ik stond midden in de kamer en luisterde toen hij me vertelde hoe hij zijn baan als marketing director had opgegeven om in de aandelenhandel te gaan, en hoe zijn vrouw hem nog geen zes maanden later had verlaten. Hij vertelde me ook dat hij onrustig en geïrri-

teerd raakte als hij niet kon handelen, op zondag of midden in de nacht, en dat de daghandel het belangrijkste in zijn leven was geworden. Hij ging zelfs zover dat hij bekende dat hij geen geld van zijn rekening kon halen en vaak niet eens de moeite deed om te kijken hoe hij ervoor stond.

'Omdat je liever niet geconfronteerd wilt worden met je verliezen?' vroeg ik.

Hij knikte.

Daarna werd hij nog openhartiger en vertelde hij over zijn neiging om ergens aan verslaafd te raken en als het de aandelenhandel niet was geweest, het waarschijnlijk iets anders zou zijn geweest...

Al die tijd kon ik alleen maar denken aan hoe volmaakt die vijftien seconden durende jazzsolo van zijn elektronische handelstransactie had geklonken. Al gauw hoorde ik niet eens meer wat Bob Holland zei, niet duidelijk in elk geval, want ik was vertrokken en mijn geest zweefde al rond in het rijk der onbeperkte mogelijkheden. Bob Holland, besefte ik, had rondgetast in het duister en had hier en daar $^{1}/_{16}$ puntje gepikt, waarbij het blijkbaar vaker fout dan goed was gegaan. Maar dat zou mij niet overkomen. Ik zou instinctief weten wat ik moest doen. Ik zou weten welke aandelen ik moest kopen, wanneer en waarom.

Ik was ervan overtuigd dat ik hier goed in was.

Toen ik uiteindelijk weg kon en terug was in 10th Street, duizelde het me nog steeds. Maar zodra ik de voordeur van mijn appartement had geopend en de woonkamer in liep, kreeg ik het benauwd, voelde ik me te groot voor mijn eigen huis en had ik de neiging om met mijn elleboog de ruit te breken en mijn hoofd naar buiten te steken. Ik begon me ook wat overmoedig en ongeduldig te voelen alsof ik al massa's geld in de daghandel had verdiend, en geïrriteerd omdat ik bepaalde dingen nodig had: een nieuw pak, een paar nieuwe pakken, en schoenen, diverse paren schoenen, en overhemden en dassen. En nog veel meer dingen: een betere hifi-installatie, een dvd-speler, een laptop, een behoorlijke airconditioning, en ik wilde meer kamers, bredere gangen en hogere plafonds. Ik had het knagende gevoel dat als ik niet doorging, me niet opwaarts bewoog en uitdijde en me ontwikkelde tot een soort reus, dat ik dan zou exploderen.

Ik zette het scherzo van Bruckners negende op en marcheerde door de kamer als een eenmanspantserdivisie terwijl ik mijn op-

ties afwoog. Hoe kwam ik vooruit? Hoe moest ik beginnen? Al gauw besefte ik dat ik niet echt veel mogelijkheden had, want het geld in de kast was geslonken tot een paar duizend dollar, wat net zoveel was als ik op mijn bankrekening had staan en met mijn creditcard kon opnemen, en hoe ik het ook wendde of keerde, een paar duizend dollar plus een paar duizend dollar bleef een paar duizend dollar.
Ik stak het restant van het geld uit de kast in mijn zak en ging weer winkelen. Deze keer ging ik naar 47th Street, waar ik twee 14-inch tv's, een laptop en drie softwarepakketten kocht; twee voor investeringsanalyses en één om te kunnen handelen op het net. Ik negeerde Bob Hollands opvatting dat te veel informatie tot tegenstrijdige signalen kon leiden en kocht *The Wall Street Journal*, *The Financial Times*, *The New York Times*, *The Los Angeles Times*, *The Washington Post* en de laatste nummers van *The Economist*, *Barrons*, *Newsweek*, *The Nation*, *Harper's*, *Atlantic Monthly*, *Fortune*, *Forbes*, *Wired*, *Variety* en nog een stuk of tien week- en maandbladen. Daarnaast kocht ik een stel buitenlandse kranten waarvan ik dacht dat ik ze zou kunnen lezen: *Il Sole 24 Ore* en *Corriera della Sera* natuurlijk, maar ook *Le Figaro*, *El Pais* en *Frankfurter Allgemeine Zeitung*.
Toen ik weer thuis was, belde ik een vriend die elektricien is en vroeg hem om telefonische instructies voor het aansluiten van de twee extra tv's op mijn bestaande kabelaansluiting. Hij was daar niet blij mee en wilde langskomen om het zelf te doen, maar ik stond erop dat hij het uitlegde en ik aantekeningen zou maken, dan kon er niets misgaan. Goed, het was geen klusje dat ik ooit onder normale omstandigheden had gedaan – veel verder dan een lamp, stekker of stop vervangen was ik nooit gekomen – maar ik volgde zijn instructies tot op de letter op met als resultaat dat ik even daarna drie functionerende tv's naast elkaar had staan. Daarna koppelde ik de nieuwe laptop aan mijn computer op het bureau, installeerde alle software en ging het net op. Ik deed wat research naar on line-aandelenmakelaars en gebruikte mijn creditcard en bankrekening om een account te openen bij een van de kleinere. Daarna pakte ik mijn tas met kranten en tijdschriften en legde die overal neer. Even daarna lag alles geopend op de betreffende bladzijden op mijn bureau, de tafel, de stoelen, de boekenplanken, de bank en de vloer.

De daaropvolgende paar uur flitsten voorbij als een paar seconden. Ik ijsbeerde door de kamer, tuurde naar de vijf beeldschermen en nam alle informatie in me op met een intensiteit die al mijn vroegere pogingen om iets te leren deed verbleken. De drie tv's stonden afgestemd op verschillende nieuwszenders – CNN, CNNfn en CNBC – en boden drie verschillende visies op informatie, analyses en opinies van het wereldgebeuren. De makelaar bij wie ik een account had geopend, The Klondike Index, bood *real-time* beursnoteringen, deskundig commentaar, het laatste financiële nieuws en links met een verscheidenheid aan researchinstrumenten en simulaties. Op mijn andere computer bezocht ik sites als Bloomberg, The Street.com, Quote.com, Raging Bull en The Motley Fool. Daar tussendoor nam ik af en toe een duikvlucht in het geschreven nieuws dat ik had verzameld en las ik artikelen over van alles en nog wat: Mexico natuurlijk, maar ook over genetisch gemanipuleerd voedsel, de vredesbesprekingen in het Midden-Oosten, Britse pop, de neergang van de staalindustrie, de misdaadstatistieken in Nigeria, e-commerce, Tom Cruise en Nicole Kidman, de Baskische afscheidingsbeweging, de internationale bananenhandel...

Alles.

Natuurlijk wist ik niet echt waar ik mee bezig was, want het was allemaal te vrijblijvend en ik had nog geen echte strategie gepland, maar ik had het gevoel dat hoe meer informatie er in mijn hoofd zat – een grote verscheidenheid aan informatie – des temeer zelfvertrouwen ik zou hebben als het moment aanbrak om in fracties van een seconde een van die belangrijke beslissingen te nemen.

En waar wachtte ik eigenlijk op? Ik had niet veel financiële armslag maar als ik echt wilde, kon ik binnen een paar seconden mijn eerste on line-transactie doen. Om een order te plaatsen hoefde ik alleen maar een aandelenpakket te kiezen, gegevens over het aantal en het type transactie in te voeren en op de verzendknop te klikken.

Ik besloot te wachten tot de volgende ochtend.

Om tien uur in de ochtend zat ik in mijn draaistoel en liet ik mijn blik door de woonkamer gaan. Die was nog radicaler veranderd dan in de 24 uur daarvoor en nog onherkenbaarder geworden, in elk geval als leefruimte. Ik bevond me nu, om met Bob Holland te spreken, in het hol van een ontspoorde fanatiekeling. Maar ik had geen tijd om me daar druk over te maken. Ik draaide me

naar de twee monitors op mijn bureau en ging op zoek naar een stel geschikte aandelen. Eerst werkte ik me door een eindeloze reeks lijsten van insiders en analisten, maar ten slotte besloot ik op mijn gevoel af te gaan en koos ik voor een middelgroot softwarebedrijf in Palo Alto. Het heette Digicon en leek me geschikt voor mijn eerste transactie. Digicon had een lange periode van handel binnen een heel kleine prijsmarge achter de rug en leek op het punt te staan daar uit te breken. Het was zelfs zo dat in de tijd die ik nodig had om mijn keuze te maken en de relevante gegevens door mijn twee analyseprogramma's te halen, de prijs van een aandeel een half punt was gestegen. Het account dat ik bij Klondike had geopend, hanteerde een flinke makelaarscommissie tegen een stevige rente, maar daar stond tegenover dat mijn inlegbedrag met vijftig procent overschreden mocht worden. Dus verzond ik een order voor de aankoop van tweehonderd aandelen Digicon voor veertien dollar per stuk. In het daaropvolgende halfuur kocht ik in totaal vijfhonderd aandelen van zes andere bedrijven, waarmee ik al mijn beschikbare geld had gebruikt, en trok ik de rest van de dag uit om alle zeven bedrijven nauwlettend te observeren en te checken op signalen die aangaven dat ik moest verkopen.
Aan het eind van de ochtend en begin van de middag waren zes van de zeven pakketten aandelen die ik had gekocht in prijs gestegen, met flinke onderlinge verschillen. Ik besloot snel welke ik van de hand zou doen. Digicon was bijvoorbeeld gestegen tot $17^3/_8$, maar ik geloofde niet dat hij veel hoger zou komen dus verkocht ik Digicon met een winst van zeshonderd dollar, minus commissie en transactiekosten uiteraard. Een ander aandeel steeg van $18^1/_2$ naar 24, en een derde van 31 naar $36^7/_{16}$. Door ze allebei op het juiste moment te verkopen, wist ik mijn basiskapitaal van ongeveer zevenduizend dollar te verhogen tot bijna twaalfduizend, en twee uur voor het sluiten van de beurs verkocht ik de rest ook, behalve US-Cova. Het was een aandeel dat de hele dag niets had gedaan ondanks alle signalen dat er een opwaardering op til was. Dat irriteerde me, want toen ik voor de zeven aandelen koos, had ik een bijna tastbaar voorgevoel gehad, een vaag tintelen in mijn buik, of zo had het op dat moment in elk geval geleken. Hoe dan ook, alle andere aandelen waren gestegen en ik begreep niet waarom dit nog steeds niets deed.
Zonder na te denken plaatste ik een order voor nog eens 650 aandelen à 22 dollar per stuk. Twintig minuten later gloeide er

op het scherm een lampje op en kwam US-Cova in beweging. Het ging twee punten omhoog en daarna drie, en terwijl ik bleef toekijken, klom de prijs steeds verder omhoog. Toen het aandeel op 36 dollar stond, typte ik een verkooporder in, maar ik hield hem vast tot na de volgende stijging en verzond hem pas toen de prijs op 39 stond, wat een winst van zeventien dollar in nauwelijks een uur tijd was.
Zo kwam het dat ik aan het eind van de eerste dag meer dan twintigduizend dollar op mijn account had staan. Minus de kosten en de zevenduizend dollar waarmee ik was gestart, betekende dat een winst van ongeveer twaalfduizend dollar in één enkele dag. Misschien stelde dat op de aandelenbeurs niet veel voor, maar het was nog steeds meer dan ik soms in een halfjaar als copywriter had verdiend. Het was natuurlijk een geweldig resultaat, maar ik besefte tegelijkertijd hoe ongelofelijk veel geluk ik had gehad. Van mijn zeven keuzen hadden er zeven gewonnen, en dat op een lauwe dag waarop de beurs maar twaalf punten hoger was gesloten. Het was buitengewoon. Maar hoe had ik het gedaan? Was het geluk geweest? Ik probeerde nog eens na te gaan wat ik had gedaan, terug te kijken en te zien wat de signalen waren geweest die ik had opgevangen en die me hadden aangezet om aandelen van relatief onbekende bedrijven te kopen, maar dat bleek onbegonnen werk. Ik nam de tientallen berichten over de huidige beursstemming nog eens door, haalde alles opnieuw door de analyseprogramma's en op een zeker moment kroop ik over de vloer van de woonkamer naar de opengeslagen kranten en tijdschriften, zoekend naar een artikel waarvan ik me vaag herinnerde dat het me misschien een idee of een duwtje in de juiste richting had gegeven. Ik wist het gewoon niet. Misschien had ik iets op tv gehoord, een terloopse opmerking van een van de vele beleggingsdeskundigen, of was ik iets tegengekomen in een chatroom of webkrant op mijn pc.
Het was een onbegonnen zaak mijn mentale drijfveren te achterhalen om op een bepaald moment voor bepaalde aandelen te kiezen, zodat ik het al gauw opgaf. Een conclusie die ik echter wel kon trekken, was dat ik blijkbaar de fundamentele en kwantitatieve analyse in gelijke mate had toegepast, en hoewel het niet eenvoudig zou zijn om diezelfde verhouding op te roepen voor een volgende gelegenheid, want ik zou nooit de exacte condities van die ene dag kunnen creëren, wist ik wel zeker dat ik op de goede weg was. Tenzij alles natuurlijk – wat een onverdraaglijke

gedachte was – een reusachtige portie beginnersgeluk was geweest. Ik geloofde dat zelf niet, niet echt, maar omdat ik het ook niet zeker wist, was het uitermate belangrijk wat er de volgende dag zou gebeuren. Wat inhield dat ik me moest blijven volproppen met informatie en – natuurlijk – met MDT-48.

Ik sliep die nacht drie tot vier uur en toen ik wakker werd, heel abrupt toen er buiten een autoalarm afging, duurde het geruime tijd voordat ik wist waar ik was, en *wíe* ik was. Voordat het alarm afging, zat ik midden in een opvallend levensechte droom die zich afspeelde in Melissa's oude appartement in Union Street in Brooklyn. Eigenlijk gebeurde er niet veel in die droom, maar er zat een soort virtuele werkelijkheid in die heel echt aanvoelde, met volgshots, gedetailleerde close-ups en zelfs geluiden: het zachte ruisen en tikken van de radiators, een deur die dichtsloeg in de gang en kinderstemmen op straat.
Het oog van de droom – de lens van de camera – gleed laag over de ruwhouten vloerplanken van de diverse kamers van het appartement en registreerde alles: de structuur van het hout, elke nerf en kwast, plukjes stof, een nummer van *The Nation*, een leeg flesje Grolsch, een asbak. Toen bewoog het oog langzaam omhoog, langs Melissa's rechtervoet, die bloot was, haar over elkaar geslagen benen, die ook bloot waren, het donkerblauwe zijden slipje dat ze droeg, waar plooitjes in verschenen toen ze zich naar voren boog en een deel van haar borsten in beeld kwam. Haar lange, glanzend zwarte haar hing over haar schouders en armen, en ook voor haar gezicht. Ze zat in een stoel, rookte een sigaret en dacht na. Ze zag er fantastisch uit. Ik zat blijkbaar op de grond, keek naar haar en zag er vermoedelijk minder fantastisch uit. Toen, na een paar seconden, zo leek het althans, stond ik op en kwam de cameralens met mij omhoog, wat me even deed wankelen. Toen ik me omdraaide, draaide alles mee alsof ik de camera in mijn hand had, langs de ingelijste zwartwitfoto's aan de muur, de foto's van het oude New York, waar Melissa altijd zo gek op was geweest, de marmeren schouw van de open haard die zelden werd gebruikt, en daarboven de spiegel, en in die spiegel een vluchtig beeld van mezelf, met dat oude corduroy jasje dat ik vroeger had, en ik zag er heel jong en mager uit. De draaiende beweging ging door en ik zag de open deuren tussen de woonkamer en de slaapkamer en toen, in de deuropening, zag ik Vernon staan, met lang haar en een

gave huid en dat leren jasje dat hij altijd aanhad. Ik bekeek hem eens goed, zag zijn lichtgroene ogen en hoge jukbeenderen en een paar seconden lang leek het of hij iets tegen me zei. Zijn lippen bewogen maar ik kon niet horen wat hij zei...
Maar toen was het allemaal ineens voorbij, schrok ik wakker van het klagende gejank van het autoalarm in 10th Street, zwaaide ik happend naar adem mijn benen uit bed en had ik het gevoel dat ik een geest had gezien.
Het was onvermijdelijk dat het volgende beeld dat zich opdrong in mijn geest weer dat van Vernon was, maar nu de Vernon van tien of elf jaar later, de Vernon met veel minder haar en een dik gezicht vol blauwe plekken, de Vernon die onderuitgezakt op een bank zat in een ander appartement in een ander deel van de stad...
Ik staarde naar het kleed op de grond naast mijn bed, naar het ingewikkelde, zich eindeloos herhalende patroon, en schudde langzaam mijn hoofd. Sinds ik een paar weken geleden met MDT-pillen was begonnen, had ik nauwelijks nog echt aan Vernon Gant gedacht, terwijl mijn gedrag jegens hem naar alle normen ongehoord was geweest. Nadat ik hem dood in zijn huis had aangetroffen, had ik verdomme zijn slaapkamer doorzocht en zijn geld en spullen gestolen. Ik was niet eens naar zijn begrafenis geweest, had mezelf wijsgemaakt, zonder daar legitieme redenen voor te hebben, dat Melissa het zo gewild zou hebben.
Ik stond op en liep met grote passen naar de woonkamer. Ik nam twee pillen uit het schaaltje op de houten plank boven de computer, het schaaltje dat ik elke dag had bijgevuld, en slikte ze in. Het was ook zo dat de spullen die ik had meegenomen aan Vernons zus toebehoorden, en hoewel de drugs misschien een andere zaak waren, was het wel zo dat Melissa de negenduizend dollar waarschijnlijk goed zou kunnen gebruiken.
Met een hol gevoel in mijn maag boog ik me naar voren en zette de twee computers aan. Toen keek ik op mijn horloge.
Het was 4.58 uur.
Ik kon haar nu gemakkelijk twee keer dat bedrag geven, of nog veel meer als mijn tweede dag in de aandelenhandel goed verliep, maar zou het dan niet zijn dat ik haar op de een of andere manier probeerde af te kopen?
Opeens werd ik misselijk.
Dit was zeker niet zoals ik me de hernieuwde kennismaking met Melissa had voorgesteld. Ik rende naar de badkamer, sloeg de

deur achter me dicht, liet me op mijn knieën vallen en boog me over de wc-pot. Maar er gebeurde niets; ik kon niet overgeven. Bijna twintig minuten bleef ik zo zitten, diep en moeizaam ademhalend en met mijn wang tegen het koele, witte porselein, totdat het misselijke gevoel verdween. En de andere gevoelens, want het rare was dat toen ik opstond, naar de woonkamer liep en achter mijn bureau ging zitten, niet alleen mijn misselijkheid maar ook mijn schuldgevoel was verdwenen.

De handel was die dag heel levendig. Ik maakte voor mezelf weer een pakketje aandelen, vijf middelgrote bedrijven die ik uit de vergetelheid plukte en min of meer een schoonmaakbeurt gaf. Eerder, bij de koffie, had ik diverse krantenartikelen gezien – en later hetzelfde op de talloze websites – waarin werd gerefereerd aan US-Cova en haar buitengewone prestaties op de beurs van de afgelopen dag. Digicon en een of twee van de andere werden ook even aangestipt, hoewel er geen beeld werd geschetst dat verklaarde wat er was gebeurd, of wat de diverse bedrijven op welke manier ook met elkaar in verband bracht. De wonderen zijn de wereld nog niet uit, leek de algemeen heersende opinie te zijn en aangezien de kans dat iemand zomaar zeven winnaars achter elkaar had gekozen astronomisch klein was, was het tot dat moment en bij gebrek aan bewijs nog steeds mogelijk dat mijn succes van de vorige dag gewoon een kwestie van geluk was geweest.
Al snel werd echter duidelijk dat er meer aan de hand was. Want elke keer dat ik een interessant aandeel tegenkwam, gebeurde er iets met me, iets lichamelijks, net als de vorige dag was gebeurd. Wat ik voelde kan ik alleen beschrijven als een elektrische lading die vlak onder mijn borstbeen begon, een energiestroom die zich snel door mijn lichaam en vervolgens door de hele kamer verspreidde en alle kleuren en geluiden duidelijker leek te maken. Ik had het gevoel dat ik in verbinding stond met een allesomvattend systeem, er via een supergevoelige glasvezelkabel op was aangesloten. Het eerste aandeel dat ik bijvoorbeeld uitkoos – laten we het V noemen – begon vijf minuten nadat ik de order had geplaatst al te stijgen. Ik bleef het volgen terwijl ik tegelijkertijd de websites afspeurde naar andere dingen die ik kon kopen. Met een groeiend zelfvertrouwen surfte ik de eerste uren van de ochtend langs de aandelensites op het net, van de een naar de ander, waarna ik V met winst verkocht, onmiddellijk

de opbrengst in W stak en die op het juiste moment verkocht om X te financieren.
Naarmate mijn zelfvertrouwen toenam, werd ik ook ongeduldiger. Ik wilde meer fiches om in te zetten, meer kapitaal, meer speelruimte. Halverwege de ochtend had ik mijn kaptaal vergroot tot bijna 35.000 dollar, wat prima was, maar om echt mee te kunnen doen, zou ik om te beginnen minstens het dubbele en liever drie of vier keer dat bedrag nodig hebben.
Ik belde Klondike, maar die gingen niet verder dan een krediet van vijftig procent van het huidige kapitaal. En het verleden van mijn bankmanager was niet van dien aard dat ik het bij hem wilde proberen. Ik kon me evenmin voorstellen dat ik iemand kende die mij 75.000 dollar zou willen lenen, of dat er legitieme kredietverschaffers waren die mij dat geld over de toonbank zouden willen toeschuiven. Aangezien ik het geld nu nodig had en ik er vrijwel van overtuigd was wat ik ermee kon doen, bleef er maar één mogelijkheid over.

# 11

Ik trok mijn jasje aan en ging de deur uit. Ik liep Avenue A op, passeerde Tompkins Square Park, sloeg Third Street in en liep door naar een eethuisje waar ik regelmatig kwam. De man achter de toonbank, Nestor, woonde in de buurt en hij kende die beter dan wie ook. Hij had hier de afgelopen twintig jaar koffie met muffins, cheeseburgers en broodjes tonijnsalade geserveerd en alle radicale veranderingen van dichtbij meegemaakt: de sloop, de renovatie en de gluiperige infiltratie van hoge kantoorflats. Mensen waren gekomen en gegaan, maar Nestor was gebleven. Hij vormde de schakel met de oude buurt die ik me herinnerde van toen ik klein was: Loisaida, de Latino-wijk vol clubs waar oude mannen domino speelden en de salsa en merengue uit de open ramen knalden, later het Alphabet City van de uitgebrande gebouwen, de drugsdealers en de daklozen die onder stukken karton in Tompkins Square Park sliepen. Ik had vaak met Nestor over de veranderingen gepraat en hij had me verhalen verteld – waar je haar soms rechtop van ging staan – over allerlei buurtgekken, oude mensen, winkeliers, straatagenten, maatschappelijk werkers, hoeren, dealers en kredietverstrekkers van twijfelachtig allooi. Want Nestor kende iedereen; hij kende zelfs mij, een anonieme, alleenstaande blanke man die nu een jaar of vijf in 10th Street woonde en werkte als journalist of zoiets. Dus toen ik binnenkwam, aan de bar ging zitten en vroeg of hij iemand kende die me wat geld kon lenen, en snel – een exorbitante rente was geen bezwaar – vertrok hij geen spier. Hij zette gewoon een kop koffie voor me neer en zei dat ik even moest blijven hangen.

Nestor ging een paar klanten bedienen, ruimde twee of drie tafeltjes af en kwam weer achter de bar staan. Hij haalde zijn vaatdoek over de bar en zei: 'Tja, dat waren de Italianen, hè? Voornamelijk de Italianen, totdat... nou ja...'

Hij zweeg.

Totdat wat? Totdat John Gotti een pistoolloop in zijn reet kreeg en Sammy the Bull in het getuigenbeschermingsprogramma ging? Wat was de bedoeling? Moest ik het raden? Dat was ook iets met Nestor; hij ging er vaak van uit dat ik meer wist dan ik in werkelijkheid deed. Of hij wist gewoon niet meer tegen wie hij wat had gezegd.
'Totdat wat?' vroeg ik.
'Totdat John junior het overnam. Het was een zooitje in die tijd.'
Ik zat niet ver naast de waarheid.
'En nu?'
'De Russen. Van Brighton Beach. Vroeger werkten ze samen, zij en de Italianen, of ze werkten elkaar in elk geval niet tegen, maar nu is het anders. Het schijnt dat John juniors mannen niets meer klaarmaken.'
Ik had nooit hoogte gekregen van Nestor; was hij alleen maar toeschouwer of was hij er op de een of andere manier bij betrokken? Ik had geen idee. Dat kon ook niet. Wat wist ik verdomme van dit soort zaken?
'Maar de laatste tijd,' vervolgde Nestor, 'komt hier een knaap die Gennady heet. Bijna elke dag. Hij praat als een immigrant maar laat je niet voor de gek houden. Hij is tweede generatie en net zo keihard als zijn ooms toen ze uit de Goelag-archipel kwamen. Ze denken dat dit land één grote grap is.'
Ik haalde mijn schouders op.
Nestor keek me recht in de ogen. 'Laat me je dit zeggen, Eddie, deze mensen zijn gestoord. Ze snijden je open rondom je middel, trekken je vel omhoog, helemaal tot over je hoofd, leggen er een knoop in en laten je zo stikken.'
Hij zweeg even om dat te laten bezinken.
'Ik maak geen grapje. Dat is wat de *moedjahadeen* hebben gedaan met sommigen van de Russische soldaten in Afghanistan. Over dat soort dingen wordt gepraat. Mensen leren ervan.' Hij zweeg weer en haalde zijn vaatdoek over de bar. 'Als Gennady komt, zal ik met hem praten, maar ik hoop wel dat je weet wat je doet.'
Toen deed hij een stap naar achteren en zei: 'Doe je aan fitness? Je ziet er geweldig uit.'
Ik glimlachte maar zei niets. Zichtbaar verbaasd liep Nestor weg om een andere klant te gaan helpen.
Ik zat daar ongeveer een uur, dronk vier koppen koffie en keek

een paar kranten in, waarna ik begon te graven in de zich snel uitbreidende database tussen mijn oren en te zoeken naar dingen die ik over de Russische maffia, Organizatsiya, Brighton Beach en Little-Odessa-by-the-Sea had gelezen.
Ik probeerde niet te veel te denken aan wat Nestor me had verteld.
Rond lunchtijd werd het drukker en begon ik rekening te houden met de mogelijkheid dat ik mijn tijd zat te verspillen, en ik wilde net opstaan en weggaan, toen Nestor vanachter de bar naar me knikte. Discreet keek ik om en zag een man van een jaar of vijfentwintig binnenkomen. Hij was slank en pezig en had een bruinleren jack aan en een zonnebril op. Hij liep door en ging achterin in een box zitten. Ik bleef waar ik was en keek vanuit mijn ooghoeken toe toen Nestor hem een kop koffie bracht en even met hem bleef praten.
Nestor kwam terug en pikte onderweg een paar lege borden op. Hij zette ze naast me op de bar en fluisterde: 'Ik heb je geïntroduceerd, oké? Dus ga maar met hem praten.' Toen wees hij naar me en zei: 'Zet me niet voor lul, Eddie.'
Ik knikte, wipte van mijn kruk en liep naar achteren. Daar schoof ik tegenover Gennady in de box en knikte hem gedag.
Hij had zijn zonnebril afgezet en op tafel gelegd. Hij had opvallend blauwe ogen, een zorgvuldig onderhouden stoppelbaard en was bijna beangstigend mager en pezig. Heroïne? IJdelheid? Nogmaals, wat wist ik daarvan? Ik wachtte tot hij iets zou zeggen.
Maar hij zei niets. Na een ongemakkelijk lange pauze gaf hij een nauwelijks zichtbaar knikje met zijn hoofd dat ik opvatte als een teken dat ik iets kon zeggen. Dus ik schraapte mijn keel en zei: 'Ik zoek een kortetermijnlening van vijfenzeventigduizend dollar.'
Gennady zat enige tijd aan zijn oorlel te plukken en schudde toen zijn hoofd.
Ik wachtte, op uitleg, denk ik, maar er kwam niets. 'Waarom niet?' vroeg ik.
Hij snoof minachtend. 'Vijfenzeventigduizend dollar?' Hij schudde zijn hoofd weer en nam een slokje koffie. Hij had een zwaar Russisch accent.
'Ja, vijfenzeventigduizend dollar,' zei ik. 'Is dat een probleem? Jezus.'
Ik wist dat deze knaap er geen enkele moeite mee zou hebben

om een mes in mijn hart te steken, en als ik Nestor mocht geloven zou dat nog maar het begin zijn, maar zijn houding beviel me niet en ik had geen zin in spelletjes.
'Ja,' zei hij, 'dat is een probleem. Ik heb je nog nooit gezien, maar ik mag je nu al niet.'
'Je mag me niet? Wat heeft dat er verdomme mee te maken? Ik vraag niet of je met me uit wilt.'
Hij schrok, bewoog alsof hij iets wilde pakken – vermoedelijk een mes of pistool – maar hij leek zich te bedenken en keek alleen opzij, naar Nestor, die hij waarschijnlijk vervloekte.
Ik besloot door te drukken.
'Ik dacht dat jullie Russen van die stoere jongens waren, je weet wel, hard, en met vat op de situatie.'
Met grote ogen van ongeloof keek hij me aan. Toen riep hij zichzelf tot de orde en besloot om de een of andere reden antwoord te geven.
'Wat? Heb ik geen vat op de situatie? Ik wijs je voorstel af.'
Nu was ik degene die minachtend snoof.
Hij wachtte even en zei toen: 'Val dood. Wat weet jij trouwens van ons?'
'Nou, heel wat. Ik weet van Marat Balagula en het schandaal met de energiebelasting, en van die deal met de Colombo-familie. En dan hebben we Michael...' Ik wachtte en deed of ik de naam niet kon uitspreken. '... Sjmusjkewitsj?'
Hij keek me aan en ik zag dat hij niet wist over wie ik het had. Hij was nog maar een kind geweest toen dat stel zogenaamd achterlijke oliemaatschappijen in de jaren tachtig brandstof importeerden uit Zuid-Amerika en de belastingaccijnzen vervalsten. En wie weet waar die jonge knapen het over hadden als ze elkaar opzochten, blijkbaar niet over de blunders van de vorige generatie, dat was duidelijk.
'Nou en?' zei hij. 'Ben je een smeris?'
'Nee.'
Toen ik daar niets aan toevoegde, stond hij op om te vertrekken.
'Kom op, Gennady,' zei ik. 'Werk een beetje mee, wil je?'
Hij stapte de box uit en keek op me neer, zo te zien overwegend of hij me nu meteen zou vermoorden of zou wachten totdat we buiten waren. Ik kon nauwelijks geloven hoe onbeschoft ik was geweest, maar toch had ik het gevoel dat ik veilig was, dat me niets kon overkomen.
'De waarheid is dat ik research doe voor een boek over jullie,' zei

ik. 'Maar ik zoek nog naar een invalshoek, iemand wiens visie ik kan gebruiken om het verhaal te vertellen.' Ik wachtte even en ging ervoor. 'Iemand als jij, Gennady.'
Hij verplaatste zijn gewicht van zijn ene voet op de andere en ik wist dat ik hem te pakken had.
'Wat voor soort boek?' vroeg hij op verrassend bedeesde toon.
'Een roman,' antwoordde ik. 'Die begint nog maar net vorm te krijgen, maar ik wil er een epische dimensie aan toevoegen, een overwinning op het verleden, zoiets. Van de Goelag tot de...' Ik zweeg, aarzelde even want ik besefte dat ik op het punt stond zijn aandacht kwijt te raken. 'Ik bedoel, als je erover nadenkt,' vervolgde ik snel, 'heeft het verleden tot nu toe altijd de hoofdrol gespeeld; families van vijf generaties, mannen van eer en al die andere flauwekul die clichés zijn geworden. De mensen willen iets nieuws.' Terwijl ik me afvroeg wat ik eigenlijk zei, besloot ik door te drukken. 'Mijn agent denkt dat een nieuwe aanpak er vrijwel zeker voor zal zorgen dat de filmrechten worden verkocht.'
Gennady aarzelde even, schoof toen de box weer in, ging zitten en wachtte op meer.
Voor de vuist weg schetste ik een vage plot over een jonge Rus van de tweede generatie die zichzelf opwerkt binnen de Organizatsiya. Ik wierp een stel referenties met de Sicilianen en Colombianen op tafel maar zorgde er tegelijkertijd voor, terwijl ik voortdurend met mijn hand wuifde, dat Gennady's honger naar details werd gestild. Op die manier slaagde ik erin hem zover te krijgen dat hij al gauw het meest aan het woord was, ook al was dat in nogal verfomfaaid Engels. Met sommige suggesties ging hij akkoord en andere wees hij af, maar de glamour had hem te pakken gekregen en zou hem niet meer loslaten.
Ik had dit natuurlijk niet gepland en had ook niet geloofd dat het me zou lukken, maar ik begon toch weer hoop te krijgen. Nadat hij had toegestemd als adviseur in dit project op te treden en we een paar regels hadden afgesproken, besloot ik het gesprek weer in de richting van de lening te sturen. Ik vertelde dat ik mijn voorschot voor het boek al had uitgegeven en dat de 75.000 dollar bedoeld waren voor een gokschuld die ik moest betalen, vandaag moest betalen.
Ja, ja, ja.
De lening was voor Gennady veranderd in een storende bijzaak. Hij haalde zijn mobieltje tevoorschijn en wisselde in het Rus-

sisch een paar woorden met iemand. Toen, met de telefoon nog tegen zijn oor, begon hij me een reeks vragen te stellen. Wat was mijn sofi-nummer? Het nummer van mijn rijbewijs? Hoe heette mijn huisbaas? En mijn werkgever? Welke bank had ik, en welke creditcards? Ik haalde rijbewijs en pasjes uit mijn portefeuille en las hem de gevraagde nummers voor. Daarna gaf ik hem de namen en alle andere dingen die hij wilde weten. Gennady vertaalde alles in het Russisch voor degene die hij aan de lijn had. Toen dat was gebeurd, stak hij zijn telefoon weg en begon hij weer over het project te praten. Na een kwartier begon zijn mobieltje te piepen en nam hij hem aan. Net als daarvoor praatte hij in het Russisch en op een gegeven moment dekte hij het spreekgedeelte af met zijn hand en fluisterde hij: 'Oké, je bent schoon. Wat nu? Vijfenzeventig? Is dat genoeg? Of wil je meer? Honderd?'
Ik aarzelde even en knikte.
Toen hij uitgesproken was, zei hij: 'Over een halfuur is het er.'
Hij stak zijn telefoon weg, legde beide handen plat op tafel en zei: 'Oké, wie nemen we voor de hoofdrol?'

Precies een halfuur later kwam er een jonge man binnen. Gennady stelde hem voor als Leo. Hij was ook mager en leek zelfs een beetje op Gennady, hoewel hij niet diens ogen had en er eigenlijk uitzag alsof al zijn overeenkomsten met Gennady kunstmatig waren. Misschien waren het broers, of neven, en misschien – dacht ik ineens – kon ik daar iets mee. Ze spraken even met elkaar in het Russisch en toen haalde Leo een dikke bruine envelop uit zijn zak en legde die op tafel. Gennady knikte, waarop Leo de box uit schoof en zonder iets te zeggen vertrok. Gennady schoof de envelop naar me toe en zei: 'De deal is als volgt. Korte termijn, vijf betalingen, vijf weken, tweeëntwintig vijftig per keer.' Hij staarde even naar de envelop en vervolgde: 'Ik kom elke... elke vrijdagochtend naar je toe.' Hij nam de envelop in zijn linkerhand. 'Dit is geen grap, Eddie. Als je dit nu aanpakt, ben je van mij.' Ik knikte. 'Moet ik doorgaan?'
Ik schudde mijn hoofd.
Doorgaan, nam ik aan, betekende waarschijnlijk gebroken armen, benen, knieën, ribben, honkbalknuppels, knipmessen en van die stokken waarmee ze vee stroomstoten gaven.
'Nee,' zei ik en ik schudde mijn hoofd opnieuw. 'Dat hoeft niet; ik heb het begrepen.'

Nu ik het geld had, wilde ik graag zo snel mogelijk weg, maar ik mocht niet te veel haast laten blijken. Het bleek echter dat Gennady zelf weg moest, dat hij al te laat was voor zijn volgende afspraak. We wisselden onze telefoonnummers uit en spraken af dat we elkaar over een week of zo zouden bellen om een afspraak te maken. Hij zou een paar dingen nagaan en ik zou doorgaan met het vormgeven van de hoofdpersoon en de uitbreiding van zijn rol in wat in de loop van ons gesprek van een roman in een filmscenario was veranderd.
Gennady zette zijn Ray-Ban op en was klaar om te gaan. Maar toen bedacht hij zich en gaf me een hand, zwijgend en formeel. Toen stond hij op en liep naar buiten.

Ik belde Klondike met de munttelefoon in het eethuis. Ik legde de situatie uit en ze gaven me het adres van een bank op Third Avenue, waar ik het geld kon storten en het onmiddellijk zou worden bijgeschreven op mijn account.
Ik bedankte Nestor voor zijn hulp en nam een taxi naar 61st Street en Third Avenue. Achter in de taxi maakte ik de envelop open en liet mijn duim langs de biljetten van honderd dollar gaan. Ik had nog nooit zoveel geld bij elkaar gezien en werd een beetje duizelig toen ik ernaar keek. Ik werd nog duizeliger toen ik het in de bank op de balie legde en toekeek terwijl de kassier het telde.
Daarna nam ik een taxi naar 10th Street om weer aan het werk te gaan. Tijdens mijn afwezigheid waren de aandelen die ik had gekocht enorm gestegen, wat mijn basiskapitaal op 50.000 bracht en wat inhield dat ik met Gennady's lening 150.000 dollar tot mijn beschikking had. Ik had nog maar een paar uur voordat de beurs zou sluiten, dus weinig tijd voor research, en daarom ging ik meteen aan de slag. Ik bekeek de noteringen, kocht wat en verkocht wat terwijl mijn blik voortdurend heen en weer schoot tussen de rijen getallen op de twee computerschermen.
Dit proces spitste zich toe en mondde aan het eind van de middag uit in twee grote scores – laten we ze Y en Z noemen – riskante, dure aandelen die beide een snelle stijging doormaakten. Y bracht me vlak bij de grens van 200.000 dollar en Z bracht me er een flink eind overheen, tot iets meer dan een kwart miljoen. Het waren een paar spannende, hectische uren geweest, maar ze hadden ervoor gezorgd dat ik nu echt de smaak te pakken had en

er enorme hoeveelheden adrenaline, een stof die bijna tastbaar in mijn lijf aanwezig was, door mijn aderen vloeiden met een intensiteit die exact in de pas bleef met het stijgen en dalen van de aandelen zelf.

Ondanks dit succes, of misschien juist wel erdoor, bekroop me een gevoel van ontevredenheid. Ik had het gevoel dat ik tot veel meer in staat was dan een beetje thuis handelen op mijn pc, en dat de titel van guerrillastrijder op de aandelenmarkt bij lange na niet genoeg was om me tevreden te houden. Ik wilde weten hoe het zou zijn om van binnenuit en op het hoogste niveau te handelen, hoe het zou voelen om in één keer een miljoen aandelen te kopen...

Dus belde ik Kevin Doyle, de investeringsbankier met wie ik een paar zondagen geleden had ontbeten, en sprak met hem af voor een drankje in The Orpheus Room.

De vorige keer dat we elkaar hadden gezien, was hij er erg op gebrand geweest om me advies te geven over het opzetten van een aandelenportefeuille, dus misschien kon ik hem een beetje doorzagen en een paar tips ontfutselen over hoe ik de stap naar de eredivisie moest maken.

Toen Kevin de bar binnenkwam, herkende hij me eerst niet. Hij zei dat ik was veranderd en er aanzienlijk slanker uitzag dan toen we elkaar bij Herb en Jilly hadden ontmoet.

Hij vroeg of ik aan fitness deed.

Ik bleef hem even aanstaren. Herb en Jilly? Toen pas besefte ik dat het in hun huis in de Upper West Side moest zijn geweest waar ik die nacht was geëindigd.

'Nee, ik doe niet aan fitness,' zei ik. 'Fitness is de nieuwe trend. Fitness is voor sukkels.'

Hij lachte en we bestelden een Absolut met ijs.

Kevin Doyle was begin veertig en zat redelijk strak in zijn vel. Hij droeg een antracietgrijs pak en een roodzijden das. Ik kon me niet veel herinneren van wat ik hem bij Herb en Jilly en daarna in dat eethuisje op Amsterdam Avenue had verteld, maar het stond me nog wel voor de geest dat ik voortdurend aan het woord was geweest en hij aan mijn lippen had gehangen. Het was weer dat verlangen om indruk op me te maken, om mijn beste vriend te willen zijn, hetzelfde wat ik bij Paul Baxter en Artie Meltzer had gemerkt. Ik probeerde na te gaan waarom dat was, maar ik kon niets anders bedenken dan dat het misschien een combinatie was van mijn enthousiasme en

het feit dat ik niemand veroordeelde die een bepaalde snaar bij mensen raakte, met name bij mensen die gestrest en voortdurend op hun hoede waren. In elk geval had ik tegenwoordig mijn manier van praten beter onder controle, dus liet ik het aan Kevin over om de leiding te nemen. Ik vroeg hem naar Van Loon & Associates.
'We zijn een kleine investeringsbank,' zei hij, 'met ongeveer tweehonderdvijftig man personeel. We doen beleggingen, fondsenbeheer en onroerend goed, dat soort dingen. We hebben onlangs een paar grote mediadeals begeleid. We hebben vorig jaar de aankoop van Cableplex voor MCL-Parnassus gedaan en Carl van Loon is op het ogenblik over iets anders in onderhandeling met Hank Atwood, de grote baas van MCL.' Hij zweeg even en voegde eraan toe, op een toon alsof hij net was uitgekozen voor het voetbalteam: 'Ik zit in de directie.'
Maar toen hij hierop doorging en uitlegde dat hij een van de zeven of acht directeuren was, die ieder hun eigen deals deden en daarvan de aanzienlijke provisie opstreken, besefte ik voor het eerst dat Kevin niet zomaar een Wall Street-man was. Uit wat hij me vertelde, maakte ik al snel op dat hij goed moest zijn voor twee à drie miljoen per jaar.
Nu was ik wél onder de indruk.
'En Van Loon? Is hij...' Ik wist eigenlijk niet wat ik precies wilde vragen, maar blijkbaar voelde ik me aangetrokken door de faam die Kevins baas nog steeds omringde.
'Carl is oké. Hij is in de loop der jaren wat milder geworden, weet je, maar hij werkt nog net zo hard als altijd.'
Ik knikte en dacht: hoe hard was dat?
'Zonder hem zou de bank niet zijn wat ze vandaag de dag is.'
Hier hadden we het over iemand die waarschijnlijk goed was voor twee à drie miljoen per week.
'Juist...'
'En? Hoe gaat het?' vroeg Kevin.
'Met mij? Prima.'
Ik herinnerde me niet veel van onze vorige ontmoeting, maar ik was er vrijwel van overtuigd dat ik het over mijn boek had gehad, hopelijk zonder te zeggen dat het een deel van een halfzachte serie voor een tweederangs uitgeverij was, dus voorzover ik wist zou Kevin denken dat ik een soort schrijver of publicist was, iemand die – om zo te zeggen – in staat was zijn vinger op de tijdgeest te leggen en met wie hij een intelligente, vertrouwe-

lijke maar niet bedreigende conversatie kon hebben over de nieuwe economie, megatrends en digitalisering.
Maar ik kwam nogal snel op dat punt.
'Wat denk jij van de daghandel per pc, Kevin?'
Hij dacht even na en zei toen: 'Veel geschreeuw, weinig wol. Die jongens zijn geen beleggers of investeerders; het zijn gokkers, of anders naïeve idioten die denken dat ze de markt hebben gedemocratiseerd.' Hij trok een lelijk gezicht. 'En ik zal je vertellen dat als die zeepbel uiteenspat, er heel wat bloed langs de muren zal druipen.'
Hij nam een slokje wodka.
Ik pakte mijn glas en zei: 'Ik heb het ook gedaan, Kevin, thuis op mijn pc, met een softwarepakket dat ik in 47th Street heb gekocht. Ik heb in twee dagen bijna een kwart miljoen verdiend.'
Hij bleef me even vol afgrijzen aankijken terwijl hij de informatie verwerkte. Hij was ook verbaasd, en het was duidelijk dat hij niet goed wist wat hij moest zeggen. Toen drongen mijn laatste woorden tot hem door.
'Een kwart miljoen?'
'Ja.'
'In twee dagen? Dat is heel goed.'
'Ja, dat dacht ik ook. Maar vreemd genoeg – hoe zal ik het zeggen? – ben ik nog niet echt tevreden. Ik voel me beperkt. Ik wil verder.'
Terwijl Kevin verwerkte wat ik hem meedeelde, schoof hij even heen en weer op zijn kruk en het was zelfs mogelijk dat hij rilde. Hij was een zelfverzekerd mens, duidelijk iemand die geslaagd was in het leven, en het was vreemd om hem zo onzeker te zien.
'Eh, misschien...' Hij krabde aan zijn neus. '... je zou... waarom probeer je niet een van die firma's die gespecialiseerd zijn in de daghandel?'
Ik vroeg hem wat voor verschil dat zou maken.
'Nou, ten eerste ben je minder geïsoleerd. Je zit in één ruimte met een groep andere handelaars en de tendens is dat niemand een van de anderen wil zien falen, dus je helpt elkaar en deelt informatie met elkaar. En de meeste firma's bieden een hoger krediet, van vijf tot tien keer je inleg. Je krijgt daar ook meer gevoel van hoe de markt zich gedraagt...' Hij was duidelijk weer terug op zijn eigen terrein. '... want het is vaak de vraag of je in staat bent de algemene stemming te peilen, om vervolgens te beslui-

ten erin mee te gaan, of... tja...' Hij haalde zijn schouders op. '... er juist tegenin te gaan.'
Ik vroeg hem of hij me een firma kon aanbevelen.
'Ik heb gehoord dat er een paar goede zijn in Wall Street zelf, of er vlak in de buurt. Maar als je het mij vraagt, Eddie, doe je het in je eentje al heel aardig.'
Desondanks schreef ik de namen op die hij me noemde, waarna ik hem bedankte en we allebei een slokje uit ons glas namen.
'Dus... een kwart miljoen in twee dagen.' Hij floot bewonderend. 'Wat is je strategie?'
Ik wilde hem net een aangepaste versie van de gebeurtenissen geven toen er achter ons twee mannen in pak verschenen. De ene gaf Kevin een klap op zijn rug en zei: 'Hé, Doyle, ouwe rukker, hoe gaat het?'
Je kon het geld bijna ruiken; dit waren de grote jongens uit de financiële sector, en toen Kevin me voorstelde maar er niet bij vertelde dat ik algemeen directeur of hoofd van de raad van bestuur van een of andere financiële gigant was, negeerden ze me verder min of meer. Tijdens het gesprek over de opkomende markt in Midden-Amerika en de overschatting van de technologiesector, kon ik zien dat Kevin doodsbang was dat ik tegenover deze twee mannen zou beginnen over de daghandel op mijn pc. Dus toen ik opstond om te vertrekken, dacht ik dat hij iets van opluchting toonde.
Ik zei dat ik hem over een paar dagen zou bellen om hem te vertellen hoe het me was vergaan met 'de zaak' die we hadden besproken.

Lafayette Trading was in Broad Street, een paar straten verwijderd van de New York Stock Exchange. Het hoofdvertrek was een sober ingerichte kantoorruimte op de derde verdieping met twintig tafels die in een grote rechthoek waren gezet. Op elk van deze tafels stonden genoeg pc's en monitors voor minstens drie mensen en van de ongeveer vijftig handelaars die ik er op mijn eerste ochtend zag – allemaal mannen die in luxe directiestoelen achter hun tafel zaten – was de helft zo te zien jonger dan dertig jaar en droeg de helft van die groep een spijkerbroek en een honkbalpet.
De afspraak was dat je een minimum storting van 25.000 dollar deed en dat Lafayette je alle hardware en software leverde om te kunnen handelen. In ruil daarvoor rekenden ze een commissie

van twee dollarcent per aandeel van elke transactie die je deed. Ik liet me inschrijven, stortte een inlegsom van 200.000 dollar en sprak een overschrijding van tweeënhalf maal dat bedrag af, wat inhield dat ik deze nieuwe fase van mijn carrière als aandelenhandelaar kon beginnen met een startkapitaal van een half miljoen.
Ik moest die ochtend eerst een korte introductiecursus doen. De middag bracht ik voor het grootste deel door met rondkijken en praten met een paar van de andere handelaars. De atmosfeer bij Lafayette was – zoals Kevin had verteld over dergelijke firma's – vriendelijk en coöperatief. Het algemeen heersende gevoel was dat we allemaal in hetzelfde schuitje zaten en dat we het samen moesten opnemen tegen de grote jongens van een paar straten verderop. Maar het duurde niet lang om vast te stellen dat er sprake was van groepsvorming en een paar grotere persoonlijkheden, en dat de dynamiek tussen de diverse groepen niet altijd even gemakkelijk in te schatten zou zijn. Er waren natuurlijk ook verschillende manieren van handelen. De man links van me bijvoorbeeld, was een toetsenbordmaniak die nauwelijks of geen research of analyses leek te doen.
'Wat is dat voor aandeel?' vroeg ik, wijzend op een logo op zijn beeldscherm nadat ik was gaan zitten.
'Geen idee,' mompelde hij zonder zijn blik los te maken van het scherm. 'Maar het is een groot pakket en het stijgt; meer hoef ik niet te weten.'
Andere handelaars waren behoedzamer en deden meer research, met behulp van de tv's aan de zijmuur, door van hun tafel naar de Bloomberg-terminal voor in het kantoorvertrek te rennen of door de ene grafiek na de andere op te roepen op hun eigen beeldschermen. Hoe dan ook, toen ik dacht dat ik voldoende vertrouwd was met de ruimte en de stemming die er heerste, ging ik aan de mij toegewezen tafel zitten om een geschikt aandeel te zoeken. Maar omdat het mijn eerste dag was, deed ik het heel rustig aan en toen ik voor de laatste bel mijn posities sloot, had ik maar vijfduizend dollar verdiend. Gezien de resultaten van de afgelopen dagen was dat niet veel, maar de anderen leken daar anders over te denken. Ik was tenslotte de vreemde eend in de bijt en ik had al enige nieuwsgierigheid, zoniet argwaan gewekt. Iemand had me op nogal nerveuze toon gevraagd of ik na het werk met hun groep iets wilde gaan drinken in een bar op Pier 17 Pavillion, maar ik had de uitnodiging afgeslagen. Ik wilde niet meteen verbonden sluiten.

Het was een relatief rustige dag voor me geweest, gezien de geestelijke belasting en de kleine hoeveelheid werk die ik had gedaan, dus toen ik thuiskwam was ik vrij onrustig, nerveus zelfs. Ik kon onmogelijk slapen en bleef op de bank in de woonkamer zitten om tv te kijken en te lezen. Met films, spelshows en commercials op de achtergrond ploegde ik me door het financiële nieuws in de kranten van die dag, een biografie van Warren Buffet en alle artikelen, advertenties en fotobijschriften van zes financiële tijdschriften.

Op mijn tweede ochtend bij Lafayette, dinsdag, besteedde ik eerst veel tijd aan het bekijken van de diverse financiële websites. Ten slotte opende ik meer dan een dozijn posities, flinke, 80.000 aandelen in totaal, en bleef die toen volgen.

Om ongeveer halftwaalf was er links van me een lichte opschudding. Een paar tafels verderop raakten drie jonge jongens met honkbalpet, die nauw leken samen te werken, enthousiast en fluisterden ze 'yes' tegen elkaar. Het duurde een paar minuten voordat de tip was doorgedrongen tot de anderen. De toetsenbordmaniak naast me, die Jay heette, maakte zijn blik los van het scherm en draaide zich naar me om.

'Volgens mij komt er net nieuws binnen over een biotech-aandeel.'

Hij haalde zijn schouders op en ging weer aan het werk, maar de knaap die achter hem zat rolde zijn stoel naar achteren en begon tegen me te praten alsof we elkaar al vanaf de middelbare school kenden.

'Een medische doorbraak, nog niet openbaar gemaakt. MEDX – dat is Mediflux Inc., een farmaceutisch bedrijf in Florida, oké? – heeft een antikankereiwit in ontwikkeling. Het schijnt dat de witte jassen van de National Cancer Research Foundation er helemaal opgewonden van zijn.'

'Ja, en?'

Hij keek me aan alsof hij wilde zeggen: ben je niet goed snik of zo? Hij aarzelde even en zei toen: 'Koop Mediflux!'

Jay, naast me, was er al mee bezig, zag ik. Ik knikte naar de andere man en richtte mijn aandacht weer op de monitor om te zien welke informatie er over Mediflux beschikbaar was. Het aandeel stond nu op $43^1/_3$ terwijl de openingsprijs 37 was geweest. Iedereen ging ervan uit dat die opwaartse lijn zich zou doorzetten, en iedereen – hier in elk geval – kocht Mediflux op basis van die verwachting. Ik nam even tijd om de fundamenten van het bedrijf te bestuderen – de omzet door de jaren heen, het groeipotentieel, dat soort dingen – en op een gegeven moment stootte Jay me aan en vroeg: 'Hoeveel heb jij er gekocht?'

Ik keek hem aan terwijl ik een razendsnelle calculatie maakte van hetgeen ik over Mediflux had gelezen.

'Ik heb geen Mediflux gekocht,' zei ik. 'Sterker nog, ik ga hem onderwaarderen.'

Dit hield in dat ik, in tegenstelling tot iedereen hier, verwachtte dat het Mediflux-aandeel in prijs zou dalen. Terwijl zij bezig waren met kopen, zou ik Mediflux-aandelen van mijn makelaar lenen om ze te verkopen met de afspraak dat ik ze later zou terugkopen tegen een hopelijk veel lagere prijs. En hoe lager de prijs, hoe hoger de winst voor mij zou zijn.

'Je gaat hem korten?'

Hij zei het hardop en toen het woord 'korten' door het vertrek galmde als een bonzende hoofdpijn, kon je bijna iedereen aan de tafels zien verstijven. Er viel een stilte, waarna iedereen tegelijk begon te praten en beurtelings naar zijn scherm en naar mij keek. In de daaropvolgende minuten steeg de spanning in het vertrek, zeker toen de oorspronkelijke Mediflux-factie zich hergroepeerde en denigrerende opmerkingen aan mijn adres begon te maken.

'Ik heb met je te doen, vriend.'

'Je snapt er niets van.'

'*Loser!*'

Ik negeerde de opmerkingen en begon aan de uitvoering van mijn kortingsstrategie met betrekking tot Mediflux terwijl ik tegelijkertijd mijn andere posities in de gaten hield. Ondertussen bleef Mediflux stijgen, maar toen het aandeel 51 punten had bereikt, leek er een stabilisatie in te treden. Jay stootte me weer aan en haalde zijn schouders op alsof hij wilde zeggen: vertel op, waarom korten?

'Het is allemaal hype,' zei ik. 'Kom nou, een paar muizen met kanker in een laboratorium gaan rechtop in bed zitten en vragen om een kopje thee en wij gaan als gekken aandelen kopen?' Ik schudde mijn hoofd. 'Dat nieuwe eiwit dat ze hebben ontwikkeld, wanneer komt daar een commerciële toepassing voor? Over vijf jaar? Tien jaar?'

Er verscheen een bezorgde trek op Jays gezicht en hij leek opeens niet meer zo zeker van zijn zaak.

'Trouwens,' zei ik, wijzend naar mijn monitor, 'Eiben-Chemcorp heeft zich een maand of zes geleden teruggetrokken uit de overnamedeal van Mediflux, een actie die nooit afdoende is verklaard. Is iedereen dat ineens vergeten?'
Ik kon zien hoe hij razendsnel de informatie verwerkte.
'Dit heeft geen poot om op te staan, Jay.'
Jay draaide zich om naar de man naast hem en begon tegen hem te fluisteren. Al gauw deed mijn analyse de ronde langs de andere tafels en verschenen de eerste donkere wolken van onzekerheid in het vertrek.
Uit het gemompel en muisgeklik dat daarop volgde, was af te leiden dat er twee kampen waren ontstaan: een groep die het aandeel bleef vasthouden, en een groep die het ging onderwaarderen, net als ik had gedaan. Jay en zijn buurman deden met me mee terwijl de honkbalpetten hun aandelen vasthielden, hoewel ze ervoor oppasten dat ze er geen opmerkingen meer over maakten, niet hardop in elk geval. Ik bleef naar mijn monitor staren en gedroeg me zo onopvallend mogelijk, maar de sfeer bleef geladen en er was het onmiskenbare gevoel dat ik als indringer van het ecosysteem binnen het vertrek een greep naar de macht had gedaan. Ik had het zo niet bedoeld, natuurlijk niet, maar ik was er wel van overtuigd dat MEDX een misser was. Het moest alleen nog blijken.
Later in de middag stortte het aandeel in, precies zoals ik had voorspeld. De vrije val begon om ongeveer kwart over drie, wat grote consternatie veroorzaakte onder tweederde van de handelaars in het vertrek. MEDX sloot op $17^1/_2$, na een verlies van $36^1/_2$ punt op de hoogste positie van eerder die dag, 54.
Toen de bel werd geluid, steeg er gejuich op van de tafels recht tegenover me. Later kwamen ze naar me toe om zich voor te stellen en besefte ik dat ik met hen, Jay en zijn buurman en nog één of twee anderen, mijn eigen groep had gevormd. Dat was niet alleen omdat ze mijn advies hadden opgevolgd, maar ook, denk ik, door de handel die ik voor mezelf had gedaan. Want ik had vijfduizend aandelen MEDX gekort en in totaal 180.000 dollar verdiend. Dat was op één dag meer dan de meesten van hen in een jaar hoopten binnen te halen en ze vonden het prachtig zoals ik de risico's had genegeerd en had aangetoond dat hoge scores mogelijk waren.
Een van de honkbalpetten knikte naar me vanaf de overkant van het vertrek, een gebaar dat bedoeld was om aan te geven dat hij

zijn verlies toegaf, vermoed ik, maar toen liep hij snel weg met de andere twee zodat ik geen kans kreeg om te zeggen – grootmoedig, of belerend – dat zij het waren geweest die met het aandeel waren gekomen. Ik sloeg de uitnodigingen om iets te gaan drinken weer af, maar bleef nog wel een tijd rondhangen om te praten en te proberen zo veel mogelijk te weten te komen over het functioneren van een daghandel als deze.

Op mijn derde dag bij Lafayette stond ik in het middelpunt van ieders belangstelling. Maar tegelijkertijd stond ik terecht. Want was ik de wonderjongen die één grote klapper had gemaakt – ik was ervan overtuigd dat de meesten dit dachten – of wist ik echt waar ik mee bezig was?

De twijfel en argwaan duurden maar een paar uur. Al gauw diende zich een nieuw aandeel aan, ongeveer net zoals de vorige dag was gebeurd, JKLS, een dataopslagbedrijf, en ik fluisterde naar Jay dat ik van plan was de huidige prijs te verlagen door het aandeel te korten. Jay, die zich in stilzwijgen de functie van mijn eerste assistent had toegeëigend, gaf het nieuws door aan de volgende tafel en nog geen minuut later was iedereen JKLS aan het korten. In de loop van de ochtend gaf ik nog een paar tips die door sommige mensen, maar lang niet iedereen, werden opgevolgd. Aan het begin van de middag echter, toen JKLS snel begon te dalen en er weer gejuich opsteeg, werden mijn andere tips herzien en door de ongelovige Thomassen alsnog overgenomen. Toen om vier uur de sluitingsbel ging, at iedereen uit mijn hand.

In de daaropvolgende dagen was de aandelenwinkel van Lafayette in vol bedrijf, met alle vaste handelaars in topvorm maar ook met een paar nieuwe mensen. Ik hield vast aan mijn kortingsstrategie en richtte een ware slachting aan in hele groepen ten onrechte populaire en overgewaardeerde aandelen. Mijn gevoel om ze te signaleren en eruit te pikken bleef feilloos en het was zonder meer opwindend om te zien hoe ze zich stuk voor stuk gedroegen zoals ik had voorspeld.

Een rechtstreeks gevolg daarvan was dat iedereen me in de gaten hield en natuurlijk wilde weten hoe ik het deed, maar aangezien dezelfde mensen ook veel geld verdienden aan mijn aanbevelingen, had niemand blijkbaar het lef om naar me toe te komen en het gewoon te vragen. Wat maar goed was ook, want ik zou niet geweten hebben wat ik moest antwoorden.

Het leek op instinct, maar dan wel een heel goed geïnformeerd instinct, gebaseerd op een reusachtige hoeveelheid research die ik dankzij MDT-48 sneller en doelmatiger kon verrichten dan iedereen bij Lafayette ooit zou weten.

Maar ook die verklaring was niet voldoende, want er waren talloze rijke en goedgeïnformeerde onderzoeksbureaus, van de raamloze achterkamertjes van investeringsbanken en makelaarskantoren waar bleke, anonieme cijferaars van de vroege ochtend tot de late avond aan het werk waren, tot en met instituten als Santa Fe en MIT, die wiskundigen en economen op Nobelprijsniveau in dienst hadden. Voor een enkel individu kon ik een enorme hoeveelheid informatie verwerken, dat was waar, maar tegen die laatste twee kon zelfs ik niet op.

Wat was het dan wel?

Na de eerste dag van mijn tweede week bij Lafayette liet ik de diverse mogelijkheden de revue passeren. Misschien beschikte ik over betere informatie, of een beter instinct, of misschien had het met hersenactiviteit te maken en was er sprake van een duistere synergie tussen organische en technische zaken, maar als ik daar aan mijn tafel zat en naar mijn scherm keek, moesten mijn overpeinzingen steeds weer plaatsmaken voor de grootsheid en pure schoonheid van de aandelenmarkt zelf. In mijn pogingen het te begrijpen besefte ik al gauw dat ondanks de voor de hand liggende metaforen – de markt was een oceaan, een sterrenhemel, een getalsmatige manifestatie van Gods wil – de aandelenmarkt toch meer was dan alleen een markt voor aandelen. Met zijn complexiteit en voortdurende beweging vormde het wereldwijde, 24 uur per dag functionerende netwerk van aan- en verkopen een soort sjabloon van het menselijk bewustzijn, met de elektronische handelsmarkt als een nieuwe, experimentele versie van een collectief zenuwgestel, of een mondiaal brein. Sterker nog, welke interactieve combinatie van elektronica, chips en circuits, zenders en ontvangers en bandbreedte er ook nodig was om het een te verbinden met het ander, het kwam me op dat moment voor dat ik was beland in een nieuwe wereld – erin was gegooid maar klaar was om me er te handhaven – en dat mijn geest nu daadwerkelijk deel uitmaakte van een groter functionerend geheel.

Ook was ik me bewust – om mezelf een beetje tot de orde te roepen – dat wanneer een individu de ontvanger was van een onthulling als deze, de enige ontvanger, dat de onthulling alleen het resultaat kon zijn van een morbide en ontregelde geestestoe-

stand, echter met dit verschil dat ik aan het eind van mijn zesde dag een ononderbroken reeks winnaars op mijn naam had staan, en meer dan een miljoen dollar op mijn account.
Die avond ging ik met Jay en een paar anderen iets drinken in een bar in Fulton Street. Na mijn derde biertje, zes sigaretten en een stroom complimenten van mijn nieuwe collega's, besloot ik een paar zaken in gang te zetten, veranderingen waarvoor het nu het moment was. Ik wilde een aanbetaling doen op een ander appartement, iets wat groter was dan mijn huis in 10th Street, in een ander deel van de stad, Gramercy Park, of misschien wel Brooklyn Heights. Ik nam me ook voor al mijn oude kleren, meubels en ander afgedankt spul weg te gooien en alleen te vervangen wat absoluut noodzakelijk was. Ik besloot ook iets wat veel belangrijker was, namelijk om van de daghandel over te stappen naar een nieuw en groter speelveld, naar kapitaal- of fondsenbeheer of zoiets.
Ik zat nog geen twee weken in de daghandel, dus ik had geen idee hoe ik dat moest aanpakken, maar toen ik thuiskwam stond er, alsof het zo moest zijn, een bericht van Kevin Doyle op mijn antwoordapparaat.
Klik.
*Piep*.
'Hallo, Eddie, met Kevin. Wat heb ik nu allemaal gehoord? Bel me terug.'
Zonder mijn jasje uit te trekken pakte ik de hoorn van de haak en toetste zijn nummer in.
'Hallo?'
'Wat heb je gehoord?'
Een korte stilte.
'Lafayette, Eddie. Iedereen heeft het over je.'
'Over mij?'
'Ja. Ik was vandaag aan het lunchen met Carl en nog een paar mensen toen iemand begon over geruchten die hij had gehoord over een daghandel in Broad Street, over een handelaar die fenomenale resultaten boekte. Na de lunch heb ik een paar mensen gebeld en toen kreeg ik jouw naam te horen.'
Ik glimlachte en zei: 'Je meent het.'
'En dat is niet alles, Eddie. Ik sprak Carl later en heb hem verteld wat ik te weten was gekomen. Hij was zeer in je geïnteresseerd en toen ik hem vertelde dat je een vriend van me was, zei hij dat hij je graag wilde ontmoeten.'

'Dat is geweldig, Kevin. Ik wil hem ook graag ontmoeten. Zeg maar wanneer.'
'Ben je morgenavond vrij?'
'Ja.'
Hij wachtte even en zei: 'Ik bel je zo terug.'
Hij verbrak onmiddellijk de verbinding.
Ik ging op de bank zitten en keek om me heen. Ik zou hier binnenkort weggaan, wat geen moment te vroeg was. Ik stelde me een ruime, elegant ingerichte woonkamer in een huis in Brooklyn Heights voor. Ik zag mezelf bij het erkerraam staan, uitkijkend op een straat vol bomen, een van die straten waar Melissa en ik op mooie zomerdagen op weg van Carroll Gardens naar de stad doorheen waren gewandeld en van plan waren geweest ooit te gaan wonen. Cranberry Street, Orange Street, Pineapple Street.
De telefoon ging over. Ik stond op en liep ernaartoe om op te nemen.
'Eddie, met Kevin. Morgenavond? Een drankje in The Orpheus Room?'
'Prima. Hoe laat?'
'Acht uur. Maar misschien kunnen wij beter om halfacht afspreken om vooraf een paar dingen door te nemen.'
'Best.'
'Oké, dan zie ik je morgen om halfacht.'
'Oké.'
Ik legde neer.
Toen ik daar stond, met mijn hand nog steeds op het toestel, voelde ik me ineens licht in mijn hoofd en duizelig, en werd alles even zwart. Toen, zonder me bewust te zijn dat ik me had bewogen, stond ik opeens aan de andere kant van de kamer en stak ik mijn hand uit naar de leuning van de bank om steun te zoeken. Pas op dat moment besefte ik dat ik al drie dagen niets had gegeten.

# 12

Ik was al voor Kevin in The Orpheus Room, nam plaats aan de bar en bestelde een frisdrank.
Ik wist niet wat ik van deze ontmoeting moest verwachten, maar het zou zeker een interessante worden. Carl van Loon was een van de namen die in de jaren tachtig met grote regelmaat de kranten en de tijdschriften had gehaald, een naam die in één adem werd genoemd met het grote geld van dat decennium. Hij mocht het tegenwoordig misschien rustig aan doen, maar toen was de topman van Van Loon & Associates betrokken geweest bij diverse veelbesproken megadeals, waaronder de bouw van een reusachtige en controversiële kantoorkolos in Manhattan. Hij was ook betrokken geweest bij enkele van de beruchte overnamen van die tijd, plus een heel stel fusies en saneringen.
In die tijd waren Van Loon en zijn tweede vrouw, binnenhuisarchitecte Gabby de Paganis, vooraanstaande figuren in het liefdadigheidscircuit en waren hun foto's te vinden in vrijwel elk nummer van *New York Magazine*, *Quest*, *Town* en *Country*. Voor mij had hij thuisgehoord in de eregalerij van karikaturen – tezamen met Al Sharpton, Leona Helmsley en John Gotti – die het gezicht van dat decennium hadden bepaald, wat we allemaal dagelijks voorgeschoteld hadden gekregen en waarop we toen veel commentaar hadden gehad.
Ik herinner me een keer dat ik met Melissa in de West Village was, in 1985 of 1986, in Caffe Vivaldi, waar ze flink had zitten afgeven op de plannen voor Van Loons gebouw. Van Loon was al een tijd bezig geweest om de titel van hoogste gebouw van New York op zijn naam te krijgen, en hij had plannen laten maken voor een glazen zuil die op de plek moest komen van het oude St. Nicolas-hotel aan 48th Street. Op de plannen was het gebouw meer dan vijfhonderd meter hoog geweest, maar na eindeloze bezwaren had men uiteindelijk genoegen genomen met ruim driehonderd meter.

‘Wat hebben die lui toch met wolkenkrabbers?’ had Melissa gezegd, met haar espressokopje in de hand. ‘Ik bedoel, die fase zijn we toch allang voorbij?’
Oké, de wolkenkrabber was ooit het symbool van de kapitalistische verworvenheden geweest, van het Amerika van die jaren, en was door Ayn Rand, toen zij het had over het Woolworth-gebouw in de haven van New York, beschreven als ‘de vinger van God’, maar dat was allang achterhaald en niemand zat nog te wachten op iemand als Carl van Loon die met zijn jeugdfantasieën een stempel op de skyline van de stad wilde drukken. Waar het vooral om ging, had ze vervolgd, was dat in de hoogte bouwen nergens meer op sloeg en dat wolkenkrabbers tegenwoordig weinig meer waren dan billboards voor kranten en fabrikanten van naaimachines en auto’s. Dus wat moest dit er voor een worden? Een billboard voor de aandelenmarkt? Jezus!
Melissa kon bij dat soort gelegenheden wild maar tegelijkertijd opvallend elegant met haar espressokopje zwaaien, zonder maar een druppel te morsen, en ze was altijd bereid het roer om te gooien en te lachen om haar eigen heftige reacties.
‘Eddie?’
En zo kalmeerde ze ook, hoe opgewonden ze ook was geweest. Dan boog ze haar hoofd iets naar voren, draaide het laatste slokje espresso rond in haar kopje en werd heel stil en rustig terwijl een losgeraakte lok haar mooi langs haar gezicht viel.
‘Eddie?’
Ik draaide me om op mijn kruk, en daar was Kevin, die naar me stond te kijken.
Ik stak mijn hand uit.
‘Kevin.’
‘Eddie.’
‘Hoe gaat het?’
‘Best.’
We schudden elkaar de hand terwijl ik het beeld van Melissa uit mijn hoofd probeerde te krijgen. Ik vroeg wat hij wilde drinken – een Absolut met ijs – en bestelde voor hem. Na een paar minuten vrijblijvend geklets begon Kevin me voor te bereiden op de ontmoeting met Van Loon.
‘Hij is... nogal onpeilbaar. De ene dag is hij je beste vriend en de volgende kijkt hij dwars door je heen, dus laat je niet van de wijs brengen als hij zich een beetje merkwaardig gedraagt.’
Ik knikte.

'O, en... maar dat hoef ik jou vast niet te vertellen... val niet stil en aarzel niet als je hem antwoord geeft. Daar houdt hij niet van.'

Ik knikte weer.

'Zie je, hij wordt op dit moment erg in beslag genomen door de mogelijke deal met Hank Atwood van MCL-Parnassus en... nou ja.'

MCL-Parnassus was een van de grootste mediaconcerns van de wereld, met een eigen kabelbedrijf, filmstudio's en uitgeverijen, het soort bedrijf dat door journalisten graag werd beschreven als 'mediareus' of zelfs 'mediamonster'.

'Wat is hij met Atwood aan het doen?'

'Dat weet ik nog niet precies; het is nog in de beginfase.' Toen bedacht hij iets. 'Maar wat je ook doet, vraag hem er niet naar.'

Ik merkte dat Kevin zijn twijfels begon te krijgen over de aanstaande ontmoeting. Hij keek voortdurend op zijn horloge alsof hij een deadline had en door zijn tijd heen was. Het was tien voor acht toen hij zijn glas leegdronk, een nieuwe bestelde en vroeg: 'Nou, Eddie, wat ga je hem precies vertellen?'

'Dat weet ik nog niet,' zei ik schouderophalend. 'Ik was van plan hem het een en ander te vertellen over mijn avonturen in de daghandel, en over alle belangrijke posities die ik in handen heb gehad.'

Kevin leek meer verwacht te hebben, maar wat dan? Aangezien ik hem geen redelijke verklaring kon geven voor mijn succes, behalve dat ik een onverklaarbare gave scheen te hebben ontwikkeld, kon ik alleen maar zeggen: 'Ik heb geluk gehad, Kevin. Ik bedoel, begrijp me niet verkeerd, want ik heb er hard aan gewerkt en heel veel research gedaan, maar ik heb wel de wind mee gehad.'

Wat Kevin betrof was dit vage geklets verre van voldoende, hoewel hij blijkbaar niet de moed kon opbrengen om die gedachte uit te spreken. Het was op dat moment dat ik besefte dat er een zekere angst had doorgeklonken in alles wat hij tot nu toe had gezegd, een vrees dat tenzij hij wist hoe ik de aandelenhandel had aangepakt en die strategie aan Van Loon kon presenteren, hij me alleen maar kon overdragen aan Van Loon op een manier waarmee hij zichzelf buitenspel zette.

Maar daar kon ik weinig aan doen.

Ik voelde me best goed. Ik had de vorige avond, na mijn verontrustende aanval van duizeligheid, een bord pasta gegeten en een stel vitaminepillen en voedingssupplementen geslikt voordat ik naar bed was gegaan. Ik had een uur of zes geslapen, wat veel was, en veel meer dan me in de afgelopen maand was gelukt. Ik zat nog steeds op twee MDT-pillen per dag, maar ik voelde me frisser en zekerder dan ooit tevoren.

Van Loon kwam The Orpheus Room binnen alsof hij in een lang volgshot was gefilmd vanaf het moment dat hij buiten uit zijn limousine was gestapt. Hij was lang en slank en hoewel hij een beetje krom liep, was hij nog steeds een indrukwekkende verschijning. Hij was begin zestig, had een gebruinde huid en wat er van zijn haar over was, had een gedistingeerde zilverwitte tint. Hij schudde me krachtig de hand en nodigde ons uit om aan zijn vaste tafel in de hoek te komen zitten.

Ik had hem niets zien bestellen of zelfs maar oogcontact met de barman zien hebben, maar een paar seconden nadat we waren gaan zitten, ik met mijn glaasje fris en Kevin met zijn Absolut, werd Van Loon een perfecte martini gebracht. De ober kwam aanlopen, zette het glas met een vederlichte beweging op tafel en trok zich geruisloos en onzichtbaar terug op een manier die was voorbehouden aan een speciale klasse klanten.

'En, Eddie Spinola,' zei Van Loon, me recht aankijkend, 'wat is je geheim?'

Ik voelde Kevin naast me verstijven.

'Medicijnen,' zei ik zonder na te denken. 'Ik gebruik speciale medicijnen.'

Daar moest Van Loon om lachen. Toen pakte hij zijn glas, hief het naar me op en zei: 'Nou, dan hoop ik dat je een herhalingsrecept hebt.'

Nu moest ik lachen, en ik hief mijn glas frisdrank naar hem op. Maar dat was het. Hij ging niet door op het onderwerp. Tot Kevins zichtbare irritatie begon Van Loon te praten over zijn nieuwe Gulfstream V, de problemen die hij ermee had gehad en hoe hij zestien maanden op een wachtlijst had gestaan voordat hij het verdomde ding eindelijk kreeg. Hij richtte zich daarbij uitsluitend tot mij en ik kreeg zelfs de indruk – want het was te opvallend om toeval te zijn – dat hij Kevin bewust buitensloot. Ik ging er daarom van uit dat hij niet zou terugkomen op de vraag wat mijn geheim was, en al gauw hadden we het – had Van Loon het, kan ik beter zeggen – over heel andere zaken: over sigaren bijvoorbeeld, en over hoe hij onlangs had geprobeerd Kenne-

dy's sigarendoos te kopen, wat hem overigens niet was gelukt. Of over auto's en dat zijn nieuwste aanwinst een Maserati was die hem bijna tweehonderd 'ruggen' had gekost.
Van Loon was opschepperig en vulgair en hij voldeed bijna exact aan het beeld dat ik tien jaar geleden, op grond van wat ik had gelezen, van hem had, maar vreemd genoeg mocht ik hem. Hij had een bijzondere manier om zich niet alleen te richten op het verdienen van geld, maar ook om allerlei fantasierijke en flamboyante manieren te verzinnen om het uit te geven. Kevin was echter alleen geïnteresseerd in het verdienen van geld en toen we later gezelschap kregen van een vriend van Van Loon, die van een andere tafel bij ons kwam zitten, slaagde Kevin erin het gesprek weer in de richting van de aandelenhandel te sturen. Van Loons vriend was Frank Pierce, ook een veteraan uit de jaren tachtig, die voor Goldman Sachs had gewerkt en nu aan het hoofd stond van een klein investeringskantoor. Op niet al te subtiele wijze zei Kevin iets over de toepassing van wiskunde en geavanceerde computersoftware om de aandelenmarkt aan te pakken.
Ik zei niets.
Frank Pierce, die een bol hoofd en kraaloogjes had, zei: 'Gelul. Als dat zo was, denk je dan niet dat iemand het niet allang gedaan zou hebben?' Hij keek om zich heen en vervolgde: 'We maken allemaal gebruik van de kwantitatieve analyse en we doen allemaal ons huiswerk, en er wordt al jaren gepraat over die zogenaamde nieuwe aanpak, maar het is allemaal onzin. Het is zoiets als ijzererts in goud veranderen, en net zo onmogelijk. Je kunt de markt niet verslaan, maar er zal altijd wel een of andere idioot met een paar doctorstitels en een paardenstaart zijn die zegt dat het wel kan.'
'Met alle respect,' zei Kevin, die zich richtte op Frank Pierce maar tegelijkertijd probeerde mij bij het gesprek te betrekken, 'maar er zijn een paar voorbeelden van mensen die de markt hebben gekraakt, of daar lijkt het in elk geval wel op.'
'Hoe hebben ze dat dan gedaan?'
Kevin keek mijn kant op, maar ik was niet van plan in het aas te bijten. Hij zou het zelf moeten doen.
'Nou,' zei hij, 'we hebben niet altijd beschikt over de technologie die we nu hebben, noch over de mogelijkheid om enorme hoeveelheden informatie snel te verwerken. Als je in staat bent genoeg data te analyseren, ontstaan er vanzelf patronen en som-

mige daarvan zullen een zekere voorspellende waarde hebben.'
'Gelul,' baste Frank Pierce weer.
Kevin schrok daar een beetje van, maar hij ging moedig door. 'Ik bedoel, door dataherkenning en momentanalyse toe te passen, kunnen er clusters van waarschijnlijkheden worden opgespoord, en die kunnen worden samengevoegd tot een mechanisme dat patronen kan herkennen.' Hij zweeg even, was niet zo zeker meer van zichzelf, maar hij had zich te diep in de nesten gewerkt om zich nu nog terug te trekken. 'En daarmee moet het mogelijk zijn een model te bouwen dat markttrends kan voorspellen.'
Hij keek me aan met een blik alsof hij wilde zeggen: Eddie, alsjeblieft, zit ik op het goede spoor? Is dit de manier waarop je het doet?
'Patronen mijn reet,' zei Frank Pierce. 'Hoe denk je dat *wij* ons geld hebben verdiend?' Hij boog zijn zware bovenlichaam naar voren en priemde met zijn dikke wijsvinger naar zichzelf en Van Loon. 'Nou?' Toen tikte hij zachtjes met zijn vinger tegen zijn slaap en zei: 'Begrip, zó werkt het. Begrijpen hoe zaken werken. Begrijpen wanneer een bedrijf wordt overgewaardeerd of ondergewaardeerd. Begrijpen dat je nooit risico's moet nemen die je je niet kunt veroorloven.'
Van Loon keerde zich naar mij alsof hij de gespreksleider in een praatprogramma was en vroeg: 'Eddie?'
'Absoluut,' zei ik op kalme toon. 'Niemand zal dat betwisten.'
'Maar?' vroeg Frank Pierce, en hij liet een sceptisch gesnuif horen. 'Bij dit soort jongens zit er altijd een maar aan vast.'
'Ja,' vervolgde ik en ik zag Kevins opluchting toen hij merkte dat ik eindelijk tot spreken bereid was. 'Er is inderdaad een maar: de reactiesnelheid.' Ik had geen idee hoe ik verder moest gaan. 'Want... nou ja, er wordt ons geen tijd meer gegund voor menselijke overwegingen. Je ziet een kans, je knippert met je ogen en je kans is verkeken. We zijn aangekomen in een tijdperk van gedecentraliseerde, on line genomen beslissingen. Beslissingen die worden genomen door miljoenen, of misschien wel honderden miljoenen individuele beleggers over de hele wereld, mensen die in staat zijn enorme hoeveelheden geld te verschuiven in minder tijd die het vergt om je neus te snuiten, maar zonder overleg met elkaar te plegen. Dus komt er geen begrip bij kijken, of als het dat wel doet, is het niet het begrip van hoe een bedrijf werkt maar hoe massapsychologie werkt.'

Frank Pierce wuifde met zijn hand. 'Wat? Jij denkt dat je mij kunt vertellen waarom een markt stijgt of crasht? Waarom vandaag, bijvoorbeeld, en niet morgen of gisteren?'
'Nee, dat kan ik niet. Maar het zijn wel gerechtigde vragen. Waarom zouden data samenklonteren in voorspelbare patronen? Waarom zou er structuur zitten in de financiële markten?'
Ik zweeg en wachtte tot iemand iets zou zeggen, maar toen dat niet gebeurde vervolgde ik: 'Omdat markten het product zijn van de menselijke geest en omdat mensen trends volgen; zo simpel is het.'
Kevin was inmiddels nogal bleek geworden.
'En de trends op dit gebied zijn meestal hetzelfde. Eén: vermijd risico, twee: volg de meute.'
'Pfff,' zei Frank Pierce.
Maar daar liet hij het bij. Hij keek op zijn horloge en mompelde iets tegen Van Loon wat ik niet kon verstaan. Kevin verroerde zich niet en staarde bijna wanhopig naar de vloerbedekking. Is dat alles, leek hij te denken, mensen die trends volgen? Hoe moet ik dat verdomme in mijn voordeel gebruiken?
Wat ik op dat moment voelde, was absolute schaamte. Ik had eigenlijk helemaal niets willen zeggen, maar ik had Van Loons uitnodiging om mijn mening te geven toch niet kunnen negeren? En wat was er gebeurd? Ik had mijn mond opengedaan en me gemanifesteerd als een wijsneuzige idioot. Lieve hemel: begrip heeft er niets mee te maken. Wie was ik om twee miljardairs de les te lezen over hoe ze hun geld moesten verdienen?
In elk geval, na een paar minuten stond Frank Pierce op, mompelde een excuus en liep weg zonder mij of Kevin gedag te zeggen.
Van Loon leek er tevreden mee toen het gesprek daarna een andere wending nam. We hadden het over Mexico en de mogelijke gevolgen die het irrationele standpunt van de overheid op de aandelenmarkt kon hebben. Op een gegeven moment, en ik was nog steeds lichtelijk van streek, betrapte ik me erop dat ik vergelijkende lijsten van het nationaal product per hoofd van de bevolking van 1960 en 1995 afraffelde, maar toen riep Van Loon me tot de orde en gaf hij vriendelijk aan dat ik doordraafde. Hij sprak ook een paar dingen tegen die ik zei en in beide gevallen had hij gelijk. Ik zag ook dat hij me een of twee keer bevreemd zat aan te kijken, alsof hij op het punt stond de bewaking te roepen om me uit het pand te laten verwijderen.

Maar niet lang daarna, toen Kevin zich had geëxcuseerd om naar het toilet te gaan, keek Van Loon me aan en zei: 'Ik denk dat het tijd is dat we ons van die clown ontdoen.' Hij knikte in de richting waarin Kevin was weggelopen en haalde zijn schouders op. 'Kevin is een prima kerel, begrijp me niet verkeerd. Hij is een uitstekend onderhandelaar. Maar soms... Jezus.'
Van Loon keek me recht aan en zocht naar sporen van bevestiging.
Ik plooide mijn mond in een vage glimlach, wist niet goed hoe ik moest reageren.
Daar had je het weer, dat merkwaardige bereidwillige dat ik op de een of andere manier in mensen leek wakker te roepen en wat me daarvoor met Paul Baxter, Artie Meltzer en Kevin Doyle was gebeurd.
'Kom op, Eddie, drink op. Ik woon hier maar vijf straten vandaan. We gaan bij mij eten.'

Toen we met zijn drieën The Orpheus Room verlieten, was ik me er vaag van bewust dat niemand de rekening had betaald, een bon had getekend of zelfs maar naar een ober had geknikt. Maar toen herinnerde ik me iets. Carl van Loon was eigenaar van The Orpheus Room, was eigenaar van het hele gebouw, die anonieme pilaar van staal en glas op 54th Street tussen Park en Lexington Avenue. Ik herinnerde me dat ik erover had gelezen toen de bar een paar jaar geleden was geopend.
Op straat werd Kevin min of meer naar huis gestuurd toen Van Loon hem vertelde dat hij hem morgen weer zou zien. Kevin aarzelde even maar zei toen: 'Oké, Carl, tot morgen.'
Onze blikken kruisten elkaar voordat we ze allebei enigszins opgelaten afwendden. Toen Kevin weg was, wandelden Van Loon en ik door 54th Street naar Park Avenue. Er stond dus geen limousine voor hem klaar, en toen herinnerde ik me dat ik ook iets anders had gelezen, een artikel in een tijdschrift waarin stond dat Van Loon lopen, en vooral lopen in zijn eigen buurt, heel belangrijk vond, alsof hij daardoor een man van het volk was.
We kwamen bij zijn gebouw op Park Avenue. Tijdens de korte wandeling van de entree naar zijn appartement op de derde verdieping kwam ik alles tegen wat ik had verwacht: een portier in uniform, een hal en gangen vol blauwgroen marmer, mahonie lambriseringen en bronzen radiators. Het verbaasde me hoe klein de liftcabine was, maar het luxe, pluchen interieur creëer-

de een heel intieme sfeer en ik stelde me voor dat de combinatie van het pluche en het gevoel op te stijgen – onder voorwaarde dat je met de juiste persoon in de lift stond – een zekere erotische lading had. Het kwam me voor dat rijke mensen dit soort dingen, deze frivole accenten van luxe, niet voor zichzelf bedachten; ze overkwamen je gewoon als je toevallig geld had.
Het appartement was op de derde verdieping, maar het eerste wat de aandacht trok toen ik de grote hal binnenkwam was de marmeren trap die in een majestueuze bocht omhoog liep naar wat de vierde verdieping moest zijn. De plafonds waren heel hoog, rijkversierd en afgezet met friezen, waarna je blik langzaam afdaalde naar de in een vergulde lijst gevatte schilderijen aan de muren.
Als de lift de biechtstoel was geweest, was het appartement zelf de hele kathedraal.
Van Loon nam me door de hal mee naar wat hij de bibliotheek noemde, wat met de wanden vol boeken, de Perzische tapijten op de vloer, de grote, marmeren open haard en de diverse donkerrood lederen banken precies de juiste naam was. Er stonden ook diverse, duur ogende 'stukken' Frans meubilair: walnoten tafeltjes waar je beter niets op kon zetten en ranke stoelen waarop niemand ooit zou gaan zitten.
'Hallo, papa.'
Van Loon keek verbaasd achterom. Hij had duidelijk niet verwacht dat hier iemand zou zijn. Achter in de bibliotheek, nauwelijks zichtbaar tegen de donkere wand van in leer gebonden boeken, stond een jonge vrouw met een groot, zwaar boek in haar handen.
'O,' zei Van Loon, en hij schraapte zijn keel. 'Zeg eens dag tegen meneer Spinola, schat.'
'Dag, meneer Spinola, schat.'
Haar stem klonk zacht maar zelfverzekerd.
Van Loon klikte afkeurend met zijn tong.
'Ginny.'
Ik had tegen Van Loon willen zeggen: geeft niets hoor, ik vind het niet erg dat je dochter me 'schat' noemt; ik vind het zelfs wel leuk.
Mijn tweede erotische ervaring van die avond was afkomstig van Ginny van Loon, Carls negentienjarige dochter. In haar jongere, meer kwetsbare jaren had Ginny nogal eens de voorpagina van roddelbladen gehaald met haar wilde uitspraken en

slechte keus in vriendjes. Ze was Van Loons enige kind bij zijn tweede vrouw, en ze was al meerdere malen tot de orde geroepen op straffe van onterving. Zo ging het verhaal althans.
'Hoor eens, Ginny,' zei Van Loon, 'ik moet iets uit mijn werkkamer halen, dus ik zou graag willen dat je meneer Spinola even bezighoudt, oké?'
'Natuurlijk, papa.'
Van Loon wendde zich tot mij en zei: 'Ik heb een paar dossiers waarvan ik graag wil dat je er even naar kijkt.'
Ik knikte maar had geen idee waar hij het over had. Toen liep hij weg en stond ik daar naar zijn dochter aan de andere kant van het schemerige vertrek te kijken.
'Wat lees je?' vroeg ik en ik moest onmiddellijk denken aan de laatste keer dat ik iemand die vraag had gesteld.
'Ik ben niet echt aan het lezen. Ik zoek iets op in een van de boeken die papa per meter heeft gekocht toen hij hier ging wonen.'
Ik liep naar het midden van de kamer om haar beter te kunnen zien. Ze had kort blond haar en droeg gympies, een spijkerbroek en een roze, mouwloos topje dat haar middenrif vrijliet. Ze had een navelpiercing en als ze zich bewoog, zag ik het licht weerkaatsen op het gouden ringetje.
'Wat zoek je op?'
Ze leunde quasi-nonchalant tegen de boekenkast, maar het effect ging verloren doordat ze het zware, geopende boek in evenwicht probeerde te houden.
'De afkomst van het woord provocatief.'
'Juist.'
'Ja, mijn moeder vertelde me vandaag dat ik een provocatieve natuur had, en dat heb ik blijkbaar, dus om af te koelen ben ik hiernaartoe gekomen om de afkomst van het woord op te zoeken.' Ze hield het boek omhoog alsof ze in een rechtszaal een bewijsstuk presenteerde. 'Vreemd woord, vindt u niet? Provocatief?'
'Heb je het al gevonden?' vroeg ik, knikkend naar het woordenboek.
'Nee, ik ben blijven steken bij provo.'
'Provocatief betekent letterlijk aanzetten tot,' zei ik terwijl ik om de grootste van de leren banken liep om dichter bij haar te komen. 'Het komt van het Latijnse woord "provocare", dat uitdagen of prikkelen betekent.'
Ginny van Loon bleef me even aanstaren en sloeg toen het boek met een harde klap dicht.

‘Niet slecht, meneer Spinola, niet slecht,’ zei ze terwijl ze een grijns onderdrukte. Toen draaide ze zich om, zette het boek terug op de plank en zei: ‘U bent niet een van papa’s zakenvrienden, hè?’
Daar dacht ik even over na voordat ik antwoord gaf. ‘Ik weet het niet,’ zei ik. ‘Misschien wel. We zullen zien.’
Ze draaide zich weer naar me toe en in de stilte die viel was ik me ervan bewust dat ze me van top tot teen opnam. Ik begon me onmiddellijk opgelaten te voelen en wenste dat ik de moeite had genomen om een ander pak te kopen. Ik had het al geruime tijd elke dag aan en begon me er onbehaaglijk in te voelen.
‘O, maar u bent niet een van zijn vaste jongens.’ Ze wachtte even. ‘En u voelt...’
‘Wat?’
‘U voelt u zo te zien niet al te zeer op uw gemak in die kleding.’
Ik keek naar mijn pak en probeerde iets te bedenken wat ik kon zeggen, maar ik wist niets.
‘Dus, wat doet u voor papa? Wat voor dienst levert u?’
‘Wie zegt dat ik een dienst lever?’
‘Carl van Loon heeft geen vrienden, meneer Spinola, alleen mensen die iets voor hem doen. Wat doet u?’
Vreemd genoeg kwam geen van haar woorden over als arrogant of uitdagend. Voor een meisje van negentien was ze adembenemend puur en kalm en ik was geneigd haar gewoon de waarheid te vertellen.
‘Ik handel in aandelen en heb onlangs veel succes ermee gehad. Dus ik denk dat ik hier ben om je vader... een paar adviezen te geven?’
Ze trok haar wenkbrauwen op, spreidde haar armen en maakte een buiginkje alsof ze wilde zeggen: zie je, was dat nou zo moeilijk?
Ik glimlachte.
Ze leunde weer tegen de boekenkast en zei: ‘Ik hou niet van de aandelenmarkt.’
‘Waarom niet?’
‘Omdat die te oninteressant is om het leven van zoveel mensen te beheersen.’
Nu trok ik mijn wenkbrauwen op.
‘Ik bedoel, de mensen hebben tegenwoordig geen dealers of psychiaters meer; nee, ze hebben makelaars. Als je high was of in therapie, ging het tenminste nog over jou; jij was degene die

in hogere sferen raakte of wiens geest ontrafeld moest worden. Maar spelen met aandelen is zoiets als je overgeven aan een wereldwijd maar volkomen onpersoonlijk systeem. Het schept alleen maar hebzucht en houdt die in stand.'

'Ik...'

'En het is niet eens je eigen hebzucht, want het is dezelfde die iedereen heeft. Bent u wel eens in Las Vegas geweest, meneer Spinola? Hebt u die reusachtige zalen vol rijen en rijen fruitautomaten wel eens gezien? Hectares vol gokkasten? Ik denk dat de aandelenmarkt van tegenwoordig er zo uitziet: rijen bedroefde, wanhopige mensen die daar zitten met de hoop dat ze een keer de slag van hun leven zullen slaan.'

'Dat kun jij gemakkelijk zeggen.'

'Misschien wel, maar dat maakt het niet minder waar.'

Ik probeerde een antwoord te bedenken toen de deur openging en Van Loon binnenkwam.

'En, Eddie, heeft ze je beziggehouden?'

Hij liep met kwieke tred naar de salontafel voor een van de banken en liet er een dik dossier op vallen.

'Ja,' zei ik en ik draaide me meteen naar haar om terwijl ik iets probeerde te bedenken om tegen haar te zeggen. 'En wat doe jij? Ik bedoel tegenwoordig?'

'Tegenwoordig.' Ze glimlachte. 'Erg diplomatiek geformuleerd. Nou, tegenwoordig ben ik blijkbaar bezig met mijn comeback als beroemd societyfiguur.'

'Oké, schat,' zei Van Loon. 'Zo is het genoeg. Opgehoepeld. We hebben werk te doen.'

'Opgehoepeld,' zei Ginny en ze keek me met opgetrokken wenkbrauwen aan. 'Dat is pas een woord.'

'Hm,' zei ik en ik deed alsof ik diep nadacht. 'Helaas is het woord opgehoepeld voor mij van... onbekende afkomst.'

Ze dacht even na, liep toen vlak voor me langs en fluisterde duidelijk hoorbaar: 'Net zoals u dat zelf bent, meneer Spinola... schat.'

'Ginny.'

Ze negeerde haar vader, keek me nog een keer aan en was verdwenen.

Hoofdschuddend bleef Van Loon naar de deur kijken alsof hij zich ervan wilde overtuigen dat zijn dochter hem goed achter zich dicht had gedaan. Toen pakte hij het dossier van de salontafel en zei dat hij eerlijk tegen me zou zijn. Hij had gehoord van mijn circusnummer bij Lafayette en was daar niet bijzonder van onder de indruk, maar nu hij de kans had me te ontmoeten en met me te praten, was hij bereid toe te geven dat hij best wel nieuwsgierig was.

Hij gaf me het dossier.

'Ik wil je mening hierover, Eddie. Neem het dossier mee naar huis, kijk het door en neem er de tijd voor. Vertel me dan of je er aandelen tussen ziet zitten die interessant kunnen zijn.'

Ik had het dossier al opengeslagen, bladerde het door en zag dicht opeen getypte vellen vol kolommen, lijsten en grafieken.

'Ik hoef je niet te zeggen dat dit allemaal vertrouwelijk is.'

Ik knikte, natuurlijk niet.

Van Loon knikte terug en zei: 'Kan ik je iets te drinken aanbieden? De huishoudster is er helaas niet en Gabby heeft een slecht humeur, dus het eten zal nog wel even op zich laten wachten.' Hij zweeg even alsof hij een oplossing voor dit probleem probeerde te bedenken, maar gaf het al gauw op. 'Maakt niet uit,' zei hij. 'Ik heb een stevige lunch gehad.' Toen keek hij me aan, blijkbaar wachtend op een antwoord op zijn oorspronkelijke vraag.

'Ik lust wel een whisky,' zei ik.

'Oké.'

Hij liep naar de drankkast in de hoek van de kamer en terwijl hij twee glazen single malt inschonk, zei hij achterom: 'Ik weet niet wie je bent, Eddie, of wat je bedoeling is, maar één ding weet ik wel: je komt niet uit deze business. Ik ken alle ins en outs en tot nu toe is me duidelijk dat jij ze niet kent, maar eigenlijk vind ik dat juist wel leuk. Zie je, ik heb elke dag te maken met afgestudeerde economen en ze hebben allemaal dezelfde blik in hun ogen, die economenblik. Het is alsof ze zowel arrogant als bang zijn en daar ben ik doodziek van.' Hij wachtte even. 'Wat ik wil zeggen is dat het me niet uitmaakt wat voor achtergrond je hebt, of dat je nooit dichter in de buurt van een investeringsbank bent geweest dan het financiële katern van *The New York Times*. Wat wel uitmaakt...' Hij draaide zich om met in elke hand een glas en gebruikte er een om naar zijn buik te wijzen. '... dat je het vuur hier voelt branden, en als je daarnaast ook nog slim bent, kan niets je nog in de weg staan.'

Hij kwam naar me toe en bood me een van de glazen aan. Ik legde het dossier op de bank en pakte het aan. Hij hief het zijne

naar me op en op dat moment begon elders in het vertrek een telefoon te rinkelen.
'Shit.'
Van Loon zette zijn glas op de salontafel en liep terug in de richting van de drankkast. De telefoon stond op het antieke schrijftafeltje dat ernaast stond. Hij nam op en zei: 'Ja?' Het bleef even stil en toen zei hij: 'Ja, goed. Ja, verbind maar door.'
Hij dekte de hoorn af met zijn hand, draaide zich om en zei: 'Ik moet dit gesprek aannemen, Eddie. Maar ga toch zitten en geniet van je drankje.'
Ik glimlachte bevestigend.
'Het duurt niet lang.'
Toen Van Loon zich omdraaide en zachter ging praten, nam ik een slokje uit mijn glas en ging op de bank zitten. Ik was blij met de onderbreking, hoewel ik niet precies wist waarom; niet onmiddellijk in elk geval, want na tien seconden wist ik het wel. Ik wilde tijd om na te denken over Ginny van Loon, haar kleine tirade op de aandelenmarkt en hoe die mij had herinnerd aan de manier waarop Melissa erop gereageerd zou hebben. Hoewel de twee vrouwen duidelijk van elkaar verschilden, hadden ze ook iets gemeen: de scherpe intelligentie en de manier om die te presenteren in de vorm van een warmtezoekende kruisraket. Door haar vader op een zeker moment 'Carl van Loon' te noemen en alle andere keren 'papa', had Ginny niet alleen op een beschaafde manier afstand geschapen tussen hem en zichzelf, maar had ze hem ook als kwetsbaar en geïsoleerd afgeschilderd. Wat, als gevolg daarvan, precies was zoals ik me nu voelde.
Ik hield mezelf voor dat Ginny's opmerkingen konden worden afgedaan als het goedkope en gemakkelijke nihilisme van een wijsneuzige tiener, maar als dat zo was, waarom zat het me dan zo dwars?
Ik haalde een klein plastic doosje uit de binnenzak van mijn jasje, deed het open en liet één pil in mijn hand vallen. Nadat ik had gecheckt dat Van Loon de andere kant op keek, stak ik de pil in mijn mond en spoelde ik hem door met een flinke slok whisky.
Toen pakte ik het dossier, sloeg het open op de eerste bladzijde en begon te lezen.

Het dossier bevatte achtergrondinformatie over een reeks kleine tot middelgrote bedrijven, van winkelketens tot softwarehuizen en bedrijven op het gebied van ruimtevaart en biotechnologie. Het materiaal zag er compleet en uitgebreid uit en bevatte profielen van alle algemeen directeuren en andere sleutelfiguren onder het personeel. Er waren technische analyses over de prijsfluctuaties van de afgelopen vijf jaar, en al gauw had ik me verdiept in de pieken, dalen en knelpunten, zaken die een paar weken daarvoor onbegrijpelijke en slaapverwekkende larie voor me zouden zijn geweest.

Maar wat wilde Carl van Loon van me? Dat ik hem vertelde wat hij allang wist? Dat een dataopslagbedrijf in Texas, Laraby, waarvan het aandeel in de afgelopen vijf jaar met tweeduizend procent was gestegen een goede langetermijninvestering was? En dat een Britse winkelketen, Watson's – die net zijn ergste verlies sinds jaren had geleden en waarvan de algemeen directeur, sir Colin Bird, soortgelijke verliezen had meegemaakt toen hij de leiding had over de Schotse verzekeringsmaatschappij Islay Mutual – dat niet was? Nam Van Loon mij, een freelance copywriter, serieus met mijn aanbevelingen over welke aandelen hij wel of niet moest kopen? Ik kon me dat moeilijk voorstellen, maar als dat niet zo was, wat wilde hij dan wel?

Na ongeveer een kwartier dekte Van Loon de telefoonhoorn weer af met zijn hand en zei: 'Het spijt me dat het zo lang duurt, Eddie, maar dit is belangrijk.'

Ik schudde mijn hoofd om aan te geven dat hij zich geen zorgen moest maken en stak het dossier omhoog als bewijs dat ik me uitstekend vermaakte, waarna hij zijn gesprek voortzette en ik mijn aandacht weer op het dossier richtte.

Hoe meer ik las, hoe eenvoudiger alles werd. Hij probeerde me gewoon uit. Wat hem betrof was ik een jonge enthousiaste hond met een vlotte babbel, en in die hoedanigheid zou ik een portie informatie als deze op zijn minst intimiderend vinden. Hij kon natuurlijk niet weten dat ik er in mijn huidige conditie mijn hand niet voor omdraaide. Hoe dan ook, om iets te doen te hebben besloot ik de bedrijven in drie groepen te verdelen: de slaapkoppen, de veelbelovende en degene die niet meteen in een van deze twee konden worden ondergebracht.

Er verstreek nog eens een kwartier voordat Van Loon zijn gesprek ten slotte beëindigde en naar de salontafel kwam lopen om zijn glas te pakken. Hij hield het in de lucht, net als hij daarvoor had gedaan, en we proostten met elkaar. Ik had de indruk dat hij moeite moest doen om zijn mond niet in een brede grijns

te plooien. Diep in mijn hart wilde ik hem vragen met wie hij zo lang aan de telefoon had gezeten, maar dat leek me niet gepast. Ook wilde ik hem een eindeloze reeks vragen over zijn dochter stellen, maar ook daarvoor was het niet het juiste moment. Dat zou het waarschijnlijk nooit zijn.
Hij keek naar het dossier op de bank.
'En? Heb je een kans gekregen om een blik in dat spul te werpen?'
'Ja, meneer Van Loon, ik heb het bekeken. Het was erg interessant.'
Hij sloeg in één slok driekwart van zijn drankje achterover, zette zijn glas op de salontafel en nam plaats aan de andere kant van de bank.
'Al een eerste indruk?'
Ik knikte, schraapte mijn keel en vertelde hem over mijn aanpak om de slaapkoppen van de kanshebbers te scheiden. Vervolgens gaf ik hem een shortlist van vier of vijf bedrijven die volgens mij echt investeringspotentieel hadden. Een speciale aanbeveling kreeg Janex, een biotechbedrijf in Californië, niet vanwege de huidige prestaties maar op basis van wat ik in één adem omschreef als: de bekendmaking van de gespierde aanpak als het ging om de verzilvering en bescherming van hun toenemende pakket patenten. Ik adviseerde hem ook aandelen te kopen van de Franse elektrotechnische gigant BEA, op basis van de bekendmaking dat het bedrijf plannen had om in de komende jaren alles af te stoten, behalve hun glasvezeldivisie. Ik onderschreef beide adviezen met relevante cijfers en beursnoteringen en gaf hem voor de vuist weg een paar citaten uit de gerechtelijke uitspraak in het proces waarin Janex betrokken was geweest. Van Loon zat me de hele tijd met een merkwaardige blik aan te kijken en pas toen ik uitgesproken was, besefte ik wat daar de mogelijke reden van kon zijn, namelijk dat ik tijdens mijn verhandeling niet één keer in het dossier had gekeken en alles uit het hoofd had gedaan.
Bijna binnensmonds en starend naar het dossier zei hij: 'Ja, Janex en BEA. Dat zijn ze...'
Ik zag aan zijn gefronste wenkbrauwen dat hij probeerde in te schatten, te berekenen hoeveel van het dossier ik had kunnen lezen in de tijd dat hij aan de telefoon had gezeten. Toen zei hij: 'Dat is... verbazingwekkend.'
Hij stond op en ijsbeerde even door het vertrek. Het was me duidelijk dat hij probeerde tot een besluit te komen.

'Eddie,' zei hij ten slotte, toen hij opeens bleef staan en naar de telefoon op het antieke schrijftafeltje wees, 'dat was Hank Atwood aan de telefoon. Ik ga donderdag met hem lunchen. Ik wil dat je met me meegaat.'

Hank Atwood, de president-directeur van MCL-Parnassus, werd meestal omschreven als een van de 'architecten van de entertainmentindustrie'.

'Ik?'

'Ja, Eddie, en wat ik ook wil is dat je voor me komt werken.'

Als antwoord hierop stelde ik hem de vraag waarvan ik Kevin had beloofd dat ik hem niet zou stellen.

'Wat bent u met Atwood aan het doen, meneer Van Loon?'

Hij keek me recht in de ogen, haalde diep adem en zei, duidelijk tegen beter weten in: 'We zijn in gesprek over een overname van Abraxas.' Hij wachtte even. 'Door Abraxas.'

Abraxas was de op één na grootste internetprovider van de Verenigde Staten. Het drie jaar oude bedrijf had een marktkapitaal van 114 miljard dollar maar maakte weinig winst en liep daardoor het risico zichzelf te snel over de kop te werken. In vergelijking met het achtenswaardige MCL-Parnassus, dat al bijna zestig jaar een van de marktleiders was, was Abraxas een beginneling.

Ik kon mijn ongeloof nauwelijks verbergen toen ik zei: 'Abraxas koopt MCL op?'

Van Loon knikte nauwelijks zichtbaar.

Een wereld van mogelijkheden ging voor me open.

'Wij begeleiden de deal,' zei hij. 'We helpen met de opzet en de financiële afwikkeling, dat soort dingen.' Hij zweeg even. 'Niemand weet hiervan, Eddie. De mensen zijn zich bewust dat ik in gesprek ben met Hank Atwood, maar niemand weet waarover. Als dit bekend wordt, zal het een grote impact op de aandelenmarkt hebben, maar het zou waarschijnlijk ook de deal om zeep helpen, dus...'

Hij keek me aan en haalde zijn schouders op.

Ik maakte een geruststellend gebaar en zei: 'Maakt u zich geen zorgen; ik praat er met niemand over.'

'En je beseft ook dat als je nu in een van beide aandelen gaat handelen, morgenochtend bij Lafayette bijvoorbeeld, je daarmee de regels van de Securities & Exchange Commission overtreedt...'

Ik knikte.

'... en de gevangenis in kunt gaan?'

'Hoor eens, Carl,' zei ik, hem voor het eerst bij zijn voornaam noemend, 'je kunt me vertrouwen.'
'Dat weet ik, Eddie,' zei hij met een lichte trilling van emotie in zijn stem, 'dat weet ik.' Hij nam even tijd om zichzelf te vermannen en vervolgde: 'Kijk, het is een heel ingewikkeld proces en we zitten nu in de cruciale fase. Ik wil niet zeggen dat we vastzitten, maar... we hebben behoefte aan iemand die een frisse kijk op dit soort zaken heeft.'
Ik voelde mijn hartslag versnellen.
'Ik heb in 48th Street een heel batterij van economen voor me werken, Eddie, maar het probleem is dat ik weet hoe ze denken. Ik weet al wat ze me gaan vertellen voordat ze hun mond opendoen. Ik heb iemand als jij nodig. Iemand die snel denkt en me geen lulkoek verkoopt.'
Ik kon mijn oren niet geloven en de onwerkelijkheid van het gebeuren trof me als een bliksemschicht. Carl van Loon had iemand als ik nodig?
'Ik bied je hier een echte kans, Eddie, en het maakt me niet uit... het kan me niet schelen wie je bent, want ik heb hier gewoon een goed gevoel over.'
Hij boog zich naar voren, pakte zijn glas van de salontafel en dronk het leeg.
'Zo heb ik altijd gewerkt.'
Pas toen brak de glimlach door op zijn gezicht.
'Dit wordt de grootste overname in de Amerikaanse geschiedenis.'
Ik grijnsde terug maar ik voelde een lichte misselijkheid opkomen.
Van Loon stak zijn handen op. 'Dus... meneer Spinola, wat is hierop je antwoord?'
Ik probeerde iets te bedenken maar zat nog steeds in een soort shocktoestand.
'Hoor eens, misschien wil je er eerst eens goed over nadenken, wat ik prima vind.'
Van Loon boog zich weer over de salontafel, pakte onze glazen en toen hij naar de drankkast liep om ons nog eens in te schenken, werd ik bijna meegetrokken door zijn enthousiasme en de onweerstaanbare aantrekkingskracht van een niet door mij nagestreefde toekomst, en ik wist dat ik geen andere keus had dan akkoord te gaan.

# 13

Ongeveer een uur later vertrok ik. Helaas was Ginny nergens te bekennen toen Van Loon me naar de voordeur begeleidde, maar misschien was dat maar goed ook, want ik bevond me in zo'n staat van euforie, dat ik waarschijnlijk alleen maar onzin uitgekraamd zou hebben als ik iets tegen haar – of tegen wie ook – had moeten zeggen.

Het was een koele avond en toen ik op Park Avenue liep, liet ik mijn gedachten gaan over de afgelopen paar weken. Ze vormden de meest bijzondere tijd van mijn leven. Ik was door niemand en op geen enkele manier gehinderd of beperkt geweest in mijn handelen, en voor het eerst sinds ik begin twintig was, was ik in staat een energieke en hoopvolle blik in de toekomst te werpen, zonder – wat misschien nog belangrijker was – op de achtergrond het dreigende getik van een klok te horen. Met MDT-48 was de toekomst niet langer een dreiging, of een bron die al aan het opdrogen was. Ik kon bijvoorbeeld tussen nu en het eind van de week zoveel doen, dat het net was alsof het eind van de week nooit zou komen.

Op 57th Street, toen ik stond te wachten totdat ik mocht oversteken, voelde ik een sterk gevoel van dankbaarheid in me opwellen, ook al wist ik niet precies op wie ik die dankbaarheid moest richten. Dat gevoel ging gepaard met een grote uitgelatenheid die ik bijna lichamelijk ervoer, als in een roes. Maar even later, toen ik halverwege 57th Street was, gebeurde er iets raars, want opeens werden alle gevoelens zo sterk, dat ik werd overvallen door duizeligheid. Ik stak mijn hand uit, zocht iets om op te kunnen steunen, maar er was niets en ik moest doorlopen totdat ik aan de overkant van de straat tegen de muur kon leunen.

Diverse mensen liepen langs me heen.

Ik deed mijn ogen dicht en haalde een paar keer diep adem, en toen ik ze na een paar seconden – of wat aanvoelde als een paar

seconden – weer opendeed, deinsde ik geschrokken achteruit. Ik keek om me heen naar het verkeer en de gebouwen en besefte dat ik niet langer in 57th Street was. Ik was een blok verder en stond op de hoek van 56th Street.
Dat was me de afgelopen avond in mijn appartement ook gebeurd. Ik had me bewogen zonder te merken of me bewust te zijn dat ik het had gedaan. Het was alsof ik een korte black-out had gehad, alsof ik op de een of andere manier in de toekomst was gestruikeld, of klikkend was overgeslagen als een kapotte cd.
De vorige avond was dat gebeurd omdat ik niets had gegeten. Ik was zo druk bezig geweest, dat eten erbij was ingeschoten. Tenminste, dat had ik aangenomen.
Sindsdien had ik echter ook niets gegeten, dus misschien was dat het. Een beetje bibberig, maar niet van plan om er al te lang over na te denken, liep ik 56th Street richting Lexington Avenue in en ging ik op zoek naar een restaurant.

Ik vond een eethuisje in 45th Street en nam plaats in een box bij het raam.
'Wat kan ik voor je doen, schat?'
Ik bestelde een biefstuk, rood vanbinnen, friet en een flinke salade.
'Iets drinken?'
Koffie.
Het was niet druk. Er zat een man aan de bar, in de box naast de mijne zat een echtpaar en in de achterste zat een oudere vrouw haar lippen te stiften.
Toen de koffie werd gebracht, nam ik een paar slokjes en probeerde me te ontspannen. Maar al gauw zat ik weer te denken aan de ontmoeting die ik net met Van Loon had gehad. Ik betrapte mezelf erop dat ik er twee heel verschillende dingen over dacht.
Aan de ene kant voelde ik al een lichte nervositeit omdat ik akkoord was gegaan met het aanbod van de baan, dat een klein beginsalaris en wat aandelen opleverde, aangezien ik het echte geld met commissies zou moeten verdienen. Die laatste zouden voortkomen uit alle deals waarin ik met succes had geadviseerd, bemiddeld en onderhandeld, of, in de gedachtegang die beter paste bij mijn huidige mentale toestand, aanwezig was geweest bij elke fase in de onderhandelingen, zoals bijvoorbeeld bij de

MCL-Abraxas-deal. Maar op grond waarvan had Van Loon me zo'n deal kunnen aanbieden, vroeg ik me af. Op compleet intuïtieve basis, met inbegrip dat ik geen flauw idee had hoe ik een grote bedrijfsovername moest structureren en de financiën ervan moest regelen? Ik kon het nauwelijks geloven. Van Loon was zich volgens mij heel goed bewust dat ik een farce was, dus dát zou hij niet van me verwachten. Maar als dat zo was, wat verwachtte hij dan wel? En zou ik aan die verwachting kunnen voldoen?

De serveerster kwam mijn biefstuk met frites brengen.

'Eet smakelijk.'

'Bedankt.'

Maar aan de andere kant bedacht ik me wat een spectaculair gebeuren mijn ontmoeting met Hank Atwood zou zijn. Ik had diverse artikelen over hem gelezen waarin hij op wollige wijze werd beschreven als iemand met visie, toewijding en gedrevenheid, en hoewel ik nog steeds niet wist wat het was waardoor anderen mij zo aardig en interessant vonden, wist ik wel dat het bij hem hoogstwaarschijnlijk ook zou werken. Wat me natuurlijk een potentieel buitengewoon machtige positie zou opleveren, want als de nieuwe president-directeur van MCL-Abraxas zou Hank Atwood niet alleen de aandacht van de president en de andere wereldleiders hebben, maar zou hij zelf praktisch een wereldleider zijn. De militaire supermacht was iets van het verleden, een fossiel, en de enige 'macht' die tegenwoordig op de wereld nog telde, was die van de gedigitaliseerde, Engelstalige amusementscultuur die de harten, geesten en portemonnees van de achtereenvolgende generaties van 18- tot 24-jarigen beheerste, en Hank Atwood, met wie ik binnenkort dik bevriend zou worden, zou over niet al te lange tijd aan het hoofd van die club staan.

Maar zonder reden of voorbode gingen mijn gedachten weer terug naar Carl van Loon, van wie ik opeens zeker wist dat hij bij zinnen zou komen en het aanbod van de baan zou terugtrekken. En wat bleef er dan voor mij over?

De serveerster kwam naar mijn box en hield de koffiepot uitnodigend omhoog.

Ik knikte en ze vulde mijn kopje bij.

'Wat is er, schat? Is je biefstuk niet goed?'

Ik keek naar mijn bord en zag dat ik het eten nog niet had aangeraakt.

'Nee, nee, die is prima,' zei ik terwijl ik naar haar opkeek. Ze was een forse vrouw van in de veertig, met grote ogen en een flinke bos getoupeerd haar. 'Ik maak me alleen zorgen over de toekomst.'
'De toekomst?' zei ze, waarna ze hardop lachend wegliep. 'Achteraan aansluiten, schat, achteraan aansluiten.'

Toen ik thuiskwam knipperde het rode lampje van mijn antwoordapparaat. Ik drukte op de afspeelknop en wachtte totdat het bandje was teruggespoeld. Ik had zeven berichten, vijf of zes meer dan ik ooit in één keer had gehad.
Ik ging op de armleuning van de bank zitten en staarde naar het apparaat.
Klik.
*Piep.*
'Eddie, met Jay. Ik wilde je alleen laten weten, en ik hoop echt dat je niet kwaad op me zult zijn, maar ik sprak vanavond een journaliste van *The Post* en... nou ja, ik heb haar je telefoonnummer gegeven. Ze had over je gehoord en wilde een stuk aan je wijden, dus... het spijt me, ik had het eerst aan je moeten vragen. Maar hoe dan ook... ik zie je morgen.'
Klik.
*Piep.*
'Met Kevin.' Een lange stilte. 'Hoe was je diner? Waar hebben jullie het over gehad? Bel me terug als je thuiskomt.' Weer een lange stilte en toen hing hij op.
Klik.
*Piep.*
'Eddie, met je vader. Hoe gaat het? Heb je nog een goede aandelentip voor me?' Hij lachte. 'Hoor eens, ik ga volgende maand met de Szypula's op vakantie naar Florida. Bel me voor die tijd, wil je? God, wat haat ik dit soort kloteapparaten.'
Klik.
*Piep.*
'Meneer Spinola, met Mary Stern van *The New York Post*. Ik heb uw nummer van Jay Zollo van Lafayette Trading. Eh... ik zou graag eens met u praten, zo snel mogelijk. Eh... ik probeer het straks nog een keer, of anders morgenochtend. Dank u wel.'
Klik.
*Piep.*
Stilte.

‘Waarom bel je me niet?’ Shit, ik was Gennady helemaal vergeten. ‘Ik heb een paar ideeën over je weet wel, dus bel me.’

Klik.

*Piep.*

‘Kevin weer. Je bent een klootzak, Spinola, weet je dat?’ Hij klonk flink aangeschoten. ‘Ik bedoel, wie denk je verdomme wel dat je bent? Mike Ovitz? Nou, ik zal je eens wat vertellen over...’ Op dat moment klonk er een doffe klap, alsof er iets omviel, gevolgd door een gedempt ‘shit!’, waarna de lijn stilviel.

Klik.

*Piep.*

‘Luister, je kunt doodvallen, oké? Jij en je moeder en je zus, jullie kunnen allemaal doodvallen!’

Klik.

Dat was het. Einde van de nieuwe berichten.

Ik stond op, liep naar de slaapkamer en trok mijn pak uit.

Aan Kevin kon ik weinig doen. Hij zou mijn eerste slachtoffer zijn. Jay Zollo, Mary Stern, Gennady en mijn vader kon ik morgen afhandelen.

Ik liep naar de badkamer, draaide de douchekraan open en ging onder het hete water staan. Ik had geen behoefte aan dit soort storende zaken en had zeker geen zin om er nu over na te denken. Toen ik klaar was en me had afgedroogd, trok ik een T-shirt en boxershort aan. Daarna ging ik aan mijn bureau zitten, nam nog een MDT-pil en begon aantekeningen te maken.

In de flauw verlichte bibliotheek van zijn appartement op Park Avenue had Van Loon het probleem voor me geschetst. Waar het op neerkwam, en waarschijnlijk zou dat ook gebeuren, was dat de hoofdrolspelers in de deal het niet eens zouden worden over de beursnotering. MCL stond op het ogenblik op 26 dollar per aandeel, maar ze vroegen Abraxas om veertig, wat een opwaardering van 54 procent was en wat op zijn beurt veel meer was dan gebruikelijk in dit soort acquisities. Dus moest Van Loon een manier bedenken om óf de vraagprijs van MCL te beperken, óf die op de een of andere manier tegen Abraxas te rechtvaardigen.

Hij had gezegd dat hij de volgende ochtend per koerier nieuw materiaal naar me zou sturen, het papierwerk dat ik nodig had om me voor te bereiden op de lunch met Hank Atwood op donderdag. Maar ik besloot eerst zelf wat research te doen voordat dat papierwerk arriveerde.

Ik ging on line en ploegde me door honderden pagina's materiaal over bedrijfsfinanciering. Ik leerde de basisprincipes van overnamen en nam tientallen casestudies door. Gedurende de nacht volgde ik de ene link na de andere en merkte dat ik op een zeker moment geavanceerde, wiskundige formules voor het vaststellen van de waarde van beursopties zat te bestuderen.
Om vijf uur in de ochtend nam ik even pauze waarin ik een beetje tv keek, herhalingen van *Star Trek*, *Green Acres* en *Ironside*.
Om een uur of negen kwam de koerier met het materiaal dat Van Loon me had beloofd, weer een dik dossier met jaar- en kwartaalrapporten, winstanalyses en overzichten en planningen van het interne management. Ik besteedde de hele dag aan het materiaal totdat ik aan het eind van de middag voelde dat ik een soort plafond had bereikt. Ik wilde dat de lunch met Hank Atwood op dat moment zou plaatsvinden, niet pas over twintig uur, maar ik had blijkbaar alle informatie opgenomen die ik kón opnemen, dus nam ik aan dat ik nu behoefte had aan een beetje vertier.
Ik probeerde een uurtje te slapen, maar dat lukte niet, nog geen vijf minuten, en tv-kijken kon ik ook niet meer opbrengen, dus bleef er ten slotte niets anders over dan ergens op een barkruk te gaan zitten, een paar drankjes te nemen en tot rust te komen.
Voordat ik de deur uitging, dwong ik mezelf wat fruit en een handvol voedingssupplementen te eten. Ook belde ik Jay Zollo en Mary Stern, die me de hele dag met telefoontjes hadden bestookt. Ik vertelde de geërgerd klinkende Jay dat ik me niet goed voelde en geen zin had gehad om te komen. Ik vertelde Mary Stern dat ik niet met haar wilde praten, wie ze verdomme ook was, en dat ze moest ophouden met bellen. Gennady en mijn vader belde ik niet.
Op weg naar buiten rekende ik uit dat ik bijna veertig uur niet had geslapen en dat ik in de 72 uur daarvoor in totaal maar een uur of zes had geslapen, zodat ik, hoewel ik me niet zo voelde en er evenmin zo uitzag, besefte dat ik me in een staat van absolute lichamelijke uitputting moest bevinden.

Het was vroeg in de avond en druk op straat, net als de eerste keer toen ik de cocktailbar op Sixth Avenue uit was gekomen. Daarom had ik geen taxi genomen maar was ik gaan lopen, hoewel het meer op zweven leek. Ik zweefde door de straten met het vage gevoel dat ik me door een virtuele werkelijkheid bewoog,

een landschap met scherp contrasterende kleuren en een enigszins vervormd perspectief. Steeds als ik een hoek omsloeg, waren mijn bewegingen opeens afgemeten, hoekig en behoedzaam, dus toen ik na ongeveer 25 minuten ineens opzij zwenkte en The Congo in Tribeca binnenliep, was het alsof ik een nieuw level van een computerspelletje met buitengewoon realistische decors betrad. Links van me was een lange houten bar, er waren tafels met rieten stoelen eromheen, achterin was een verhoging met een balustrade en overal stonden grote potten met planten die bijna tot aan het plafond reikten.
Ik ging aan de bar zitten en bestelde een Bombay met tonic.
Het was niet al te druk, hoewel dat straks waarschijnlijk zou veranderen. Links van me was een groepje mensen: twee vrouwen zaten op een barkruk, met hun rug naar de bar, en om hen heen stonden drie mannen. Twee daarvan voerden het woord terwijl de anderen van hun drankjes nipten, rookten en aandachtig luisterden. De onderwerpen van gesprek waren de NBA, Michael Jordan en de enorme gages die hij met zijn sport opstreek.
Ik weet niet wanneer het precies begon, dat vooruitschieten in de tijd, of overslaan als een kapotte cd, maar toen het gebeurde, had ik er absoluut geen vat op en kon ik alleen maar toekijken, zowel naar elke afzonderlijke flits als naar het geheel, alsof het niet mij maar iemand anders overkwam. De eerste sprong was heel abrupt en vond plaats toen ik mijn glas wilde pakken. Mijn vingertoppen hadden net contact gemaakt met het koele, vochtige glas toen ik opeens, zonder waarschuwing of me bewust te zijn van welke beweging ook, aan de andere kant van het gezelschap stond, heel dicht bij een van de vrouwen, een ongeveer dertigjarige brunette in een kort groen rokje, niet superslank, maar met mooie lichtblauwe ogen, met mijn linkerhand gevaarlijk dicht bij haar rechterdij...
... en ik was aan het praten...
'... ja, maar je moet niet vergeten dat de ESPN al is opgericht in 1979, en jezus, met de tien miljoen dollar van Getty Oil...'
'Wat heeft dat...'
'Dat heeft er alles mee te maken. Het heeft namelijk alles veranderd. Door een slimme zakelijke beslissing werden basketbalspelers van de ene op de andere dag beroemdheden...'
Een fractie van een seconde was ik me bewust dat een van de mannen – een wat pafferige man in een zijden pak – naar me stond te loeren. Hij was onrustig en bezweet en zijn blik ging

keer op keer naar mijn linkerhand, maar toen – klik, klik, klik – stond de barman ineens voor me, zwaaiend met zijn armen zodat ik niets meer kon zien. Hij zag er Iers uit, had een vermoeide blik en zei: 'Ophouden. Zo is het genoeg geweest.' Achter hem, nu voor een deel zichtbaar, drukte de pafferige man zijn hand tegen zijn gezicht in een poging het bloeden van zijn neus te stoppen.

'Vuile schoft...'

'Klootzak...'

De koele avondlucht beroerde mijn nekhaartjes toen ik me losmaakte van de barman en ineens buiten stond. De vrouw in het korte groene rokje was er ook, nog net binnen, waar ze iemand wegduwde die achter haar stond. Ze zei iets wat ik niet kon verstaan, wrong zich langs de barman, ontweek zijn zwaaiende armen en een halve seconde later, toen we opeens een paar blokken verderop waren, gaf ze me een arm.

Het daaropvolgende moment waren we in een hokje, in een toiletruimte in een of andere bar of nachtclub, en trok ik me uit haar terug terwijl zij met haar benen gespreid tegen een achtergrond van chroom, wit porselein en zwarte tegels zat en haar groene rokje gescheurd over de toiletpot hing, haar blouse openstond en er zweetdruppeltjes parelden tussen haar borsten. Toen ik tegen de deur leunde en haastig mijn broek optrok, bleef ze zo zitten, met haar ogen dicht en haar hoofd ritmisch van rechts naar links en weer terug draaiend. Op de achtergrond klonk stampende muziek, die af en toe gezelschap kreeg van de elektrische handendrogers, roepende stemmen en verhit gelach, terwijl uit het hokje naast ons het knippen van een aansteker klonk, gevolgd door het sissend inhaleren van rook...

Dat was het moment waarop ik mijn ogen dichtdeed, maar toen ik ze een seconde later weer opendeed, bevond ik me op de stampvolle dansvloer en baande ik me duwend, snauwend en maaiend met mijn ellebogen een weg door de massa.

Even later was ik weer op straat, waar ik me opnieuw door de mensen en het verkeer moest worstelen. Ik kan me herinneren dat ik kort daarna in een taxi stapte, me tegen de skai bekleding van de achterbank vlijde en uit het raampje staarde naar de strepen tl-licht die als langgerekte slierten kauwgom in allerlei kleuren langs me heen schoten. Ik werd me ook bewust van mijn rechterhand, die pijn deed en klopte van de klap die ik de man in The Congo blijkbaar had gegeven, per ongeluk, want ik kon niet geloven dat ik het had gedaan. Hoe dan ook, het volgende wat ik me herinner, was dat ik in de lobby van een restaurant in de Upper West Side was – Actium, heette het, en ik had er wel eens over gelezen – waar ik weer mensen beledigde en opzij duwde, en me mengde in gesprekken van mensen die me volslagen onbekend waren, deze keer zes leden van een kunstgalerie uit de buurt. Net als zo-even kwam ik er midden in een zin in. '... al in 1804 was de nobele indiaan tot de duivelse wilde geworden, kijk maar naar Vanderlyns *Moord op Jane McCrea*, de donkere huid, de spieren eronder en de dreigend geheven tomahawk, klaar om het hoofd van de vrouw open te splijten...' En ik was waarschijnlijk net zo verbaasd over wat ik zei als iedereen. Maar ik kon niet op de pauzeknop drukken, kon niets anders dan doorgaan en toekijken. Maar toen ging het weer klik-klik-klik en zaten we ineens met zijn allen aan een grote tafel te dineren.

Links van me zat een serieuze man met een peper- en zoutkleurige baard en een jasje van gekreukt linnen, vermoedelijk een kunstcriticus, en rechts van me een vrouw met een merkwaardig kapsel en zo mager dat je elke keer dat ze zich bewoog, bang was dat de botten door haar jurk naar buiten zouden komen. Recht tegenover me zat een zwaargebouwde Latino in een pak, die voortdurend aan het woord was. Hij sprak Engels, maar het was de hele tijd *norteamericano* dit en *norteamericano* dat, op nogal geringschattende toon. Na een tijdje besefte ik dat ik oog in oog zat met Rodolfo Alvarez, de gevierde Mexicaanse schilder die onlangs in Manhattan was komen wonen om aan de hand van aantekeningen de verwoeste muurschildering van Diego Rivera, in 1933 gemaakt in de lobby van het RCA-gebouw, te restaureren.

*Man op kruispunt is vol hoop en goede verwachting en kiest voor een betere toekomst.*

De beeldschone vrouw met het donkere haar en de zwarte jurk die naast hem zat, was de zwoele Donatella, zijn vrouw.

Ik had een stuk over hen gelezen in *Vanity Fair*.

Hoe was ik verdomme bij deze mensen terechtgekomen?

'Heel ironisch,' zei de man met de baard tegen iemand. 'Kiezen voor een betere toekomst.'

'Wat is daar zo ironisch aan?' hoorde ik mezelf zeggen, waarna ik een vermoeide zucht slaakte. 'Als je zelf niet voor je toekomst kiest, wie moet dat verdomme dan doen?'

'Maar...' zei Donatella Alvarez, die me over de tafel aankeek en naar me glimlachte, '... dat is de Noord-Amerikaanse manier, nietwaar?'
'Pardon?' zei ik enigszins verbaasd.
'Tijd,' zei ze kalm, 'is voor jullie een rechtlijnig begrip. Jullie kijken terug naar het verleden en kunt je blik afwenden als je dat wilt. Jullie kijken vooruit naar de toekomst, en als jullie willen, kunnen jullie kiezen voor een betere toekomst... kiezen voor perfectie...'
Ze glimlachte nog steeds en het enige wat ik kon zeggen was: 'Ja, en?'
'Voor ons, in Mexico,' zei ze heel nadrukkelijk, alsof ze iets uitlegde aan een klein kind, 'bestaan het verleden, het heden en de toekomst... naast elkaar.'
Ik bleef haar aanstaren, maar opeens was ze druk met iemand anders in gesprek.
Vanaf dat moment begon alles steeds meer uit losse fragmenten te bestaan, warrig en zonder enige logische volgorde. Het merendeel ervan kan ik me niet herinneren, afgezien van een paar sterke gevoelsmatige indrukken: de merkwaardige kleur en vorm van de belletjes in de witte wijn, de ondoordringbare wolken sigarenrook en de felle kleuraccenten eromheen. Ik herinner me dat ik honderden tubes verf en penselen keurig uitgestald zag liggen op een houten vloer, en tientallen doeken waarvan sommige opgerold en andere opgespannen op spieramen en rustend tegen de muur.
Al gauw begonnen geschilderde figuren, afschrikwekkend en uitdagend, zich te vermengen met de echte mensen in een beangstigende parade, en moest ik zoeken naar iets om tegenaan te leunen, maar in plaats daarvan bleef mijn blik geconcentreerd op de diepe, duistere poelen aan de overkant van het drukke zolderatelier, de ogen van Donatella Alvarez...
Toen – en het gebeurde weer in een flits – liep ik opeens door een verlaten hotelgang nadat ik blijkbaar in een kamer was geweest, zeker wist dat ik in een kamer was geweest, hoewel ik geen idee had wiens kamer, wat er in die kamer was gebeurd en hoe ik daar verzeild was geraakt. Meteen daarna weer een flits en de hotelgang was verdwenen, want ik liep opeens op Brooklyn Bridge, in een flink tempo en op weg naar iets, wist ik, iets wat ritme kreeg door het geometrische patroon van de ophangkabels van de brug, afgetekend tegen het vale blauw van de vroege ochtendlucht.

Ik bleef staan en draaide me om.
Ik zag het vertrouwde ansichtkaartbeeld van Manhattan en was me ervan bewust dat ik niet in staat was een waarheidsgetrouw verslag te geven van wat ik in de afgelopen acht uur had gedaan, maar tegelijkertijd dat ik volledig bij mijn positieven was, en dat ik het koud had en mijn hele lijf pijn deed. Ik nam snel een besluit, ging ervan uit dat de redenen dat ik op Brooklyn Bridge liep niet langer golden en dat ze waren opgelost in een gebeuren dat nooit meer achterhaald kon worden, dus begon ik over de brug weer richting stad te lopen – hinkend, zo bleek – en ging ik op weg naar mijn appartement in 10th Street.

# 14

Hinkend, zei ik, want ik moest op een gegeven moment mijn enkel hebben verzwikt. En toen ik me had uitgekleed om onder de douche te gaan, zag ik dat mijn hele lijf vol blauwe plekken zat. Dat verklaarde de pijn die ik had – nou ja, voor een deel – maar naast die donkere plekken op mijn borstkas was er ook nog iets anders, op mijn rechteronderarm, iets wat verdacht veel op de brandplek van een sigaret leek. Ik ging met mijn vinger over het rode plekje, drukte erop, kromp ineen en haalde mijn vinger weg, en terwijl ik dat deed voelde ik achter mijn borstbeen een heel onaangenaam gevoel en een onberedeneerbare angst groeien.

Maar ik verzette me ertegen, want ik wilde er niet aan denken, wilde me nu niet afvragen wat zich wellicht in de een of andere hotelkamer had afgespeeld, wilde er niets van weten. Over een paar uur had ik een afspraak met Carl van Loon en Hank Atwood en waar ik op dit moment meer dan ooit behoefte aan had, in plaats van me over te geven aan een paniekaanval zonder duidelijke reden, was dat ik mijn zelfbeheersing terugvond.

En dat ik me concentreerde.

Dus nam ik nog twee pillen, schoor me, kleedde me aan en begon mijn aantekeningen van de vorige dag door te nemen.

De afspraak met Van Loon was dat ik me om een uur of tien op zijn kantoor in 48th Street zou melden. We zouden de situatie doornemen, onze aantekeningen vergelijken en misschien een ruwe schets voor een plan van aanpak maken. Daarna zouden we Hank Atwood ontmoeten voor de lunch.

In de taxi op weg naar 48th Street probeerde ik me te concentreren op de fijne kneepjes van bedrijfsfinanciering, maar mijn gedachten dwaalden opnieuw af naar wat er gebeurd was en de vraag tot welke dingen ik in staat was.

Een black-out van acht uur?

Moest ik dat niet als een waarschuwing opvatten?

Maar toen moest ik denken aan jaren geleden, toen ik een keer doodziek in iemands badkamer had gestaan en zelfs bloed in de wastafel had gekotst, waarna ik terug was gegaan naar de woonkamer, naar het hoopje witte poeder midden op de tafel, en de sigaretten en de wodka en de vrolijke gesprekken die nergens over gingen...

En toen, twintig minuten later, was hetzelfde gebeurd.

En daarna nog eens.

Dus blijkbaar was ik niet erg gevoelig voor waarschuwingen.

Ik liet de taxi stoppen in 47th Street en liep het laatste stukje naar het Van Loon-gebouw. Tegen de tijd dat ik de centrale hal binnenliep, had ik mijn gehink net genoeg onder controle.

Ik werd ontvangen door Van Loons privé-secretaresse, die me meenam naar de grote kantoorsuite op de 62e verdieping. Het viel me op dat de inrichting, in de gangen en het reusachtige receptiegedeelte, een zorgvuldig gekozen maar enigszins bevreemdende combinatie van traditioneel en modern vormde, het conventionele naast het gestroomlijnde in een brutale maar beeldschone fusie van mahonie, ebbenhout, marmer, staal, chroom en glas. Dit maakte het bedrijf in één klap tot een degelijk, vertrouwenwekkend instituut waar op verantwoorde wijze eersteklas zaken werden gedaan, ondanks het feit dat het merendeel van het personeel bestond uit mensen die vijftien jaar jonger waren dan ik. Toch had ik het gevoel dat niets hier buiten mijn bereik was en alles voor het grijpen lag, en dat de opzet van een bedrijf als dit zo teer en vliesdun was, dat ze zou bezwijken zodra ik er enige druk op zou uitoefenen.

Maar toen ik in de receptie onder het grote Van Loon & Associates-logo had plaatsgenomen, veranderde mijn stemming weer. Ik voelde me weer afglijden en werd overvallen door twijfel en duizeligheid.

Hoe was ik hier verzeild geraakt?

Hoe was het mogelijk dat ik voor een investeringsbank werkte?

Waarom had ik een pak aan?

Wie was ik eigenlijk?

Zelfs nu weet ik de antwoorden op die vragen niet. Sterker nog, toen ik net in de badkamer van de Northview Motor Lodge in de spiegel boven de door kalk aangetaste wastafel keek, met het zachte zoemen en rammelen van de ijsmachine op de gang, moest ik echt mijn best doen om een glimp te zien van de persoon die tevoorschijn was gekomen uit al die door chemische

middelen veroorzaakte impulsen en reacties en die enorme behoefte om zaken te doen. Ook zocht ik in de groeven op mijn gezicht naar indicaties van de persoon die ik misschien zou zijn geworden, de grote zakenman, de moordende concurrent van iedereen, de spirituele afstammeling van Jay Gould, maar het enige wat ik zag en herkende, zonder ook maar het geringste spoor van wat de toekomst had kunnen brengen, was mezelf, het bekende gezicht dat ik al duizend keer had geschoren.
Ik zat bijna een halfuur in de receptie te wachten, starend naar het schilderij tegenover me, wat volgens mij een originele Goya moest zijn. De receptioniste was erg vriendelijk en af en toe keek ze op om naar me te glimlachen. Toen Van Loon eindelijk binnenkwam, had hij een brede glimlach op zijn gezicht. Hij gaf me een klap op mijn rug en nam me mee naar een kantoor dat ongeveer net zo groot was als half Rhode Island.
'Sorry voor het oponthoud, Eddie, maar ik ben even naar de andere kant van de wereld geweest.'
Hij wierp even een blik op de papieren op zijn bureau en legde me uit dat hij net met zijn nieuwe Gulfstream V uit Tokyo kwam.
'Je bent sinds dinsdagavond heen en weer naar Tokyo geweest?' vroeg ik.
Hij knikte en vertelde dat hij na zestien maanden wachten op zijn nieuwe jet zich ervan wilde overtuigen dat deze zijn aanzienlijke prijskaartje van ruim 36 miljoen dollar waard was. Het oponthoud van vanochtend, legde hij uit, had niets met de jet te maken gehad, maar met het drukke verkeer in Manhattan. Hij scheen het belangrijk te vinden dat ik dat begreep.
Daarom knikte ik, om hem gerust te stellen.
'En, Eddie,' zei hij terwijl hij achter zijn bureau ging zitten en mij gebaarde ook plaats te nemen, 'heb je kans gehad om het dossier te bekijken?'
'Ja, natuurlijk.'
'En?'
'Het was heel interessant.'
'En?'
'Ik denk niet dat het erg moeilijk voor je zal zijn om de vraagprijs van MCL te rechtvaardigen,' begon ik, draaiend op mijn stoel en me er opeens van bewust hoe doodmoe ik was.
'Waarom niet?'
'Omdat deze deal een aantal heel interessante opties bevat die niet direct tot uiting komen in de cijfers.'

‘Zoals?’
‘Nou, de grootste optiewaarde ligt in de uitbouw van de breedbandinfrastructuur, wat iets is waar Abraxas behoefte aan heeft.’
‘Hoezo?’
‘Om zichzelf tegen de opdringende concurrentie te beschermen; omdat het een voordeel is om in een positie te zijn waarin ze snellere downloads en streaming video en dat soort dingen kunnen garanderen.’
Terwijl ik het zei en door de bijna hallucinaire intensiteit van mijn vermoeidheid werd ik me ervan bewust hoe reusachtig groot de kloof tussen informatie en kennis was, tussen de enorme hoeveelheid gegevens die ik de afgelopen 48 uur had geabsorbeerd en het vermogen om ze tot een samenhangend argument te smeden.
‘Waar het om gaat,’ vervolgde ik, ‘is dat het uitbouwen van breedband zowel duur als riskant is, maar aangezien Abraxas al een marktleiderspositie heeft, hebben ze eigenlijk alleen kredietwaardigheid nodig om hun breedband te ontwikkelen.’
Van Loon knikte, langzaam deze keer.
‘En door MCL te kopen, krijgt Abraxas zijn kredietwaardigheid en hoeven ze de expansie niet daadwerkelijk door te voeren, in elk geval niet meteen.’
‘Hoe dat zo?’
‘MCL is eigenaar van Cableplex, ja? Dat zorgt voor rechtstreeks transport naar vijfentwintig miljoen huishoudens, dus zelfs al moeten ze hun systeem misschien een beetje upgraden, dan liggen ze nog een stuk voor op de rest. In de tussentijd zet Abraxas de rem op MCL’s investering in de breedbandexpansie, waardoor de negatieve cashflow wordt vertraagd maar de mogelijkheid open blijft om het later te doen, als dat nodig zou zijn...’
Ik had het gevoel dat ik al een paar keer eerder met MDT had gehad, dat ik verbaal aan het koorddansen was en tegen iemand praatte die me perfect begreep terwijl ik zelf geen idee had waar ik het over had. ‘... en zoals je weet, Carl, kan de mogelijkheid om een investering van die omvang uit te stellen van enorme waarde zijn.’
‘Maar het blijft riskant, hè? Het ontwikkelen van dat breedbandgedoe, bedoel ik,’ zei Van Loon. ‘Ongeacht of ze het nu of later doen?’
‘Zeker, maar het nieuwe bedrijf dat uit deze deal tevoorschijn

zal komen, zal de investering waarschijnlijk helemaal niet hoeven doen, want ik denk dat ze beter af zijn als ze met een heel andere breedbandpartij gaan onderhandelen, wat het extra voordeel heeft dat ze op die manier de potentiële overproductie op de breedbandmarkt verminderen.'
Van Loon glimlachte.
'Dat klinkt verdomde goed, Eddie.'
Ik glimlachte ook.
'Ja, ik denk dat het zal werken. Het is in principe een situatie waarin ze hoe dan ook winnen. Maar er zijn natuurlijk nog meer opties.'
Ik zag Van Loon naar me kijken en nadenken. Hij wist blijkbaar niet goed wat hij me nu moest vragen. Misschien was hij bang dat het hele verhaal als een kaartenhuis in elkaar zou storten en ik me zou blootgeven als een volslagen idioot. Maar uiteindelijk stelde hij de enige vraag die er in deze omstandigheden toe deed.
'Hoe ziet dat eruit in cijfers?'
Ik pakte een blocnote en haalde een pen uit mijn binnenzak. Daarna schoof ik mijn stoel dichter naar het bureau toe en begon te schrijven. Nadat ik een paar getallen had opgeschreven, zei ik: 'Ik heb gebruikgemaakt van het Black-Scholes-prijsmodel om aan te tonen hoe de optiewaarde varieert als een percentage van de onderliggende investering...' Ik zei even niets, sloeg de bladzijde om en ging door met schrijven op de volgende. '... en heb die afgezet tegen een reeks risicoprofielen en tijdsbestekken.'
Het daaropvolgende kwartier zat ik koortsachtig te schrijven en noteerde uit het hoofd de diverse wiskundige formules die ik de vorige dag had gebruikt om de situatie voor mezelf te verduidelijken.
'Zoals je hier kunt zien,' zei ik toen ik klaar was en met mijn pen de juiste formule aanwees, 'voegt de waarde van de breedbandoptie tezamen met de andere opties gemakkelijk tien dollar toe aan elk aandeel van MCL.'
Van Loon glimlachte weer.
Toen zei hij: 'Je hebt je werk fantastisch gedaan, Eddie. Ik ben sprakeloos. Echt geweldig. Hank zal dit prachtig vinden.'
Om kwart over twaalf, toen we alle cijfers zorgvuldig hadden doorgenomen, braken we op en verlieten we het kantoor. Van Loon had een tafel voor ons geboekt bij The Four Seasons. We liepen Park Avenue op en wandelden de vier blokken naar het Seagram-gebouw.

Ik had het merendeel van de ochtend het gevoel gehad dat ik zweefde en me in een onderkoelde en uitgeputte staat van bewustzijn bevond, zodat ik min of meer op de automatische piloot had gefunctioneerd, maar toen ik met Van Loon voor de ingang van The Four Seasons in 52nd Street stond, met hem de lobby binnenliep, de wandtapijten van Miró zag en de leren stoelen die waren ontworpen door Mies van der Rohe zelf, begon ik me weer energiek te voelen. Veel meer dan het vermogen om Italiaans te kunnen spreken, zes boeken per nacht te kunnen lezen of zelfs succes te hebben op de aandelenmarkt, en nog meer dan het feit dat ik zojuist de financiële structuur van een gigantische bedrijfsovername had geschetst, was het gegeven dat ik hier was, in de lobby van het Seagram-gebouw, het heilige der architectonische heiligen, dat me doordrong van de onwerkelijkheid van mijn nieuwe levenssituatie, want in normale omstandigheden zou ik hier nooit gekomen zijn en nooit een voet hebben gezet in de legendarische Grill Room, met zijn koperen balustrades en lambriseringen van Frans walnotenhout, en zou ik nooit langs tafels hebben gelopen waaraan ambassadeurs, kardinalen, president-directeuren, advocaten uit de entertainmentsector en tv-presentatoren hadden gezeten.
Maar, hoe vreemd het ook leek, hier was ik, en ik genoot er met volle teugen van.
De maître d' ging ons voor naar een van de tafels onder het balkon en we hadden net plaatsgenomen en iets te drinken besteld toen Van Loons zaktelefoon begon te piepen. Hij antwoordde met een nauwelijks hoorbaar gegrom, luisterde even en klapte het toestel weer dicht. Toen hij het in zijn zak stak, keek hij me aan met een halve, iets nerveuze glimlach.
'Hank komt wat later,' zei hij.
'Maar hij komt wel?'
'Ja.'
Van Loon zat even met zijn servet te spelen en zei toen: 'Hoor eens, Eddie, er is iets wat ik je wil vragen.'
Ik slikte en vroeg me af wat er komen ging.
'Je weet dat we bij Van Loon & Associates een kleine beursvloer hebben?'
Ik schudde mijn hoofd, want dat had ik niet geweten.
'Nou, die hebben we dus, en ik dacht... ik zat te denken aan die serie successen die je bij Lafayette hebt geboekt.'
'Ja?'

'Weet je, die was heel indrukwekkend.'
Een ober kwam onze drankjes brengen.
'Toen Kevin me erover vertelde, was ik eerst niet echt onder de indruk, maar ik heb je transacties naderhand eens goed bekeken en... nou...' Hij bleef me aankijken terwijl de ober twee glazen, een Tom Collins, een wodka-martini en twee flesjes mineraalwater op tafel zette. '... je schijnt precies te weten wat je doet...'
Ik nam een slokje van mijn martini.
Van Loon zat me nog steeds aan te kijken en vervolgde: '... hoe je ze eruit moet pikken.'
Ik kon zien dat hij niets liever wilde dan me vragen hoe ik het had gedaan. Hij zat onrustig te draaien op zijn stoel, keek me nog steeds aan alsof hij zich zat af te vragen wie hij in huis had gehaald en of ik er misschien toch een soort systeem op nahield, met een blik alsof hij hier aan tafel, in het restaurant van The Four Seasons, oog in oog zat met de Heilige Graal. Hij was getergd en tegelijkertijd op zijn hoede, maar hij hield zich in, vermeed het onderwerp en deed net alsof het allemaal niet zoveel voorstelde. Het was heel onhandig en zelfs een beetje zielig zoals hij het deed, bijna gênant, en voor het eerst voelde ik een vage minachting voor hem.
Maar als hij het me rechtsreeks had gevraagd, wat had ik dan moeten zeggen? Zou het me gelukt zijn om me erdoorheen te bluffen met een hoop onzin over complexiteitstheorieën en ingewikkelde wiskundige formules? Zou ik me over de tafel hebben gebogen, met mijn wijsvinger op mijn slaap hebben getikt en gefluisterd: ik begrijp hoe het werkt, Carl? Zou ik hem hebben verteld dat ik écht speciale medicamenten gebruikte en dat ik af en toe visioenen van de Maagd Maria had om dat te onderstrepen? Zou ik hem de waarheid hebben verteld? Zou ik in staat zijn geweest daar weerstand aan te bieden?
Ik weet het niet.
Ik kreeg niet de kans om het te ontdekken.

Even later kwam een vriend van Van Loon naar ons toe lopen en aan onze tafel zitten. Van Loon stelde me voor, we wisselden wat beleefdheden uit maar al gauw raakten de twee oudere mannen in gesprek over Van Loons Gulfstream en trok ik me vrijwillig terug op de achtergrond. Ik kon zien dat Van Loon dat niet leuk vond; hij wilde me niet aan zijn onmiddellijke aandacht laten ontsnappen maar kon zich ook niet onttrekken aan het gesprek met zijn vriend de miljardair. Het was trouwens al te laat, want ik was me in gedachten aan het voorbereiden op de komst van Hank Atwood.

Uit de diverse stukken die ik over hem had gelezen, was me het een en ander duidelijk geworden over de president-directeur van MCL-Parnassus. Want ook al viel hij in de categorie 'driedelig grijs', de kleurloze zakenman die alleen geïnteresseerd was in winstcijfers en -percentages, toch was Henry Bryant Atwood een kleurrijke beroemdheid. Vóór hem waren er natuurlijk andere beroemdheden geweest, in de media en in de beginjaren van Hollywood, al die sigaren rokende patsers die amper Engels konden spreken. Maar dat had wat betreft Hollywood niet lang geduurd, want al gauw waren daar de kostschoolaccountants van de oostkust verschenen om de hele zaak over te nemen. Wat de meeste mensen echter niet begrepen, was dat sinds de algehele verzakelijking van de entertainmentindustrie in de jaren tachtig het zwaartepunt weer was verschoven. Goed, acteurs en popmusici en supermodellen waren nog steeds kleurrijke beroemdheden, maar zonder dat men het zich bewust was, was de echte glamour weer teruggewaaid in de richting van de zakenjongens in het driedelig grijs.

Hank Atwood had glamour, niet omdat hij zo'n aantrekkelijke verschijning was, want dat was hij niet, en zelfs niet omdat het product dat hij leverde zo kleurrijk was – het genetisch gemanipuleerde voedsel voor de verbeelding van het publiek – maar Hank Atwood had glamour vanwege de onvoorstelbaar grote hoeveelheden geld die hij verdiende.

En daar ging het tegenwoordig om. Artistieke inhoud was niet langer van belang; alleen de opbrengst gold. Of iets goed was, werd bepaald door cijfers: kijkcijfers en geldbedragen. Zevenendertig miljoen dollar voor een privé-jet. Een rechtszaak met een schikking van tweehonderdvijftig miljoen. Een overname van dertig miljard. Een privé-vermogen dat werd geschat op honderd miljard.

En op dat moment, terwijl ik midden in mijn gemijmer over keiharde cijfers zat, werd alles me opeens duidelijk.

Ik heb geen idee wat de reden ervoor was, maar opeens werd ik me bewust van de mensen die aan de tafel achter ons zaten. Een man en een vrouw, misschien een projectontwikkelaar en een filmproducent, of twee advocaten; ik weet het echt niet, want ik lette niet zozeer op wát ze zeiden, maar er zat wel iets in de

toon van de stem van de man wat me trof als een mokerslag.
Ik leunde een beetje achterover in mijn stoel terwijl ik Van Loon en zijn vriend bleef observeren. Tegen de achtergrond van de walnoten lambrisering zagen de twee miljardairs eruit als grote roofvogels, als oude gieren met gebogen nek en tranende ogen. Van Loon was bezig met een minutieuze uitleg over het geluiddicht maken van zijn vorige jet, een Challenger-nog-wat, en het was tijdens zijn monoloog dat er in mijn hoofd iets heel merkwaardigs gebeurde. Het was als een radio die ineens op een andere zender werd gezet, waardoor Carl van Loons stem – '... kijk, om onnodige trillingen te voorkomen, moeten de bouten die het interieur verbinden met het geraamte van de buitenkant worden geïsoleerd met siliconenrubber, is me verteld...' – uit de ether verdween en werd vervangen door de stem van de man achter me: '... in een van de grote hotels in de stad... het was eerder vandaag in het nieuws... ja, Donatella Alvarez, de vrouw van de schilder, ze is gevonden in een hotelkamer, op de grond, ze was op haar hoofd geslagen... nee, ze ligt in coma, maar ze schijnen al een verdachte te hebben... een schoonmaker van het hotel heeft vanochtend vroeg een hinkende man zien weggaan...'
Ik duwde mijn stoel een stukje naar achteren.
Een hinkende man...
De stem achter me vervolgde: '... en het feit dat ze Mexicaanse is, doet de zaak natuurlijk geen goed, met wat er momenteel speelt...'
Ik stond op en heel even had ik het gevoel dat iedereen in het restaurant ineens doodstil zat, mes en vork had neergelegd en me aankeek alsof er van me werd verwacht dat ik hen zou toespreken, maar dat was natuurlijk niet zo. Alleen Carl van Loon keek me aan met een snel toenemende bezorgdheid in zijn ogen. Ik mimede het woord 'toilet', draaide me om en liep weg. Ze snel als ik kon liep ik tussen de tafeltjes door, op zoek naar de dichtstbijzijnde uitgang.
Maar toen zag ik dat iemand me vanaf de andere kant van het restaurant tegemoetkwam, een kleine, kalende man in een grijs pak. Het was Hank Atwood. Ik herkende hem van de foto's die ik van hem had gezien. Even later passeerden we elkaar, schoven we onhandig tussen twee tafeltjes langs elkaar heen terwijl we ons beiden verontschuldigden. Een fractie van een seconde waren we zo dicht bij elkaar, dat ik zijn aftershave kon ruiken.

Even later stond ik buiten, op 52nd Street, happend naar adem. Toen ik om me heen keek, had ik het gevoel dat ik, door me tussen de mensen te begeven, het recht verspeelde om ooit nog in The Grill Room te komen en dat ik dus niet meer naar binnen zou mogen.

Maar ik had op dat moment helemaal niet de behoefte om weer naar binnen te gaan, en een minuut of twintig later slenterde ik doelloos over Park Avenue South terwijl ik bewust probeerde mijn hinkende pas te camoufleren en in mijn geheugen groef in een poging me iets te herinneren. Maar er was niets. Ik was in een hotelkamer geweest en kon me herinneren dat ik in een gang liep, maar dat was alles; verder was alles een groot zwart gat.

Ik kon niet geloven dat ik... hoewel... ik bedoel, dat zou ik toch nooit...

Ik liep ruim een halfuur, sloeg op Union Square links af en daarna rechts af naar First Avenue, en toen ik bij mijn huis kwam, was ik helemaal in de war. Ik liep de trap op terwijl ik me vastklampte aan het idee dat ik dácht dat ik iets had gehoord, dat ik het me had verbeeld en het gewoon weer een bijverschijnsel van MDT was. Maar dat kon ik snel genoeg nagaan, want als het echt was gebeurd, zou het nu nog in het nieuws zijn, dus ik hoefde alleen mijn radio aan te zetten of langs de lokale nieuwszenders op tv te zappen...

Maar het eerste wat ik zag toen ik mijn appartement binnenkwam, was het knipperende rode lampje van mijn antwoordapparaat. Bijna blij met de afleiding drukte ik op de afspeelknop. Daar stond ik dan, als een idioot in een pak naar de andere kant van de kamer te staren terwijl ik wachtte totdat ik de boodschap te horen zou krijgen.

Er klonk een zacht gezoem toen het bandje werd teruggespoeld en toen: klik.

*Piep.*

'Hallo, Eddie, met Melissa. Ik had je al eerder willen bellen, echt, maar je weet hoe het gaat...' Haar stem klonk zwaar en slepend, maar het was onmiskenbaar Melissa's stem die door mijn woonkamer klonk. 'Ik bedacht me iets. Mijn broer... heeft hij je iets gegeven? Ik bedoel, ik zeg het liever niet over de telefoon, maar was het zo? Want...' Ik hoorde ijsblokjes rinkelen in een glas. '... want als hij je iets heeft gegeven, moet je iets weten. Dat spul, MDT-nog-wat, is echt heel erg gevaarlijk... ik bedoel, je hebt geen idee hoe gevaarlijk het is.' Ik slikte en kneep mijn ogen dicht. 'Dus hoor eens, Eddie... misschien heb ik het wel mis, maar bel me, oké? Bel me op.'

# Deel drie

# 15

Het tv-journaal van twee uur bevestigde dat Donatella Alvarez, de vrouw van de Mexicaanse schilder, een harde klap op het hoofd had gehad en nu in coma lag. Het incident had plaatsgevonden in een kamer op de vijftiende verdieping van The Clifden, een hotel in de binnenstad. Er werden nog enkele details gegeven, maar over een hinkende man werd niets gezegd.
Ik zat op de bank, in mijn pak, en wachtte op meer; het maakte niet uit wat: achtergrondinformatie, beelden, analyses. Ik had het gevoel dat ik door daar te zitten met de afstandsbediening in mijn hand, werkelijk iets deed, maar wat kon ik anders doen dan dit? Moest ik Melissa bellen en vragen of dit de soort gevaarlijke dingen waren die ze in gedachten had gehad?
Gevaarlijk?
Wat? Zoals een klap op je hoofd gevaarlijk was? Zoals in coma het ziekenhuis ingaan gevaarlijk was? Levensgevaarlijk?
Ik was zeker niet van plan haar te bellen en haar deze vragen te stellen, maar ik was wel bang. Had ik het echt gedaan? En zou hetzelfde of iets zoals dit opnieuw kunnen gebeuren? Betekende Melissa's waarschuwing dat ik een gevaar voor anderen was, of dat ik zelf in gevaar was?
Gedroeg ik me compleet onverantwoordelijk?
Wat was er verdomme aan de hand?
Naarmate de middag vorderde, keek ik zo intensief naar elke nieuwsuitzending alsof ik door pure wilskracht de feiten kon veranderen, zodat het niet op een hotelkamer was gebeurd en Donatella Alvarez niet in coma lag. Tussen de nieuwsuitzendingen keek ik naar kookprogramma's, live rechtbankverslagen, soapseries en commercials en merkte ik dat ik zonder het te willen allerlei brokjes onbruikbare informatie opsloeg. Leg de reepjes kip op een met olie ingewreven bakplaat en strooi er sesamzaadjes overheen. Bel nu gratis en profiteer van vijftien procent korting bij de aanschaf van de Gutbuster 2000 home-

trainer. Terwijl ik dat deed, keek ik diverse keren naar de telefoon en overwoog ik Melissa te bellen, maar elke keer vond er in mijn hersenen een soort chemische reactie plaats die het idee verwierp en ervoor zorgde dat ik onmiddellijk aan iets anders dacht.

Tegen een uur of zes begon het verhaal meer zijn definitieve vorm te krijgen. Donatella Alvarez had een enkele klap op het hoofd gehad met een stomp voorwerp. Het wapen was nog niet gevonden en de belangrijkste vraag van het moment was: wat moest señora Alvarez in een hotelkamer in de stad terwijl zij en haar echtgenoot een appartement in de Upper West Side hadden? Op een andere zender gaf het nieuws meer persoonlijke informatie over het slachtoffer, werden er foto's getoond en familieleden geïnterviewd, wat inhield dat er al gauw een heel menselijk beeld werd geschetst van de nu 43-jarige señora Alvarez, een beeld dat de kijker zou bijblijven. We hadden hier te maken met een vrouw die over een uitzonderlijke schoonheid beschikte, zowel lichamelijk als qua karakter. Ze was een zelfstandige, genereuze, loyale en liefhebbende echtgenote en een toegewijde moeder voor hun kinderen, de tweeling Pia en Flor. Van haar echtgenoot, Rodolfo Alvarez, werd gemeld dat hij erg van streek was en absoluut geen verklaring had voor wat er gebeurd kon zijn. Ze lieten een zwartwitfoto zien van een mooi en levendig schoolmeisje in uniform, dat in 1971 een dominicaans klooster in Rome bezocht. Er werden ook beelden getoond van homevideo's, trillende beelden in bleke kleuren waarop de jonge Donatella in een zomerjurk door een rozentuin liep. Andere beelden toonden Donatella zittend op een paard, Donatella bij een archeologische opgraving in Peru en Donatella en Rodolfo in Tibet.

De volgende fase was de politieke analyse van het gebeuren. Was er sprake van een racistisch motief? Had het op de een of andere manier te maken met de falende buitenlandpolitiek van de huidige regering? Eén commentator sprak de vrees uit dat dit wel eens de eerste van een reeks incidenten zou kunnen zijn en richtte een rechtstreeks verwijt aan het adres van de president omdat hij zijn veto niet had uitgesproken over de kwalijke opmerkingen – of veronderstelde opmerkingen, aangezien nog altijd werd ontkend dat ze waren uitgesproken – van de staatssecretaris van Defensie, Caleb Hale. Een andere commentator hield het op een voorbeeld van de bilaterale schade die al was opgelopen en waaraan men maar moest wennen.

De hele middag, terwijl ik de berichtgeving bleef volgen, was ik ten prooi aan een aantal uiteenlopende gevoelsreacties waarvan ongeloof, afschuw, berouw en boosheid de voornaamste waren. Ik hinkte voortdurend op twee gedachten: dat het mogelijk was dat ik haar de klap had gegeven, en dat het een ronduit absurd idee was. Uiteindelijk, en nadat ik een nieuwe dosis MDT had genomen, voelde ik alleen nog maar een lichte wrevel.
Halverwege de avond had ik inmiddels zoveel afstand van het verhaal genomen dat elke keer dat eraan werd gerefereerd, ik dacht: nu is het genoeg, alsof ze het over een nieuwe miniserie op tv hadden – *Het gruwelijke lot van Donatella Alvarez* – die tot vervelens toe werd gepromoot.
Kort na halfnegen belde ik Carl van Loon in zijn appartement op Park Avenue.
Hoewel mijn geest voor het grootste deel van de dag was beheerst door afschuw en ongeloof, had ik tegelijkertijd ook een vrees van een andere soort ervaren, namelijk die dat ik het had verpest bij Van Loon, en welke invloed deze enorme blunder op mijn toekomst zou hebben.
Zodat ik, toen ik wachtte tot Van Loon opnam, nogal nerveus was.
'Eddie?'
Ik schraapte mijn keel. 'Meneer Van Loon.'
'Eddie, ik begrijp het niet. Wat is er gebeurd?'
'Ik werd onwel,' zei ik automatisch. 'Ik kon er niets aan doen. Ik moest onmiddellijk weg. Het spijt me.'
'Je werd onwel? Wat, ben je nog een klein kind? En dan ga je weg zonder iets te zeggen? En je komt niet terug? Je laat mij daar zitten en ik moet me verdomme als een stomme idioot excuseren tegenover Hank Atwood?'
'Ik heb een kwaal, een maagkwaal.'
'Maar je neemt niet eens de moeite om even te bellen?'
'Ik moest naar een dokter, Carl. Meteen.'
Van Loon bleef even zwijgen.
Toen zuchtte hij en hij zei: 'Oké... en hoe is het nu?'
'Goed. Het mankement is verholpen.'
Van Loon zuchtte weer. 'Ben je... nou ja... krijg je de juiste behandeling? Wil je namen van een paar topartsen? Ik kan...'
'Ik ben weer in orde. Hoor eens, dit was eenmalig. Het zal niet weer gebeuren.' Ik zweeg even en vroeg toen: 'Hoe is de bespreking verlopen?'

Nu was het Van Loon die even bleef zwijgen. Nu ging het erom.
'Nou, ik zal niet tegen je liegen, Eddie,' zei hij ten slotte. 'Die verliep nogal moeizaam. Ik wilde dat je erbij was geweest.'
'Maar was hij overtuigd?'
'Op het eerste gezicht, ja. Hij denkt dat hij het wel op tafel kan brengen, maar jij en ik moeten nog een keer met hem om de tafel gaan zitten om de cijfers door te nemen.'
'Geweldig. Natuurlijk. Wanneer je maar wilt.'
'Hank is nu naar de kust, maar ik geloof dat hij dinsdag weer in de stad is, ja, dinsdag, dus als je maandag naar kantoor kunt komen, dan kunnen we iets in elkaar zetten.'
'Oké, natuurlijk. En hoor eens, Carl, nogmaals, het spijt me. Echt.'
'Weet je zeker dat je het nummer van mijn dokter niet wilt? Hij is...'
'Nee, maar bedankt voor het aanbod.'
'Hou het in je achterhoofd.'
'Zal ik doen. Ik zie je maandag.'

Na mijn gesprek met Van Loon stond ik nog een paar minuten naast de telefoon naar mijn opengeslagen adressenboekje te kijken.
Ik had een nerveus, kriebelend gevoel in mijn maag.
Toen pakte ik de hoorn van het toestel en draaide Melissa's nummer. Terwijl ik wachtte totdat ze opnam, was ik in gedachten weer terug in Vernons appartement op de zeventiende verdieping, waar het allemaal was begonnen, op dat onvergetelijke moment dat ik het bericht insprak op haar antwoordapparaat, net voordat ik de slaapkamer van haar vermoorde broer ging leegplunderen.
'Hallo?'
'Melissa?'
'Eddie? Hallo.'
'Ik heb je boodschap ontvangen.'
'O, eh... luister...' Ze viel stil en ik kreeg de indruk dat ze zichzelf tot de orde riep. 'Ik weet niet precies waarom ik dat heb gezegd, in mijn boodschap. Maar mijn broer was een eikel en hij was al heel lang met dat pillengedoe bezig. Toen moest ik opeens aan jou denken en ik begon me zorgen te maken.'
Als ze eerder vandaag had gedronken, was dat nu uitgewerkt, of misschien had ze wel een kater.

'Je hoeft je nergens zorgen over te maken, Melissa,' zei ik, ter plekke besluitend dat dit mijn aanpak zou worden. 'Vernon heeft me niets gegeven. Ik had hem ontmoet op de dag voordat hij... de dag voordat het gebeurde, en we hebben alleen maar een beetje gepraat... niets speciaals.'
Ze zuchtte. 'O, goed.'
'Maar bedankt voor je bezorgdheid.' Ik wachtte even. 'Hoe gaat het met je?'
'Goed.'
Moeizaam, moeizaam.
'En met jou?' vroeg ze toen.
'Best. Druk.'
'Waar ben je mee bezig?'
Dit was het soort gesprek dat we in dit soort omstandigheden zouden moeten hebben, en hier was het dan...
'Ik heb de afgelopen paar jaar als copywriter gewerkt.' Ik wachtte even. 'Voor Kerr & Dexter, de uitgeverij.'
Het was de waarheid, goed beschouwd, maar meer was het niet.
'O, ja? Wat goed.'
Zo goed was het nu ook weer niet, en het was net een leugen, want mijn dagen als copywriter voor Kerr & Dexter leken ineens onwerkelijk en heel lang geleden.
Ik wilde niet meer met Melissa aan de telefoon zitten. Nu we onze kennismaking hadden vernieuwd, hoewel oppervlakkig, voelde ik me afglijden naar een niveau waarop ik tegen haar zou liegen. Als ik het gesprek voortzette, zou het alleen maar erger worden.
'Hoor eens,' zei ik, 'ik wilde je alleen maar bellen om dat recht te zetten, maar... ik moet nu ophangen.'
'Oké.'
'Het is niet dat ik...'
'Eddie?'
'Ja?'
'Het is voor mij ook niet gemakkelijk.'
'Nee, natuurlijk niet.'
Ik had geen idee wat ik anders moest zeggen.
'Nou, dag dan.'
'Dag.'

Omdat ik onmiddellijk behoefte had aan afleiding, bladerde ik mijn adressenboekje door totdat ik het nummer van Gennady's

mobiele telefoon had gevonden. Ik draaide het en wachtte.
'Ja.'
'Gennady?'
'Ja.'
'Met Eddie.'
'Eddie. Wat wil je? Ik ben bezig.'
Ik bleef enige tijd naar de muur staren.
'Ik heb een opzet gemaakt voor dat project van ons. Het heeft ongeveer twintig...'
'Geef het me morgen maar. Dan zal ik ernaar kijken.'
'Gennady? Gennady?' Maar hij was al weg.
Ik legde neer.
Morgen was het vrijdag. Helemaal vergeten. Gennady kwam de eerste aflossing van de lening halen.
Shit.
Het geld was het probleem niet. Ik kon zo een cheque voor hem uitschrijven voor het hele bedrag, plus rente, plus een speciale bonus omdat hij Gennady was, maar dat was niet genoeg. Ik had gezegd dat ik een opzet klaar had. Nu moest ik ook zorgen dat ik er een had, en wel voor morgenochtend, anders zou hij me waarschijnlijk aan zijn mes rijgen en me net zolang blijven steken totdat hij er een tenniselleboog aan overhield.
Ik was er nu absoluut niet voor in de stemming, maar ik wist dat het me zou afleiden en dus ging ik on line en begon wat research te doen. Ik zocht de juiste terminologie bij elkaar en werkte een plot uit dat losjes was gebaseerd op een maffiaproces dat onlangs op Sicilië had plaatsgevonden en waarvan ik een uitgebreid verslag op een Italiaanse website had gevonden. Kort na middernacht had ik er de gewenste variaties in aangebracht en was ik klaar met het 25 pagina's tellende scenario voor *Keeper of the Code*, de geschiedenis van de Organizatsiya.
Daarna begon ik al mijn tijdschriften door te spitten op zoek naar advertenties van makelaars. Ik had besloten dat ik de volgende ochtend een paar grote in Manhattan zou bellen om het proces om een nieuw appartement te huren of te kopen, eindelijk in gang te zetten.
Toen ging ik naar bed, voor de vier of vijf uur van wat tegenwoordig voor slaap doorging.

Gennady kwam om ongeveer halftien. Ik drukte op de elektrische deuropener en zei dat ik op de tweede verdieping woonde.

Het duurde een eeuwigheid voordat hij de twee trappen op was gelopen en toen hij uiteindelijk in mijn woonkamer verscheen, leek hij zowel uitgeput als buitengewoon chagrijnig.
'Goedemorgen,' zei ik.
Hij trok zijn wenkbrauwen op en keek om zich heen. Daarna keek hij op zijn horloge.
Ik had het scenario uitgeprint en in een envelop gedaan. Ik pakte de envelop van mijn bureau en gaf die aan hem. Hij hield hem in de lucht en schudde hem heen en weer alsof hij wilde vaststellen hoe zwaar hij was. Toen vroeg hij: 'Waar is het geld?'
'Eh... Ik zal een cheque voor je uitschrijven. Hoeveel was het ook alweer?'
'Een cheque?'
Ik knikte en voelde me opeens nogal dom.
'Een cheque?' vroeg hij weer. 'Ben je verdomme gek geworden? Wat denk je dat we zijn? Een financieel instituut?'
'Gennady, hoor eens...'
'Hou je mond. Als ik vandaag dat geld niet krijg, zit je diep in de problemen, vriend. Hoor je me?'
'Ik zal het gaan halen.'
'Ik snij je je ballen af.'
'Ik zal het halen. Jezus, ik heb er niet aan gedacht.'
'Een cheque,' zei hij minachtend snuivend. 'Niet te geloven.'
Ik liep naar de telefoon en nam de hoorn van het toestel. Sinds mijn eerste paar dagen bij Lafayette was het contact met mijn bankmanager Howard Lewis, met zijn opgeblazen lijf en hoogrode gezicht, aanzienlijk verbeterd, dus belde ik hem en zei wat ik nodig had – 22.500 in contanten – en vroeg of hij het over ongeveer een kwartier voor me klaar kon hebben.
Maar natuurlijk, meneer Spinola. Geen probleem.
Ik legde neer en draaide me om. Gennady stond bij mijn bureau, met zijn rug naar me toe. Ik mompelde iets om zijn aandacht te trekken.
Hij draaide zich om en zei: 'En?'
Ik haalde mijn schouders op. 'Kom, we gaan naar mijn bank.'
We namen een taxi, in compleet stilzwijgen, naar 23rd Street en Second Avenue, waar mijn bank was. Ik wilde iets zeggen over het scenario maar omdat Gennady blijkbaar in een zeer slecht humeur was, leek het me beter mijn mond te houden. Ik nam het geld in ontvangst van Howard Lewis en buiten gaf ik het aan Gennady. Hij liet de stapel bankbiljetten in zijn binnenzak

glijden, hield de envelop met het scenario naar me op en zei: 'Ik zal ernaar kijken.'
Toen liep hij zonder gedag te zeggen weg over Second Avenue.

Ik stak de straat over en in de lijn van mijn goede voornemen om ten minste één keer per dag iets te eten, ging ik een eethuisje binnen voor een kop koffie en een muffin.
Daarna wandelde ik Madison Avenue op totdat ik tien blokken verderop voor makelaarskantoor Sullivan & Draskell stond. Ik ging naar binnen, vertelde waar ik voor kwam en werd te woord gestaan door een makelaar die Alison Botnick heette. Ze was achter in de veertig en ging stijlvol gekleed in een donkerblauwe zijden jurk en een bijpassend Neru-jasje. Ik merkte al snel dat, misschien doordat ik in spijkerbroek en sweatshirt was en gemakkelijk kon doorgaan voor een magazijnknecht bij een drankenhandel – of een freelance copywriter – ze geen idee had wie ik was en me dus met enige terughoudendheid tegemoettrad. Wat mevrouw Botnick betrof kon ik echter ook een van die kersverse internetmiljonairs zijn die op zoek was naar een huis met twaalf kamers op Park Avenue. Je wist het tegenwoordig niet, en ik liet haar in het ongewisse.
Toen ik kort daarvoor op Madison liep, had ik gedacht aan ongeveer 300.000 dollar voor een appartement, hooguit 500.000, maar gezien mijn huidige relatie met Van Loon en de vooruitzichten met Hank Atwood was er geen enkele reden om het niet meteen groot aan te pakken, in de sfeer van twee miljoen, drie miljoen, of misschien wel meer. Toen ik daar in de chique ontvangsthal van Sullivan & Draskell stond te bladeren in hoogglans brochures van luxe condo's in nieuwe gebouwen die namen als het Mercury of het Celestial droegen en ik luisterde naar Alison Botnicks verkooppraatje – waarin ik bij de les werd gehouden door puntige termen als 'top', 'compact' en 'knus' – voelde ik mijn verwachtingen met de seconde toenemen. Ook merkte ik dat Alison Botnick me in gedachten vijftien jaar jonger had gemaakt, me een UCLA-T-shirt had aangetrokken en een honkbalpet had opgezet, en zichzelf er inmiddels van had overtuigd dat ik een nieuwe internetmiljonair was. Het vuurtje werd nog hoger opgestookt toen ik weinig aandacht schonk aan haar mededeling dat, gezien de berg van papierwerk die het tegenwoordig vergde om voor een ballotage-appartement in aanmerking te komen, ik die sector misschien liever wilde vermijden.

'De commissies beginnen érg kieskeurig te worden,' zei ze. 'Niet dat u...'
'Natuurlijk niet, maar wie laat zich buitensluiten zonder zich te verzetten?'
Daar moest ze het mee eens zijn.
'Goed dan.'
Onze wederzijdse neiging elkaar te manipuleren kon in deze verkennende fase maar tot één ding leiden: bezichtiging. Eerst nam ze me mee naar een vooroorlogs appartement met vier slaapkamers tussen Lexington en Park Avenue. We gingen met een taxi en toen we het onderweg hadden over de huizenmarkt en hoe die ervoor stond, had ik het aangename gevoel dat ik de situatie in de hand had, dat ik aan het roer van dit samenzijn stond, of dat ik de software ervoor had ontworpen en alles verliep zoals ik het had gepland.
Het appartement in 74th Street dat we bezichtigden, was niet bijzonder. Het had lage plafonds en er kwam weinig licht naar binnen. Het was ook te klein en het rook er een beetje bedompt.
'Weet u,' zei Alison toen we weer op weg naar de uitgang waren, 'veel van de vooroorlogse woningen zijn zoals deze. Ze lekken, moeten nieuwe elektrische bedrading hebben en tenzij u bereid bent een heel ingrijpende verbouwing te doen, zijn ze hun geld eigenlijk niet waard.'
Wat in dit geval 1,8 miljoen dollar was.
Daarna gingen we naar een omgebouwd zolderappartement met een oppervlakte van bijna 350 vierkante meter in het Flatirondistrict. Het maakte deel uit van een textielfabriek die tot in de jaren vijftig in bedrijf was geweest, tot in de jaren zestig leeg had gestaan en aan de inrichting te zien in de jaren zeventig was verbouwd, waarna er niets meer aan was gedaan. Alison vertelde dat de huidige eigenaar technicus bij een overheidsdienst was, die er waarschijnlijk heel weinig voor had betaald maar er nu 2,3 miljoen dollar voor vroeg. Het beviel me wel en had zeker mogelijkheden, maar ik vond het te anoniem en het stond in een nogal saai en weinig populair deel van de stad.
Het laatste huis waar Alison me mee naartoe nam, was een appartement op de 68e verdieping van een wolkenkrabber die onlangs was neergezet op de plek van het vroegere spoorwegemplacement in de oude West Side. Het Celestial zou samen met een paar andere ontwikkelingsprojecten van luxe woningen het nieuwe middelpunt van het nieuwe herstructureringsproject

worden, dat zich uitstrekte over het gebied tussen West Chelsea en Hell's Kitchen.
'Als u om u heen kijkt,' zei Alison, waarbij ze een beetje als Robert Moses op leeftijd klonk, 'zijn hier heel veel plekken, van 26th Street tot 42nd Street ten westen van Ninth Avenue, die uitstekend geschikt zijn voor herstructurering. En met het nieuwe Penn Station zullen het verkeer en de instroom van mensen enorm toenemen.'
Ze had gelijk, en toen onze taxi door 34th Street richting Hudson River reed, zag ik waarover ze het had en wat een enorme mogelijkheden hier lagen voor een algehele opwaardering voor het hele gebied.
'Geloof me,' vervolgde ze, 'dit wordt de grootste opleving die de stad de afgelopen vijftig jaar heeft meegemaakt.'
Het Celestial zelf rees als een zuil van staal en bruin getint glas op uit een niemandsland van afgedankte pakhuizen en toen de taxi stilhield op het grote plein voor het gebouw, begon Alison allerlei feiten op te sommen waarvan ze blijkbaar dacht dat ik ze moest weten. Het Celestial was 215 meter hoog en telde 70 verdiepingen en 185 appartementen, plus diverse restaurants, een fitnessclub, een privé-bioscoop, faciliteiten om honden uit te laten, een zelfdenkend afvalverwerkingsysteem, een wijnkelder, een Turks bad, titanium daklijsten...
Ik knikte bij alles maar nam me in gedachten voor me later met de details bezig te houden.
'De man die dit heeft ontworpen,' zei ze, 'overweegt hier zelf te komen wonen.'
In de grote hal stonden pilaren van roze, dooraderd marmer, die een plafondmozaïek vol gouden tinten torsten. De lift bracht ons naar de 68e verdieping in amper tien seconden, tenminste, zo leek het, want het moest veel langer hebben geduurd. Er moest nog wat werk aan het appartement worden gedaan, dus ik moest maar niet letten op de kale gloeilampen en stukken elektriciteitsdraad die uit de muren staken. Maar toen we bij de deur waren en ze de sleutel in het slot stak, draaide ze zich om en fluisterde: 'Maar als u het uitzicht ziet...'
We kwamen terecht in een grote, open ruimte en hoewel ik me bewust was van de diverse gangen die allerlei kanten op liepen, werd mijn blik onmiddellijk getrokken door de grote ramen aan de andere kant van de kale, witte kamer. Er lag plasticfolie op de grond en toen ik eroverheen liep, met Alison vlak achter me,

kwam Manhattan langzaam maar met een duizelingwekkende schoonheid in beeld schuiven. Ik ging bij het raam staan en staarde ademloos naar het groepje wolkenkrabbers in het midden, Central Park links ervan en het financiële district aan de rechterkant.

Gezien vanuit deze bijna onmogelijke hoek, waardoor ik dacht dat ik droomde, was het alsof alle kenmerkende gebouwen van New York niet alleen op de juiste plaats stonden, maar ook alsof ze deze kant op wezen, of zelfs kéken.

Ik voelde dat Alison meekeek over mijn schouder, rook haar parfum en hoorde het zachte ruisen van zijde op zijde toen ze zich bewoog.

'En,' zei ze, 'wat vindt u ervan?'

'Adembenemend,' zei ik terwijl ik me omdraaide en haar aankeek.

Ze knikte en glimlachte naar me. Haar ogen waren van een diep groen en fonkelden op een manier die me niet eerder was opgevallen. Alison Botnick zag er zelfs ineens een stuk jonger uit dan ik had gedacht.

'En, meneer Spinola,' zei ze, me nog steeds aankijkend, 'zou ik u mogen vragen in welke sector u werkt?'

Ik aarzelde even en zei toen: 'Beleggingen en investeringen.'

Ze knikte.

'Ik werk voor Carl van Loon.'

'Juist. Dat zal vast erg interessant zijn.'

'Dat is het zeker.'

Terwijl ze die informatie verwerkte en mij misschien indeelde in een bepaalde categorie klanten, keek ik om me heen. De wanden waren nog kaal en het panelenplafond was nog niet eens klaar, maar ik probeerde me voor te stellen hoe het eruit zou zien als de kamer gemeubileerd was en ik er woonde. Opeens was ik benieuwd naar de rest van de ruimte.

'Hoeveel kamers zijn er?' vroeg ik.

'Tien.'

Ook dat probeerde ik me voor te stellen, een appartement met tien kamers, maar het lukte me niet. Ik liep terug naar het raam en staarde naar de stad onder me, nam alles weer net zo gretig in me op als de eerste keer. Het was een mooie, zonnige dag, Manhattan lag er prachtig bij en alleen al het feit dat ik daar kon staan bracht me in een euforische stemming.

'Wat is de vraagprijs?'

Ik had de indruk dat ze het voor het effect deed, maar Alison sloeg haar notitieboekje open, zocht de juiste bladzijde en neuriede er nadenkend bij. Toen zei ze achteloos: 'Negen komma vijf.'
Ik klikte met mijn tong en floot.
Alison sloeg de bladzijde van haar notitieboekje om en deed een stap naar links, alsof ze ruimte wilde hebben om zich echt te concentreren.
Ik ging weer uit het raam staan kijken. Het was een hoop geld, natuurlijk, maar het hoefde geen onoverkomelijk bedrag te zijn. Als ik de aandelenhandel op mijn huidige niveau doorzette en Van Loon op de juiste manier bespeelde, moest ik op de een of andere manier in staat zijn de financiering voor elkaar te krijgen.
Ik keek om naar Alison en schraapte mijn keel.
Ze draaide zich om en glimlachte beleefd naar me.
Negen komma vijf miljoen dollar.
Er was zonet een zekere elektrische spanning geweest tussen Alison en mij, maar door het noemen van het bedrag was die blijkbaar weer verdwenen, zodat we beiden zwijgend de overige kamers van het appartement bekeken. Het uitzicht in de andere kamers week iets af van dat in de woonkamer, maar het was zeker niet minder spectaculair. Overal was licht en ruimte en toen we de badkamer en keuken bekeken, kreeg ik allerlei visioenen van onyx, terracotta, mahonie en chroom; het elegante wonen in een paradijs van vloeiende vormen, evenwijdige lijnen en doordachte hoeken...
Op een zeker moment moest ik denken aan de benauwde atmosfeer en krakende vloerplanken in mijn tweekamerappartement in 10th Street en voelde ik me opeens licht in mijn hoofd, had ik moeite met ademhalen en werd ik overvallen door een licht paniekgevoel.
'Meneer Spinola, is alles in orde met u?'
Ik stond tegen een deurpost geleund en had mijn hand tegen mijn borst gedrukt.
'Ja, ik ben oké... het is alleen maar...'
'Wat?'
Ik keek op, keek om me heen in een poging me te oriënteren terwijl ik me afvroeg of ik weer een black-out had gehad. Ik geloofde niet dat ik me had bewogen, kon het me niet herinneren, maar ik wist niet honderd procent zeker dat ik niet...
Wat niet?

Dat de hoeken, van waar ik stond, niet waren veranderd...
'Meneer Spinola?'
'Er is niets aan de hand, maar ik moet nu gaan. Het spijt me.'
Met grote passen ging ik op weg naar de voordeur van het appartement en met mijn rug naar haar toe en zwaaiend met mijn hand zei ik: 'Ik neem contact op met uw kantoor. Ik bel zo gauw mogelijk. Bedankt.'
Ik liep de hal in en haastte me naar de liften.
Toen de liftdeuren zich geruisloos sloten, hoopte ik dat ze me niet achterna zou komen, en dat deed ze ook niet.

# 16

Ik liep het Celestial uit en toen ik het plein overstak naar Tenth Avenue, was ik me terdege bewust van de reusachtige rechthoekige kolom van bruin getint glas die achter me de zon weerkaatste. Ik was me ook bewust van de mogelijkheid dat Alison Botnick nog steeds op de 68e verdieping was en misschien wel uit het raam naar het plein stond te kijken, wat me meteen het gevoel gaf dat ik een insect was, een gevoel dat met elke stap sterker werd. Ik moest 33rd Street helemaal uit lopen, langs het postkantoor en Madison Square Garden, voordat ik een taxi vond. Ik keek niet één keer achterom en zelfs toen ik in de taxi was gestapt, bleef ik naar de grond kijken. Naast me op de achterbank lag een opgevouwen krant, *The New York Post*. Ik pakte hem op en drukte hem stevig op mijn bovenbenen.

Hoewel ik nog steeds niet zeker wist of er zonet iets was gebeurd, wist ik wel dat elke gedachte aan dat klikgedoe me doodsbang maakte. Ik bleef doodstil zitten en wachtte, me bewust van elke ademhaling en waarneming en klaar om elke afwijking te signaleren en te onderkennen. Er gingen een paar minuten voorbij, maar ten slotte kwam ik tot de conclusie dat ik in orde was. De druk van mijn handen op de krant nam af en tegen de tijd dat we rechtsaf Second Avenue inreden, voelde ik me een stuk rustiger.

Ik vouwde de *Post* open en bekeek de voorpagina. De kop van de dag luidde: FBI DOET ONDERZOEK NAAR BESTUUR NYSAC. Het was een artikel over de problemen binnen de New York State Athletic Commission, dat vergezeld ging van twee heel onflatteuze foto's van twee bestuursleden. Zoals altijd in de *Post* stonden boven aan de voorpagina, onder het logo, drie kaders met belangrijke artikelen die verderop in de krant te vinden waren. De middelste, met witte letters op een rode achtergrond, trok onmiddellijk mijn aandacht. VROUW MEXICAANSE SCHILDER SLACHTOFFER VAN BRUTE AANSLAG (PAGINA 2), stond er. Ik bleef enige tijd naar de woorden staren en wilde net de bladzijde omslaan, toen mijn blik viel op de kop ernaast. Deze bestond uit witte letters op een zwarte achtergrond en meldde: MYSTERIEUZE BEURSHANDELAAR NIET LANGER ACTIEF (PAGINA 43). Ik sloeg de krant open en toen ik het artikel na veel gehannes eindelijk had gevonden in het zakenkatern, viel mijn blik onmiddellijk op Mary Sterns naam.

Mijn maag begon op te spelen.

Ik kon nauwelijks geloven dat ze het had doorgezet en over me had geschreven, zeker na ons telefoongesprek. Of misschien was dat juist de reden geweest. De tekst besloeg een halve pagina en ging vergezeld van een grote foto van de handelsruimte van Lafayette. Ik zag Jay Zollo en de anderen, die hun stoel hadden omgedraaid en in de camera keken.

Ik begon te lezen.

> In een van de daghandelshuizen aan Broad Street heeft onlangs een opmerkelijk incident plaatsgevonden. In een zaal met vijftig terminals en evenveel honkbalpetten werken de guerrilla's van de beurshandel binnen minimale winstmarges; een achtste punt hier en een zestiende punt daar. Er wordt hard gewerkt bij Lafayette Trading en de spanning hangt er voelbaar in de lucht.

Ik werd genoemd in de tweede alinea.

> Maar vorige week veranderde dat ineens toen de onbekende Eddie Spinola zomaar kwam binnenlopen, een account opende en een aantal aandelen te lijf ging met een agressieve onderwaarderingsstrategie die ervoor zorgde dat alle meer ervaren handelaars van Lafayette met open mond toekeken. Om zich vervolgens op hun toetsenborden te werpen, zijn voorbeeld te volgen en winsten te maken die in de wereld van de daghandel ronduit ongehoord zijn. Maar let op; aan het eind van de week nog uitgeroepen tot de onbetwiste handelskoning van Lafayette is de mysterieuze handelaar Eddie Spinola opeens van de aardbodem verdwenen....

Ik kon mijn ogen niet geloven en keek snel de rest van het stuk door.

> ... weigert elk commentaar...
>
> ... vermijdt zijn collega's...
>
> ... ondoorgrondelijk en ongrijpbaar...
>
> ... is al dagen door niemand meer gezien...

Het artikel ging door met speculaties over wie ik was en wat ik wilde, waarin uitspraken van een verbijsterde Jay Zollo werden geciteerd. Een zijkolom gaf een gedetailleerd overzicht van de transacties die ik had gedaan en hoe de anderen van Lafayette daarvan hadden geprofiteerd. Een van hen had genoeg verdiend om een aanbetaling op een huis te doen, een ander had een lang uitgesteld bezoek aan een kaakchirurg eindelijk kunnen financieren en een derde had zijn achterstand in alimentatie kunnen inlopen.

Het was een vreemd gevoel om op deze manier over mezelf te lezen, om mijn naam gedrukt te zien staan, in een krant, en zeker in het financiële katern van een krant. En het was nog veel vreemder dat dit het financiële katern van *The New York Post* was.

Ik keek uit het raampje naar het verkeer op Second Avenue.

Ik wist niet wat dit betekende, wat het inhield voor mijn privacy, mijn relatie met Carl van Loon of met wie ook, maar één ding wist ik wel: het beviel me helemaal niet.

De taxi stopte voor mijn huis in 10th Street. Ik was zo van streek door het artikel in de *Post*, dat ik de chauffeur betaalde en uitstapte zonder te letten op het groepje mensen voor mijn deur, van wie ik al gauw zou merken dat het fotografen en reporters waren. Ze kenden me niet, wisten niet hoe ik eruitzag maar blijkbaar wel waar ik woonde, maar toen ik was uitgestapt en ongelovig hun kant op staarde, moesten ze geweten hebben wie ik was. Het duurde even voordat het kwartje viel, twee seconden op zijn hoogst, en toen was het: 'Eddie! Eddie! Hier!' Klik-zoem! 'Hier!' Klik-zoem!

Ik boog mijn hoofd, haalde mijn sleutel tevoorschijn en stormde naar de voordeur. 'Wanneer ga je terug naar Lafayette, Eddie? Kijk eens deze kant op, Eddie. Wat is je geheim, Eddie?'

Het lukte me binnen te komen en de deur achter me dicht te duwen. Ik rende de trap op, ging mijn appartement binnen en liep meteen door naar het raam. Ze stonden er nog steeds, vijf man sterk, in een groepje voor de deur. Was dit het gevolg van het artikel in de *Post*? Was iedereen benieuwd naar de man die de aandelenmarkt te slim af was geweest? De mysterieuze handelaar? Nou, als dát al nieuws was, dacht ik, was het maar goed dat niemand wist van mijn relatie met Donatella Alvarez.

Ik liep bij het raam vandaan.

Het rode lampje van mijn antwoordapparaat knipperde. Ik liep ernaartoe, bezorgd, en drukte op de afspeelknop.
Zeven berichten.
Ik ging op de leuning van de bank zitten en luisterde. Jay Zollo, die me smeekte contact met hem op te nemen. Mijn vader, die verbaasd klonk en wilde weten of ik dat stuk in de krant had gelezen. Gennady, die boos klonk en zei dat als ik hem besodemieterde, hij mijn kop van mijn romp zou snijden met een bot broodmes. Artie Meltzer, een en al vriendelijkheid, die me uitnodigde voor de lunch. Mary Stern, die me vertelde dat alles veel gemakkelijker zou zijn als ik gewoon met haar praatte. Een headhunter die me een staffunctie aanbood bij een gerenommeerd makelaarskantoor. Iemand van het productieteam van David Letterman, die me vroeg of ik vanavond in het programma wilde zijn.
Ik ging op de bank liggen en staarde naar het plafond. Ik moest rustig blijven. Ik had dit absoluut niet gewild, deze aandacht en extra druk, maar als ik me erdoorheen wilde slaan, zou ik mijn hoofd er goed bij moeten houden. Ik liet me van de bank rollen, stond op en liep naar de slaapkamer om behoorlijk te gaan liggen. Misschien, als ik een middagdutje kon doen, al was het maar een uur of twee, zou ik beter kunnen nadenken. Maar zodra ik lag en mijn benen had gestrekt, wist ik dat het vergeefse moeite was. Ik was klaarwakker en de gedachten tolden door mijn hoofd.
Ik stond weer op en liep naar de woonkamer. Eerst ijsbeerde ik een tijdje door de kamer, van mijn bureau naar de telefoon en weer terug, en ten slotte liep ik naar de keuken. En ik liep de keuken weer uit, eerst naar de badkamer en toen weer terug naar de woonkamer, waar ik bij het raam ging staan. Maar dat was het; ergens anders kon ik niet naartoe, want dit was alles wat ik had. Ik ging bij mijn bureau staan, liet mijn blik door de kamer gaan en probeerde me voor te stellen hoe het hier zou zijn als ik tien kamers met hoge plafonds en kale, witte muren had. Maar het lukte me niet zonder duizelig te worden. Trouwens, die plek was ergens anders, op de 68e verdieping van het Celestial, en ik was hier, in mijn oude appartement...
Toen ik weg wilde lopen, wankelde ik even en ik leunde tegen de boekenplanken achter me. Opeens voelde ik me misselijk en licht in mijn hoofd.
Ik deed mijn ogen dicht.

Even later merkte ik dat ik zweefde, dat ik me zwevend bewoog door een verlaten, helder verlichte gang. De geluiden waren gedempt en kwamen van ver. De voorwaartse beweging leek eeuwig te duren maar ging heel langzaam, als in een droom. Maar toen zweefde ik een ruime bocht om, een kamer in, en door die kamer, naar een groot raam dat van vloer tot plafond reikte. Maar ik stopte niet bij dat raam, zweefde er met gestrekte armen doorheen en vloog opeens boven de reusachtige microchip van de stad terwijl achter me, na een korte maar onverklaarbare vertraging, de grote ruit van bruingetint glas in miljoenen stukjes uiteenspatte...

Ik deed mijn ogen open en deinsde geschrokken achteruit toen ik opeens neerkeek op 10th Street, op de vuilnisbakken en geparkeerde auto's en de fotografen die nog steeds voor de deur rondhingen. Ik trok mezelf weg bij het open raam, moest mijn best doen om mijn evenwicht te bewaren en zakte ineen op de grond. Diep ademhalend en over mijn voorhoofd wrijvend, dat ik hard had gestoten tegen de bovenste raampost, staarde ik verbijsterd naar de plek waar ik zojuist had gestaan... waar ik nog had moeten staan...

Moeizaam krabbelde ik overeind en ik liep terug naar de boekenplanken aan de andere kant van de kamer, goed nadenkend bij elke stap die ik deed. Ik tastte om me heen en raakte alles aan wat ik tegenkwam – de leuning van de bank, de tafel, het bureau – om mezelf gerust te stellen. Ik keek om naar waar ik vandaan was gekomen en kon mijn ogen niet geloven. Het leek zo onwerkelijk dat ik net uit het raam had gehangen, heel ver uit het raam had gehangen...

Met bonkend hart liep ik naar de badkamer. Als dit gedoe opnieuw begon en erger werd, moest ik een manier bedenken om het een halt toe te roepen. Ik trok het medicijnkastje boven de wastafel open en zocht snel tussen alle flesjes, potjes en zakjes, de toiletartikelen, scheerspullen en pijnstillers zonder recept. Ik vond een flesje hoestsiroop dat ik de afgelopen winter had gekocht maar nooit had gebruikt, keek op het etiket en zag dat het codeïne bevatte. Ik draaide de dop eraf, wachtte even terwijl ik mezelf in de spiegel bekeek en dronk het flesje leeg. Het was smerig spul en ik moest ervan kokhalzen, maar ik wist wel dat wat het ook was wat de kortsluiting in mijn hersenen en deze black-outs veroorzaakte, de codeïne me loom en slaperig zou maken, voldoende hopelijk om me binnen te houden en ervoor

te zorgen dat ik knock-out ging op de bank of de vloer; het maakte niet uit welke van de twee, zolang ik maar niet naar buiten ging, door de stad ging zwerven en daar in de problemen zou raken.
Ik dronk het flesje tot de laatste druppel leeg, draaide de dop er weer op en gooide het in het prullenmandje naast de wastafel. Onmiddellijk daarna moest ik me verzetten tegen braakneigingen. Ik ging op de rand van het bad zitten, klemde beide handen stevig om het koele metaal en staarde naar de muur tegenover me, te bang om mijn ogen dicht te doen.
In de vijf minuten die daarop volgden, voordat de codeïne begon te werken, had ik nog twee verschijningen, allebei kort als dia's die op een muur werden geprojecteerd, maar daarom niet minder beangstigend. Zonder me bewust bewogen te hebben stond ik opeens midden in de woonkamer, licht wankelend op mijn benen terwijl ik probeerde te doen alsof er niets aan de hand was, alsof ik daarmee kon voorkomen dat het opnieuw zou gebeuren. Maar kort daarna – klik-klik – zat ik opeens onder aan de trap, bij de overloop van de eerste verdieping, met mijn hoofd in mijn handen. Ik wist dat een volgende duikeling in de tijd ervoor kon zorgen dat ik ineens buiten zou staan, waar ik belaagd zou worden door reporters en fotografen, gevaar liep of misschien een gevaar voor anderen zou zijn, maar in elk geval geen vat zou hebben op wat er gebeurde...
Maar ik voelde op dat moment ook de eerste tekenen van loomheid in mijn ledematen en ervoer een soort algemene ruimtelijkheid. Ik stond op, greep de trapleuning vast en draaide me om. Langzaam klom ik terug naar de tweede verdieping. Het was alsof ik door drijfzand waadde en tegen de tijd dat ik bij de deur van mijn appartement was, die openstond, wist ik dat dit voorlopig mijn eindhalte zou zijn.
Eenmaal bij de deuropening aangekomen, duurde het even voordat ik doorhad dat het gerinkel dat ik hoorde niet alleen in mijn eigen hoofd zat. Het was de telefoon, en voordat ik had kunnen bedenken dat het gezien mijn huidige toestand beter was om hem niet op te nemen, had ik de hoorn al in mijn hand en werd hij naar mijn oor gebracht.
'Hallo.'
'Eddie?'
Ik viel even stil van schrik. Het was Melissa.
'Eddie?'

'Ja, ik ben er. Sorry. Hallo.'
Mijn stem klonk zwaar en loom.
'Eddie, waarom heb je tegen me gelogen?'
'Ik heb niet... wa-waar heb je het over?'
'Over MDT. Over Vernon. Je weet waar ik het over heb.'
'Maar...'
'Ik heb net de *Post* gelezen, Eddie. Aandelen onderwaarderen? De markt te slim af zijn? Jij? Kom nou.'
Ik wist niet wat ik moest zeggen. Uiteindelijk kon ik niets beters verzinnen dan: 'Sinds wanneer lees jij *The New York Post*?'
'De *Post* is tegenwoordig nog de enige krant die ik kán lezen.'
Wat had dat te betekenen?
'Ik begrijp niet wat...'
'Luister, Eddie, vergeet de *Post* en vergeet dat je tegen me hebt gelogen. MDT is nu het probleem. Slik je het nog steeds?'
Ik gaf geen antwoord en kon mijn ogen nauwelijks openhouden.
'Jezus, je moet ermee ophouden.'
Ik zweeg weer, maar deze keer had ik geen idee hoelang de stilte duurde.
'Eddie? Zeg iets.'
'Oké, laten we ergens afspreken.'
Nu zei zij even niets, maar toen zei ze: 'Best, wanneer?'
'Zeg jij het maar.'
Mijn tong voelde dik en slap aan terwijl ik het zei.
'Morgen, morgenochtend. Ik weet het niet. Half twaalf? Twaalf uur?'
'Goed. In de stad?'
'Ja. Waar?'
Ik stelde een bar in Spring Street voor.
'Afgesproken.'
Dat was het. Toen vroeg Melissa: 'Eddie, gaat het wel goed met je? Je klinkt zo raar. Ik maak me zorgen.'
Ik staarde naar een kwast in een van de vloerplanken, verzamelde al mijn kracht en zei: 'Ik zie je morgen, Melissa.'
Zonder op antwoord te wachten legde ik de hoorn op het toestel. Ik strompelde naar de bank en liet me erop zakken. Het was halverwege de middag en ik had net een hele fles hoestsiroop leeggedronken. Ik legde mijn hoofd op de armleuning en staarde naar het plafond. In het daaropvolgende halfuur was ik me bewust van diverse geluiden die mijn hoofd in en uit zweefden: de zoemer van de deur, misschien wel gebonk op de deur, stem-

men, een rinkelende telefoon, sirenes en verkeer. Maar geen ervan was duidelijk of dwingend genoeg om me te bereiken in de roes waarin ik verkeerde, en geleidelijk aan zonk ik weg in de diepste slaap die ik sinds weken had gehad.

# 17

Na compleet van de wereld te zijn geweest tot vier uur de volgende ochtend, kostte het me nog eens twee uur om me door de dikke, loodzware deken van sufheid naar de andere kant te werken. In die tijd wisselden zich achter mijn oogleden de meest vreemde droomfragmenten af, vol onverklaarbaarheden en personen wier identiteit ik blijkbaar had overgenomen. Maar als ik mijn ogen een stukje opende, verdwenen de beelden onmiddellijk en toen de zon zich die dag aandiende, begon de kamer weer langzaam maar zeker zijn vertrouwde vorm te krijgen. Het was even na zes uur toen ik van de bank kroop, me met pijn over mijn hele lichaam oprichtte en naar de badkamer strompelde. Ik nam een lange, hete douche en liep naar de keuken om een grote pot koffie te zetten.

Terug in de woonkamer stak ik een sigaret op en betrapte ik mezelf erop dat ik voortdurend naar het geglazuurde schaaltje op de plank boven de computer liep te kijken. Maar ik wilde er niet te dicht in de buurt komen want ik wist dat als ik nu weer een MDT-pil zou nemen, ik meer van deze mysterieuze en steeds beangstigender black-outs zou krijgen. Aan de andere kant geloofde ik niet echt dat ik iets te maken had met het feit dat Donatella Alvarez in coma lag. Ik was bereid toe te geven dat er iets was gebeurd en dat ik tijdens mijn black-outs op een of ander niveau bleef functioneren, me bewoog en dingen deed, maar ik weigerde te erkennen dat het zo erg was dat ik iemand met een stomp voorwerp de schedel zou inslaan. Soortgelijke gedachten had ik een paar minuten daarvoor in de badkamer gehad, toen ik onder de douche stond. Want mijn lijf zat nog steeds vol blauwe plekken en op mijn onderarm zat nog steeds dat kleine rondje dat een brandplek van een sigaret kon zijn, hoewel het al een beetje begon weg te trekken. Het waren onmiskenbare bewijzen van iets, besloot ik, maar niet van iets wat met mij te maken kon hebben...

Ik liep naar de keuken en schonk mijn eerste kop koffie in. Ik goot hem in een paar grote slokken achterover, steeds even ineenkrimpend van de pijn in mijn slokdarm alsof het grote glazen tequila waren. Daarna schonk ik nog een kop in, nam hem mee naar de woonkamer, liep expres naar het raam en keek naar buiten. De straat onder me was verlaten. Ik zag niemand, geen reporters en geen fotografen. Met een beetje geluk, dacht ik, was de 'mysterieuze daghandelaar' al oud nieuws geworden. Bovendien was het zaterdagochtend en dan kwam alles wat later op gang.

Toen ik mijn koffie op had, ging ik op de bank zitten en na een paar minuten lag ik weer in de houding waarin ik de nacht had doorgebracht en begon ik zelfs weer een beetje slaap te krijgen. Maar wat ik nu voelde, was een aangenaam soort loomheid. Dit was iets wat ik al lang niet had meegemaakt en hoewel het enige tijd duurde, bedacht ik ten slotte dat het te maken moest hebben met het feit dat ik al bijna 24 uur geen MDT had geslikt, mijn langste en enige onthouding sinds ik ermee was begonnen. Ik had nooit overwogen er gewoon mee op te houden, maar nu dacht ik: waarom niet? Het was weekend en ik kon wel een rustperiode gebruiken. Ik zou me moeten opladen voor mijn ontmoeting met Carl van Loon op maandag, maar tot het zover was, had ik geen enkele reden om me niet even als een normaal mens koest te houden.

Tegen elf uur was er van dat relaxte gevoel echter weinig meer over en toen ik me klaarmaakte om de deur uit te gaan, werd ik bekropen door een vaag gevoel van desoriëntatie. Maar aangezien ik mezelf nog geen kans had gegeven om mee te maken hoe ik me zonder het middel zou voelen, besloot ik vast te houden aan mijn voornemen van tijdelijke onthouding, in elk geval tot nadat ik met Melissa had gepraat.

In Spring Street liet ik de ochtendzon achter me en stapte de schemerige bar binnen waar Melissa en ik hadden afgesproken. Ik keek om me heen en zag dat ik werd gewenkt door iemand die aan de zijkant in een box zat, en hoewel ik niet kon zien wie die persoon was, wist ik dat het Melissa moest zijn. Ik liep naar de box.

Op weg ernaartoe had ik me inderdaad heel vreemd gevoeld, alsof ik uiteindelijk toch iets had ingenomen waarvan de werking langzaam maar zeker merkbaar werd. Maar ik wist dat in werkelijkheid het omgekeerde het geval was, dat het was alsof er een gordijn werd weggetrokken van mijn eigen, blootgelegde zenuwen en gevoelens die al enige tijd het daglicht niet hadden gezien. Als ik bijvoorbeeld aan Carl van Loon dacht, of aan Lafayette of Chantal, viel het me eerst op hoe onwerkelijk ze voor me waren, wat werd gevolgd door een soort retrospectieve afkeer van het feit dat ik me met hen had ingelaten. Als ik echter aan Melissa dacht, werd ik overspoeld door een golf van herinneringen en beelden...

Ze stond half op toen ik kwam aanlopen en we kusten elkaar onhandig op de wang. Ze ging weer zitten en ik nam tegenover haar plaats.

Mijn hart bonkte in mijn keel.

'Hoe gaat het?' vroeg ik, en onmiddellijk besefte ik dat het raar was dat ik geen opmerking maakte over haar uiterlijk, want ze zag er heel anders uit.

'Oké.'

Haar haar was kort en in een roodbruine tint geverfd. Ze was dikker geworden, over haar hele lichaam, maar vooral in haar gezicht, en ze had kraaienpootjes naast haar ogen waardoor ze een heel vermoeide indruk maakte. Natuurlijk was ik degene om wie het nu ging, maar dat maakte het niet minder opvallend.

'En, Eddie,' vroeg ze, 'hoe gaat het met je?'

'Best,' zei ik en ik voegde eraan toe, 'geloof ik.'

Melissa had een glas bier voor zich staan en rookte een sigaret. De bar was praktisch verlaten. Een oudere man zat een krant te lezen aan een tafeltje bij de deur en twee jonge mannen zaten op de krukken aan de bar. Ik keek naar de man achter de bar en knikte naar Melissa's biertje. Hij knikte terug. Het doodgewone van deze handeling onderstreepte hoe vreemd en ongemakkelijk ik me voelde. Een paar weken daarvoor had ik in een cocktailbar op Sixth Avenue tegenover Vernon gezeten. En nu, als een of ander onwerkelijk gevolg daarvan, zat ik hier tegenover Melissa.

'Je ziet er goed uit,' zei ze, waarna ze vermanend haar vinger opstak en eraan toevoegde, 'en zeg niet dat ik er goed uitzie, want dat is niet zo.'

Het viel me op dat ondanks de veranderingen – haar gewichtstoename en de vermoeide rimpels rondom haar ogen – niets kon verhullen dat Melissa nog steeds beeldschoon was. Maar na wat ze zojuist had gezegd, kon ik geen manier bedenken om

dat tegen haar te zeggen zonder onoprecht te klinken. 'Ik ben de laatste tijd nogal wat afgevallen,' zei ik.
Ze keek me recht in de ogen en antwoordde: 'Ja, dat doet MDT met je.'
'Blijkbaar.'
Toen vroeg ik, zo kalm en achteloos als ik kon opbrengen: 'En hoe komt het dat jij dat weet?'
'Nou,' zei ze en ze haalde diep adem, 'het zit zo, Eddie. MDT is dodelijk, of kan dat zijn, en als je er niet aan doodgaat, richt het ernstige schade aan in je hersenen, en dan heb ik het over blijvende schade.' Ze wees met haar rechterwijsvinger naar haar hoofd en zei: 'Het heeft mijn hersenen compleet overhoop gegooid – waarover ik het straks zal hebben – maar waar het nu om gaat is dat ik een van de weinigen was die geluk hebben gehad.'
Ik slikte.
De barman kwam aanlopen met een dienblad. Hij zette een glas bier voor me neer en ruilde de asbak om voor een schone. Toen hij was weggelopen vervolgde Melissa: 'Ik heb maar negen of tien pillen geslikt, maar ik weet van iemand die er meer heeft geslikt, in een paar weken tijd, en die eraan is overleden. Een andere ongelukkige sukkel is geëindigd als een soort plant. Zijn moeder moet hem elke dag wassen en voeren met een lepel.'
Mijn maag begon op te spelen en een vage hoofdpijn diende zich aan.
'Wanneer was dat?'
'Een jaar of vier geleden.' Ze zweeg even. 'Heeft Vernon je daar niets over verteld?'
Ik schudde mijn hoofd.
Dat scheen haar te verbazen. Toen, zo te zien met een grote krachtsinspanning, haalde ze diep adem. 'Goed dan,' zei ze. 'Een jaar of vier geleden had Vernon omgang met een klant die voor een farmaceutisch bedrijf werkte en die illegaal toegang had tot een hele serie nieuwe drugs. Een daarvan, die nog niet was getest en nog geen naam had, zou verbluffend zijn. Dus om het middel te testen, omdat ze daar zelf te schijterig voor waren, gingen Vernon en zijn vriend mensen ronselen – voornamelijk vrienden – om het middel uit te proberen.'
'Zelfs jou?'
'Vernon wilde eerst niet dat ik eraan meedeed, maar hij gaf er zo hoog over op, dat ik er op het laatst op stond. Je weet hoe ik was; nieuwsgierig tot in het belachelijke.'

'Zo belachelijk vind ik dat niet.'
'Hoe dan ook, een paar van ons gingen akkoord met een... laten we het een officieuze proefperiode noemen.' Ze zweeg en nam een slokje bier. 'Want wat wil je, ik had het ingenomen en het wás verbluffend.' Ze was weer even stil en keek me recht in de ogen. 'Jij hebt het gebruikt dus je weet waar ik het over heb, of niet soms?'
Ik knikte.
'Nou, daarna heb ik het nog een paar keer gebruikt en toen werd ik bang.'
'Waarom?'
'Waarom? Omdat ik niet gek was. Ik wist gewoon dat niemand dat niveau van geestelijke activiteit lang kon volhouden zonder schade op te lopen. Dat kon gewoon niet. Ik zal je een voorbeeld geven. Op een dag heb ik *The Elegant Universe* van Brian Greene gelezen... over de nieuwe moleculentheorie, weet je wel? Ik heb het in drie kwartier uitgelezen en ik begreep het.' Ze nam een laatste trek van haar sigaret. 'Maar je hoeft me er nu niets meer over te vragen.' Ze drukte haar sigaret uit in de asbak. 'En dan was er het project waar ik op dat moment mee bezig was, een serie artikelen over zelfdenkende kunstmatige ledematen; de research die ernaar was gedaan, de bredere toepasbaarheid en ga zo maar door. Mijn productie werd van de ene op de andere dag vertienvoudigd, echt waar. Mijn baas bij *Iroquois Magazine* dacht dat ik achter zijn baan van hoofdredacteur aan zat. Dus ik denk dat ik bang ben geworden. In paniek ben geraakt. Ik kon het niet aan. Ik ben opgehouden het te gebruiken.' Ze haalde haar schouders een paar keer op.
'En toen?'
'Toen... eh... na een paar weken ben ik ziek geworden. Ik kreeg hoofdpijn en was voortdurend misselijk. Over paniek gesproken. Ik ben teruggegaan naar Vernon om te vragen of ik niet toch nog een dosis moest nemen, of een halve, om te zien wat voor verschil het maakte. Maar dat was het moment dat hij me vertelde over een andere deelnemer, die was overleden.'
'Hoe is dat gebeurd?'
'Snel; in twee dagen tijd. Hoofdpijn, duizeligheid, verstoorde motoriek, black-outs en boem, hij was dood.'
'Hoeveel had hij gebruikt?'
'Eén dosis per dag gedurende een maand.'
Ik slikte weer en kneep mijn ogen dicht.

‘Hoeveel heb jij geslikt, Eddie?’
Ze keek me aan met die opvallende diepbruine ogen en beet op haar lip.
‘Veel,’ zei ik en ik klikte met mijn tong. ‘Meer dan die knaap.’
‘Jezus.’
Er viel een lange stilte.
‘Dan moet je een flinke voorraad hebben,’ zei ze ten slotte.
‘Niet echt,’ zei ik. ‘Ik heb nog wel wat, maar dat heb ik van Vernon gekregen. Hij bevoorraadde me en nu is hij er niet meer. Verder ken ik niemand.’
Ze keek me enigszins verbaasd aan. ‘De man over wie ik je vertelde,’ zei ze toen, ‘is overleden omdat ze niet wisten waar ze mee bezig waren. Ze hadden geen idee van de kracht en de juiste dosering, en dat mensen er verschillend op reageerden. Maar daarna hebben ze niet lang nodig gehad om dat allemaal uit te werken.’ Ze wachtte even, haalde weer diep adem en vervolgde: ‘Vernon verdiende een hoop geld aan zijn handel in MDT en ik heb niets gehoord over anderen die sinds die begindagen zijn overleden, dus wat hij jou heeft gegeven en verteld, was blijkbaar voor jou geschikt. Ik bedoel, de dosis werkte voor jou, nietwaar? Dus je wist wat je deed.’
‘Eh...’
Moest ik haar vertellen dat Vernon me alleen één proefpil had gegeven en geen kans had gekregen om me ook maar iets te vertellen?
Wat ik zei was: ‘Maar hoe is het jou vergaan, Melissa?’
Ze stak weer een sigaret op en leek te overwegen of ze van plan was zich al dan niet door mij op een zijspoor te laten zetten.
Ik nam ook een sigaret.
Ten slotte zei ze: ‘Nou, nadat ik ziek was geworden en die man was overleden, wilde ik er natuurlijk niets meer mee te maken hebben en heb ik het niet meer aangeraakt. Maar ik was doodsbang. Ik was getrouwd en had twee kleine kinderen, weet je.’ Terwijl ze die laatste woorden zei, deinsde ze bijna achteruit alsof iemand haar een klap in haar gezicht wilde geven, alsof het uitspreken van deze mate van onverantwoordelijk gedrag een dergelijke reactie tot gevolg zou móéten hebben. Na een tijdje vervolgde ze: ‘Hoe dan ook, het werd nooit veel erger dan flinke hoofdpijn en af en toe misselijkheid. Maar in de daaropvolgende maanden begon ik een soort patroon te herkennen. Ik kon me niet langer dan tien minuten op iets concentreren zonder flinke

migraine te krijgen. Ik begon deadlines te missen. Ik werd slordig en lui. Ik werd dik.' Ze trok nijdig aan haar sweater. 'Mijn geheugen was naar de knoppen. Die serie artikelen? Vergeet het maar; de hele zaak stortte in als een kaartenhuis en *Iroquois Magazine* heeft me ontslagen. Mijn huwelijk liep op de klippen. Seks? Laat me niet lachen!' Ze leunde naar achteren en schudde haar hoofd. 'Dat was vier jaar geleden en ik ben nooit meer dezelfde geworden.'

'En nu?'

'Nu woon ik in Mahopac en werk ik vier avonden per week als serveerster in een tent die Cicero's heet. Ik kan bijna niet meer lezen... alleen nog die verdomde *New York Post!*'

Ik had het gevoel alsof mijn maag zich vulde met zwavelzuur.

'Ik kan geen stressrijke of emotionele situaties meer aan, Eddie. Ik heb me opgeladen om jou hier nu te zien, maar na dit gesprek kan ik rekenen op drie dagen hoofdpijn. Geloof me, ik ga hier zwaar voor boeten.'

Ze richtte zich half op en schoof de box uit.

'En ik moet voortdurend plassen, wat een ander bijverschijnsel is.' Ze stond naast de tafel, keek me aan en krabde zich op haar achterhoofd. 'Maar, jezus, op dat soort details zit je niet te wachten, is het wel?'

Afwerend zwaaiend met haar arm liep Melissa richting toiletten. Ik liet mijn blik door de bar gaan, onder de indruk van wat ze me had verteld en nauwelijks in staat het te bevatten. Ten eerste was het al ongelofelijk dat we hier samen waren, een biertje dronken en zaten te praten, en dat ze nu in haar spijkerbroek en wijde sweatshirt naar de wc was gelopen om te plassen. Want wanneer ik in de afgelopen tien jaar aan haar had gedacht, had ik me elke keer automatisch de slanke, stralende Melissa anno 1988 voor de geest gehaald, met haar lange, zwarte haar en haar mooie jukbeenderen, de Melissa die ik wel duizend keer haar jurk had zien optrekken om te plassen en ondertussen gewoon door te praten. Maar de Melissa van die tijd was nu blijkbaar aangetast door de jaren totdat ze een geest van zichzelf was geworden. Die Melissa zou ik nooit meer zien, zou ik nooit meer op straat tegenkomen. Ze was vervangen door de Melissa die ik uit het oog was verloren, die was getrouwd en kinderen had gekregen, die voor *Iroquois Magazine* had gewerkt en had toegestaan dat haar spitse, uitbundige geest voor eeuwig was verwoest door een ongetest en onbekend farmaceutisch product...

Het duurde niet lang voordat ik de tranen achter mijn ogen en een brok in mijn keel voelde. Toen begonnen mijn handen te trillen. Wat overkwam me? Het was pas 24 uur geleden dat ik mijn laatste dosis MDT had genomen en nu al verschenen de eerste barsten in het harde, chemische omhulsel dat zich in de afgelopen paar weken om me heen had gevormd. En door die barsten begonnen heftige emoties naar buiten te sijpelen, emoties waarvan ik niet wist of ik er wel mee kon omgaan. Ik zag mezelf voor me, huilend, snikkend, kruipend over de vloer, klimmend in de gordijnen, wat op dat moment een heel logische reactie leek, alsof het een groot gevoel van opluchting zou kunnen bieden. Maar toen kwam Melissa terug van het toilet en moest ik op de een of andere manier proberen mezelf te vermannen.

Ze kwam weer tegenover me zitten en vroeg: 'Alles oké met je?'

Ik knikte. 'Ja.'

'Maar je ziet er niet oké uit.'

'Het is alleen dat... ik ben heel blij je weer te zien, Melissa, echt. Maar ik vind het zo erg dat... je weet wel, ik bedoel, ik kan niet geloven dat je...'

De tranen die ik al die tijd terug had weten te dringen, sprongen nu echt in mijn ogen. Ik balde mijn handen tot vuisten en keek naar het tafelblad. 'Het spijt me,' zei ik na een tijdje en ik glimlachte erbij, maar de uitdrukking op mijn gezicht was waarschijnlijk zo gepijnigd, dat de glimlach er niet doorheen kwam. 'Het spijt me,' zei ik weer terwijl ik met mijn ene hand de tranen uit mijn ogen veegde en de knokkels van de andere naast me in het hout van de bank probeerde te persen.

Zonder Melissa aan te kijken wist ik dat ze het ook moeilijk had, wat gepaard ging met diep ademhalen en herhaaldelijk mompelen van het woord 'shit'.

'Hoor eens, Eddie,' zei ze ten slotte, 'dit gaat niet meer over mij, of over ons; het gaat nu over jou.'

Die woorden hadden een kalmerend effect en ik probeerde me te concentreren op hun betekenis voor het heden.

'De reden dat ik je heb gebeld,' vervolgde Melissa, 'is dat ik dacht dat áls je MDT gebruikte, of had gebruikt, je moest weten hoe het mij was vergaan. Maar ik had geen idee dat...' Ze schudde haar hoofd. '... dat je er zo diep in zat. En toen ik dat artikel in de *Post* las...'

Ik zat in mijn glas bier te kijken. Ik had er nog niets van gedronken en dacht ook niet dat ik dat zou doen.

'... ik bedoel, de daghandel? Aandelen biotechnologie onderwaarderen? Ik kon mijn ogen niet geloven. Je moest wel flink wat MDT gebruiken.'

Ik knikte gedwee.

'Maar wat gebeurt er als je voorraad opraakt, Eddie? Dan beginnen de echte problemen pas.'

Bijna hardop denkend zei ik: 'Misschien kan ik er nu meteen mee stoppen, of proberen het langzaam af te bouwen.' Ik zweeg even om deze opties te overwegen en zei toen: 'Maar geen van beide geeft me de garantie dat ik het juiste doe, is het wel?'

'Nee,' zei Melissa, die er opeens heel bleek en moe uitzag. 'Maar ik zou niet helemaal stoppen, niet van het ene op het andere moment. Dat heb ik gedaan. Zie je, het gaat om de dosering; hoeveel je neemt en wanneer je het neemt. Dat is wat ze hebben uitgedokterd nadat ik ziek ben geworden en die andere man is overleden.'

'Dus ik moet minderen, het langzaam afbouwen?'

'Ik weet het niet. Ik denk het. Jezus, ik kan niet geloven dat Vernon je daar niets over heeft verteld.'

Ik kon zien dat ze in de war was. Mijn verhaal, of wat ze ervan wist, moest haar nogal ongeloofwaardig in de oren klinken.

'Melissa, Vernon heeft me helemaal niets verteld.'

Terwijl ik het zei besefte ik dat als ik mijn verhaal voor haar geloofwaardig wilde maken, zonder haar de hele waarheid te vertellen, ik zou moeten liegen, en niet zo weinig ook. Een aantal voor de hand liggende en moeilijk te beantwoorden vragen drong zich nu op, en ik was doodsbang dat Melissa ze zou stellen. Vragen als: hoeveel keer had ik Vernon eigenlijk gezien? Hoe kwam ik aan die grote voorraad MDT? Waarom had ik niet geprobeerd er meer over te weten te komen? Maar tot mijn verrassing stelde ze geen van deze vragen en stelde ze ook geen ander vragen, waardoor we een tijdje zwijgend tegenover elkaar zaten.

Ik keek naar haar gezicht toen ze weer een sigaret opstak. Ik had verwacht dat de Melissa die ik tien jaar geleden had gekend elk punt met me zou doornemen en zou aandringen op antwoorden. Maar de vrouw die nu tegenover me zat, was zichtbaar aan het eind van haar Latijn. Ik kon zien dat ze nieuwsgierig was en wilde weten waarom ik niet open en eerlijk tegen haar was, maar ik zag ook dat ze niet langer bij machte was om veel tijd en energie aan dit soort zaken te besteden. Vernon was dood, ze had haar zegje gedaan over haar ervaringen met MDT en maakte zich duidelijk zorgen over mijn gebruik van het middel. Maar wat kon ze nog meer zeggen of doen? Ze had thuis twee kinderen en een leven dat duidelijk afweek van wat ze zich er vroeger van had voorgesteld, of waarop ze had gehoopt. Ze was het allemaal beu.

Ik stond er alleen voor.

Melissa keek op en zei: 'Het spijt me, Eddie.'

'Eén vraag,' zei ik. 'Die klant van Vernon over wie je het had? Die voor dat farmaceutische bedrijf werkte? Vind je dat ik met hem moet gaan praten? Dat kan zin hebben, denk je niet?' Maar ik zag meteen aan haar gezichtsuitdrukking dat ze me op dat punt niet kon helpen.

'Ik heb hem maar één keer ontmoet, Eddie, vier jaar geleden. Ik weet niet meer hoe hij heet. Tom nog wat... of Todd. Meer weet ik niet. Sorry.'

Ik begon een beetje in paniek te raken.

'En het politieonderzoek?' vroeg ik. 'Na die eerste dag heeft niemand me ooit nog benaderd. Hebben ze jou nog gebeld? Ik bedoel, hebben ze ontdekt wie Vernon heeft vermoord, en waarom?'

'Nee,' zei ze, 'maar ze wisten dat hij vroeger coke had gedeald, dus ik neem aan dat ze ervan uitgingen dat het dat weer was... dat cokegedoe.'

Ik zei niets, was nogal verrast door die laatste woorden, 'dat cokegedoe'. Na een korte stilte zei ik, zonder een spoor van sarcasme in mijn stem: 'Dat cokegedoe.' Het was de term die Melissa vroeger had gebruikt om ons huwelijk te beschrijven. Ze herinnerde het zich nu ook en leek nog lustelozer dan daarvoor.

'Het doet nog steeds zeer, hè?'

'Niet echt, maar het was meer dan alleen cokegedoe...'

'Ik weet het. Ik bedoel dat ik het zo noemde.'

Ik had daar honderd verschillende reacties op kunnen geven, maar het enige wat er in me opkwam was: 'Het was een vreemde tijd.'

'Dat is waar.'

'Weet je, als ik er nu op terugkijk, dan heb ik het gevoel...'

'Wat?'

'Het is nogal naïef om zo te denken, maar er is veel wat ik anders gedaan zou hebben.'

De voor de hand liggende vraag – zoals wat? – bleef even tussen ons in hangen. Toen zei Melissa: 'Ik ook.'
Ik kon duidelijk zien dat ze doodmoe was, en mijn hoofdpijn werd ook steeds erger, dus ik besloot dat het tijd was om voor ons allebei een eind te maken aan de pijn en schaamte van het onderwerp waarop we zo argeloos waren gekomen en dat, als we niet oppasten, ons heel gemakkelijk naar wildere en meer complexe wateren kon leiden.
Ik zette me schrap en vroeg of ze me iets over haar kinderen wilde vertellen, en ik kreeg te horen dat ze twee dochters had: Ally van acht en Jane van zes. Ze waren fantastisch, zei ze, en dat zou ik ook vinden; slimme, wilskrachtige tirannen wie niets ontging.
Dat was het, dacht ik, zo was het genoeg. Ik moest hier weg.
We praatten nog een paar minuten door en maakten toen een eind aan het gesprek. Ik beloofde Melissa dat ik contact zou houden, dat ik haar zou laten weten hoe het ging en haar en haar dochters misschien een keer zou komen opzoeken in Mahopac. Ze schreef haar adres op een blaadje papier, dat ik bekeek en in de borstzak van mijn overhemd stak.
Zo te zien sprak Melissa haar laatste energiereserves aan toen ze me bleef aankijken en vroeg: 'Eddie, wat ga je hier nu aan doen?'
Ik zei dat ik het nog niet wist maar dat ik me wel zou redden, want ik had nog genoeg MDT-pillen over en daarom diverse opties. Ik zou het gebruik langzaam afbouwen en kijken wat het opleverde. Het kwam wel goed. Maar omdat ik haar niets over de black-outs had verteld, had ik het gevoel dat ik stond te liegen, hoewel ik niet dacht dat het Melissa in deze omstandigheden zou opvallen.
Ze knikte. Misschien had ze iets gemerkt, maar ja, als dat zo was, wat kon ze eraan doen?
Buiten, in Spring Street, namen we afscheid en omhelsden we elkaar, waarna Melissa een taxi naar Grand Central Station nam en ik lopend op weg ging naar 10th Street.

# 18

Het eerste wat ik deed toen ik thuiskwam, was een paar extrasterke Excedrin-tabletten nemen tegen de hoofdpijn. Daarna ging ik op de bank naar het plafond liggen staren in de hoop dat de pijn, die achter mijn ogen zat en gedurende mijn wandeling vanaf Spring Street steeds erger was geworden, zou afnemen en helemaal zou verdwijnen. Ik had niet vaak hoofdpijn, dus ik wist niet zeker of die het gevolg was van mijn gesprek met Melissa, of een symptoom van mijn abrupte onthouding van MDT. Wat het ook was, want beide verklaringen klonken me geloofwaardig in de oren, ik vond het buitengewoon verontrustend.

Daar kwam bij dat de barsten in mijn pantser zich sinds vanochtend hadden verveelvoudigd en verder hadden gespreid, zodat ze aanvoelden als open wonden. Keer op keer hoorde ik weer wat Melissa me had verteld en ik moest steeds denken aan al het gruwelijke wat haar was overkomen en de angst voor wat mij nog te wachten zou staan. Ik werd achtervolgd door het besef hoe simpel en onomkeerbaar één onvoorzichtige beslissing of opwelling de richting van iemands leven kon veranderen. Ik dacht aan Donatella Alvarez en merkte dat het ineens veel moeilijker was om zonder meer aan te nemen dat ik niet verantwoordelijk was voor de simpele en onomkeerbare manier waarop háár leven was veranderd. Ik dacht aan mijn tijd met Melissa en vroeg me met pijn in mijn hart af welke dingen ik anders zou hebben gedaan.

Dit was duidelijk een onhoudbare situatie. Ik moest gauw iets doen, anders zou ik ziek worden, wegglijden in een moeras van kwalen en op een punt geraken waarop geen terugkeer meer mogelijk was. Dus toen de eerste sporen van verlichting door de Excedrin merkbaar werden, wat niet meer was dan een doffer worden van de pijn, stond ik op van de bank en begon met grote passen door de woonkamer te lopen alsof ik mezelf op die manier in een betere conditie kon dwingen.

Toen schoot me iets te binnen.

Ik liep naar de slaapkamer en deed de kast open. Zonder acht te slaan op het gebonk in mijn hoofd boog ik me voorover en trok de schoenendoos onder de deken en de stapel tijdschriften vandaan. Ik deed hem open en haalde de grote bruine envelop met het geld en de pillen eruit. Mijn hand ging in de envelop maar negeerde de afsluitbare plastic zak waarin nog steeds meer dan 350 pillen zaten. Wat ik wel zocht zat helemaal onder in de envelop: Vernons zwarte notitieboekje.

Toen ik het eruit had gehaald, deed ik de envelop terug in de doos en schoof die weer onder de deken en de stapel tijdschriften. Daarna liep ik de woonkamer in, ging achter mijn bureau zitten en masseerde enige tijd mijn slapen.

Vervolgens begon ik het boekje bladzijde voor bladzijde door te nemen. Er stonden tientallen namen en telefoonnummers in waarvan een aanzienlijk aantal was doorgekrast en er bij sommige een nieuw nummer bij was geschreven. Deze keer herkende ik Deke Taubers naam wel en een paar andere herkende ik ook, zij het vaag, maar tot mijn ergernis vond ik niemand die Tom of Todd heette, ook niet toen ik het hele boekje opnieuw had doorgenomen.

Toch moest er tussen deze namen iemand zitten die me kon helpen, iemand met wie ik contact kon opnemen en die me kon adviseren.

Trouwens, dacht ik, wie wáren al deze mensen?

Hoewel het voor de hand lag en ik het boekje al weken in de kast had liggen, drong het nu pas tot me door dat dit Vernons klantenlijst moest zijn.

Het besef dat al deze mensen op een zeker moment MDT hadden gebruikt of misschien nog steeds gebruikten, was een hele schok voor me. Het kwetste mijn ego ook enigszins, want hoewel het heel irrationeel zou zijn om te denken dat er naast mij niemand anders was die ooit de verbluffende effecten van MDT had ervaren, had ik toch het gevoel dat mijn ervaring ermee meer uniek en bijzonder was dan die van ieder ander die het ooit had gebruikt. Dit bijna ondeugende gevoel van bezitterigheid bleef in mijn hoofd zitten toen ik alle namen in het boekje opnieuw doornam, en toen ik dat had gedaan, bedacht ik nog iets wat van belang kon zijn. Als al deze mensen MDT gebruikten of hadden gebruikt, moest het volgens mij mogelijk zijn het middel te gebruiken zonder de bijverschijnselen van zware hoofdpijnen, black-outs of blijvend hersenletsel.

Ik nam nog twee Excedrins en bleef me op het boekje concentreren. Hoe langer ik naar de namen keek, hoe bekender sommige ervan me voorkwamen, totdat ik ongeveer de helft ervan uit de anonimiteit had gehaald en min of meer kon plaatsen. Veel namen die ik herkende, waren afkomstig uit het zakenleven, van mensen die voor nieuwe of middelgrote bedrijven werkten. Er zaten ook diverse schrijvers en journalisten tussen, en enkele architecten. Afgezien van Deke Tauber was geen ervan erg bekend bij het grote publiek. Ze genoten allemaal enige faam, maar dan wel op hun eigen vakgebied, dus besloot ik dat het nuttig zou zijn om wat achtergrondinformatie over hen in te winnen. Ik zette mijn computer aan en ging on line.

Natuurlijk begon ik met Deke Tauber. Halverwege de jaren tachtig had hij op Wall Street in aandelen gehandeld en bergen geld verdiend, maar hij had nog veel meer geld uitgegeven. Een of meer van de Gants kenden hem van school, dus hij kwam nogal eens over de vloer, op feestjes, in bars en eigenlijk overal waar iets te drinken, te roken of te snuiven viel. Ik had hem een paar keer ontmoet en hem een arrogante en nogal storende persoonlijkheid gevonden. Maar na de crash in 1987 was hij zijn baan kwijtgeraakt en naar Californië gegaan.

Toen, een jaar of drie geleden, was Tauber ineens in New York opgedoken als leider van de dubieuze sekte Dekedelia, die hij in Los Angeles was begonnen. Na een trage start had Dekedelia een reusachtig aantal leden verworven en was Tauber begonnen met het schrijven en produceren van boeken en video's, die allemaal bestsellers werden. Hij begon vervolgens zijn eigen softwarebedrijf, zette een keten van internetcafés op en ging in onroerend goed. Al gauw was Dekedelia een miljoenenbedrijf dat ruim tweehonderd mensen in dienst had, van wie de meesten ook lid van de sekte waren.

Toen ik begon te spitten in de informatie die ik kon vinden over de andere mensen in Vernons boekje, kwamen twee duidelijk waarneembare patronen naar boven. Het eerste was dat alle namen die op het net te vinden waren in de afgelopen drie of vier jaar een plotselinge, onverklaarbare sprong voorwaarts in hun respectievelijke carrières hadden gedaan. Theodore Neal, bijvoorbeeld. Na zich twintig jaar beziggehouden te hebben met het schrijven van niet erkende biografieën en kruimelwerk voor tijdschriften, was Neal ineens op de proppen gekomen met de briljante en allesomvattende biografie van Ulysses S. Grant.

Critici noemden het een 'zowel adembenemend als oorspronkelijk werk' en Neal won er de National Book Critics Circle Award mee. Of Jim Rayburn, de baas van het noodleidende platenlabel Thrust, die er binnen een halfjaar in slaagde de hiphopartiesten J.J. Rictus, Human Cheese en F Train te ontdekken en te contracteren, wat in het halfjaar daarna resulteerde in een schoorsteenmantel vol Grammy's en MTV-Awards.
Er waren er nog meer: middenkaderzakenlieden die het in een sneltreinvaart tot algemeen directeur schopten, strafpleiters die jury's tot de meest onwaarschijnlijke uitspraken kregen, architecten die tijdens de lunch op hun servet nieuwe, reusachtige wolkenkrabbers ontwierpen...
Het was ronduit bizar en achter de kloppende pijn in mijn hoofd zat maar één gedachte: MDT-48 was geïnfiltreerd in de samenleving. Andere mensen hadden het op dezelfde manier gebruikt als ik. Maar wat ik niet wist, was hoevéél ze hadden gebruikt, en hoe vaak. Ik had MDT geslikt zonder er echt bij na te denken, één, twee, en soms wel drie tegelijk, hoewel ik geen idee had of zoveel wel echt nodig was en of het effect daardoor sterker werd of langer duurde. Het was net als met cocaïne, nam ik aan, dat er na een tijdje een verzadiging optrad en je vraatzucht steeds groter werd. En dat die vraatzucht, zolang de drugs voorhanden waren, allesbepalend werd voor je relatie met het middel.
De enige manier waarop ik iets te weten kon komen over de dosering van MDT, was door contact te leggen met iemand in Vernons boekje, door een paar mensen te bellen en te vragen wat ze wisten. Maar dat was het moment dat zich een tweede, veel verontrustender patroon begon te openbaren.

Ik stelde het bellen uit tot de volgende dag, vanwege mijn hoofdpijn, omdat ik het eng vond om mensen te bellen die ik niet kende en misschien wel bang was voor wat ik te horen zou krijgen. Om de paar uur nam ik een stel Excedrins en hoewel die erin slaagden de scherpe kantjes van de pijn te halen, bleef ik zitten met een doffe en vrijwel constant bonkende pijn achter mijn ogen.
Ik ging ervan uit dat ik Deke Tauber niet zomaar aan de lijn zou krijgen, dus begon ik met de directeur van een middelgroot elektronicabedrijf. Ik herkende zijn naam van een artikel dat ik ooit in *Wired* had gelezen.
Een vrouw nam op.

'Goedemorgen,' zei ik. 'Mag ik Paul Kaplan spreken, alstublieft?'
De vrouw gaf geen antwoord en in de stilte die volgde hield ik rekening met de mogelijkheid dat ik verkeerd was verbonden. Om het na te gaan zei ik: 'Hallo?'
'Met wie spreek ik?' vroeg de vrouw op zorgelijke en enigszins ongeduldige toon.
'Ik ben journalist,' zei ik, 'van *Electronics Today*, en...'
'Luister... mijn man is drie dagen geleden overleden.'
'O...'
Mijn hersenen stopten met functioneren. Wat moest ik nu zeggen? Er viel een stilte die eeuwig leek te duren. Uiteindelijk zei ik: 'Dat spijt me heel erg.'
De vrouw bleef zwijgen. Ik hoorde gedempte stemmen op de achtergrond. Ik wilde haar vragen hóé haar man was overleden maar kon de juiste woorden niet vinden.
Toen zei ze: 'Sorry... dank u... goedendag.'
En dat was het.
Haar man was drie dagen geleden overleden. Dat hoefde niets te betekenen. Er overleden voortdurend mensen.
Ik koos een ander nummer, draaide het en staarde naar de muur terwijl ik op antwoord wachtte.
'Ja?'
Een mannenstem.
'Mag ik Jerry Brady, alstublieft?'
'Jerry is...' Hij aarzelde en vroeg toen: 'Met wie spreek ik?'
Ik had het nummer voor de vuist weg gekozen en besefte nu dat ik geen idee had wie Jerry Brady was, of wie ik moest zijn om hem op zondagochtend te bellen.
'Ik ben een vriend van hem.'
De man aarzelde maar zei toen: 'Jerry ligt in het ziekenhuis.' Er klonk een trilling in de stem van de man. 'Hij is heel erg ziek.'
'O, mijn god, wat afschuwelijk. Wat heeft hij?'
'Dat is het nu juist; dat weten we niet. Hij begon een paar weken geleden last te krijgen van zware hoofdpijnen. Toen, afgelopen dinsdag, nee... woensdag, is hij op zijn werk inelkaar gestort...'
'Shit.'
'... en toen hij bijkwam, zei hij dat hij de hele dag al last had van duizelingen en spiertrekkingen. Sindsdien is hij voortdurend bij en buiten bewustzijn geweest en heeft hij liggen trillen en braken.'

'Wat hebben de artsen gezegd?'
'Ze weten het niet. Het zijn dan wel artsen, maar ze weten het niet. Ze hebben allerlei tests gedaan maar daar is niets uitgekomen. Maar ik kan u wel vertellen...'
Hij zweeg even en klikte met zijn tong. Uit zijn nerveuze manier van praten maakte ik op dat hij aan de ene kant blij was dat hij zijn verhaal kwijt kon, maar aan de andere kant niet voorbij kon gaan aan het feit dat hij geen idee had wie ik was. Tegelijkertijd vroeg ik me af wie hij was. Zijn broer? Zijn minnaar?
'Ja?' zei ik. 'Ga door...'
'Goed, het zit zo,' zei hij, het blijkbaar niet van belang achtend wie ik dan wel mocht zijn. 'Jerry gedroeg zich al weken vreemd, al voordat de hoofdpijnen begonnen. Alsof hij voortdurend met zijn gedachten ergens anders was en zich zorgen maakte. Dat was niets voor Jerry.' Weer zweeg hij even. 'O, mijn god, ik zei "was".'
Ik voelde me duizelig en zette mijn hand tegen de muur om overeind te blijven.
'Hoor eens,' zei ik snel. 'Ik heb al genoeg van uw tijd in beslag genomen. Wenst u Jerry het beste van me, wilt u?' Zonder mijn naam te noemen of nog iets te zeggen hing ik op.
Ik wankelde naar de bank en liet me erop vallen. Een halfuur lang bleef ik daar liggen, in afgrijzen, terwijl de twee telefoongesprekken door mijn hoofd bleven spoken.
Uiteindelijk stond ik op en sleepte me terug naar de telefoon. Er stonden veertig tot vijftig namen in het boekje en tot nu toe had ik er nog maar twee gebeld, dus legde ik het boekje geopend op het tafeltje en belde het volgende nummer, en daarna nog een en nog een...
Maar het was elke keer hetzelfde verhaal. Van alle mensen die ik probeerde te bereiken waren er drie overleden en was de rest ziek, ofwel in het ziekenhuis of in diverse stadia van paniek thuis. In andere omstandigheden zou je dit als een kleine epidemie kunnen beschouwen, maar op grond van de grote verscheidenheid aan symptomen en het feit dat ze waren verdeeld over Manhattan, Brooklyn, Queens en Long Island, was het onwaarschijnlijk dat iemand ooit een verband tussen de gevallen zou leggen. Het was zelfs zo dat het enige wat hen met elkaar in verband bracht, voorzover ik wist, de aanwezigheid van hun telefoonnummer in dit kleine zwarte boekje was.
Ik ging weer op de bank zitten, wreef over mijn slapen en

staarde naar het schaaltje op de plank boven de computer. Ik had geen keus meer. Als ik niet doorging met MDT, zou mijn hoofdpijn steeds erger worden en gezelschap krijgen van de symptomen die ik diverse malen over de telefoon had horen beschrijven: duizeligheid, misselijkheid, spiertrekkingen en uitvallen van mijn motorische functies. En uiteindelijk zou ik ook doodgaan. Het zag er duidelijk naar uit dat alle mensen op Vernons klantenlijst zouden overlijden, dus waarom zou dat voor mij anders zijn?

Maar er was een verschil, een heel belangrijk verschil. Ik kon terugvallen op MDT als ik dat wilde, en zij niet. Veertig tot vijftig mensen leden aan ernstige en waarschijnlijk dodelijke onthoudingsverschijnselen omdat ze door hun voorraad heen waren. En ik had nog een voorraad.

Ik was er nog maar net aan begonnen, want het was duidelijk dat hun voorraad, of wat die zou zijn geweest als Vernon was blijven leven, het spul was dat ik de afgelopen weken had geslikt. Ik voelde me daar erg schuldig over, maar wat kon ik eraan doen? Ik had nog ruim 350 pillen in de kast liggen, wat me een aanzienlijke speelruimte gaf, maar als ik ze zou delen met vijftig andere mensen, zou niemand daar echt profijt van hebben. Dan zouden we allemaal volgende week doodgaan in plaats van deze week.

Het was wel zo dat als ik mijn gebruik van MDT drastisch zou terugdringen, ik veel langer van mijn voorraad kon genieten en misschien op die manier een eind kon maken aan mijn blackouts, of die in elk geval kon beteugelen.

Ik stond op en liep naar mijn bureau. Daar aangekomen bleef ik even naar het schaaltje op de plank staren, maar voordat ik mijn hand ernaar uitstak, wist ik al dat er iets mis was. Ik had een alarmerend voorgevoel. Ik pakte het schaaltje op en keek erin. Het voorgevoel veranderde in paniek.

Ongelofelijk; er lagen nog maar twee pillen in het schaaltje.

Heel langzaam, alsof ik was verleerd hoe ik me moest bewegen, liet ik me op mijn bureaustoel zakken.

Ik had een paar dagen daarvoor tien pillen in het schaaltje gedaan en er sindsdien drie uitgehaald. Dus waar waren die andere vijf?

Ik voelde me duizelig worden en greep de stoelzitting vast om mezelf in evenwicht te houden.

Gennady.
Toen ik de dag daarvoor met mijn bankmanager belde, had Gennady bij mijn bureau gestaan, met zijn rug naar me toe.
Had hij misschien een stel pillen meegenomen?
Het leek vergezocht, maar desondanks dook ik in mijn geheugen, probeerde zichtbaar te maken wat er was gebeurd en hoe de volgorde van alle handelingen was geweest. En toen herinnerde ik het me; ik had bij de telefoon gestaan om Howard Lewis te bellen en had Gennady op een zeker moment de rug toegekeerd.
Er gingen een paar minuten voorbij terwijl ik het idee van Gennady aan MDT liet bezinken. Hoelang zou het duren, dacht ik, voordat het middel zijn weg naar de straat zou vinden, voordat iemand had uitgezocht wat het was, om het na te maken, een verkoopbare naam te geven en een begin te maken met de handel, in clubs, op de achterbank van auto's, op straathoeken... minidoses voor tien dollar per shot? Ik kon me niet echt voorstellen dat het al meteen zover zou gaan... nog niet, niet als Gennady maar vijf pillen had meegenomen. Maar gezien de werking van MDT kon ik gerust aannemen dat als hij een dosis had geslikt, hij weinig moeite zou hebben om de rest er zelf bij te verzinnen. En ik kon er ook van uitgaan dat hij niet zou vergeten waar hij het spul vandaan had.
Ik nam een van de twee pillen uit het schaaltje en gebruikte een mes om hem netjes in tweeën te snijden. Ik slikte de ene helft in en ging aan mijn bureau zitten nadenken over hoe drastisch mijn situatie in de afgelopen drie, vier dagen was veranderd, hoe alles uiteen begon te vallen en begon weg te glijden naar het onvermijdelijke, dodelijke einde.
Toen, na me een minuut of twintig te hebben overgegeven aan mijn negatieve gedachten, merkte ik opeens dat mijn hoofdpijn helemaal was verdwenen.

# 19

De daaropvolgende paar dagen nam ik elke ochtend bij mijn ontbijt een halve pil. De dosering zorgde ervoor dat ik me, voorzover dat in deze situatie mogelijk was, min of meer normaal voelde. Ik maakte me eerst nog zorgen, maar toen de hoofdpijn niet terugkeerde, begon ik me wat meer te ontspannen en besloot dat ik misschien een uitweg had gevonden, of dat ik, met een voorraad van bijna zevenhonderd halve doses, in elk geval genoeg tijd had om naar een uitweg op zoek te gaan.

Maar zo simpel was het natuurlijk niet.

Die maandagochtend sliep ik tot negen uur. Ik stond op, nam een ontbijt bestaande uit koffie, sinaasappelsap en toost en rookte er een paar sigaretten bij. Daarna douchte ik en kleedde me aan. Ik trok mijn nieuwe pak aan, wat allang niet nieuw meer was, en ging voor de spiegel staan. Ik moest naar Carl van Loons kantoor, maar opeens voelde ik me buitengewoon onbehaaglijk bij de gedachte dat ik in deze kleren de straat op moest. Ik vond dat ik er vreemd uitzag. Toen ik kort daarna de hal van het Van Loon-gebouw in 48th Street binnenwandelde, voelde ik me zo slecht op mijn gemak dat ik min of meer verwachtte dat iemand me op de schouder zou tikken en zou zeggen dat er sprake was van een vergissing omdat meneer Van Loon instructies had gegeven me uit het gebouw te verwijderen zodra ik me meldde.

Daarna, in de lift naar de 62e verdieping, begon ik na te denken over de deal die ik samen met Van Loon zou doen: de overname van MCL-Parnassus door Abraxas. Ik had er de afgelopen dagen nauwelijks aan gedacht, maar nu, als ik me alle details voor de geest probeerde te halen, kwam het hele project me vaag en onwerkelijk voor. De woorden 'prijsmodel optiewaarde' galmden door mijn hoofd – prijsmodel optiewaarde, prijsmodel optiewaarde – behalve dat ik niet het flauwste vermoeden had wat ze betekenden. Ik wist ook dat 'het doorbouwen van de breedbandinfrastructuur' heel belangrijk was, al wist ik alleen niet meer waarom. Het was alsof ik was ontwaakt uit een droom waarin ik een vreemde taal had gesproken, om vervolgens te ontdekken dat ik die taal helemaal niet sprak en er geen woord van begreep.

Ik stapte uit de lift en liep de receptie in. Ik liep door naar de balie en bleef daar staan totdat de receptioniste opkeek. Het was dezelfde vrouw die ik afgelopen donderdag had gezien, dus toen ze me zag, glimlachte ze, hoewel nergens uit bleek dat ze me herkende.

'Kan ik u helpen, meneer?'

Haar stem klonk beleefd maar nogal koel.

'Eddie Spinola,' zei ik, 'voor meneer Van Loon.'

Ze keek in haar agenda en schudde haar hoofd. Ze leek op het punt te staan me iets te vertellen – misschien dat meneer Van Loon in het buitenland was, of dat ze geen afspraak voor me had staan – toen Van Loon zelf langzaam de gang links van de receptie uit kwam lopen. Hij maakte een sombere indruk en toen hij zijn hand naar me uitstak, viel het me op dat hij meer voorover liep dan ik me herinnerde.

De receptioniste richtte haar aandacht weer op haar werk.

'Eddie, hoe gaat het?'

'Prima, Carl. Ik voel me een stuk beter.'

We schudden elkaar de hand.

'Mooi, mooi. Kom verder.'

Ik werd opnieuw geïmponeerd door Van Loons kantoor, dat heel groot maar heel sober ingericht was. Hij liep naar zijn bureau, ging erachter zitten en gebaarde dat ik ook moest gaan zitten.

Toen zuchtte hij en schudde zijn hoofd. 'Oké,' zei hij. 'Luister, Eddie, dat stuk in de *Post* van vrijdag, daar ben ik niet blij mee. Dat soort publiciteit kunnen we bij deze deal niet gebruiken, oké?'

Ik knikte en vroeg me af wat hij verder zou zeggen. Ik had gehoopt dat het artikel aan zijn aandacht was ontsnapt.

'Hank kent je niet en de deal is nog steeds van kracht, dus we hoeven ons nog geen zorgen te maken. Maar het lijkt me beter dat je je voorlopig niet meer bij Lafayette laat zien.'

'Nee, natuurlijk niet.'

'Hou je een tijdje gedeisd. Als je wilt handelen, doe dat dan hier. Zoals ik al zei hebben we hier ook een handelsvloer. Heel

discreet en privé.' Hij glimlachte. 'Zonder die stomme honkbalpetten.'
Ik glimlachte ook, maar in feite voelde ik me heel onbehaaglijk en nerveus, alsof ik op het punt stond over te geven.
'Ik zal je straks door iemand laten rondleiden.'
'Oké.'
'Een ander punt, en misschien is dat juist wel goed, is dat Hank er morgen niet zal zijn. Hij heeft vertraging opgelopen in Los Angeles, wat inhoudt dat ons gesprek waarschijnlijk niet eerder zal plaatsvinden dan... halverwege of misschien zelfs het eind van volgende week.'
'O, oké,' mompelde ik en ik merkte dat ik moeite had om Van Loon aan te kijken. 'Maar... zoals je al zei... misschien is dat juist wel goed, hè?'
'Ja.' Hij pakte een pen van zijn bureau en begon ermee te spelen. 'En ik ben zelf ook weg, in elk geval tot het weekend, dus dat geeft ons een adempauze. Ik denk dat we ons afgelopen donderdag wat hebben overhaast, maar nu kunnen we alles op ons eigen tempo doen en de cijfers nog eens doornemen, zodat we straks een waterdichte deal op tafel kunnen leggen.'
Ik keek op en zag dat Van Loon me iets aanreikte. Ik boog me naar voren om het aan te pakken. Het was de gele blocnote waarop ik afgelopen donderdag de optiewaarden had uitgerekend.
'Ik wil dat je deze schetsen verder uitwerkt en dat op de computer doet.' Hij schraapte zijn keel. 'Trouwens, ik heb je berekeningen bekeken en heb er een paar vragen over.'
Ik leunde achterover op mijn stoel en staarde naar de rijen cijfers en rekenkundige symbolen op de eerste bladzijde van de blocnote. Hoewel het mijn eigen handschrift was, kostte het me moeite er iets van te maken en ik had het gevoel dat ik naar een soort hiërogliefen keek. Maar geleidelijk aan kregen de tekens op het gele papier iets vaag bekends en dacht ik aan een uur of twee wel genoeg te hebben om ze te ontcijferen.
Maar met Carl van Loon tegenover me en klaar om zijn vragen op me af te vuren, was een uur of twee geen reële optie. Dit was het eerste serieuze bewijs dat mijn strategie van de minimumdosis maar voor één ding goed was, namelijk te voorkomen dat ik weer hoofdpijn kreeg. Want verder gebeurde er niets en was ik me meer dan ooit bewust wat het betekende om me 'normaal' te voelen. Het betekende dat ik geen invloed op andere mensen had en dat ze er niet op gebrand waren dingen voor me te doen.

Het betekende dat ik me niet door mijn instinct kon laten leiden en onveranderlijk gelijk had. En het betekende dat ik me niet moeiteloos details kon herinneren en razendsnelle berekeningen kon maken.
'Ik zie hier inderdaad een paar onvolmaaktheden,' zei ik, in een poging Van Loon ervan te weerhouden vragen aan me te stellen. 'Je hebt gelijk, we hebben het overhaast.'
Ik sloeg de bladzijde om en stond op. Terwijl ik deed alsof ik de berekeningen doornam, liep ik wat in het rond, maar in werkelijkheid voelde ik me als een acteur die zijn tekst kwijt is en probeerde te bedenken wat hij in godsnaam moest zeggen.
'Wat ik wilde vragen,' zei Van Loon vanachter zijn bureau, 'is waarom de berekeningen van de derde optie zo afwijken van de twee andere.'
Ik keek hem even aan, mompelde iets en richtte mijn aandacht weer op de blocnote. Ik staarde naar de cijfers, maar er gebeurde niets en ik wist ook dat het verlossende antwoord me ook niet opeens te binnen zou schieten.
'De derde?' zei ik om tijd te rekken, en ik sloeg de bladzijde weer om.
Toen sloeg ik de blocnote dicht en klemde het onder mijn arm. 'Weet je wat, Carl?' zei ik terwijl ik hem aankeek. 'Ik wil dit eerst nog eens goed bekijken. Ik stop thuis alles in de computer, zoals je voorstelde, en misschien kunnen we...'
'De derde optie, Eddie,' zei hij, opeens zijn stem verheffend. 'Wat krijgen we verdomme nou? Mag ik je niet eens een simpele vraag stellen?'
Ik stond maar een meter of vijf van het bureau van de man wiens foto op tientallen tijdschriftomslagen had gestaan, een miljardair, een ondernemer, een boegbeeld, en hij schreeuwde naar me. Ik wist niet hoe ik moest reageren. Ik was sprakeloos. Ik was báng.
Toen ging gelukkig zijn telefoon. Hij nam op en zei nijdig: 'Wat?'
Ik wachtte een seconde voordat ik me omdraaide en een paar passen wegliep om hem zijn gesprek te laten voeren. Mijn handen trilden en de misselijkheid van daarvoor was weer teruggekomen.
'Nee, die moet je niet sturen,' zei Van Loon achter me in de telefoon. 'Check het eerst bij Mancuso voordat je iets doet, en hoor eens... over die afleveringsdata...'

Opgelucht vanwege deze onderbreking liep ik verder het reusachtige kantoor in, naar de ramen. Die liepen van vloer tot plafond en het uitzicht aan de westkant werd voor een deel belet door jaloezieën. Als Van Loon klaar was met telefoneren, zou ik zeggen dat ik migraine had en me niet kon concentreren. Hij had me afgelopen donderdag alles zien opschrijven en we hadden er uitvoerig over gepraat, dus hij kon mijn kennis over de materie onmogelijk in twijfel trekken. Waar het voor mij nu om ging, was dat ik hier zo snel mogelijk wegkwam.
Terwijl ik wachtte liet ik mijn blik door het kantoor gaan. De ene kant werd gedomineerd door Van Loons kolossale bureau, maar de andere kant ademde de vredige, ruimtelijke sfeer van een stationswachtkamer in art-decostijl. Tegen de tijd dat ik bij het raam was, had ik de indruk dat ik Van Loon ver achter me had gelaten en dat hij, als ik me zou omdraaien, een figuur in de verte was die nauwelijks hoorbaar doorpraatte over de afleveringsdata. Aan deze kant van de kamer stonden twee roodleren banken en een glazen salontafel waarop een paar zakentijdschriften lagen uitgespreid.
Toen ik bij het raam stond en door de jaloezieën naar buiten keek, was het eerste wat me naast het gebruikelijke groepje wolkenkrabbers in het centrum opviel, de fonkelende, rechthoekige zuil van het Celestial-gebouw in de West Side. Van hieruit leek het op te gaan in een groepje van een stuk of tien andere gebouwen, maar als je goed keek, kon je zien dat het verder naar achteren stond en in feite vrij stond. Het kwam me als ongelofelijk voor dat ik een paar dagen geleden in het Celestial was geweest, dat ik serieus had overwogen er een appartement te kopen, en nog wel een van de duurdere.
Negenenhalf miljoen...
'Eddie!'
Ik draaide me om.
Van Loon was klaar met bellen en kwam mijn kant op lopen.
Ik zette me schrap.
'Er is iets gebeurd, Eddie. Ik moet weg. Het spijt me.' Hij was weer een en al vriendelijkheid en toen hij bij me kwam, knikte hij naar de blocnote onder mijn arm. 'Maak dat spul af, dan praten we verder. Zoals ik al zei ben ik tot het weekend weg, dus dat geeft je voldoende tijd.' Opeens klapte hij in zijn handen. 'Oké, wil je nu een blik werpen op onze handelsvloer? Ik zal Sam Welles bellen om je wegwijs te maken.'

'Ik denk dat ik naar huis ga en me eerst hierin verdiep, als je het niet erg vindt,' zei ik, gebarend naar de blocnote onder mijn arm. 'Maar het hoeft toch niet lang te duren?' Van Loon zweeg en bleef me even aanstaren. Ik kon zien dat hij in de war was en waarschijnlijk een lichte afkeer van me had, zoals hij eerder had laten blijken, maar hij begreep duidelijk niet waarom dit hem overkwam en hoe hij ermee moest omgaan.
Toen zei hij: 'Wat is er met je aan de hand, Eddie? Je begint hem toch niet te knijpen, hè?'
'Nee, ik...'
'Want dit is geen werk voor tere zieltjes.'
'Dat weet ik, maar...'
'En ik ben degene die zijn nek uitsteekt, Eddie. Niemand weet hiervan. Als je me laat zitten of erover praat, is mijn reputatie er geweest.'
'Ik weet het, ik weet het...' Ik knikte naar de blocnote onder mijn arm. 'Daarom wil ik dit ook goed doen.'
Van Loon bleef me aankijken en zuchtte alsof hij wilde zeggen: nou, dat is in elk geval prettig om te weten. Toen draaide hij zich om en liep terug naar zijn bureau. Ik ging hem achterna.
'Bel me als je klaar bent,' zei hij, met zijn rug naar me toe terwijl zich over zijn bureau boog en zo te zien in zijn agenda keek. 'Maar zorg ervoor dat je niet later bent dan volgende week dinsdag of woensdag.'
Ik aarzelde maar besefte toen dat hij klaar met me was. Zonder nog iets te zeggen liep ik het kantoor uit.

Op weg naar huis stopte ik bij een Gristede's, waar ik een paar grote zakken chips en zes biertjes kocht. Thuis ging ik achter mijn bureau zitten, pakte het dikke dossier dat Van Loon me de week daarvoor had gestuurd en begon mijn aantekeningen door te nemen. Ik dacht dat als ik grip had op dit materiaal, ik me er wel uit zou redden. Dan zou ik weer net zo spits en goedgeïnformeerd zijn als toen ik Van Loon had geïmponeerd met mijn eerste opzet van de overname.
Ik begon met de kwartaaloverzichten van MCL-Parnassus. Ik legde ze naast elkaar op mijn bureau, trok een zak chips en een flesje bier open en begon te lezen.
Het kostte me ongeveer twee uur intensief lezen om tot de conclusie te komen dat het materiaal niet alleen slaapverwekkend saai was, maar ik er ook niets van begreep. Het probleem was

heel simpel; ik wist niet meer hoe ik het moest interpreteren. Ik had ook een deel van de andere papieren bekeken en hoewel ze iets minder ondoorgrondelijk waren gebleken dan de kwartaalrapporten, waren ze niet minder saai geweest. Maar ik ging door totdat ik alles had gelezen, of, beter gezegd, totdat ik mijn blik over alle woorden en regels had laten gaan en zeker wist dat ik niets had overgeslagen.
Om een uur of tien, toen alle chips en bier op waren, liet ik Chinees eten brengen. Kort na middernacht zette ik er ten slotte een punt achter en ging naar bed.

De volgende ochtend maakte ik een snelle berekening die een verontrustende uitkomst opleverde. Het had me de vorige dag acht uur gekost om door te nemen wat ik daarvoor in drie kwartier had gedaan. En toen ik me probeerde te herinneren wát ik had gelezen, kwam ik niet verder dan wat algemeenheden en een paar fragmenten. De vorige keer had ik alles onthouden, kende ik het spul van haver tot gort.
Het was op dat moment heel verleidelijk om een paar MDT-pillen te nemen, maar ik hield vol. Als ik weer volle doses ging gebruiken, zou dat alleen maar resulteren in meer black-outs, en wat schoot ik daarmee op? Dus bleef het patroon gelijk aan de dagen daarvoor. Ik bleef thuis en worstelde me door honderden bladzijden papier. Ik ging alleen naar buiten om chips, cheeseburgers en bier te kopen. Ik keek ook veel tv maar vermeed bewust de nieuwsuitzendingen en actualiteitenrubrieken. De stekker van de telefoon bleef eruit. Er kwam een moment dat ik mezelf inbeeldde dat ik vat op het materiaal begon te krijgen, maar naarmate de dagen verstreken, moest ik toegeven dat er maar heel weinig van bleef hangen.

Op woensdagavond voelde ik de eerste tekenen van een nieuwe hoofdpijnaanval. Ik wist niet wat die had veroorzaakt – misschien al het bier en het junkfood die ik had genuttigd – maar toen de hoofdpijn op donderdagochtend nog steeds niet verdwenen was, besloot ik mijn minimumdosis MDT te verhogen tot één pil per dag. Nadat ik de pil had ingenomen, was mijn hoofdpijn natuurlijk binnen twintig minuten verdwenen, en dat zorgde er weer voor dat ik me meer zorgen ging maken. Hoelang zou het duren voordat ik mijn dosis weer moest verhogen? Hoelang zou het duren voordat ik elke ochtend drie of vier

pillen moest innemen, alleen om de hoofdpijn buiten de deur te houden?
Ik haalde Vernons adressenboekje tevoorschijn en begon het weer te bestuderen. Hoewel ik weinig voelde voor de aanpak van de vorige keer, vermoedde ik wel dat áls er nog hoop voor me was, die ergens in deze telefoonnummers moest zitten. Ik besloot er een paar te bellen die waren doorgestreept en waarbij geen nieuw nummer was geschreven. Misschien zou ik ontdekken dat ze waren van mensen die nog in leven waren, die niet eens ziek waren, mensen die met me wilden praten, ex-klanten. Hoewel het waarschijnlijker was dat ze ex-klanten waren omdat ze allemaal dood waren. Maar het was het proberen waard.
Ik belde vijf nummers. De eerste drie waren niet meer in gebruik. Bij het vierde werd niet opgenomen en was er ook geen antwoordapparaat. Bij het vijfde werd opgenomen nadat de telefoon twee keer was overgegaan.
'Ja?'
'Hallo, mag ik Donald Geisler spreken, alstublieft?'
'Spreekt u mee. Wat wilt u?'
'Ik was een vriend van Vernon Gant. Ik weet niet of u het hebt gehoord, maar hij is een tijdje geleden vermoord en ik...'
Ik hield op met praten.
Hij had opgehangen.
Het was in elk geval een reactie. En de man was duidelijk niet dood. Ik wachtte tien minuten en belde nog een keer.
'Ja?'
'Hangt u niet op, alstublieft.'
Er gebeurde enige tijd niets; Donald Geisler zei niets, maar hij hing ook niet op.
'Ik zoek hulp,' zei ik ten slotte, 'of informatie. Dat weet ik nog niet precies.'
'Hoe kom je aan dit nummer?'
'Ik heb het gevonden... tussen Vernons spullen.'
'Shit!'
'Maar er is geen...'
'Ben je van de politie? Zijn jullie met een onderzoek bezig?'
'Nee, Vernon was een oude vriend van me.'
'Dit bevalt me helemaal niet.'
'Sterker nog, hij was mijn zwager.'
'Alsof dat het er beter op maakt.'
'Luister, het gaat over...'

‘Zeg het niet! Niet over de telefoon.’
Ik zweeg weer. Hij wíst het.
‘Oké, ik zeg het niet. Maar is er een mogelijkheid dat ik met je kan praten? Ik heb je hulp nodig. Ik bedoel, je weet blijkbaar...’
‘Jij hebt míjn hulp nodig? Dat denk ik niet.’
‘Ja, want...’
‘Luister, ik ga nu ophangen. En bel me niet terug. Sterker nog, probeer nooit meer contact met me op te nemen...’
‘Meneer Geisler, ik ben aan het doodgaan.’
‘O, jezus.’
‘En ik moet...’
‘Laat me met rust, oké?’
Hij hing op.
Mijn hart bonkte.
Als Donald Geisler niet met me wilde praten, kon ik daar weinig aan doen. Hij zou me waarschijnlijk toch niet kunnen helpen, maar het was wel frustrerend dat ik contact had gehad met iemand die wist wat MDT was en die het contact had afgebroken. Ik was niet in de stemming om nog meer mensen te bellen, dus ik borg het adressenboekje op. Om mezelf af te leiden ging ik weer achter mijn bureau zitten en pakte de informatie die ik op een financiële website had gevonden en had uitgeprint.
Ik begon te lezen.
Het was een buitengewoon technische verhandeling over de antitrustwetgeving en toen ik op bladzijde drie was, waren mijn gedachten allang weer ergens anders. Ten slotte hield ik op met lezen, legde het artikel weg en stak een sigaret op. En zo bleef ik zitten, rokend en in de ruimte starend.

Later die dag, in de middag, ging ik naar de bank. Gennady zou de volgende ochtend komen voor de tweede aflossing van de lening, en ik wilde heb in huis hebben. Ik nam honderdduizend dollar in contanten op met de bedoeling hem in één keer de lening en de rente en de rest terug te betalen. Dan was ik van hem af. Want als Gennady mijn vijf MDT-pillen had meegenomen – en dat was de enige plausibele verklaring voor het feit dat ze er niet meer waren – wilde ik absoluut niet dat hij elke vrijdagochtend naar mijn appartement kwam.
Toen ik stond te wachten terwijl het geld werd gepakt, werd ik door mijn kalende, te dikke bankmanager Howard Lewis in zijn kantoor uitgenodigd voor een gesprekje. Dit wandelende hart-

infarct bleek zich zorgen te maken omdat, na mijn eerste golf van activiteiten bij Klondike en Lafayette, die hadden geresulteerd in enkele aanzienlijke stortingen, het op dat front de laatste tijd... nou ja... nogal stil was.
Vol ongeloof keek ik hem over zijn bureau aan.
'En er hebben een paar flinke opnamen plaatsgevonden, meneer Spinola.'
'Wat is daar mis mee?' vroeg ik, op een toon die suggereerde dat het hem geen barst aanging.
'Op zichzelf niets, meneer Spinola. Natuurlijk niet. Maar... nou ja, in het licht van het artikel in de *Post* van afgelopen vrijdag...'
'Ja, wat?'
'Ziet u, is het nogal... ongebruikelijk. Ik bedoel, je kunt tegenwoordig niet...'
'Mijn tijd bij Lafayette is verleden tijd, meneer Lewis,' zei ik, nauwelijks in staat mijn irritatie te verbergen, 'aangezien ik op het ogenblik in gesprek ben over een positie als eerste beurshandelaar bij Van Loon & Associates.'
Hij keek me aan en ademde langzaam uit door zijn neus alsof hetgeen ik had gezegd zijn ergste vermoedens over mij bevestigde.
Zijn telefoon begon te rinkelen en hij nam op, waarbij een spiertje in zijn wang even werd samengetrokken bij wijze van excuus. Terwijl hij aan het woord was, keek ik om me heen. Tot dat moment had ik me redelijk zeker gevoeld, maar daar kwam verandering in toen ik mijn spiegelbeeld zag in de zwarte achterkant van de foto in het zilveren lijstje op Lewis' bureau. Het was een vertekend beeld, maar dat nam niet weg dat ik er nogal sjofel uitzag. Ik had me die ochtend niet geschoren en was gekleed in een T-shirt en een oude spijkerbroek, wat natuurlijk ongepast was voor een beurshandelaar van Van Loon & Associates, zelfs op zijn vrije dag.
Howard Lewis beëindigde zijn gesprek, drukte een andere knop op het toestel in, luisterde even en keek me toen met een uitdrukkingsloos gezicht aan.
'Uw opname ligt voor u klaar, meneer Spinola.'

Gennady kwam de volgende ochtend om halftien. Ik was pas twintig minuten daarvoor opgestaan en nog niet helemaal wakker. Ik had eerder op willen staan maar vanaf een uur of zeven was ik steeds wakker geworden en weer in slaap gevallen en had ik allerlei dromen gehad. Toen het me uiteindelijk was gelukt om op te staan, nam ik eerst een MDT-pil. Daarna haalde ik het schaaltje weg van de plank boven de computer. Toen ging ik koffiezetten en bleef in mijn T-shirt en boxershort wachten tot Gennady kwam.

Er waren twee mogelijkheden. Of Gennady had de pillen ingenomen, en als hij er één had ingenomen had hij ze allemaal ingenomen, of hij had ze om de een of andere reden niet ingenomen. Ik ging ervan uit dat als ik hem zag, ik snel genoeg zou weten welke van de twee het was.

'Goedemorgen,' zei ik, hem aandachtig opnemend toen hij de gang in kwam lopen.

Hij knikte maar zei niets. Ik bleef naar hem kijken toen hij zwijgend zijn blik door de woonkamer liet gaan. Ik dacht eerst dat hij op zoek was naar het schaaltje, maar toen merkte ik dat hij alleen maar in zich opnam hoe anders het eruitzag als toen hij hier de vorige keer was geweest. Toen ik met hem meekeek en zijn blik volgde, zag ik het zelf ook. Het was een zwijnenstal. Overal lagen papieren en mappen. Op de bank lag een lege pizzadoos en naast de computer op mijn bureau stonden een paar plastic bakjes van het Chinese afhaalrestaurant. Overal stonden bierblikjes, koffiemokken en volle asbakken, lagen er losse cd's, lege cd-doosjes, T-shirts en vuile sokken, en ging de eettafel schuil onder lege melkpakken, vuile borden, chipszakken en wikkels van repen chocolade.

'Ben je een varken of zo?'

Ik haalde mijn schouders op. 'Een goede hulp is tegenwoordig moeilijk te krijgen.'

Hij fronste zijn wenkbrauwen en keek me licht verbaasd aan, en ik wist meteen dat hij geen MDT had geslikt; vandaag in elk geval niet.

'Waar is het geld?'

Nadat hij het had gezegd, zag ik hem naar de plank boven de computer kijken, en toen hij niet vond wat hij zocht, deed hij een stapje naar het bureau om zijn heimelijke zoektocht voort te zetten.

'Ik wil het hele bedrag in één keer betalen,' zei ik. 'Nu.'

Dat trok zijn aandacht, en hij draaide zich om. Ik had de dikke envelop met het geld op een van de bovenste boekenplanken gelegd, en pakte het nu.

Toen Gennady de envelop zag, schudde hij zijn hoofd.

'Wat?' vroeg ik.
'Tweeëntwintig vijfhonderd.'
'Maar ik wil alles betalen.'
'Dat kan niet.'
'Maar...'
'Tweeëntwintig vijfhonderd.'
Ik wilde nog iets zeggen, maar het had geen zin. Ik zuchtte, liep met de envelop naar de tafel, maakte wat ruimte en begon 22.500 dollar uit te tellen. Toen ik klaar was, gaf ik het pak bankbiljetten aan Gennady, die het in zijn binnenzak stak.
'Heb je al kans gehad het scenario te lezen?' vroeg ik.
Hij zuchtte en schudde zijn hoofd.
'Geen tijd. Te druk.'
Hij keek nog een keer naar het bureau.
'Misschien de volgende keer,' zei hij, en toen ging hij weg.

Nadat Gennady was vertrokken, deed ik een poging het huis op te ruimen, maar die liep al snel spaak. Ik ging weer op de bank zitten en probeerde me te verdiepen in een artikel in het nieuwste nummer van *Fortune Magazine*, over de laatste ontwikkelingen in e-commerce, maar toen ik twee alinea's had gelezen, dommelde ik weg en gleed het tijdschrift uit mijn hand op de vloer.
Laat in de middag ging ik me douchen en scheren. Ik kleedde me aan, pakte een stapeltje bankbiljetten uit de envelop die ik op tafel had laten liggen en ging uit. Ik was al een week niet uit geweest, was alleen heen en weer naar een winkel gerend om eten en drinken te halen. Ik wandelde door de West Village en bezocht een paar bars waar ik vaker was geweest en wel eens bekenden tegenkwam. Even over zes zat ik aan de bar van Zola's met een wodka-martini, toen Dean binnenkwam.
Hij was eerst wat koel en afstandelijk, blijkbaar bang dat ik hem weer zou trakteren op een eindeloze verhandeling over een specialistisch onderwerp – de industriële vormgeving van voor de oorlog of de hervorming van het Italiaanse kiesstelsel – maar ik vermoedde dat toen hij mijn pakje Camels op de bar zag liggen, hij zich iets ontspande en besloot dat hij veilig naast me kon komen zitten. Dean was te beleefd of misschien nog te veel in verwarring om te beginnen over mijn merkwaardige gedrag van de laatste tijd, en ik besloot er zelf ook niets over te zeggen. Maar na een paar martini's begon mijn waakzaamheid af te nemen en

voelde ik zelfs het verlangen groeien om Dean in vertrouwen te nemen en hem alles te vertellen. Meer dan eens stond ik op het punt om het onderwerp aan te snijden, maar elke keer begonnen we over iets anders en ging het moment voorbij.

We gingen nog naar een paar andere bars en tegen het eind van de avond zaten we flink aangeschoten in een rustige tent op Second en Tenth Avenue. Zelfs al had ik Dean nog iets over MDT willen vertellen, was ik inmiddels te ver heen om met een begrijpelijk verhaal te komen. We zaten aan de bar en verderop, boven de kassa, hing een tv aan de muur. Die had een speelfilm vertoond, aan de kapsels en kleding te zien uit het begin van de jaren tachtig. Het geluid stond af, maar toen de film afgelopen was en het nieuws begon, zette de barman het geluid weer aan.

De plotselinge inbreuk van het geluid zorgde ervoor dat alle gesprekken aan de bar verstomden en iedereen, dronken of niet, braaf opkeek en naar de hoofdpunten van het nieuws luisterde.

'De vredesbesprekingen in Camp David over het Midden-Oosten zijn na twee weken intensief onderhandelen afgebroken. De orkaan Julius heeft de zuidkust van Florida bereikt en inmiddels een spoor van vernielingen achtergelaten. En Donatella Alvarez, die twee weken in coma heeft gelegen nadat ze in een hotelkamer in Manhattan was neergeslagen, is vanmiddag overleden. De politie heeft verklaard dat er een uitgebreid moordonderzoek zal plaatsvinden.'

Geschokt staarde ik naar het scherm terwijl de nieuwslezer dieper inging op zijn verhaal over de vredesbesprekingen. Ik klemde mijn handen om de rand van de bar en hield me stevig vast. Na een paar seconden mompelde ik iets tegen Dean – ik weet niet of hij me verstond – en liet me van mijn kruk glijden.

Ik stond daar even te wankelen, heel onvast op mijn benen, en toen alles begon te draaien, wierp ik me naar voren en strompelde de paar meter naar de uitgang. Ik stond nog maar net buiten toen alle wodka, vermout en olijven van die avond op de stoep kletterden.

# 20

Ik bleef het weekend drinken, voornamelijk wodka en meestal thuis. Wat moest ik anders? Ik was net bestempeld tot hoofdverdachte in een moordzaak, dus gezien de omstandigheden had ik wel recht op een drankje of twee. Pogingen om 'het materiaal' te lezen of net te doen alsof deed ik ook niet meer; ik gaf het definitief op en keek alleen nog naar het nieuws op tv. Al gauw was dat het enige wat ik nog deed, drinken en tv-kijken, en verwensingen naar het scherm schreeuwen terwijl ik op het volgende bulletin wachtte.

Over Donatella Alvarez hadden de media weinig meer te zeggen. De vrouw was dood en voor hen was het daarmee afgelopen. Waar ze zich nu voornamelijk op richtten, waren de politieke gevolgen van haar dood. Die manifesteerden zich vooral in de hernieuwde wens dat de staatssecretaris van Defensie zou aftreden. De ophef over Caleb Hales oorspronkelijke opmerkingen over Mexico was nieuw leven ingeblazen toen het Alvarez-verhaal voor het eerst in het nieuws kwam, en nu, met de dood van Donatella Alvarez, gebeurde dat opnieuw. Ik had het niet al te aandachtig gevolgd maar was me ervan bewust dat het speelde, en dat het een van die bizarre ontwikkelingen was die een eigen leven gaan leiden in de vorm van een soort epidemie van achtereenvolgende nieuwsberichten.

Zes weken daarvoor, of misschien nog wel langer geleden, was bekend geworden dat Caleb Hale tijdens een besloten vergadering had gezegd dat Mexico een onbetrouwbare factor voor de VS was geworden en dat hij zich afvroeg 'waarom we dat kloteland niet gewoon binnenvielen'. De bron die het verhaal naar de *Los Angeles Times* had gelekt, had beweerd dat Hale zaken als corruptie, rebellie, de teloorgang van recht en orde, de schuldenlast en het drugsverkeer de vijf punten had genoemd die tezamen 'het pentagram van de instabiliteit van Mexico' vormden. De bron beweerde ook dat Hale zelfs John O'Sullivan had

aangehaald en had verwezen naar een gewraakt artikel waarin Mexico ‘het Iran naast de deur’ werd genoemd.
Caleb Hale was onmiddellijk overgeschakeld naar het klassieke ‘ontkennen wat niet ontkend hoefde te worden omdat het niet was gezegd’, om vervolgens in een interview min of meer te rechtvaardigen wat hij niet zou hebben gezegd. Toen gooide de president zijn gewicht in de schaal, eerst door te weigeren Hales ontslag te eisen en er toen nog een schepje bovenop te doen door niet van de staatssecretaris te eisen dat hij de hem toegeschreven uitspraken terugnam, wat natuurlijk een vloedgolf van commentaar en speculaties tot gevolg had. Aanvankelijk was iedereen geschokt en kon men zijn oren niet geloven, maar naarmate de dagen verstreken begonnen bepaalde invloedrijke kringen enigszins te wennen aan het idee, met als resultaat dat hun protesten dat de staatssecretaris buiten zijn boekje was gegaan, wat werden afgezwakt en dat sommigen zelfs een beroep op hem deden om een hardere buitenlandpolitiek te gaan voeren.
Nu aan deze mix ook nog een verondersteld raciaal motief van de moord was toegevoegd, was de discussie in een hogere versnelling geraakt. Er waren interviews, paneldiscussies, vraaggesprekken, politieke commentaren, sfeerreportages uit stoffige grensstadjes en luchtbeelden van de Rio Grande te zien. Ik bezag het allemaal vanaf de bank, met mijn glas in de hand en erdoor geboeid alsof ik naar een spannende soap keek, in mijn alcoholische euforie vergetend dat ik misschien maar één vingerafdruk of DNA-test af was van mijn betrokkenheid hierbij en dat ik me gevaarlijk dicht bij het oog van de orkaan bevond.
Maar naarmate het weekend vorderde en mijn euforie overging in gelatenheid en daarna angst, begon mijn kijkvoorkeur te veranderen. Ik begon nieuwsuitzendingen van het menu te schrappen en tegen zondagavond keek ik er helemaal niet meer naar. In plaats daarvan zapte ik steeds vaker naar kanalen waarop herhalingen werden getoond van *Hawaii Five-O*, *Star Trek* en *Voyage to the Bottom of the Sea*.

Op maandag probeerde ik nuchter te blijven, maar erg goed lukte dat niet. Ik dronk ’s middags een paar biertjes en trok ’s avonds weer een fles wodka open. Ik luisterde veel naar muziek en viel uiteindelijk met mijn kleren aan in slaap op de bank.
Het was in de afgelopen week geleidelijk aan warmer geworden en ik had ’s nachts meestal het raam open laten staan, maar toen

ik die nacht om vier uur wakker schrok uit een bizarre droom, merkte ik meteen dat de temperatuur aanzienlijk was gedaald. Ik had het een stuk kouder dan toen ik in slaap was gevallen, dus stond ik rillend op om het raam dicht te doen. Ik ging weer op de bank zitten, maar toen ik in de donkerblauwe duisternis van de nacht staarde, merkte ik dat het rillen gewoon doorging. Ik voelde mijn hart ook vibreren en wist dat het onaangename, tintelende gevoel in mijn ledematen niet normaal was. Ik probeerde erachter te komen wat er met me aan de hand was. Het was mogelijk dat mijn lichaam behoefte had aan meer alcohol, in welk geval ik een aantal opties had: ik kon me omkleden en naar een bar gaan, ik kon naar de Koreaanse nachtwinkel verderop in de straat gaan om een paar sixpacks bier te kopen, of ik kon hier blijven en de fles kooksherry uit de keuken opdrinken. Maar ik geloofde niet echt dat alcohol het probleem was, want alleen al het idee om naar buiten te gaan, de straat op, naar een door tl-buizen verlichte winkel met andere mensen erin, maakte me doodsbang.

Dus dat was het, dacht ik; ik had verdomme een angstaanval.

Ik haalde een paar keer diep adem en sloeg met mijn hand op de kussens van de bank. Het was vier uur in de ochtend. Ik kon niemand bellen, kon nergens naartoe en kon niet slapen. Ik zat als een rat in de val.

Dus bleef ik op de bank zitten wachten tot de aanval voorbij was. Het leek wel of ik een hartaanval had, een die een uur duurde maar waaraan je niet doodging of zelfs maar lichamelijke naweeën aan overhield, niets wat een arts zou kunnen vaststellen als hij je aan een reeks tests had onderworpen.

De volgende dag besloot ik dat er iets moest gebeuren. Ik was aan het wegzakken, te snel en te diep, en ik wist dat ik als ik nog dieper wegzakte, het gevaar liep dat ik alles zou kwijtraken, hoewel het me op dat moment niet helemaal duidelijk was wat 'alles' inhield. Hoe dan ook, ik moest iets doen, maar het probleem was: wát moest ik doen? Het meest zorgwekkende was de situatie met Donatella Alvarez, maar daar had ik geen vat op, want zelfs als ik de moed had gehad om mezelf van de verdachtenlijst te laten schrappen door me bij de politie te melden, zou ik een vorm van aandacht trekken die ik op dit moment absoluut niet kon gebruiken. En dan was er natuurlijk Carl van Loon. Maar eerlijk gezegd begon ik steeds meer afstand te nemen wat mijn relatie met hem betrof. Ik kon steeds moeilijker geloven dat ik echt met hem had gewerkt, zeker als dat werk bestond uit iets onbegrijpelijks als het financiële plaatje van een bedrijfsovername. In mijn geest begonnen onze diverse samenkomsten – in The Orpheus Room, in zijn huis, op zijn kantoor en in The Four Seasons – steeds meer op dromen dan op herinneringen aan echte gebeurtenissen te lijken, en hadden ze ook de verdraaide logica die je alleen in dromen tegenkwam.

Maar ik kon de situatie ook niet laten zoals ze was. Nee, zo ging het niet langer. Ik kon niet voorbijgaan aan de realiteit die me naar de strot vloog elke keer dat ik mijn handschrift op Van Loons gele blocnote zag. Hoe ver weg het misschien ook leek, ik hád met hem te maken gehad en ik hád hem geholpen met de opzet van de MCL-Abraxas-deal. Dus als ik nog iets van de situatie wilde redden, moest ik met Van Loon gaan praten, en wel zo gauw mogelijk.

Ik nam een douche en schoor me. Ik voelde me nog steeds niet erg goed toen ik naar de slaapkamer ging om mijn pak uit de kast te halen, maar dat was niets vergeleken bij wat ik voelde toen ik het probeerde aan te trekken. Ik had het meer dan een week niet aangehad en nu moest ik opeens moeite doen om mijn broek dicht te krijgen. Hetzelfde gold voor mijn overhemd en toen ik het jasje had aangetrokken en voor de spiegel stond, was ik geschokt toen ik zag hoeveel zwaarder ik in een week tijd was geworden. Daarvoor, toen ik me stond te scheren, was me al opgevallen dat mijn gezicht weer dikker was geworden. Nadat ik met MDT was begonnen, was ik al snel een aantal kilo's afgevallen, maar nu waren die kilo's weer terug, met rente, op exact dezelfde plekken waar ze waren verdwenen. Omdat ik de afgelopen week in een te groot T-shirt en een joggingbroek door het huis had gelopen, was het me niet opgevallen, maar nu was het duidelijk zichtbaar.

Aangezien het mijn enige presentabele pak was, moest ik mijn adem maar inhouden. Als dit achter de rug was, zou ik zorgen dat ik dat overgewicht kwijtraakte en een paar nieuwe pakken kopen.

Ik nam een taxi naar 48th Street.

Toen ik de grote hal van het Van Loon-gebouw binnenliep en me door de lift naar de 62e verdieping liet brengen, voelde ik de angst binnen in me toenemen. En toen ik de inmiddels be-

kende receptie van Van Loon & Associates in liep, werd me duidelijk dat dit de aanzet voor een nieuwe paniekaanval was. Maar toen de liftdeuren achter me dicht gleden, besefte ik tegelijkertijd dat de situatie iets lachwekkends had.
Ik bleef even in het midden van het receptiegedeelte staan en deed alsof ik iets las op de achterkant van de grote, bruine envelop die ik had meegebracht, een naam, of een adres. In de envelop zat Van Loons gele blocnote, maar er stond niets op de achterkant geschreven. Ik keek naar de receptioniste, die naar me opkeek en een van haar telefoons pakte. Mijn hart ging tekeer als een bezetene en de pijn in mijn borst werd bijna ondraaglijk. Ik draaide me om en liep terug naar de liften. Ik kon het niet eens opbrengen om de envelop bij de receptioniste achter te laten en haar te vragen hem aan Van Loon te geven. Ik moest hier onmiddellijk weg. Terwijl ik wachtte totdat de liftdeuren zich zouden openen, moest ik me inhouden om niet te gaan gillen.
Maar toen de deuren uiteindelijk opengingen, stond ik opeens oog in oog met Carl van Loon en Hank Atwood. Achter hen stonden nog drie mannen.
'Eddie?' zei Van Loon.
Ik meende een spoor van paniek in zijn stem te horen.
'Carl.'
De vijf mannen kwamen de lift uit en ik zette twee stappen naar achteren om ze ruimte te geven.
Toen zei Van Loon: 'Hank, dit is Eddie Spinola, de man over wie ik je heb verteld. Eddie, Hank Atwood.'
Atwood gaf me een stevige hand, maar ik was te traag om zijn greep te beantwoorden, zodat hij mijn vingers bijna fijnkneep.
Ik glimlachte en zei: 'Hoe maakt u het?'
Hij knikte en bleef me een eeuwigheid aankijken – tenminste, zo leek het – alsof hij naar een foto keek. In werkelijkheid duurde het waarschijnlijk maar twee of drie seconden, maar voor mij was het lang genoeg om te beseffen dat ik nog maar een fractie was verwijderd van het punt dat ik over zijn peperdure Italiaanse schoenen zou kotsen.
'Leuk je te ontmoeten, Eddie. Ja, Carl heeft me heel veel goede dingen over je verteld.'
Elke lettergreep leek als een sliert gesmolten plastic zijn mond uit te komen. Ik keek naar de drie mannen die achter hen stonden en mijn aandacht werd getrokken door de stof van hun

dure pakken en de strakke lijnen van hun gladgeschoren kaken. Ik had het gevoel dat het nu mijn beurt was om iets te zeggen. Dus ik keek Atwood aan en liet hem de envelop zien. 'Ik heb hier alle cijfers over de aandelen,' zei ik terwijl ik me de juiste term probeerde te herinneren. 'Ik heb ze gebaseerd op het Black-Scholes-prijsmodel...'
Atwood deinsde achteruit en keek me geschrokken aan.
'Eddie, kan ik je even spreken?'
Het was Van Loon die het zei.
Opeens brak het gezelschap op en verspreidden de mannen in pak zich, liepen ze langs me heen totdat ik alleen met Van Loon achterbleef.
'Ben je godverdomme gek geworden?' fluisterde hij met een van woede vertrokken gezicht. 'Over dat soort dingen praten in het bijzijn van mensen die je niet kent? In een receptie?' Hij keek over mijn schouder om te zien of er niemand binnen gehoorsafstand was. 'Die drie weten nog van niets!' Hij wreef met zijn hand over zijn voorhoofd. 'Jezus, we hebben geluk als Atwood ons hierna niet laat vallen.'
Mijn hart sprong bijna uit mijn borstkas.
'En nog iets,' zei Van Loon terwijl hij de envelop uit mijn hand pakte. 'Je kunt hier niet zomaar komen binnenvallen. Waarom bel je niet eerst?'
'Ik...'
Ik kon geen woord uitbrengen, haalde mijn schouders op en schudde mijn hoofd.
'Mijn god, moet je jezelf nou zien staan, Eddie.' Hij zette een stap naar achteren en bekeek me met een blik vol afkeer. 'Wat is er met je de hand? Ben je op een dieet van hamburgers en taartjes? Je ziet er niet uit.'
Aangezien ik nog steeds niets kon zeggen, schudde ik mijn hoofd weer. Toen liep ik om hem heen naar de lift en drukte op de knop. Achter me hoorde ik Van Loon zijn keel schrapen. Toen de deuren geruisloos open gleden, zei hij: 'Beantwoord één vraag voor me.' Ik stapte de lift in en drukte meteen op de knop voor de begane grond. 'Wie ben je eigenlijk?'
Ik keek om.
Van Loon stond me nog steeds aan te staren. Hij richtte zijn rechterwijsvinger op me, maar als hij een waarschuwing voor me had, ging die verloren omdat de liftdeuren zich sloten en hij uit beeld verdween.

De opluchting van mijn ontsnapping aan Van Loon was van korte duur, want ik werd nu geconfronteerd met de liftcabine, waarvan het interieur met zijn spiegelende stalen wanden en zacht zoemende airconditioning, speciaal ontworpen leek te zijn voor het aanmoedigen van angstaanvallen: het gevoel van het dalen, het onbeheersbare gekriebel in je maag en de voortdurend aanwezige dreiging van misselijkheid.
Toen ik mijn ogen dichtdeed, werd het nog erger en zag ik de donkere liftschacht onder en boven me, zag ik voor me hoe de dikke stalen kabels knapten, de contragewichten met een reusachtige snelheid omhoog schoten en de cabine aan zijn vrije val naar beneden begon...
Maar in plaats daarvan kwam hij nauwelijks voelbaar tot stilstand en gleden de deuren geruisloos open. En tot mijn grote verbazing stond daar, klaar om in te stappen, Ginny van Loon.
'Meneer Spinola!'
Toen ik niet meteen reageerde, kwam ze naar voren en stak ze haar hand uit om mijn arm vast te pakken. 'Voelt u zich wel goed?'
Ik stapte de lift uit en liep met haar mee naar de grote hal, waar het druk en rumoerig was en, hoewel om andere redenen, bijna net zo beangstigend als in de liftcabine. Het koude zweet brak me uit en ik begon weer te rillen. Ze zei: 'Mijn god, meneer Spinola, u ziet eruit alsof...'
'... ik een geest heb gezien?'
'Nou,' zei ze na een tijdje, 'ja, zoiets.'
We liepen door de hal naar het grote raam dat uitkeek op 48th Street.
'Wat is er aan de hand? Wat is er gebeurd?'
Ik keek haar eens goed aan en zag dat haar bezorgdheid oprecht was. Haar hand lag nog steeds op mijn arm en om de een of andere reden voelde ik me er iets beter door. Toen ik dat eenmaal besefte, zette het effect zich door en slaagde ik erin mezelf voor een deel te kalmeren.
'Ik was boven... bij je vader,' zei ik, 'maar het ging niet...'
'U kon de druk niet aan, hè? Ik wist meteen al dat u niet een van zijn zakenslaven was. Trouwens, ze zijn niets meer dan een stel automatums.'
'Automata. Ik geloof dat ik zonet een angstaanval heb gehad.'
'Goed zo. Iedereen die daarboven geen angstaanval krijgt, moet nodig eens naar de dokter. En je kunt automatums zeggen

als je dat wilt.' Ze wachtte even. 'Referendums kan toch ook?'
'Ja,' zei ik, nog steeds happend naar adem, 'referendums kan, maar referenda ook.'
Ze had een zwarte spijkerbroek en een zwart sweatshirt aan, en een kleine, leren dokterstas in haar hand.
'Ik zou zeggen "kunnen ook". Trouwens, het een komt uit het Latijn en het ander uit het Grieks; de regels zijn anders, dus bekijk het maar. Hoe voelt u zich nu?'
Ik haalde een paar keer diep adem, met mijn hand op mijn hart.
'Iets beter, dank je.'
Me plotseling bewust van mijn eigen aanwezigheid probeerde ik wat meer rechtop te gaan staan en mijn adem in te houden.
Ginny stond me enige tijd op te nemen.
'Meneer Spi...'
'Alsjeblieft, noem me Eddie. Jezus, ik ben pas zesendertig...'
'Eddie, ben je ziek?'
'Wat?'
'Ik bedoel, voel je je onwel? Want je ziet er heel onwel uit. Je...'
Ze had duidelijk moeite om de juiste woorden te vinden. '... sinds ik je de laatste keer zag, bij ons thuis, ben je... eh... nogal wat aangekomen. En...'
'Mijn lichaamsgewicht fluctueert.'
'Ja, maar dat was maar twee weken geleden.'
Ik liet haar mijn handen zien. 'Hé, mag een man af en toe niet een paar slagroomtaartjes?'
Ze glimlachte, maar toen zei ze: 'Hoor eens, het spijt me. Ik weet dat het me niet aangaat, maar ik denk alleen dat je wat beter voor jezelf moet zorgen.'
'Ja, ja, ik weet het. Je hebt gelijk.'
Mijn ademhaling verliep regelmatiger en ik voelde me een stuk beter. Ik vroeg haar wat ze hier deed.
'Ik kom papa opzoeken.'
'Wil je niet een kop koffie gaan drinken?'
'Dat gaat niet.' Ze trok een lelijk gezicht. 'Trouwens, als je net een angstaanval hebt gehad, kun je beter geen koffie drinken. Neem vruchtensap, of iets wat een heilzame werking op je zenuwgestel heeft.'
Ik strekte me weer en leunde tegen het raam.
'Misschien ben jij die heilzame werking wel, Ginny.'
'Ach, krijg wat.'
'Trouwens, je vader heeft het druk. Hij heeft mij net een angst-

aanval bezorgd en is nu ongetwijfeld bezig iemand anders er een te bezorgen.'
'Ik hoef nooit een afspraak te maken.'
'Kom mee, dan gaan we een glaasje heilzaam vruchtensap drinken.'
Ze keek me recht in de ogen. De hare waren helderblauw, fonkelend hemelsblauw.
'Ik kan niet.'
Ik wilde aandringen en vragen waarom niet, maar ik deed het niet. Ik had opeens de indruk dat ze zich niet helemaal op haar gemak voelde in mijn gezelschap, wat ervoor zorgde dat ik me ook niet op mijn gemak voelde. Ik bedacht ook opeens dat de angstgevoelens zich misschien in een golfpatroon zouden aandienen en hoewel de ene aanval voorbij was, de volgende misschien alweer op de loer lag. En ik wilde niet hier zijn als dat gebeurde, zelfs niet met Ginny.
'Goed dan,' zei ik. 'Hoor eens, bedankt. Ik ben blij dat ik je tegen het lijf ben gelopen.'
Ze glimlachte. 'Je redt je wel?'
Ik knikte.
'Weet je het zeker?'
'Ja, absoluut. Bedankt.'
Ze gaf me een klopje op de schouder en zei: 'Oké, tot ziens dan maar, Eddie.'
Daarna liep ze weg, de hal in, zwaaiend met haar dokterstasje. Toen ging ze op in de menigte en was ze verdwenen.

Ik draaide me om naar het grote raam en zag mezelf weerspiegeld in het bronsbruine glas terwijl de mensen en auto's in 48th Street zich dwars door me heen bewogen alsof ik een spook was. Ik had het verprutst bij Van Loon en de overnamedeal mogelijk in gevaar gebracht door mijn mond voorbij te praten tegen Hank Atwood. Daar kwam nog bij dat ik me teleurgesteld voelde omdat Van Loons dochter me blijkbaar weigerde te zien als iets anders dan een van haar vaders werknemers, en een pedante, angstige, te dikke werknemer nog wel.
Ik liep het gebouw uit, sloeg Fifth Avenue in en zette koers naar de binnenstad. Ondanks mijn weinig opbeurende gedachten wist ik de zaken enigszins onder controle te houden. Het liefst was ik als een gek schreeuwend en met het schuim om mijn mond richting huis gerend, zwaar aangeslagen door het feit dat ik alles voor

mijn ogen ineen zag storten, maar ik deed het niet. Ik verzette me ertegen. Toen ik 42nd Street overstak, schoot me iets te binnen en ik stak impulsief mijn hand op om een taxi aan te houden.

Twintig minuten later stond ik weer in een lift, deze keer naar de derde verdieping van Lafayette Trading in Broad Street. Dit was de plek van mijn eerdere triomfen, de dagen van opwinding en succes, en ik had besloten dat niets me in de weg stond om te proberen die situatie opnieuw te creëren. Ik had nu niet het voordeel van de invloed van een flinke dosis MDT, maar dat kon me niet meer schelen. Mijn zelfvertrouwen had een flinke deuk opgelopen en ik wilde zien hoe ik het er alleen vanaf zou brengen.

Er werd wisselend gereageerd toen ik binnenkwam. Sommige mensen, onder wie Jay Zollo, negeerden me compleet. Anderen konden het niet laten naar me te glimlachen of hun hand naar hun honkbalpet te brengen. Hoewel ik er al een tijdje niet was geweest en geen enkele geopende positie had, was mijn account nog steeds intact. Er werd me verteld dat mijn 'vaste' plek bezet was, maar er waren diverse andere plekken beschikbaar dus ik kon meteen beginnen met handelen, als ik dat wilde.

Toen ik had plaatsgenomen achter een van de terminals en me klaarmaakte om te gaan handelen, kon ik de nieuwsgierigheid naar wat ik van plan was in het vertrek voelen toenemen. Er werd onmiskenbaar gefluisterd, sommige mensen keken mee over mijn schouder en anderen hielden me in de gaten vanaf de overkant van de werkvloer. Dat was een hoop druk op mijn schouders en ik moest mezelf bekennen dat ik misschien iets te haastig was geweest in mijn besluit om hiernaartoe te gaan. Maar het was te laat om me terug te trekken.

Ik zat enige tijd naar het scherm te staren en langzaam maar zeker begon het allemaal weer terug te komen. Het handelen op zich was niet zo'n ingewikkeld proces, maar het kiezen van de juiste aandelen was dat natuurlijk wel. Ik had de markten de afgelopen dagen niet gevolgd en wist echt niet waar ik moest zoeken. Aan mijn vorige strategie van het onderwaarderen, die sterk van research afhankelijk was, had ik nu ook niets, dus besloot ik op deze eerste dag op zeker te spelen, terug te vallen op de alom bekende wijsheid en technologieaandelen te kopen. Ik kocht aandelen van Lir Systems, een dienstverlenend bedrijf in risicomanagement, van KeyGate Technologies, een internetbeveiligingsbedrijf, en diverse andere internetbedrijven: Boojum, Wotlarks!, @Ease, Dromio, PorkBarrel.com, eTranz en WorkNet.

Toen ik eenmaal was begonnen, kon ik niet meer stoppen en dankzij een combinatie van roekeloosheid en angst slaagde ik erin binnen een paar uur al mijn geld uit te geven. Het onwerkelijke, bijna speelse karakter van de daghandel en het toenemende maar gevaarlijke gevoel dat het niet om echt geld ging, maakten de zaken er niet beter op.

Natuurlijk wekte deze plotselinge storm van activiteit een hoop aandacht in het vertrek, en zelfs al was mijn aanpak zo alledaags en onorigineel als maar mogelijk was, de snelheid en omvang van de aankopen maakten het blijkbaar toch tot een kleurrijke gebeurtenis. Al gauw begonnen de anderen me na te doen, elke stap aandachtig te volgen en de 'tips' en 'informatie' over te nemen van mijn werkstation. Het hele gebeuren bracht een soort spanning met zich mee, want niemand wilde achteropraken, en al gauw kreeg ik de indruk dat veel van de handelaars hun hele accounts hadden ingezet en zelfs probeerden een hoger krediet te krijgen.

De aandelen op het Net hadden duidelijk nog steeds de kracht om iedereen die zich in de buurt ervan waagde in verwarring te brengen en te verblinden. En dat gold evenzeer voor mij, want ik was hier vandaag dan wel binnengekomen met een zekere reputatie, ontleend aan oude successen, nu begon ik echter te beseffen dat ik deze keer niet alleen geen idee had wat ik deed, maar ook niet wist hoe ik moest ophouden...

Ten slotte werd de druk me te veel. Ik voelde een nieuwe angstaanval opkomen en had geen andere keus dan op te staan en weg te gaan, zelfs zonder mijn posities te sluiten. Dit bracht een zekere consternatie teweeg, maar ik denk dat de meeste handelaars van Lafayette al gewend waren aan mijn onverwachte acties, dus slaagde ik erin zonder veel omhaal weg te komen. Een flink aantal van mijn aandelen was een minimale marge gestegen, dus niemand was echt bezorgd of nerveus, hoewel ze het wel jammer vonden dat ze hun 'tophandelaar' uit hun midden moesten laten vertrekken. Op weg naar de lift begon mijn hart weer te bonzen en toen ik op straat stond voelde ik me echt buitengewoon ellendig. Ik liep Broad Street uit richting South Ferry Terminal en stak over naar Battery Park, waar ik op een bankje ging zitten, mijn das lostrok en naar Staten Island ging zitten staren.

Ik bleef daar ongeveer een halfuur zitten, diep ademhalend en ten prooi aan duistere, verontrustende gedachten. Ik wilde thuis op de bank liggen maar me niet overgeven aan wat daar voor nodig was, me een weg banen door straten vol verkeer en voetgangers. Toch stond ik na een tijdje op en begon richting huis te lopen. In State Street kon ik mezelf ertoe brengen een taxi aan te houden. Ik zeeg ineen op de achterbank en toen de taxi langzaam door het drukke verkeer reed, van Bowling Green naar Broadway en toen langs Beaver Street, Exchange Place en Wall Street zelf, begon ik de vage indruk te krijgen dat er buiten iets merkwaardigs aan de hand was. Ik kon niet zeggen wat het precies was, maar in de straten hing een gejaagde, gespannen sfeer. Mensen bleven staan om met elkaar te praten of heimelijk iets in elkaars oor te fluisteren, anderen riepen dingen naar of vanuit auto's of de ingang van een gebouw, of praatten druk in hun mobiele telefoons, allemaal op die merkwaardige manier waaraan mensen zich overgeven als er een belangrijke publieke gebeurtenis heeft plaatsgevonden, een aanslag op een beroemdheid of een overwinning in de World Series. Toen kwam er gelukkig wat ruimte in het verkeer, reden we het financiële district uit en liet ik daar achter wat ik er had opgevangen. Zodra we Canal Street voorbij waren en even later op Houston rechts afsloegen, was alles weer normaal.

Thuis liep ik meteen door naar de bank en liet me erop vallen. De taxirit was afschuwelijk geweest en ik had een paar keer op het punt gestaan de chauffeur te vragen te stoppen en me eruit te laten. Op de bank liggen was niet veel beter, maar ik was tenminste in een vertrouwde omgeving waar ik kon doen wat ik wilde. Het daaropvolgende uur zweefde ik heen en weer tussen het gevoel dat de aanval zou afnemen en de gedachte dat ik hier, vandaag, op deze verdomde bank dood zou gaan...

Maar toen ik uiteindelijk niet doodging en me iets minder ellendig begon te voelen, raapte ik de afstandsbediening van de tv van de vloer. Ik zette het toestel aan en zapte langs de kanalen. Het duurde even voordat ik me kon concentreren en besefte dat er iets aan de hand was. Ik ging naar CNNfn, daarna naar CNBC en toen weer terug naar CNNfn. Ik keek naar de rechterbovenhoek om te zien hoe laat het was.

Het was 14.35 uur en sinds ongeveer 13.00 uur – zo bleek – was de beurs in een vrije val terechtgekomen. De Nasdaq was al 319 punten gedaald, de Dow Jones 185 punten en S&P 93 punten, terwijl geen van de drie de indruk wekte dat het diepste punt al bereikt was, laat staan dat er sprake was van een opleving. Zowel CNNfn als CNBC bood een live verslag vanaf de beursvloer van de New York Stock Exchange en hun respectievelijke studio's, met als hoofdpunt het verhaal dat de technologiemarkten waren veranderd in zeepbellen die voor ieders ogen uiteenspatten...

Ik liep naar mijn bureau en zette de computer aan. Ik was merkwaardig kalm, maar toen ik de noteringen bekeek en zag hoe ver de aandelen waren gedaald, begon ik duizelig te worden. Ik legde mijn hoofd in mijn handen en probeerde niet in paniek te raken... ik slaagde daar maar net in, waarschijnlijk door te denken aan al die andere handelaars bij Lafayette, die mijn aanwijzingen hadden opgevolgd en vrijwel zeker net zo failliet waren als ik. Hoewel ik durfde te wedden dat geen van hen zoveel had verloren als ik, ongeveer een miljoen dollar...

# 21

De volgende ochtend ging ik vroeg op pad om de kranten te kopen, mijn proviand aan te vullen bij Gristede's en een bezoek te brengen aan de drankwinkel. De koppen varieerden van AU! tot NIGHTMARE ON QUEASY STREET en INVESTEERDERS BEHOEDZAAM NA DOMPER. De Nasdaq had zich aan het eind van de middag nog iets hersteld, na een onthutsend dieptepunt van min negen procent, en het herstel zette zich vanochtend door. Dat was te danken aan een paar makelaars en fondsen die de bodem hadden zien naderen en waren begonnen met kopen. Sommige commentaren waren op het hysterische af en spraken van een herhaling van Zwarte Maandag – en zelfs van 1929 – maar andere namen een meer gematigd standpunt in en zeiden dat de onterechte stijging van de technologieaandelen van de laatste tijd een halt was toegeroepen, of dat wat we hadden aanschouwd niet zozeer een wereldwijde bezinning als wel een schoonmaakactie van de Nasdaq zelf was. Dit mocht voor de handelaars met de lange adem misschien heel geruststellend zijn, voor de kleine jongens die in de marge handelden en door de grote uitverkoop om zeep waren geholpen, bood het weinig troost.

Trouwens, krantencommentaren lezen over hoe het allemaal had kunnen gebeuren, veranderde weinig aan het feit dat bijvoorbeeld mijn bankrekening was leeggehaald en dat ik niet langer bij Lafayette kon handelen.

Ik legde de kranten opzij, keek naar de envelop met geld op de overvolle eettafel en prentte mezelf voor de zoveelste keer in dat het alles was wat ik op deze wereld nog had, en dat ik het tot de laatste cent schuldig was aan een Russische woekeraar...

Gennady's bezoek op vrijdagochtend zou de volgende gebeurtenis van betekenis worden, en een waar ik me beslist niet op verheugde. Ik had me de dagen daarvoor beziggehouden met drinken en naar muziek luisteren. Er was een moment geweest,

’s avonds laat met meer dan een halve fles Absolut achter mijn kiezen, dat ik zat te denken aan Ginny van Loon en aan wat een bijzonder meisje ze was. Ik ging on line en begon de archieven van kranten en tijdschriften door te spitten naar berichten over haar. Ik vond heel wat materiaal, citaten van ‘Page Six’ en ‘Styles’ van *The New York Times*, kleine artikelen en portretten en zelfs een paar foto’s: een zestienjarige Ginny die uit haar bol ging in de River Club met Tony de Torrio, Ginny omringd door fotomodellen en modeontwerpers, Ginny met Nikki Sallis op een party in Los Angeles, drinkend uit een flesje Cristal. Een meer recent stuk uit *New York Magazine*, dat terugviel op het verhaal dat haar ouders hadden gedreigd haar te onterven, met citaten van vrienden die zeiden dat ze een stuk rustiger was geworden en dat ‘er nog weinig met haar te beleven viel’. Ginny zelf werd geciteerd in een artikel waarin ze zei dat ze in haar tienerjaren niets anders had gewild dan beroemd zijn en nu niets liever wilde dan met rust gelaten worden. Ze had een beetje geacteerd en wat modellenwerk gedaan, maar ze was die fase voorbij. Beroemd willen zijn was een ziekte, had ze gezegd, en iedereen die zich eraan overgaf was niet goed snik. Ik las alles diverse keren, printte de foto’s uit en prikte ze op mijn prikbord.
Grote brokken tijd waarin ik niets anders deed dan surfen op het Net of drinken op de bank, gleden voorbij en ik voelde me alleen nog maar suf, verward en lamgeslagen.

Toen Gennady vrijdagochtend kwam, had ik een kater. De puinhoop in mijn appartement was nog groter geworden en ik wist zeker dat het er ook niet al te fris rook, hoewel het dingen waren waar ik me op dat moment niet echt mee bezig hield. Ik voelde me te ziek en ellendig om er aandacht aan te schenken.
Toen Gennady in de deuropening stond en zijn blik over de chaos liet gaan, werd mijn ergste angst bewaarheid: ik wist meteen dat hij MDT had geslikt. Ik zag het aan de alerte uitdrukking op zijn gezicht en zelfs aan de manier waarop hij stond. Ik wist ook dat mijn vermoeden zou worden bevestigd zodra hij zijn mond opendeed.
‘Wat mankeert je, Eddie?’ zei hij met een hooghartig lachje. ‘Ben je depressief of zo? Misschien moet je aan de antidepressiva.’ Hij snoof en trok een vies gezicht. ‘Of misschien heeft dit huis alleen maar behoefte aan een behoorlijke airconditioning.’
Zelfs uit die paar zinnen werd me duidelijk dat zijn gesproken

Engels aanzienlijk was verbeterd. Zijn accent was nog steeds goed hoorbaar, maar zijn woordkeus en de manier waarop hij zijn zinnen vormde hadden een drastische verbetering ondergaan. Ik vroeg me af hoeveel van de vijf pillen hij al had geslikt.
'Hallo, Gennady.'
Ik liep naar de eettafel, ging zitten en haalde het pak bankbiljetten uit de grote, bruine envelop. Ik begon de biljetten van honderd dollar uit te tellen en liet om de paar seconden een vermoeide zucht horen. Gennady kwam de kamer binnen en bleef even om zich heen kijken om de rotzooi in zich op te nemen. Toen kwam hij recht voor me staan.
'Het is niet erg verstandig, Eddie,' zei hij, 'om al je geld hier te laten rondslingeren. Misschien komt iemand het wel stelen.'
Ik zuchtte weer en zei: 'Ik hou niet van banken.' Ik gaf hem de 22.500 dollar. Hij pakte het aan en stak het in de binnenzak van zijn jasje. Toen liep hij naar mijn bureau, draaide zich om en ging op de rand zitten.
'En nu,' zei hij, 'wil ik met jou over iets praten.'
Daar had je het. Ik kreeg een hol gevoel in mijn maag maar probeerde me van de domme te houden.
'Het scenario beviel je niet,' zei ik en ik voegde eraan toe, 'het was maar een ruwe opzet.'
'Niks scenario,' zei hij met een wegwerpgebaar van zijn hand. 'Daar heb ik het niet over. En je hoeft niet te doen alsof je niet weet waar ik het wel over heb.'
'Wat dan?'
'De pillen die ik heb gestolen. Wilde je soms zeggen dat je het niet had gemerkt?'
'Wat is ermee?'
'Wat denk je? Ik wil er meer.'
'Ik heb er niet meer.'
Gennady glimlachte alsof we een spelletje speelden, wat natuurlijk ook zo was.
Ik haalde mijn schouders op en zei weer: 'Ik heb er niet meer.'
Hij stond op en kwam naar me toe lopen. Hij bleef staan op dezelfde plek waar hij net had gestaan en bracht zijn hand langzaam naar de binnenzak van zijn jasje. Ik was bang, maar ik gaf geen krimp. Hij haalde iets tevoorschijn wat ik niet goed kon zien. Hij keek me aan, glimlachte weer en wipte met een snelle handbeweging het lemmet uit zijn knipmes. Hij zette het op de zijkant van mijn hals en bewoog het langzaam op en neer, waar-

bij het snijvlak zachtjes over mijn huid schraapte. 'Ik wil er meer.'
Ik slikte en zei: 'Zie ik eruit als iemand die er meer heeft?'
De beweging van het mes stopte, maar hij haalde het niet weg.
'Je hebt het middel ingenomen, nietwaar?' vervolgde ik. 'Je weet wat het met je doet.' Ik slikte weer, beter hoorbaar dan daarvoor. 'Kijk om je heen. Ziet dit eruit als het huis van iemand die slikt wat jij hebt geslikt?'
'Nou, waar heb je ze dan vandaan?'
'Weet ik veel, een of andere knaap die ik...'
Hij drukte de punt van het mes hard in mijn nek en trok hem meteen weer terug.
'Au!'
Ik legde mijn hand op de plek waar hij me had gestoken en wreef erover. Het bloedde niet, maar het deed flink zeer.
'Lieg niet tegen me, Eddie, want – en zorg dat je dat goed begrijpt – als je mij niet geeft wat ik wil, vermoord ik je hoe dan ook...' Hij zette de punt van het mes net onder mijn linkeroog en begon te duwen. '... en in etappes.'
Hij bleef duwen en toen ik mijn oogbol voelde uitpuilen, fluisterde ik: 'Oké.'
Het mes bleef nog even waar het was en toen haalde Gennady het weg.
'Ik kan eraan komen,' zei ik, 'maar dat kost een paar dagen. De knaap die ze levert, heeft zich heel goed beveiligd.'
Gennady klikte met zijn tong als om aan te geven dat ik moest doorgaan.
'Ik bel hem en hij regelt de aflevering.' Ik zweeg even om in mijn linkeroog te wrijven, maar in werkelijkheid was het om tijd te rekken en te verzinnen wat ik nu moest zeggen. 'Trouwens, als hij ook maar het geringste vermoeden heeft dat er iemand anders bij betrokken is, iemand die hij niet kent, zien we hem nooit meer terug.'
Gennady knikte.
'En nog iets,' zei ik, 'ze zijn nogal duur.'
Ik kon zien dat hij opgewonden was geraakt door het vooruitzicht dat hij had gescoord. Ik wist ook dat hij nu, ondanks zijn hardhandige aanpak, zou meegaan met alles wat ik voorstelde en zou betalen wat ik ook vroeg.
'Hoeveel?'
'Vijfhonderd dollar per stuk.'

Hij floot bijna bewonderend.
'Wat de reden is dat ik zonder zit. We hebben het hier niet over een paar tientjes.'
Hij keek me aan en wees naar het geld op tafel. 'Gebruik dat en bestel er...' Hij zweeg en leek in gedachten een rekensom te maken. '... vijftig of zestig voor me. Om te beginnen.'
Als ik hem MDT ging geven, zou ik dat uit eigen voorraad moeten doen, dus zei ik: 'Ik kan er hooguit tien per keer krijgen.'
'Gelul.'
'Gennady, ik zal met hem praten, maar hij is heel paranoïde. We zullen langzaam moeten beginnen.'
Hij draaide zich om, liep naar het bureau en kwam weer terug.
'Oké, wanneer?'
'Volgende week vrijdag moet lukken.'
'Volgende week vrijdag? Je zei een paar dagen.'
'Ik moet hem bellen en een bericht inspreken. Het duurt een paar dagen voordat hij me terugbelt en dan een paar dagen om de aflevering te regelen.'
Hij hield zijn mes weer vlak voor mijn gezicht. 'Als je me besodemietert, Eddie, krijg je er spijt van.'
Toen klapte hij het mes dicht, stopte het weg en liep naar de deur.
'Ik bel je dinsdag.'
Ik knikte.
'Oké... dinsdag.'
In de deuropening, alsof hem ineens iets te binnen schoot, vroeg hij: 'Wat is het eigenlijk voor rommel? Wat zit erin?'
'Het is een smart drug,' zei ik, 'en ik weet echt niet wat erin zit.'
'Je wordt er slim van?'
Ik liet hem mijn handen zien. 'Nou, ja. Heb je dat dan niet gemerkt?' Ik wilde iets zeggen over hoezeer zijn Engels erop vooruit was gegaan maar besloot het toch maar niet te doen. Misschien zou ik hem beledigen door te suggereren dat zijn Engels daarvoor niet goed was geweest.
'Jawel,' zei hij. 'Het is verbluffend. Hoe heet het?'
Ik aarzelde maar zei toen: 'Eh... MDT. Het heet MDT. Dat is de chemische naam, maar ja...'
'MDT?'
'Ja, je weet wel, MDT scoren, een shot MDT...'
Gennady bleef me even achterdochtig aankijken en zei toen: 'Dinsdag.'

Zonder de deur achter zich dicht te doen liep hij de gang in. Ik bleef zitten en luisterde naar zijn voetstappen op de trap. Toen ik de voordeur met een klap dicht hoorde gaan, stond ik op en liep naar het raam. Ik keek naar buiten en zag Gennady door 10th Street richting First Avenue lopen. Hoewel ik hem nauwelijks kende, kwam zijn lichte, soepele tred me op zijn minst als ongewoon voor.

Als ik er nu op terugkijk, vanuit de doodstille motelkamer in de Northview Motor Lodge, weet ik dat Gennady's inbreuk in mijn leven en zijn poging toegang te krijgen tot mijn MDT-voorraad een heel storend effect op me hadden. Ik was bijna alles kwijt en het beviel me helemaal niet dat er iemand uit was op het weinige wat ik nog had. Ik wilde geen volle doses meer gebruiken omdat ik bang was voor nieuwe black-outs en me niet meer wilde overgeven aan die mate van duistere onvoorspelbaarheid. Maar ik wilde er evenmin helemaal mee ophouden en alles weggeven, zeker niet aan een aasgier als Gennady. Trouwens, Gennady aan de MDT was volgens mij alleen maar verspilling. De man kon ineens begrijpelijk Engels spreken. Nou en? Hij was nog steeds een domkop, een *zhulik*. MDT zou iemand als hij niet veranderen, in elk geval niet zoals het mij had veranderd...

Met dit besef in mijn achterhoofd besloot ik nog een laatste poging te doen. Misschien kon ik nog iets van de situatie redden. Misschien kon ik hem zelfs omkeren. Ik ging Donald Geisler nog een keer bellen en hem smeken met me te praten.
Dat kon toch geen kwaad?
Ik haalde Vernons adressenboekje tevoorschijn, zocht het nummer op en draaide het.
'Ja?'
Ik wachtte heel even en ratelde toen mijn verhaal af.
'U spreekt weer met Vernon Gants vriend, maar hangt u niet op, alstublieft. Vijf minuten van uw tijd; dat is alles wat ik van u vraag. Ik zal u ervoor betalen...' Ik zei wat me op dat moment te binnen schoot. '... vijfduizend dollar. Duizend dollar per minuut, alleen om met me te praten...'
Ik stopte, en het bleef stil. Terwijl ik wachtte, staarde ik naar de bruine envelop op tafel.
Hij slaakte een diepe zucht en zei: 'Jezus!'

Ik wist niet wat dat betekende, maar hij had in elk geval niet opgehangen. Ik besloot niet aan te dringen en bleef zwijgen.
Ten slotte zei hij: 'Ik wil je geld niet.' Hij wachtte weer even en zei toen: 'Oké, vijf minuten.'
'Dank u wel... heel erg bedankt.'
Hij gaf me het adres van een café op Seventh Avenue bij Park Slope in Brooklyn en zei dat hij er over een uur zou zijn. Hij was lang, zei hij, en zou een effen geel T-shirt aanhebben.
Ik ging me douchen en scheren, werkte snel een kop koffie en wat toost naar binnen en kleedde me aan. Het lukte me om al in 10th Street een taxi aan te houden.
Het café was klein en schemerig en er was bijna niemand. Aan een tafeltje in de hoek zat een lange man in een geel T-shirt een espresso te drinken. Naast zijn kopje lag een pakje Marlboro's met een Zippo-aansteker erbovenop. Ik stelde me voor en ging zitten. Door zijn grijzende haar en rimpels naast zijn ogen schatte ik dat Donald Geisler ongeveer 55 jaar was. Hij had de vermoeide gezichtsuitdrukking van iemand die al het nodige had meegemaakt, misschien wel meer dan dat.
'Goed dan,' zei hij. 'Wat wil je weten?'
Ik gaf hem een snelle en zwaar aangepaste versie van wat me gebeurd was. Daarna zei ik: 'Wat ik echt te weten moet zien te komen is welke dosering ik moet gebruiken. Of, als dat niet kan, of u een kennis van Vernon kent die Tom of Todd heet.'
Hij knikte bedachtzaam en bleef enige tijd naar zijn koffiekopje staren. Ik wachtte tot hij klaar was met het ordenen van zijn gedachten, of wat hij ook aan het doen was, en stak ondertussen een Camel op.
Ik had meer dan de helft van de sigaret opgerookt toen Geisler begon te praten. Ik bedacht dat als we ons aan de afspraak van vijf minuten zouden houden, we nu al ruim over tijd waren.
'Ongeveer drie jaar geleden,' begon hij, 'misschien drieënhalf jaar, ontmoette ik Vernon Gant. Ik was in die tijd acteur in een klein gezelschap dat we vijf jaar daarvoor hadden opgericht. We speelden Millar en Shepard en Mamet, dat soort dingen. We boekten een paar succesjes, met name met onze productie van *American Buffalo*, en we toerden veel.'
Door de toon van zijn stem en de manier waarop hij de inleiding begon, wist ik meteen dat het, ondanks zijn eerdere protesten, een lang verhaal zou worden.

Toen de serveerster voorbijkwam, bestelde ik onopvallend nog twee espresso's en stak weer een sigaret op.
'Rondom de tijd dat ik Vernon ontmoette, hadden we met het gezelschap besloten tot een koerswijziging en ons gewaagd aan *Macbeth*, waarin ik de hoofdrol zou spelen. Ik deed ook de regie.' Hij schraapte zijn keel. 'Op dat moment leek de ontmoeting met Vernon een geschenk uit de hemel, want ik deed het in mijn broek van angst bij het vooruitzicht dat ik Shakespeare moest spelen en toen was daar opeens die knaap die me... nou ja, je weet wat hij me aanbood.'
Geislers verteltrant was traag en nadrukkelijk, en zijn stem klonk gortdroog. Het was echt de stem van een acteur. Toen hij verderging, kreeg ik ook de indruk dat hij dit nog nooit aan iemand had verteld. Zijn verslag over zijn eerste ervaringen met MDT was veel vollediger dan dat van Melissa was geweest, maar afgezien van enkele details kwam het wel op hetzelfde neer.
Geisler had het middel door Vernon aangeboden gekregen, er geen weerstand aan kunnen bieden en had na een paar doses van vijftien milligram de hele tekst van *Macbeth* uit het hoofd gekend. In de tussentijd had hij een soort schrikbewind gevoerd over de andere acteurs en leden van het gezelschap. Hij was blijven gebruiken gedurende de hele repetitieperiode, had nog twaalf pillen geslikt, gemiddeld drie per week. De pillen hadden geen merknaam, maar op een dag bracht Vernon zijn partner mee, een zekere Todd, die hem uitleg gaf over de dosering, een paar dingen over wat er in MDT zat en hoe ze werkten. Todd had Geisler ook vragen gesteld over hoe hij op het middel reageerde en of er sprake was geweest van onaangename bijverschijnselen. Geisler had het laatste ontkend.
Twee weken voor de première, onder grote druk, had Geisler al zijn geld van de bank gehaald en zijn gebruik verhoogd tot zes pillen per week. 'Bijna één per dag,' zei hij.
Ik had hem meer willen vragen over Todd en wat hij had gezegd over de dosering, maar ik had gemerkt dat Geisler zich erg inspande om zich te kunnen concentreren en ik wilde zijn gedachtegang niet onderbreken.
'Toen, een paar dagen voor de première, gebeurde het en stortte mijn hele leven in. In een paar dagen tijd, van dinsdag tot vrijdag, stortte alles in elkaar.'
Tot dat moment had Geisler zijn handen uit het zicht onder de

tafel gehouden. Ik had er niet bij stilgestaan, maar nu hij zijn rechterhand boven tafel bracht om zijn espressokopje te pakken, zag ik dat de hand trilde. Ik dacht eerst aan overmatig alcoholgebruik of zoiets, maar toen hij zich naar voren boog en uiterst voorzichtig het kopje naar zijn lippen bracht, besefte ik dat hij moest lijden aan een stoornis in zijn zenuwgestel. Hij zette het kopje voorzichtig terug op het schoteltje en begon een zelfde tijdrovende reeks handelingen om een sigaret op te steken. Hij deed het in stilte, zei bewust niets over de moeite die het hem kostte. Hij wist dat ik keek, zodat het bijna een soort voorstelling werd.

Toen zijn sigaret eenmaal brandde, zei hij: 'Ik stond onder grote druk, repeteerde veertien tot vijftien uur per dag, maar toen, van het ene op het andere moment, waren er ineens momenten dat ik aan geheugenverlies leed.'

Ik keek hem aan en knikte.

'Ik wist niet meer wat ik deed, of wat ik in de afgelopen uren had gedaan.'

Ik kon mezelf niet meer inhouden en zei: 'Ja, ja, ga door, ga door.'

'Ik weet nog steeds niet precies wat ik heb gedaan tijdens die black-outs – ik denk dat je ze zo moet noemen – maar die week, tussen dinsdag en vrijdag, ging mijn vriendin na tien jaar ineens bij me weg, werd de productie van *Macbeth* stopgezet en werd ik uit mijn huis gezet. En ik heb op Columbus Avenue een elfjarig meisje aangereden; ze heeft het bijna niet overleefd.'

'Jezus.'

Mijn hart was sneller gaan slaan.

'Ik ben naar Vernon gegaan om te weten te komen wat er met me aan de hand was, en hij wilde er eerst niets van weten, hij was bang, maar toen heeft hij Todd gebeld en hebben we een gesprek gehad. Todd was de technische man; hij was degene die voor het farmaceutische bedrijf werkte. Ik heb nooit kunnen ontdekken hoe het echt in elkaar zat, maar al gauw werd me duidelijk dat Todd het spul pikte uit het laboratorium waar hij werkte en dat Vernon alleen een stroman was. Toen werd ook duidelijk dat Vernon twee flesjes pillen had omgewisseld en dat hij me dertig in plaats van vijftien milligram had gegeven, wat dus inhield dat mijn dosering was verdubbeld zonder dat ik ervan wist. Hoe dan ook, ik vertelde Todd wat er gebeurd was en toen zei hij dat ik de MDT moest combineren met iets anders, een

ander middel, iets wat de bijverschijnselen zou tegenwerken. Zo noemde hij mijn black-outs... bijverschijnselen...'
'Hoe heette...'
'... maar ik heb hem gezegd dat ik niet van plan was een ander middel te nemen, dat ik wilde stoppen en weer normaal wilde worden. Ik heb hem gevraagd of dat kon, of ik gewoon kon stoppen, zonder het risico te lopen van andere akelige bijverschijnselen. Hij zei toen dat hij dat niet wist, dat hij de FDA niet was maar dat hij, omdat ik zo'n hoge dosering had geslikt, het niet verstandig vond om er in één keer een punt achter te zetten. Het leek hem beter dat ik het langzaam afbouwde.'
Ik knikte.
'En dat heb ik gedaan. Maar niet systematisch, niet volgens een erkende klinische procedure.'
'En wat is er toen gebeurd?'
'Een tijdje ging het goed, maar toen begon dit...' Hij stak zijn handen op. 'En daarna slapeloosheid, misselijkheid, infecties in neus- en borstholten, gebrek aan eetlust, constipatie, een droge mond, erectieproblemen...'
Zijn handen kwamen verder omhoog, deze keer in een wanhoopsgebaar.
Ik wist niet wat ik tegen hem moest zeggen en we zaten enige tijd zwijgend tegenover elkaar. Ik wilde nog steeds antwoord op mijn twee vragen, maar ik wilde ook niet als te ongevoelig overkomen.
Na een tijdje zei Geisler: 'Hoor eens, ik neem niemand iets kwalijk. Ik heb het zelf gedaan; niemand heeft me gedwongen MDT te nemen.' Hij schudde zijn hoofd en vervolgde: 'Ik denk dat ik een soort proefkonijn was, want toen ik Vernon ongeveer een jaar later tegenkwam, zei hij dat ze het probleem hadden opgelost en dat de dosering nu kon worden afgestemd op de wensen van de gebruiker.' Er kwam opeens een boze trek op zijn gezicht. 'Hij heeft me zelfs gevraagd of ik het nog een keer wilde proberen, maar ik heb hem gezegd dat hij in de stront kon zakken.'
Ik probeerde begrijpend te knikken.
Daarna wachtte ik om te zien of hij nog iets anders ging zeggen. Toen het daar niet naar uitzag, vroeg ik: 'Die Todd, weet u misschien zijn achternaam? Of iets anders over hem? Voor welk bedrijf hij werkte?'
Geisler schudde zijn hoofd.

'Ik ben hem maar twee of drie keer tegengekomen. Hij was heel terughoudend en voorzichtig. Hij en Vernon vormden een soort duo, dat kan ik je wel vertellen, en Todd was daar duidelijk het brein van.'

Ik speelde even met mijn pakje Camel, dat naast mijn espressokopje op tafel lag.

'Nog één vraag,' zei ik. 'Toen Todd u vertelde dat u MDT met een ander middel moest combineren om de bijverschijnselen en het geheugenverlies tegen te gaan, heeft hij toen gezegd welk middel dat was?'

'Ja.'

Mijn hart sprong op.

'Wat was het?'

'Ik herinner het me zelfs nog goed, want hij bleef er maar over doorgaan, bleef maar zeggen dat het mijn probleem zou oplossen en dat hij het net had ontdekt. Het was een middel dat Dexeron heette. Het is een antihistamine en wordt gebruikt voor de behandeling van bepaalde allergieën. Het bevat een stof die een reactie aangaat met bepaalde hersenvloeistoffen en die manier – beweert hij – voorkomt dat je black-outs krijgt. De details herinner ik me niet precies meer. Ik geloof dat ik het toen al niet begreep. Maar het schijnt dat je het gewoon bij de apotheek kunt kopen.'

'Maar u hebt het zelf nooit gebruikt?'

'Nee.'

'O.'

Ik knikte, deed alsof ik hierover nadacht, maar het enige waaraan ik kon denken was hoe ik hier zo gauw mogelijk weg kon komen om naar een apotheek te rennen.

'Hoe dan ook,' vervolgde Geisler, 'nadat Janine bij me was weggegaan en ik uit het theatergezelschap was gegooid, heb ik geprobeerd mijn leven weer op de rails te krijgen, maar dat viel niet mee, want...'

Ik dronk mijn kopje leeg en dacht koortsachtig na over een ontsnappingsstrategie. Want ook al had ik met Geisler te doen en vond ik het afschuwelijk wat hem was overkomen, aan dit deel van het verhaal had ik echt geen behoefte. Maar ik kon ook niet zomaar opstaan en weglopen, dus rookte ik ten slotte nog twee sigaretten voordat ik de moed had om te zeggen dat ik moest gaan.

Ik bedankte hem hartelijk en zei dat ik op weg naar buiten de koffie zou betalen. Hij keek me aan alsof hij wilde zeggen: hè, toe nou, ga nog even zitten en neem nog een kop koffie, maar even later wuifde hij met zijn hand en zei: 'O, ga dan maar. Schiet op, smeer hem. En veel succes, neem ik aan.'

Er was een apotheek op Seventh Avenue, iets voorbij het café, en ik kocht er twee doosjes Dexeron. Daarna nam ik een taxi naar 10th Street.

Thuis liep ik meteen door naar de kast in de slaapkamer en haalde de zak met MDT-pillen uit de doos. Ik wist niet precies hoeveel ik er moest nemen en dacht daar vrij lang over na. Uiteindelijk besloot ik er drie te nemen. Dit was mijn laatste kans en de kans van slagen was fifty-fifty.

Ik liep naar de keuken voor een glas water, nam de drie MDT-pillen in één keer in en slikte vervolgens twee Dexerons. Daarna liep ik de woonkamer in en ging op de bank zitten wachten.

Twee uur later stonden mijn cd's weer op alfabetische volgorde, waren er nergens meer pizzadozen, lege bierblikjes en vuile sokken te zien en glom elke vierkante centimeter van mijn appartement me weer tegemoet...

# Deel vier

# 22

Gedurende het weekend bleef ik de nieuwe dosis slikken en volgde ik nauwlettend wat er met me gebeurde. Ik besloot niet uit te gaan, voor het geval er iets mis zou gaan, maar er ging niets mis. Geen klik-klik, geen flitsen en geen sprongen in de tijd, dus het leek erop dat de Dexeron echt werkte, wat natuurlijk niet wilde zeggen dat me niets meer kon gebeuren of dat ik nooit meer een black-out zou beleven, maar het was een heel prettig gevoel om weer bij de mensen te zijn. Ik was opeens weer vol zelfvertrouwen, helder en scherp, en ik bruiste van energie en nieuwe ideeën. Als de Dexeron zo goed bleef werken, lag mijn toekomst voor me vast en hoefde ik alleen maar de pijltjes te volgen, zonder me te laten afleiden door allerlei zijwegen. Ik zou me opnieuw verdiepen in het MCL-Abraxas-materiaal en daarna schoon schip maken met Carl van Loon. Ik zou weer in aandelen gaan handelen, geld verdienen en naar het Celestial verhuizen. En uiteindelijk zou ik me losmaken van mensen als Van Loon en Hank Atwood en mijn eigen onafhankelijke bedrijf opzetten: de Spinola Corporation, SpinolaSystems of Edinvest, of zoiets. Maar terwijl ik aan al deze dingen dacht, kon ik Ginny van Loon niet uit mijn hoofd zetten. Ik probeerde haar op een zijspoor te rangeren, maar dat liet ze niet toe – of beter gezegd: dat lieten mijn gedachten niet toe – en hoe meer ze zich verzette, hoe onrustiger ik werd. Uiteindelijk lukte het me toch om deze gevoelens af te sluiten en kon ik aan de slag met het MCL-Abraxas-materiaal.

Ik las alle papieren door en verbaasde me dat ik er een paar dagen geleden zo weinig van had begrepen. Het was zeker niet het meest boeiende proza dat ik ooit had gelezen, maar het was allemaal toch vrij simpel en rechtlijnig. Ik maakte mezelf opnieuw bekend met de werking van het Black-Scholes-prijsmodel en voerde alle berekeningen in mijn computer. Van Loon had de gele blocnote waarop ik de oorspronkelijke berekeningen had

gemaakt, dus ik moest ze nu uit het hoofd doen. Ik streek de laatste oneffenheden glad, ook de discrepantie in de derde optie, waarop Van Loon me die dag op zijn kantoor had gewezen.
Wat ik in het weekend ook deed, afgezien van honderd sit-ups elke ochtend en avond, was me serieus verdiepen in het nieuws. Ik las de on line-kranten en volgde de belangrijkste nieuws- en actualiteitenrubrieken op tv. Over het onderzoek naar de moord op Donatella Alvarez werd weinig gezegd, afgezien van een oproep aan iedereen die iets had gezien om zich bij de politie te melden, wat waarschijnlijk inhield dat de politie geen aanwijzingen had en zich vastklemde aan strohalmen.
Veel meer aandacht werd besteed aan het Mexico-verhaal. Er waren diverse aanslagen gepleegd, op toeristen, Amerikaanse burgers en vooraanstaande zakenmensen die in Mexico-Stad woonden. Een directeur van een bedrijf was doodgeschoten en twee andere directeuren waren ontvoerd en werden nog steeds vermist. Al deze incidenten werden direct in verband gebracht met het debat over de buitenlandse politiek dat woedde in de media en waarin het woord 'invasie' al diverse malen was gevallen. Want ondanks al het gepraat over de bezorgdheid jegens de veiligheid van Amerikaanse burgers en de Mexicaanse dreiging om alle buitenlandse investeringen te confisqueren, moest het publiek nog rijp worden gemaakt voor de redelijkheid van een invasie, maar het was duidelijk dat eraan werd gewerkt.
Ik bekeek ook hoe de markten het deden sinds de vrije val van de technologieaandelen van afgelopen dinsdag en deed wat voorbereidende research voor de komende maandagochtend, als ik van plan was mijn account bij Klondike te reactiveren.

Zondagavond laat begon ik onrustig te worden en besloot ik een paar uurtjes uit te gaan. Pas toen ik de zwoele avondlucht voelde en begon te lopen, drong het tot me door hoeveel beter ik me voelde. In tegenstelling tot daarvoor was ik me scherp bewust van de MDT in mijn lichaam en de bijna elektrische tinteling in mijn hoofd en ledematen. Tegelijkertijd voelde ik me op geen enkele manier vergiftigd. Ik had de volledige controle over mijn zintuigen en motoriek en voelde me sterker, frisser en spitser dan ooit.
Ik bezocht een paar bars, dronk mineraalwater en praatte de hele nacht. Overal waar ik kwam, kostte het me maar een paar minuten om met iemand in gesprek te raken en daarna nog een

paar minuten om een groep luisteraars om me heen te verzamelen, mensen die blijkbaar gefascineerd werden door wat ik te zeggen had over politiek, geschiedenis, honkbal, muziek en al het andere wat ter sprake kwam. Ik werd bewonderd door vrouwen en zelfs door een paar mannen, maar had geen enkele seksuele interesse in deze mensen en ontweek hun avances heel tactvol door het polemische gehalte van het gespreksonderwerp van dat moment wat te verhogen. Ik ben me nu bewust dat dit misschien klinkt als aanmatigend en manipulatief, maar op dat moment vond ik dat absoluut niet. En naarmate de nacht vorderde en zij allemaal meer dronken en verhit raakten, om uiteindelijk een voor een af te druipen, werd ik steeds rustiger, totdat ik me ten slotte een soort halfgod voelde.

Toen ik de volgende ochtend om een uur of halfacht thuiskwam, begon ik onmiddellijk alle financiële websites door te spitten. Ik had al mijn geld van mijn Klondike-account gehaald toen ik bij Lafayette begon, behalve de eerste verplichte inleg, die nodig was geweest om de account open te houden. Ik was nu blij dat ik het had gedaan, maar toen ik een paar uur aan het handelen was, heel rustig en ontspannen, merkte ik dat ik de aanwezigheid van de andere handelaars en de sfeer van de 'werkvloer' miste. Desondanks was het opmerkelijk hoe snel ik het zelfvertrouwen terugvond om grotere aankopen te doen en aanzienlijke risico's te nemen, en op dinsdagmiddag, toen Gennady belde, had ik mijn account alweer weten op te pompen tot 25.000 dollar.
Ik was vergeten dat Gennady zou bellen en zat midden in de planning van een heel complexe handelsstrategie voor de volgende dag toen ik hem aan de lijn kreeg. Ik was in een redelijk vrolijke bui en wilde geen problemen, dus zei ik dat ik op vrijdag tien pillen voor hem zou hebben. Hij wilde onmiddellijk weten of ik ze daarvoor al zou krijgen en of hij ze dan meteen kon komen halen. Dat irriteerde me enigszins en ik zei nee, ik kreeg ze niet eerder en hij kon ze niet eerder komen halen; hij zou tot vrijdagochtend moeten wachten. Toen ik had neergelegd, dacht ik enige tijd na over hoe ik de situatie met Gennady moest aanpakken. Dit kon wel eens een serieus probleem worden en hoewel ik deze keer geen andere keus had dan hem tien pillen te geven, vond ik het een allesbehalve prettig idee dat hij er was, zich steeds verder opwerkte binnen de Organizatsiya en zich in de

tussentijd dieper en dieper in mijn leven drong. Ik zou iets moeten verzinnen, en snel ook.
Op woensdag ging ik een paar nieuwe pakken kopen. Dankzij de combinatie van niet eten en tweehonderd sit-ups per dag was ik in de afgelopen vijf dagen wat gewicht kwijtgeraakt en ik vond dat het moment was aangebroken om mijn garderobe een beetje nieuw leven in te blazen. Ik kocht twee scheerwollen pakken, een staalgrijze en een nachtblauwe, allebei van Hugo Boss. En ik kocht katoenen overhemden, zijden dassen, zakdoeken, boxershorts, sokken en schoenen.
Ik zat achter in een taxi op weg naar huis, te midden van al die lekker ruikende, postmoderne winkeltassen en voelde me opgelaten en klaar om álles aan te pakken, maar toen ik in mijn appartementengebouw de trap naar de tweede verdieping op liep, werd ik weer overvallen door het gevoel dat ik onder invloed van MDT al vaker had gehad, namelijk dat ik niet genoeg ruimte om me heen had. Mijn appartement was gewoon te klein voor me, en ook aan dat probleem zou ik iets moeten doen.
Die avond schreef ik een lange, zorgvuldig geformuleerde brief aan Carl van Loon. In de brief excuseerde ik me voor mijn gedrag van de laatste tijd en legde ik hem uit dat het te wijten was aan een medicijnkuur die ik nu had afgerond. Ik eindigde met het verzoek naar hem toe te mogen komen om met hem te praten en deed de brief tezamen met de herziene berekeningen in een dossiermap. Oorspronkelijk was ik van plan geweest het pakketje de volgende ochtend per koerier naar zijn kantoor te sturen, maar ik besloot nu het persoonlijk te gaan afleveren. Als ik Van Loon tegenkwam in de hal of de lift, nou, dat moest dan maar, en anders zou ik wachten en zien hoe hij op mijn briefje zou reageren.
De rest van de avond en een groot deel van de nacht bracht ik door met het lezen van een achthonderd pagina's tellend boek over bedrijfsfinanciering, dat ik een paar weken daarvoor had gekocht.

De volgende ochtend deed ik mijn sit-ups, dronk een glas sinaasappelsap en ging douchen. Ik koos voor mijn donkerblauwe pak, een witkatoenen overhemd en een effen donkerrode das. Ik kleedde me aan voor de grote spiegel in de slaapkamer en even later was ik in een taxi op weg naar het Van Loon-gebouw in 48th Street. Toen ik de grote hal binnenging en doorliep naar de liften, voelde ik me fris en vol zelfvertrouwen. De mensen schoten aan alle kanten langs me heen en gaven me de indruk dat ik me door een zee van commotie bewoog. Toen ik wachtte totdat de liftdeuren opengingen, keek ik naar de plek bij het grote, bruingetinte raam, waar ik de vorige week zwetend van angst met Ginny had staan praten, en merkte dat ik me er heel moeilijk iets bij kon voorstellen. Noch voelde ik ook maar het geringste spoor van angst toen ik in de lift was gestapt en omhoogschoot naar de 62e verdieping. In plaats daarvan bekeek ik mezelf in de chroomstalen wanden en bewonderde ik de snit van mijn nieuwe pak.

Het was rustig in de receptie van Van Loon & Associates. Er stond een groepje jonge mannen die met elkaar praatten en af en toe te hard lachten. De receptioniste zat naar haar monitor te staren en toen ik bij haar bureau kwam, schraapte ik mijn keel om haar aandacht te trekken.

'Goedemorgen, meneer. Kan ik u helpen?'

Haar gezicht toonde iets van herkenning, maar ook van verbazing.

'Ik kom voor meneer Van Loon.'

'Meneer van Loon is helaas in het buitenland. We verwachten hem voor morgen niet terug. Als u...'

'Nee, dat is oké,' zei ik. 'Ik zou wel graag dit pakketje voor hem achterlaten. Het is heel belangrijk dat hij het krijgt zodra hij terug is.'

'Natuurlijk, meneer.'

Ze glimlachte.

Ik knikte en glimlachte terug.

Het had weinig gescheeld of ik had mijn hakken tegen elkaar geslagen voordat ik me omdraaide en terugliep naar de liften.

Ik ging terug naar huis en stortte me voor de rest van de dag op de aandelenhandel, en aan het eind van de dag had ik weer tienduizend dollar aan mijn kapitaal toegevoegd.

Tot nu toe had de combinatie van MDT en Dexeron heel goed voor me gewerkt, en ik hoopte dat het zo zou blijven. Ik gebruikte het nu bijna een week en had niet het geringste spoor van een black-out ervaren. Maar voor Gennady's bezoek maakte ik expres een beetje rommel in huis. Ik wilde niet dat hij zag welk effect een hoge dosering MDT zou hebben en hem ervan proberen te overtuigen dat meer dan één pil per paar dagen levensgevaarlijk was. Op die manier kon ik hem afremmen en

voor mezelf een adempauze creëren. Hoewel ik nog steeds geen idee had hoe ik mijn probleem met hem moest aanpakken.
Toen hij vrijdagochtend binnenkwam, zag ik dat hij een kleine terugslag had. Hij zei niets, stak alleen zijn hand uit en maakte een graaiend gebaar alsof hij wilde zeggen: geef op.
Ik haalde het kleine plastic potje met tien pillen uit mijn zak en gaf het aan hem. Hij maakte het meteen open en voordat ik aan mijn verhaal over de dosering kon beginnen had hij al een pil in zijn mond gestopt.
Hij deed zijn ogen dicht en bleef enige tijd zo staan. Ik wachtte en zei niets. Toen deed hij zijn ogen open en keek om zich heen. Ik had geprobeerd een verwaarloosde indruk te scheppen, maar dat was niet eenvoudig geweest en de vergelijking met hoe mijn appartement er de vorige week had uitgezien ging duidelijk niet op.
'Jij hebt zelf ook gekocht?' vroeg hij, knikkend naar de redelijk nette kamer.
'Ja.'
'Dus je kon er meer dan tien krijgen? Je zei dat je er maar tien kon krijgen.'
Shit.
'Ik kon er twaalf krijgen,' zei ik, 'twee extra voor mezelf. Maar dat kostte me duizend dollar. Meer kon ik me niet veroorloven.'
'Oké, volgende week wil ik er twaalf.'
Ik wilde nee zeggen. Ik wilde zeggen dat hij kon doodvallen. Ik wilde op hem af stormen en kijken of de lichamelijke kick van de driedubbele dosis me in staat zou stellen hem te overmeesteren en misschien te wurgen. Maar ik deed niets. Ik zei: 'Oké.'
Want stel dat het misging en hij míj wurgde? Of, in het gunstigste geval, ik de aandacht van de politie zou trekken? Dat ze mijn foto en vingerafdrukken zouden nemen en ik in hun computersysteem terecht zou komen? Ik had behoefte aan een veiliger en meer efficiënte manier om me uit deze situatie te redden. En dan wel voor altijd.
Gennady stak zijn hand weer uit en zei: 'De zeventien vijfhonderd?'
Ik had het geld al uitgeteld en gaf het hem zonder iets te zeggen. Hij stak het in de binnenzak van zijn jasje.
Toen hij de deur uit liep, zei hij: 'Volgende week twaalf. Niet vergeten.'
En toen was hij weg.

Carl van Loon belde me die avond om zeven uur. Ik had zo'n snelle reactie niet verwacht maar was er blij om, want nu kon ik tenminste doorgaan met waar ik mee bezig was, op welke manier dat ook zou zijn. Ik was rusteloos geweest en geprikkeld door de toenemende behoefte om bij iets betrokken te worden wat al mijn tijd en energie zou opeisen.
'Eddie.'
'Carl.'
'Hoe vaak gaan we dit nog doen, Eddie?'
Ik vatte zijn gematigde reactie op als een goed teken en reageerde met een stortvloed van verontschuldigingen die eindigde in een pleidooi om me alsjeblieft weer bij de MCL-Abraxas-deal te betrekken. Ik vertelde hem dat het vuur weer brandde, dat ik barstte van de nieuwe ideeën en dat hij, als hij mijn nieuwe berekeningen zou bekijken, zou zien hoe serieus ik het meende.
'Ik heb ze al bekeken, Eddie. Ze zijn fantastisch. Hank was hier en ik heb ze aan hem laten zien. Hij wil je graag ontmoeten.' Hij zweeg even. 'We willen deze zaak van de grond krijgen.'
Hij zweeg weer, maar nu langer.
'Carl?'
'Maar luister, Eddie, ik zal eerlijk tegen je zijn. Je hebt me vorige week flink aan het schrikken gemaakt. Ik wist niet met wie of met wat ik op dat moment praatte. Ik bedoel, ik weet niet wat je hebt, of je schizofreen bent of zoiets, maar die mate van instabiliteit is uit den boze als je op dit niveau opereert. Als de overname bekend wordt gemaakt, komen we flink onder druk te staan en krijgen we meer media-aandacht dan je ooit hebt durven dromen.'
'Laat me naar je toe komen om met je te praten, Carl, van man tot man. Als je daarna niet overtuigd bent, treed ik terug en hoor je nooit meer iets van me. Dan teken ik een geheimhoudingsovereenkomst en alles wat je maar wilt. Vijf minuten.'
Van Loon bleef dertig seconden zwijgen. In de stilte kon ik hem horen ademhalen. Uiteindelijk zei hij: 'Ik ben thuis. Ik heb later op de avond iets, dus als je wilt komen, moet je dat nu meteen doen.'

Ik had Van Loon binnen tien minuten om. Hij was verrast, verbijsterd bijna, door mijn veranderde uiterlijk, en dat gaf meteen een voordeel dat doorslaggevend zou blijken. We zaten in de bibliotheek en dronken een glaasje whisky terwijl ik hem vertelde

over een compleet verzonnen kwaal waaraan ik zogenaamd zou leiden. Die was eenvoudig te behandelen met een lichte medicijnkuur, ware het niet dat ik verkeerd had gereageerd op een van de stoffen die het middel bevatte, wat mijn vreemde gedrag tot gevolg had gehad. Ze hadden de medicatie aangepast, ik had de kuur afgemaakt en nu voelde ik me weer prima.
Het was een mager verhaal, maar ik dacht ook niet dat Van Loon echt luisterde naar wát ik zei; hij leek eerder gefascineerd door het timbre in mijn stem en mijn lijfelijke aanwezigheid. Ik had op een gegeven moment zelfs de indruk dat hij niets liever gedaan zou hebben dan zich naar me toe buigen om me aan te raken, alsof hij vermoedde dat ik een elektrische spanning uitstraalde. Het was een sterkere versie van hoe mensen – Paul Baxter, Artie Meltzer, Kevin Doyle en Van Loon zelf – eerder op me hadden gereageerd. Ik had er geen bezwaar tegen, maar ik moest wel voorzichtig zijn met hoe ik ermee omging, want ik wilde geen kortsluiting die de zaken uit evenwicht zou brengen. De beste manier daarvoor, nam ik aan, was mezelf bezighouden en ervoor zorgen dat degenen op wie ik die invloed uitoefende, ook bezig bleven. Met dat in mijn achterhoofd stuurde ik het gesprek zo snel mogelijk in de richting van de MCL-Abraxas-deal. Die lag heel gevoelig, zei Van Loon, en tijd was een essentiële factor. Ondanks een aantal obstakels, waarvan mijn onvergeeflijke blunder er een was, was Hank Atwood erop gebrand om door te gaan. Nu we een prijsplaatje hadden om op tafel te leggen, ging het er vervolgens om te bepalen wie de topfuncties zouden krijgen en in welke vorm het nieuwe bedrijf gegoten zou worden. Daarna zou het aankomen op besprekingen en onderhandelingen, de MCL-Parnassus-mensen en de Abraxasmensen, '... met ons in het midden.'
Ons?
Ik nam een slokje whisky en vroeg: 'Ons?'
'Ik, en als het goed uitpakt, jij. Jim Heche, een van mijn meest ervaren vice-presidenten, weet ervan, en mijn vrouw weet ervan, maar daar houdt het mee op. Hetzelfde geldt voor Hanks kant. Hij heeft een paar adviseurs opgetrommeld, maar hij is heel voorzichtig. Daarom moeten we de zaak in een paar weken, hooguit een maand, rond zien te krijgen.' Hij dronk zijn glas leeg en keek me aan. 'Het is niet eenvoudig om een zaak als deze stil te houden, Eddie.'
We praatten nog een halfuurtje door en toen zei Van Loon dat

hij weg moest. We spraken af voor de volgende ochtend op zijn kantoor. We zouden gaan lunchen met Hank Atwood en dan de bal serieus aan het rollen brengen.
Bij de deur van de bibliotheek schudde Van Loon mijn hand en zei: 'Eddie, ik hoop echt dat dit goed uitpakt. Echt.'
Ik knikte.
Op weg naar de voordeur van zijn appartement keek ik om me heen in de hoop een glimp van Ginny op te vangen...
'Maar stel me niet teleur, Eddie, oké?'
... als ze thuis was.
'Dat zal niet gebeuren, Carl. Ik zit erbovenop, geloof me.'
Maar er was geen spoor van haar te bekennen.
'Natuurlijk, dat weet ik. Ik zie je morgen.'

De lunch met Hank Atwood verliep heel soepel. Hij was onder de indruk van mijn beheersing van het materiaal betreffende de deal, maar ook van mijn brede kennis van de zakenwereld in het algemeen. Ik had geen enkel probleem met de vragen die hij me stelde en was zelfs zo brutaal hem er ook een paar te stellen. Van Loons opluchting omdat alles goed verliep was bijna voelbaar en ik merkte dat hij blij was omdat mijn optreden zo'n gunstig licht wierp op Van Loon & Associates. We waren weer naar de Four Seasons gegaan en toen ik, spelend met mijn lege wijnglas, mijn blik door het restaurant liet gaan, dacht ik terug aan de details van wat er allemaal was gebeurd toen ik hier de laatste keer was. Maar al gauw kreeg ik het merkwaardige gevoel dat mijn geheugen op dat punt niet helemaal betrouwbaar was en ik me een droom verkeerd herinnerde. Het kwam me zelfs voor dat ik hier nog nooit was geweest, niet echt, maar dat ik de herinnering had samengesteld uit dingen die iemand me had verteld, of die ik ergens had gelezen. Het gevoel van afstandelijkheid tegenover die vorige keer was echter welkom, want ik was hier nu en daar ging het om.
Ik vermaakte me ook, hoewel ik mijn eten nauwelijks aanraakte en niet eens iets te drinken had besteld. Naarmate de lunch vorderde, ontspande Hank Atwood zich een beetje en zag ik zelfs bij hem af en toe de flauwe schittering die aangaf dat hij zich verheugde op mijn aandacht, wat voor mij inmiddels kenmerkend was geworden voor dit soort ontmoetingen. En ik vond het best. Ik zat hier in de Four Seasons en genoot van de bedwelmende atmosfeer, hoewel ik af en toe het idee had – als ik mezelf voor-

hield wie deze mannen waren – dat ik me bevond in een buitengewoon geavanceerd virtual reality computerspelletje.

Hoe dan ook, deze lunch werd voor mij het begin van een vreemde, drukke en spannende episode in mijn leven. In de daaropvolgende twee à drie weken kwam ik terecht in een maalstroom van besprekingen, lunches, diners en gesprekken op de late avond met machtige mannen met gebruinde gezichten en dure pakken, allemaal in het kader van wat Hank Atwood de 'vaste grond' noemde, het moment waarop de twee partijen het eens zouden worden over de basisvorm van de deal. Ik ontmoette allerlei mensen: advocaten, financiers, bedrijfsstrategen, een paar congresleden en een senator, en ik kon mezelf tegenover iedereen staande houden. Het was zelfs zo dat ik, tot lichte schrik van Van Loon, in een paar opzichten de spil werd waarom alles draaide. Toen we het kritieke punt van de vaste grond naderden, werden enkelen van de rechtstreeks betrokkenen bij de deal een beetje angstig, op een zakelijke, terughoudende manier, en was ik degene die het sociale smeermiddel leverde. Het was aan mij om de plooien glad te strijken tussen de twee duidelijk van elkaar verschillende bedrijfsculturen. Een gevolg daarvan was dat ik ronduit onmisbaar werd voor Van Loon zelf. Aangezien hij zijn gebruikelijke teams van mensen niet bij de deal kon betrekken, vertrouwde hij steeds meer op mij als het ging om het volgen hoe alles verliep en het opslaan en verwerken van reusachtige hoeveelheden informatie, van de reglementen van de Federal Trade Commision tot en met de bijzonderheden van breedbandinternetverkeer, van het bijhouden van de afspraken tot en met de namen van de vrouw van de betrokkenen.
Terwijl dit allemaal gaande was, deed ik er ook nog dingen naast. De meeste dagen maakte ik gebruik van de fitnessruimte van Van Loon & Associates om een deel van mijn overtollige energie te verbranden, trainde ik op diverse apparaten en probeerde ik een complete work-out voor mezelf samen te stellen. Het lukte me ook mijn aandelenportefeuille bij Klondike in stand te houden en zelfs een paar transacties te doen op de handelsvloer van Van Loon & Associates. Ik kocht een mobiele telefoon, wat ik al een eeuwigheid van plan was geweest. Ik kocht meer kleren en droeg nu elke dag een ander pak, of tenminste, ik had er zes of zeven die ik met elkaar afwisselde. En aangezien slapen geen prominent deel van mijn leven uitmaakte, gebruikte

ik de nacht om kranten te lezen, research te doen en achter mijn computer te zitten...
Een ander deel van mijn leven, een dat ik helaas niet kon negeren, was Gennady. Aangezien ik het overdag drukker had dan ooit, had ik er een gewoonte van gemaakt hem elke vrijdagochtend zijn twaalf pillen te geven, mezelf heilig voornemend terwijl ik ze aan hem gaf, om er voor de volgende week iets aan te doen, stappen te nemen om die situatie te beëindigen. Maar welke stappen? Ik wist het nog steeds niet.
Elke keer dat hij kwam, schrok ik als ik zag hoezeer hij was veranderd. Zijn bleke gelaatskleur als gevolg van zijn smackgebruik had een gezonde tint gekregen. Hij had zijn haar laten knippen en was zelfs pakken gaan dragen, hoewel die natuurlijk niet zo mooi waren als de mijne. Hij kwam tegenwoordig ook met de auto, een zwarte Mercedes, en had een paar mannen bij zich die beneden op hem wachtten. Hij vond het natuurlijk nodig dat ik dat zag en dwong me zowat naar het raam om een blik te werpen op zijn escorte, die beneden in 10th Street op hem wachtte.
Wat me van Gennady ook ergerde was dat hij, zodra ik hem het plastic potje gaf, er een pil uit haalde en die in zijn mond stak terwijl hij recht voor me bleef staan, alsof ik de een of andere cokedealer was en hij checkte wat hij zonet had gekocht. De overige pillen deed hij altijd in een plat, zilveren pillendoosje dat hij in de borstzak van zijn jasje stak, om er vervolgens op te kloppen en te zeggen: 'Je weet maar nooit.' Gennady was een klootzak en ik kon zijn aanwezigheid in de kamer nauwelijks verdragen. Maar ik had niet de middelen om hem te stoppen, want hij was duidelijk opgeklommen binnen de Organizatsiya, en hoe moest ik die in hemelsnaam aanpakken?
Dus borg ik de informatie op met de bedoeling er iets mee te doen als het zover was, en over te gaan tot de orde van de dag.
Dat deed ik tegenwoordig nogal vaak.
Het merendeel van mijn tijd bracht ik echter door in de diverse kantoren en vergaderzalen van het Van Loon-gebouw in 48th Street, met Carl en Hank Atwood en Jim Heche, of met Carl en Jim en Dan Bloom, de president-directeur van Abraxas, en zijn mensen.
Op een avond echter zat ik samen met Carl in een van de vergaderkamers. Het was al laat en we dronken een glaasje whisky, en aangezien het niet lang meer zou duren voordat we in de deal tot

een akkoord zouden komen, bracht hij het onderwerp geld ter sprake, iets waar we sinds onze eerste bespreking in zijn huis aan Park Avenue nog niet aan toe waren gekomen. Hij maakte een opmerking over het commissiepercentage voor het tot stand brengen van de deal, dus besloot ik hem rechtstreeks te vragen wat mijn aandeel zou zijn. Zonder een spier te vertrekken keek hij even in het dossier dat voor hem lag en zei: 'Nou, gezien de omvang van je bijdrage zal het niet minder dan veertig zijn. Ik weet het niet precies, maar ik denk vijfenveertig.'
Ik zei niets, wachtte tot hij zou doorgaan, want ik begreep niet precies wat hij bedoelde. Maar hij zei verder niets, zat alleen maar in het dossier te turen.
'Duizend?' vroeg ik.
Hij keek me aan en fronste zijn wenkbrauwen. Hij leek enigszins verbaasd.
'Miljoen, Eddie. Vijfenveertig miljoen.'

# 23

Ik had er niet op gerekend in zo'n korte tijd zoveel geld te verdienen, wist ook niet dat de MCL-Abraxas-deal voor Van Loon & Associates zo lucratief zou zijn. Maar toen ik erover nadacht, er een paar andere deals bij pakte en keek hoe ze waren opgezet, merkte ik dat het helemaal niet zo bijzonder was. De gezamenlijke waarde van de twee bedrijven zou ongeveer tweehonderd miljard dollar bedragen. Op basis daarvan was ons makelaarshonorarium – nul komma zoveel procent – zelfs heel bescheiden te noemen.

Ik kon een hoop doen, dacht ik, met zoveel geld. Ik dacht er geruime tijd over na wat allemaal, maar het duurde echter niet lang om te beseffen dat ik nu nog niet over het geld kon beschikken. Het nam nog minder tijd in beslag om te besluiten Van Loon om een voorschot te vragen.

Toen hij het dossier opzijschoof en ik zijn aandacht weer had, vertelde ik hem dat ik een jaar of zes in 10th Street bij Avenue A had gewoond maar dat ik het tijd vond om te verkassen. Hij glimlachte naar me, een beetje beschaamd, alsof ik hem had verteld dat ik in een achterbuurt woonde, maar zijn gezicht klaarde op toen ik eraan toevoegde dat ik onlangs een nieuw appartement in het Celestial in de West Side had bezichtigd.

'Goed, dat klinkt al een stuk beter. Ik bedoel het niet vervelend, Eddie, maar jezus, Avenue A, waarom gaat iemand in godsnaam daar wonen?'

'Inkomen, Carl. Daarom. Ik heb nooit genoeg geld gehad om iets anders te huren.'

In de veronderstelling dat hij me in verlegenheid had gebracht, mompelde hij iets en maakte hij even een beschaamde indruk. Ik vertelde hem dat ik er altijd met plezier had gewoond en dat Avenue A en 10th Street een leuke buurt was vol oude cafés en kleurrijke bewoners. En vijf minuten later vertelde hij mij dat ik me geen zorgen moest maken en hij onmiddellijk de financiering

zou regelen zodat ik het appartement in het Celestial kon gaan kopen. Het zou een gewone bedrijfslening worden die ik later, wanneer het me uitkwam, kon terugbetalen. Natuurlijk, dacht ik, een doodgewone bedrijfslening van negenenhalf miljoen dollar...
De volgende ochtend belde ik Sullivan & Draskell, de makelaar op Madison Avenue, en vroeg naar Alison Botnick.
'Kijk eens aan, meneer Spinola, hoe gaat het met u?'
'Prima.'
Ik zei haar dat het me speet dat ik er die dag ineens vandoor was gegaan en maakte er een grapje van. O, zei ze, dat gaf niets. Toen vroeg ik haar of het appartement nog steeds te koop was. Dat was het, zei ze, en alle werkzaamheden waren net afgerond. Ik zei haar dat ik het nog een keer wilde zien, het liefst vandaag nog, en dat ik een bod wilde doen.
Van Loon had ook gezegd dat hij een referentie voor me zou schrijven, wat het voor Sullivan & Draskell waarschijnlijk overbodig zou maken om in mijn belasting- en kredietverleden te duiken en zou betekenen dat, als alles goed ging, ik meteen het contract kon tekenen en het appartement kon betrekken.
Dit was inmiddels de bepalende dynamiek van mijn nieuwe leven geworden: dingen die onmiddellijk werden gedaan en elkaar snel opvolgden. Ik bewoog me vliegensvlug van de ene gebeurtenis naar de volgende en vloog van de ene plek naar de andere, zonder veel na te denken over onderlinge verbanden. Die ochtend had ik bijvoorbeeld afspraken met diverse mensen op verschillende plekken: op kantoor in 48th Street, een hotel in de binnenstad en een bank aan Vesey Street. Daarna had ik een lunchafspraak met Dan Bloom in Le Cirque. Na de lunch had ik nog net een gaatje om het appartement te bezichtigen. Alison Botnick wachtte op me toen ik op de 68e uit de lift stapte, alsof ze na onze vorige afspraak niet was weggegaan maar daar geduldig op me was blijven wachten. Ze herkende me eerst bijna niet en was meteen een en al vriendelijkheid, maar na vijf minuten – misschien nog niet eens – had ik een strategisch bod iets boven de vraagprijs uitgebracht en was ik weer vertrokken, terug naar 48th Street voor een bespreking met Carl, Hank en Jim, waarna we cocktails zouden gaan drinken in The Orpheus Room.
We hadden de laatste bespreking afgerond en Van Loon was even naar zijn bureau gelopen om een telefoongesprek aan te ne-

men. We naderden het punt dat we de deal openbaar zouden maken en iedereen was in een opgewonden stemming. De bespreking was goed gegaan en hoewel het moeilijkste onderdeel nog moest komen – we moesten de goedkeuring hebben van onder meer het Congres – was het overheersende gevoel in het vertrek er een van gezamenlijke, kameraadschappelijke tevredenheid over wat we hadden bereikt.
Hank Atwood stond op van zijn stoel en kwam mijn kant op lopen. Hij was begin zestig maar zag er slank, pezig en fit uit. Hoewel hij niet groot van stuk was, was hij een indrukwekkende, bijna intimiderende verschijning. Hij gaf een klopje op mijn schouder en vroeg: 'Eddie, hoe krijg je het voor elkaar?'
'Wat?'
'Dat buitengewone geheugen van je. De manier waarop je alle informatie verwerkt. Ik kan je hersens bijna zien werken.'
Ik haalde mijn schouders op.
'Je zit boven op het materiaal,' vervolgde hij, 'op een manier die ik bijna...'
Ik begon me wat onbehaaglijk te voelen.
'... ik bedoel, ik zit al veertig jaar in het vak, Eddie. Ik heb in de food-sector gezeten, heb mijn eigen filmstudio gehad, ik heb alles gezien, ken alle trucs, heb alle deals gedaan die je kunt doen, alle mensen ontmoet die je kunt ontmoeten...'
Hij had zich over me heen gebogen en keek me recht in de ogen.
'... maar ik geloof niet dat ik ooit iemand zoals jij heb ontmoet...'
Ik was er niet zeker van of dit was bedoeld als liefdesverklaring of als motie van wantrouwen, maar op dat moment stond Van Loon op vanachter zijn bureau en zei: 'Hank, er is iemand die je gedag wil zeggen.'
Atwood draaide zich om.
Van Loon kwam achter zijn bureau vandaan en liep naar de deur van zijn kantoor. Ik stond op en ging achter Atwood staan. Jim Heche stond een eindje verderop en haalde zijn mobieltje uit zijn zak.
Ik richtte mijn aandacht op de deur.
Van Loon had hem opengedaan en nodigde degene die op de gang stond uit om binnen te komen. Ik hoorde stemmen, maar niet wat er werd gezegd. Het gepraat ging door, er werd ook even gelachen en toen, een paar seconden daarna, kwam Ginny van Loon het kantoor binnen.
Ik voelde mijn hartslag versnellen.

Ze kuste haar vader op de wang en Hank Atwood spreidde zijn armen en zei: 'Ginny!'
Ze kwam naar hem toe en de twee omhelsden elkaar.
'En, heb je het leuk gehad?'
Ze knikte en was een en al glimlach.
'Geweldig.'
Waar was ze geweest?
'Heb je die *osteria* geprobeerd, waarover ik je had verteld?'
Italië dus.
'Ja, geweldig. En dat andere; hoe heet het ook alweer? *Baccalà*? Verrukkelijk.'
Het noordoosten van Italië.
Ze praatten nog een tijdje door, waarbij Ginny al haar aandacht op Atwood had gericht. Terwijl ik wachtte totdat het gesprek afgelopen was en ze – hoopte ik – mij zou zien, bekeek ik haar aandachtig en kwam ik tot de ontdekking dat ik verliefd was op haar.
'... en ik vind het te gek dat ze straten naar historische datums noemen...'
Ze had een korte, grijze rok aan, een vaalblauw jasje, een bijpassend topje en zwartleren pumps, allemaal dingen die ze ongetwijfeld in Milaan had gekocht op de terugweg van Vicenza of Venetië of waar ze ook was geweest. Haar haar zat anders, niet meer in pieken maar steil, met een lok op haar voorhoofd die steeds voor haar ogen viel en die zij steeds wegstreek.
'... de straat van de twintigste september en de vierde november... hoe dat in het Italiaans klinkt!'
Ze keek naar mij, zag me en glimlachte, verbaasd en ook weer niet.
'Ik neem aan dat ze daar veel belang aan geschiedenis hechten,' zei Van Loon.
'O, en wij dan?' zei Ginny terwijl ze zich omdraaide naar haar vader. 'Zijn wij soms een van die gelukkige landen die geen geschiedenis hebben?'
'Dat bedoelde ik niet.'
'We doen alleen maar en hopen dat niemand er acht op slaat?'
'Wat ik bedoel is...'
'Of we doen alleen wat de mensen van ons verwachten?'
'En in Europa gebeurt dat niet?' zei Hank Atwood. 'Wilde je dat soms beweren?'
'Nee, maar... nou, ik weet het niet. Neem dat gedoe in Mexico,

dat op het ogenblik aan de gang is. De mensen daar kunnen nauwelijks geloven dat we erover práten.'
'Luister, Ginny,' zei Van Loon. 'Dat met Mexico is een gecompliceerde situatie. Ik bedoel, we hebben het hier over een drugsstaat...' Hij begon met een opsomming van wat de afgelopen weken als politieke commentaren en redactionele artikelen in een tiental kranten had gestaan: de verontrustende toename van de politieke instabiliteit, de wanorde en de naderende catastrofe...
Jim Heche, die achter in het kantoor had gestaan maar aandachtig had meegeluisterd, zei: 'Het gaat niet alleen om onze belangen, Ginny, het is ook in hun eigen belang, weet je.'
'Kom nou, een land binnenvallen om het te redden?' zei ze verontwaardigd. 'Ik kan mijn oren niet geloven.'
'Soms is dat...'
'En de bepaling van de Verenigde Naties uit 1970 dan?' zei ze en ze ging sneller praten. 'Dat geen natie het recht heeft om zich direct of indirect te bemoeien, om welke reden dan ook, met de binnenlandse politiek van een andere natie?'
Ze stond nu midden in het kantoor, klaar om aanvallen uit alle richtingen af te slaan.
'Ginny, luister naar me,' zei Van Loon op geduldige toon. 'De handel met Midden- en Zuid-Amerika is altijd cruciaal geweest voor...'
'O, jezus, papa, dat is allemaal larie.'
Van Loon, die eruitzag alsof zijn dochter hem net tegen de schenen had getrapt, hief zijn handen in de lucht.
'Willen jullie weten hoe ik hierover denk?' vervolgde ze. 'Hoe ik er écht over denk?'
Van Loon aarzelde, maar Hank Atwood en Jim Heche waren zichtbaar geïnteresseerd en wachtten op wat komen ging. Ikzelf had me teruggetrokken tot tegen de eiken lambrisering van de muur achter me en bekeek het gebeuren met gemengde gevoelens: geamuseerdheid, verlangen en verwarring.
'Er is hier geen sprake van een plan,' zei Ginny, 'geen economische strategie, geen samenzwering. Het is niet bewust gepland. Ik denk dat hier zelfs sprake is van een zoveelste voorbeeld van irrationele... eh... niet echt onbezonnenheid, maar...'
Van Loon begon zijn geduld te verliezen en zei: 'Wat mag dat dan wel betekenen?'
'Ik denk dat Caleb Hale die avond een paar drankjes te veel heeft genomen, boven op zijn Triburbazine of wat hij ook slikt, en ge-

woon een beetje op hol is geslagen. En nu proberen ze af te zwakken wat hij heeft gezegd, om zichzelf in te dekken, en doen ze net of het politiek beleid is. Maar wat zij doen is pas echt irrationeel...'

'Dat is bespottelijk, Ginny.'

'We hadden het zonet over geschiedenis, papa, maar ik denk dat dit de manier is waarop geschiedenis wordt gemaakt. Mannen met macht maken geschiedenis, en ze maken het zoals het hen uitkomt, slordig en uit de losse hand, zoals mensen eigen is...'

De reden dat ik zo in verwarring was toen ik naar Ginny keek, was dat hoe anders ze er ook uitzag en klonk, ik mezelf op dat moment zo had kunnen wijsmaken dat ik naar Melissa stond te kijken.

'Ginny gaat in de herfst studeren,' zei Van Loon tegen de anderen, 'internationale betrekkingen... of moet ik irrationele betrekkingen zeggen? Dus let maar niet op haar; ze is alleen maar aan het oefenen.'

Ginny deed een kort tapdansje op haar nieuwe schoenen en zei: 'Krijg wat, meneer Van Loon.'

Toen draaide ze zich om en kwam mijn kant op lopen. Hank Atwood en Jim Heche liepen naar elkaar toe en een van hen zei iets tegen Van Loon, die achter zijn bureau was gaan zitten.

Ginny kwam op me af lopen en sloeg haar ogen ten hemel om aan te geven dat de mannen achter haar niet langer haar belangstelling genoten. Toen ze bij me was, gaf ze me een zacht stompje in mijn maag en zei: 'Kijk nou toch.'

'Wat?'

'Waar zijn al die kilo's gebleven?'

'Ik heb je gezegd dat mijn lichaamsgewicht fluctueert.'

Ze keek me onderzoekend aan. 'Heb je een eetprobleem?'

'Nee, zoals ik al zei...'

Ze onderbrak me. 'Of ben je misschien schizofreen?'

'Wat krijgen we nu?' Ik lachte en trok een beledigd gezicht. 'Weet je zeker dat je geen medicijnen gaat studeren? Het gaat prima met me. De vorige keer trof je me gewoon op een slechte dag.'

'Een slechte dag?'

'Ja.'

'Hm.'

'Echt.'

'En vandaag?'

‘Vandaag tref je me op een goede dag.’
Ik had even de neiging om er een spitse opmerking aan toe te voegen, zoals: en nu ik jou zie is het zelfs een prima dag, maar ik wist me te beheersen.
Er viel een korte stilte waarin we elkaar alleen maar aankeken.
Toen, vanaf de andere kant van het kantoor: ‘Eddie?’
‘Ja?’
Het was Van Loon.
‘Wat was het ook alweer waar we het daarnet over hadden? AD-nog wat?’
Ik boog me een stukje naar links en keek langs Ginny naar Van Loon.
‘ADSL’, zei ik. ‘*Asynchronic digital subscriber loop.*’
‘Ja, en...?’
‘ADSL biedt de mogelijkheid voor het verzenden van een enkelvoudig gecomprimeerd HQ videosignaal met een snelheid van één komma vijf megabyte per seconde. Naast de gewone audiosignalen van een telefoongesprek.’
‘Precies.’
Van Loon richtte zich weer tot Hank Atwood en Jim Heche en vervolgde zijn gesprek.
‘Pardon?’ zei Ginny.
‘Laten we hier weggaan en ergens iets gaan drinken,’ zei ik opeens. ‘Kom op, zeg geen nee.’
Ze aarzelde en heel even trok weer die zweem van onzekerheid over haar gezicht. Maar voordat ze kon antwoorden, klapte Van Loon in zijn handen en zei hij: ‘Oké, Eddie, we gaan.’
Ginny draaide zich onmiddellijk om, liep een paar passen naar haar vader toe en vroeg: ‘Waar gaan jullie naartoe?’
Ik leunde weer tegen de eiken lambrisering.
‘The Orpheus Room. We hebben nog een paar zaken te bespreken. Als je het goed vindt, tenminste.’
Ze maakte een verontwaardigd puffend geluid en zei: ‘Jullie doen je best maar.’
‘En wat ga jij doen?’ vroeg Van Loon.
Ze keek op haar horloge en ik keek naar haar rug, naar de vaalblauwe tint van haar kasjmieren jasje.
‘Nou, ik moet straks nog iets doen, maar ik ga nu eerst naar huis.’
‘Oké.’
In de daaropvolgende seconden werd afscheid genomen.

Ginny liep naar de deur, zwaaide en glimlachte naar me en was vertrokken.
Toen we een paar minuten daarna op weg waren naar The Orpheus Room, moest ik een gevoel van teleurstelling van me afschudden om mijn aandacht weer bij de komende zaken te krijgen.

De volgende dag werd mijn bod op het appartement in het Celestial geaccepteerd en de dag daarna kon ik alle papieren tekenen. Van Loons brief maakte een onderzoek naar mijn fiscale verleden overbodig en door de discrete financiële regeling verliep alles probleemloos. Minder gemakkelijk was het om te besluiten hoe ik het appartement moest inrichten. Ik belde een paar binnenhuisarchitecten, bezocht enkele meubeltoonzalen en las diverse tijdschriften over het onderwerp, maar ik kon geen keuze maken en kwam terecht in een vicieuze cirkel van plannen, kleuren en vormen die allemaal lijnrecht tegenover elkaar stonden. Want wilde ik het koel en sober, met metallic grijze oppervlakken en strakke, verrijdbare combikasten, of juist druk en exotisch, met Louis XV-stoelen, Japanse zijden kamerschermen en salontafels van rood laqué?
Toen Gennady die vrijdagochtend mijn appartement in 10th Street binnenkwam, was ik begonnen met verhuisdozen inpakken.
Ik had natuurlijk moeilijkheden kunnen verwachten, maar ik had mezelf geen tijd gegund om eraan te denken.
Hij kwam binnen, zag wat er aan de hand was en verloor onmiddellijk zijn zelfbeheersing. Hij schopte een paar dozen omver en zei: 'Ik heb er genoeg van, van jou en van je gelul.'
Hij droeg een ruimvallend, crèmekleurig pak en een zwierige geel met roze das. Zijn haar was achterovergekamd en hij had een zonnebril met een stalen montuur en spiegelende glazen op.
'Ik bedoel, wat is hier verdomme aan de hand?'
'Rustig aan, Gennady. Ik ga verhuizen naar een ander appartement; dat is alles.'
'Waar?'
Nu kwam het moeilijke deel. Als hij eenmaal besefte waar ik ging wonen, zou hij nooit tevreden zijn met de regeling zoals die nu was. Tegen die tijd zou ik de lening helemaal terugbetaald hebben, dus kwam die er in principe alleen nog op neer dat ik hem twaalf MDT-pillen per week zou leveren. Van die re-

geling wilde ik natuurlijk ook af, maar het was duidelijk dat we daar verschillende opvattingen over hadden.
'Een appartement in de West 30's, op Twelfth Avenue.'
Hij schopte nog een doos omver.
'Wanneer ga je verhuizen?'
'Begin volgende week.'
Mijn nieuwe huis was nog lang niet klaar als het ging om meubels en inrichting, maar aangezien ik een douche, telefoon en een kabelaansluiting had, ik het niet erg vond om een tijdje afhaalvoedsel te eten en heel graag weg wilde uit 10th Street, was ik bereid er onmiddellijk in te trekken, hoe het er ook uitzag.
Gennady haalde snuivend adem door zijn neus.
'Hoor eens,' zei ik tegen hem, 'je hebt mijn sofi-nummer en creditcardgegevens. Het is niet zo dat je niet meer weet waar ik ben. Trouwens, het is alleen maar een stukje verder naar het noorden.'
'Denk je dat ik bang ben dat ik je kwijtraak?' Hij maakte een wegwerpgebaar met zijn hand en wees toen naar de vloer. 'Ik heb er genoeg van om hiernaartoe te komen. Wat ik wil is je dealer ontmoeten. Ik wil die klotepillen in het groot inkopen.'
Ik schudde mijn hoofd en klikte met mijn tong.
'Sorry, Gennady, dat gaat niet.'
Hij bleef even doodstil staan, schoot toen naar voren en stompte me in mijn borst. Ik viel achterover over een doos met boeken, zwaaide met mijn armen in de lucht en kwam hard met mijn hoofd op de grond terecht.
Het duurde even voordat ik weer rechtop zat, me over mijn hoofd wreef, hem verbijsterd aankeek en ten slotte weer opstond. Ik kon wel honderd dingen bedenken om tegen hem te zeggen, maar ik nam de moeite niet eens.
Hij stak zijn hand uit.
'Kom op, waar zijn ze?'
Ik liep wankelend naar het bureau, haalde het potje pillen uit de la, liep terug naar Gennady en gaf het aan hem. Hij haalde er een pil uit, slikte hem in en nam vervolgens ruim de tijd om de overige pillen van het plastic potje in zijn zilveren pillendoosje te doen. Toen hij klaar was, gooide hij het plastic potje in de prullenmand en stak hij het pillendoosje in de borstzak van zijn jasje.
'Je kunt er beter niet meer dan één per dag nemen,' zei ik.
'Dat doe ik niet.' Hij keek op zijn horloge en slaakte een geërgerde zucht. 'Ik heb haast. Schrijf het adres van je nieuwe huis op.'

Ik liep terug naar mijn bureau, nog steeds met mijn hand over mijn achterhoofd wrijvend. Toen ik een blaadje papier en een pen had gepakt, overwoog ik hem een vals adres te geven maar bedacht toen dat het weinig zin zou hebben, want hij had al mijn persoonlijke gegevens.
'Schiet een beetje op. Ik heb over een kwartier een bespreking.'
Ik schreef het adres op en gaf hem het blaadje.
'Een bespreking?' zei ik, met een spoortje sarcasme in mijn stem.
'Ja,' zei hij glunderend, duidelijk niet ontvankelijk voor het sarcasme. 'Ik begin een import-exportbedrijf. Tenminste, dat ga ik proberen. Maar er zijn verdomme zoveel wetten en regels in dit land. Weet je hoeveel shit je je moet laten aanleunen voordat je een vergunning krijgt?'
Ik schudde mijn hoofd en vroeg: 'Wat ga je importeren? Of exporteren?'
Hij wachtte even, boog zich een stukje naar voren en fluisterde: 'Weet ik veel? Gewoon... dingen.'
'Dingen?'
'Hé, wat wil je nou? Ik ben een heel gecompliceerd plan aan het uitwerken. Denk je dat ik de details ga verklappen aan een klojo als jij?'
Ik haalde mijn schouders op.
'Oké, Eddie,' zei hij. 'Luister goed. Ik geef je tot volgende week. Jij regelt een afspraak met die persoon en ik ga met hem praten. Ik zal ervoor zorgen dat je commissie krijgt. Maar als je me belazert, ruk ik je hart uit je lijf met deze twee handen en leg ik het op de barbecue. Heb je me goed begrepen?'
Ik staarde hem aan en zei: 'Ja.'
Zijn vuist schoot tevoorschijn uit het niets, als een torpedo, en raakte me op mijn solar plexus. Ik sloeg dubbel van de pijn, wankelde achteruit en kon maar net de doos met boeken ontwijken.
'O, sorry, je zei ja? Ik hoorde het niet goed.'
Toen hij de trap af liep, hoorde ik hem nog steeds lachen.

Toen ik weer normaal kon ademhalen, liep ik naar de bank en liet me erop zakken. Ik ging languit op mijn rug liggen en staarde naar het plafond. Gennady's dreigende aanwezigheid zat me al enige tijd goed dwars. Ik moest er iets aan doen, en snel ook, want als hij eenmaal mijn appartement in het Celestial had

gezien, zou het te laat zijn. Dan kón ik er niets meer aan doen. Dan zou hij zich nog dieper in mijn leven dringen en alles willen hebben.
Hij zou alles voor me verpesten.
Toch, later, toen ik er meer over had nagedacht, kwam ik tot de conclusie dat Gennady niet het echte probleem was. Het echte probleem lag in het feit dat mijn MDT-voorraad aan het slinken was, en met een alarmerende snelheid. Ik had in de afgelopen maand een paar keer per week een hand pillen uit de envelop gegraaid, zonder erbij na te denken of de moeite te nemen om te tellen hoeveel er nog in zaten, elke keer voornemens dat de volgende keer te doen. Maar ik had het nog steeds niet gedaan. Ik was er gewoon niet aan toe gekomen, was te veel in beslag genomen door andere zaken die als een eindeloze drumbeat door mijn hoofd galmden: de MCL-Abraxas-deal, het Celestial, Ginny van Loon...
Ik liep naar de slaapkamer, trok de kast open, haalde de grote bruine envelop uit de doos en keerde hem om boven het bed. Toen begon ik de pillen te tellen. Er waren er nog maar 250 over. Met mijn huidige gebruik en de leveringen aan Gennady zouden ze binnen een paar maanden op zijn. En zelfs als ik Gennady niet meer leverde, zou dat maar een paar weken aan het totaal toevoegen. Dus wat maakte het uiteindelijk uit, die paar weken op een paar maanden?
Dit was de echte crisis die me bedreigde, en als ik er iets aan wilde doen, kwam ik toch weer terecht bij Vernons zwarte notitieboekje. Ergens tussen al die namen en telefoonnummers moest iemand zitten die meer wist van MDT, van de samenstelling, de dosering, of misschien zelfs hoe je het moest maken. Want als ik ook maar een kans wilde hebben om aan dit ingrijpende, ongewenste lot te ontkomen, moest ik aan die zaken iets doen, dosering en bevoorrading, aan een van beide of allebei, en ik moest dat nú doen.

Ik pakte het notitieboekje en begon het weer door te bladeren. Met een rode pen streepte ik de nummers door die ik al had geprobeerd. Daarna maakte ik op een apart blaadje een nieuwe lijst van nummers die ik nog niet had geprobeerd. Het eerste was dat van Deke Tauber. Ik had hem nog niet gebeld omdat ik ervan uitging dat het moeilijk zou zijn om hem aan de lijn te krijgen. In de jaren tachtig had hij in aandelen gehandeld en was

hij een echte Wall Street-tijger geweest, maar hij was een nieuw leven begonnen en was nu leider van een sekte voor zelfinzicht, waaraan hij zijn naam had gegeven: Dekedelia.
Maar hoe meer ik erover nadacht, hoe zinniger het leek om hem te bellen. Hoe maf en zweverig hij tegenwoordig ook mocht zijn, hij zou nog steeds weten wie ik was. Hij had Melissa gekend. Ik kon met hem over vroeger beginnen.
Ik draaide het nummer en wachtte.
'Met het kantoor van meneer Tauber.'
'Hallo, mag ik meneer Tauber spreken, alstublieft?'
Een opvallend lange stilte.
Shit.
'Mag ik vragen met wie ik spreek?'
'Eh... zeg maar dat ik een oude vriend ben, Eddie Spinola.'
Weer een stilte.
'Hoe komt u aan dit telefoonnummer?'
'Ik geloof niet dat dat u iets aangaat. Nogmaals, mag ik meneer Tauber spreken?'
Klik.
Ik kon het niet uitstaan als mensen zomaar ophingen, hoewel ik wist dat het me straks waarschijnlijk opnieuw zou gebeuren.
Ik bekeek mijn lijst met nummers weer.
Wie bent u?
Wat wilt u?
Hoe komt u aan dit nummer?
Het vooruitzicht om weer een nieuw nummer te proberen en het dan vermoedelijk door te krassen was zo demoraliserend, dat ik besloot nog even bij Tauber te blijven. Ik ging naar de website van Dekedelia en las over de cursussen die ze gaven en de boeken en video's die ze verkochten. Het kwam me allemaal voor als erg commercieel en bedoeld om nieuwe leden te werven. Ik belde het hoofdkantoor op Lexington Avenue en 54th Street maar er werd niet opgenomen, dus ging ik terug naar de website. Ik keek er nog wat rond en vond een flink aantal links naar andere sites. Er was een lijst met niet-erkende religies, een bewustzijnsnetwerk dat Cultwatch heette, diverse stichtingen van verontruste ouders en een stel andere sites die zich met beïnvloeding van de geest en 'innerlijk herstel' bezighielden. Ik kwam uiteindelijk terecht op de homepage van een erkend maatschappelijk werker in Seattle, die vijftien jaar geleden zijn zoon was kwijtgeraakt aan een groep die zich de Shining Venusians noem-

de en sindsdien mensen hielp hun kinderen uit dergelijke sekten terug te halen. Aangezien hij Dekedelia op zijn homepage met naam noemde, besloot ik zijn telefoonnummer op te zoeken en hem te bellen. We praatten een tijdje en hoewel hij me niet veel verder kon helpen, had hij wel het telefoonnummer voor me van een groep bezorgde ouders in New York. Ik belde het en sprak met de secretaresse van de groep, die duidelijk zelf een bange en verontruste ouder was, en ik kreeg ten slotte de naam van een detectivebureau dat onderzoek deed naar Dekedelia in opdracht van een stel ouders van hun groep. Na diverse pogingen en veel doorverbinden kreeg ik Kenny Sanchez, een van de detectives van het bureau aan de lijn.

Ik zei dat ik informatie had over Deke Tauber die misschien interessant voor hem kon zijn, maar dat ik er informatie voor terug wilde. Hij was eerst niet zo enthousiast maar ging ten slotte akkoord met een ontmoeting, bij de skateboardpiste op Rockefeller Plaza.

Twee uur later wandelden we op en neer door 47th Street. Daarna liepen we Sixth Avenue op, langs Radio City Music Hall richting Central Park South.

Kenny Sanchez was klein en gedrongen en had een bruin pak aan. Hoewel hij heel serieus en behoedzaam was als het om zijn werk ging, begon hij zich na een minuut of tien te ontspannen en werd hij wat spraakzamer. Ik overdreef een beetje en zei dat ik in de jaren tachtig een tijdje bevriend was geweest met Deke Tauber, maar dat we elkaar daarna uit het oog waren verloren. Sanchez vond die informatie blijkbaar interessant en hij stelde me er een paar vragen over. Door ze vrij en openhartig te beantwoorden, creëerde ik de indruk dat ik bereid was mijn informatie te delen zodat ik, tegen de tijd dat ik hém vragen ging stellen, wist dat ik hem voor me gewonnen had.

'Het basisprincipe van deze sekte, Eddie,' vertelde hij me op vertrouwelijke toon, 'is dat ieder individu behoefte heeft om aan de onvermijdelijk disfunctionerende gezinsmatrix te ontsnappen om – let op – zich zelfstandig en in een andere omgeving te herscheppen.'

Hij bleef even staan en haalde zijn schouders op alsof hij afstand wilde nemen van wat hij zojuist had gezegd. Toen liep hij weer door.

'Toen ze begonnen, was Dekedelia niet meer en niet minder dan de rest van die vage bewegingen, met lezingen en meditatieses-

sies en nieuwsbrieven. En net als bij die andere hing er een wolk van goedkope, onechte mystiek omheen. Maar dat veranderde al snel en kort daarna bracht de leider van deze zogenaamde spirituele beweging bestsellers en uitstekend verkopende video's op de markt.'
Terwijl Kenny Sanchez aan het woord was, wierp ik af en toe een zijdelingse blik op hem. Hij was welbespraakt en duidelijk betrokken bij de materie, hoewel ik ook de indruk had dat hij me niet het achterste van zijn tong wilde laten zien.
'De problemen begonnen kort daarna. Een aantal mensen, allemaal jong en meestal met saaie, uitzichtloze banen, leek in de sekte te verdwijnen. Maar daar was niets illegaals aan, want ze schreven allemaal een keurige "afscheidsbrief" aan hun familie...' Hij stak de wijsvinger van zijn rechterhand op. '... waarmee heel handig werd voorkomen dat de politie hen als vermist persoon zou beschouwen.'
Hij concentreerde zich op drie gevallen, vervolgde hij, drie jonge mensen die binnen een jaar tijd waren verdwenen, en hij gaf me diverse details over ieder van hen, wat informatie was waarop ik niet echt zat te wachten.
'En hoe gaat het nu met het onderzoek?' vroeg ik.
'Nou... niet zo goed, jammer genoeg.' Het was duidelijk dat hij dit liever niet had gezegd, maar alles wees erop dat hij niet veel keus had. Toen, alsof hij iets goed probeerde te maken, voegde hij eraan toe: 'Maar er schijnt op dit moment iets merkwaardigs aan de hand te zijn. Sinds een week of twee gaan er geruchten dat Deke Tauber ziek zou zijn. Hij is niet meer gezien, geeft geen lezingen en heeft nergens boeken gesigneerd. Hij is nergens te vinden en absoluut onbereikbaar.'
'Hm.'
Ik vond dat het tijd was om open kaart te spelen.
Ik zei dat ik goede redenen had om aan te nemen dat Deke Tauber een nieuwe, mysterieuze designer drug gebruikte en dat hij ziek was geworden omdat de enig bekende leverancier van het middel onlangs van de aardbodem was verdwenen, zodat al zijn klanten 'op een droogje' zaten. Kenny Sanchez vond dit natuurlijk heel interessant, maar ik hield me op de vlakte en stootte vrijwel onmiddellijk door naar wat ík nodig had, wat informatie was over een van Taubers medewerkers, Todd Huppeldepup. Ik zei dat als hij me op dit punt kon helpen, ik mijn best zou doen hem meer informatie te leveren over het drugsaspect van de zaak.

Kenny Sanchez had geprobeerd me te imponeren en op die manier het schild van zijn professionele behoedzaamheid iets laten zakken, hoewel hij nog steeds heel overtuigend de indruk wekte dat hij niet iemand was die informatie die hij tijdens de loop van het onderzoek had vergaard, aan derden wilde onthullen.

'Informatie over een medewerker van Tauber? Ik weet het niet, Eddie, dat is niet zo eenvoudig. Ik bedoel, we zijn gebonden door regels wat betreft vertrouwelijkheid...' Hij wachtte even. '... en onze ethiek en zo...'

Ik bleef staan op de hoek van Sixth Avenue en Central Park South en draaide me om. Hij bleef ook staan en ik keek hem recht aan.

'Hoe verzamel je informatie, Kenny? Is het niet altijd een uitwisseling, een soort ruil? Dit kan dat ook zijn...'

'Ik neem aan...'

'We hebben het over bronnen, nietwaar?'

'Ja, maar...'

'Dus hebben we het over geven en nemen.'

Ik bleef hem op zijn nek zitten totdat hij er uiteindelijk in toestemde me te helpen. Hij zei dat hij zou zien wat hij kon doen en voegde er op schaapachtige toon aan toe dat hij, als hij zijn best deed, waarschijnlijk wel aan Taubers telefoongegevens kon komen.

In het weekend pakte ik in mijn appartement in 10th Street de rest van mijn spullen in en liet het merendeel naar het Celestial brengen. Ik maakte kennis met de hoofdportier, Richie, die achter de balie in de hal zat. Verder bezocht ik nog een paar meubeltoonzalen en stelde me op de hoogte van de laatste ontwikkelingen in keukenapparatuur en home entertainment. Ik kocht de verzamelde werken van Dickens, wat ik al eeuwen van plan was, leerde Spaans, wat ik ook altijd al had gewild, en las *Honderd jaar eenzaamheid* in de oorspronkelijke versie.

Kenny Sanchez belde me op maandagochtend. Hij vroeg of we elkaar konden ontmoeten en stelde een coffeeshop op Columbus Avenue voor. Ik wilde eerst protesteren en voorstellen elkaar dichter bij het centrum te ontmoeten, maar hield me in. Als dit zo'n onderonsje was waar privé-detectives het patent op hadden – elkaar ontmoeten op plekken als skateboardpistes en coffeeshops – dan moest het maar. Voordat ik wegging, voerde ik een paar telefoongesprekken. Ik maakte een afspraak met de huis-

baas van mijn appartement in 10th Street voor die middag, om de sleutels in te leveren. Ik probeerde ook een afspraak te maken met de knaap die mijn nieuwe badkamer zou betegelen, maar kon hem niet bereiken. Ten slotte belde ik Van Loons secretaresse en kreeg te horen dat ik halverwege de middag een paar besprekingen had.
Daarna liep ik naar First Avenue en hield een taxi aan.

Dat was afgelopen maandagochtend.
Hier, in de ijzige stilte in mijn motelkamer in de Northview Motor Logde, lijkt het ongelofelijk dat het pas vijf dagen geleden is. Net zo ongelofelijk, in het licht van wat er sindsdien is gebeurd, is waar ik op dat moment mee bezig was: afspraken maken voor zakelijke besprekingen, me zorgen maken over de tegels in de badkamer, zinnige stappen nemen – tenminste, dat dacht ik – om het MDT-probleem te lijf te gaan...
Buiten zijn de eerste subtiele veranderingen in het licht zichtbaar. Het duister is niet meer inktzwart en het zal niet lang meer duren voordat de horizon blauw zal oplichten. Ik heb de neiging om de laptop weg te zetten, naar buiten te lopen om naar de hemel te kijken en de weidse stilte van deze plek aan een snelweg in Vermont op me te laten inwerken.
Maar ik blijf zitten waar ik zit, binnen, in de rieten fauteuil, en blijf schrijven. Want de waarheid is dat ik niet veel tijd meer heb.

In de taxi op weg naar de coffeeshop reden we op Columbus Avenue langs Actium, het restaurant waar ik tegenover Donatella Alvarez had gezeten. Ik kon nog net de ingang zien toen we er voorbijreden. Het restaurant was gesloten en zag er kaal en onwerkelijk uit, als een afgedankt filmdecor. Ik liet mijn gedachten de vrije loop over wat ik me kon herinneren van het diner dat we daar hadden gebruikt en de receptie daarna, in Rodolfo Alvarez' atelier, maar al gauw begonnen de sinistere, geschilderde figuren zich te vermenigvuldigen, waren ze overal om me heen en moest ik mezelf tot de orde roepen. Ik blokkeerde de gedachte door me te concentreren op de kaart met rechten van passagiers op de rugleuning van de stoel voor me.
Toen ik de coffeeshop binnenkwam, zat Kenny Sanchez in een box een grote uitsmijter met ham te eten. Op tafel, naast zijn koffiekop, lag een grote bruine envelop. Ik ging tegenover hem zitten en begroette hem met een discreet hoofdknikje.

Hij veegde zijn mond af met zijn servet en zei: 'Eddie, hoe gaat het? Wil je iets eten?'
'Nee, alleen koffie.'
Hij wenkte een passerende serveerster en bestelde een kop koffie voor me.
'Ik heb iets voor je,' zei hij, tikkend op de envelop.
Mijn hart begon sneller te slaan.
'Te gek. Wat is het?'
Hij nam een slokje koffie.
'Daar komen we straks aan toe, Eddie, maar eerst moet je open kaart met me spelen. Dat van die designer drug, hoe echt is dat? En hoe komt het dat jij ervan weet?'
Het was duidelijk dat hij sinds ons vorige gesprek had nagedacht en tot de conclusie was gekomen dat ik probeerde informatie uit hem los te krijgen zonder er iets van waarde tegenover te stellen.
'Die drugs zijn heel echt,' zei ik en ik wachtte even. De serveerster kwam mijn koffie brengen en daardoor had ik tijd om na te denken. Maar er was niets om over na te denken. Ik had die informatie nodig.
Toen de serveerster was weggelopen zei ik: 'Je kent die prestatieverhogende drugs waarover je in de kranten leest en die ze in de sport gebruiken, bij zwemmen, atletiek en gewichtheffen? Nou, deze lijkt erop maar is bedoeld voor de geest, een soort steroïde voor het intellect.'
Hij keek me aan, wist niet hoe hij moest reageren, en wachtte op wat er komen ging.
'Iemand die ik kende, leverde ze aan Tauber.' Ik knikte naar de envelop. 'Als dat Taubers telefoongegevens zijn, staat zijn naam er waarschijnlijk tussen. Vernon Gant.'
Kenny Sanchez aarzelde, maar toen pakte hij de envelop, maakte hem open en haalde er een stapeltje papieren uit. Ik zag meteen dat het prints met telefoonnummers, namen, tijdstippen en data waren. Hij bladerde ze door, zocht naar iets.
'Hier,' zei hij na een tijdje. Hij hield me de bladzijde voor en wees naar een naam. 'Vernon Gant.'
'Ben je ook een Todd tegengekomen?'
'Ja, drie of vier keer, steeds rond dezelfde tijd in een periode van een paar dagen.'
'En waarna er geen telefoontjes van Vernon Gant meer volgden.'
Hij keek weer naar de papieren, sloeg de bladzijden om en ging

na wat ik had gezegd. Ten slotte knikte hij. 'Ja, je hebt gelijk.' Hij legde de stapel papieren op de envelop. 'En wat betekent dat? Is hij ervandoor?'
'Vernon Gant is dood.'
'O.'
'Hij was mijn zwager.'
'O.' Hij zuchtte. 'Dat spijt me.'
'Het maakt niet uit; het was een klootzak.'
Daarna zaten we enige tijd zwijgend tegenover elkaar. Toen besloot ik het risico te nemen. Ik pakte de stapel papieren van de envelop en toen ik ze in mijn hand had, keek ik hem onderzoekend en met opgetrokken wenkbrauwen aan.
Hij knikte.
Ik wierp er een vluchtige blik op en bladerde door totdat ik Todds telefoontjes tegenkwam. Zijn achternaam was Ellis.
'Dat is een nummer in Jersey, hè?'
'Ja, ik heb het gecheckt. Alle telefoontjes zijn gedaan vanuit een bedrijf dat United Labtech heet, ergens in de buurt van Trenton.'
'United Labtech.'
Hij knikte en zei: 'Ja, wil je ernaartoe?'

Zijn auto stond praktisch voor de deur, dus twee minuten later zaten we al op de Henry Hudson Parkway. We namen de Lincoln-tunnel richting New Jersey en reden daarna Turnpike op. Kenny Sanchez had de envelop aan mij gegeven toen we instapten en toen we een paar minuten onderweg waren, haalde ik de bladzijden eruit en begon ze te lezen. Ik merkte dat Sanchez dat niet echt prettig vond, maar hij zei er niets van. En het lukte me om de sfeer ontspannen te houden door te praten en hem allerlei vragen te stellen, over de zaken waar hij aan werkte, de leemten in de wet, zijn familie, alles. Maar ten slotte kwam ik toch weer bij de lijst terecht. Wie waren deze mensen? Had hij alle telefoontjes nagegaan? Hoe werkte dat?
'Het merendeel van de nummers,' zei hij, 'houdt verband met de zakelijke kant van Dekedelia: uitgevers, leveranciers, advocaten. We hebben ze kunnen verantwoorden en daarom van de lijst kunnen schrappen. Maar we hebben ook ongeveer vijfentwintig namen gevonden die geen direct verband met de sekte houden.'
'Van wie? Of van wat?'
'Ze zijn met een zekere regelmaat gebeld en het zijn nummers

die toebehoren aan personen die allemaal in grotere steden verspreid over het land wonen. Ze bekleden allemaal vooraanstaande functies binnen een variëteit aan bedrijven, maar er schijnt geen direct verband met Dekedelia te zijn.'
'Zoals... eh...' Ik zocht tussen de namen en telefoontjes die vanbuiten de stad afkomstig waren. '... zoals Libby Driscoll? In Philadelphia?'
'Ja.'
'Hm.'
Ik keek uit het raampje naar de benzinestations, bedrijfjes, Pizza Huts en Burger Kings die voorbijflitsten en vroeg me af wie deze mensen konden zijn. Bij gebrek aan beter liet ik er een paar theorieën op los. Maar al gauw werd ik afgeleid door het feit dat Kenny Sanchez om de paar seconden in zijn achteruitkijkspiegel keek en zonder voor mij zichtbare reden één, twee en zelfs drie keer van rijbaan wisselde.
'Is er iets mis?' vroeg ik ten slotte.
'Ik geloof dat we worden gevolgd,' zei hij terwijl hij gas gaf en weer van rijbaan veranderde.
'Gevolgd?' vroeg ik. 'Door wie?'
'Dat weet ik niet. En misschien heb ik het mis. Ik ben gewoon voorzichtig.'
Ik draaide mijn hoofd om. Het verkeer achter ons bezette alledrie de banen en de drukke snelweg slingerde zich als een slang door het heuvelachtige gebied vol fabrieken en bedrijven. Ik kon me moeilijk voorstellen dat van al deze auto's Sanchez er een was opgevallen die ons zou volgen.
Ik zei er niets over.
Na een paar minuten namen we de afslag voor Trenton en na nog een eeuwigheid te hebben rondgereden kwamen we ten slotte terecht bij een anoniem laag en lang gebouw dat eruitzag als een pakhuis. Het grote parkeerterrein ervoor was voor de helft bezet door auto's. Het enige zichtbare merkteken was een klein bord bij de hoofdingang van het parkeerterrein. UNITED LABTECH stond erop, onder een logo dat met een dubbele spiraalvorm tegen een blauwe achtergrond een wetenschappelijk effect nastreefde. We reden erlangs en parkeerden.
Ik besefte dat ik zo meteen misschien Vernon Gants partner zou ontmoeten en voelde opeens de adrenaline in mijn bloed komen. Ik wilde uitstappen maar Sanchez legde zijn hand op mijn arm en zei: 'Ho. Wat ben jij van plan?'

'Wat?'
'Je kunt niet zomaar naar binnen wandelen. Je hebt een soort dekmantel nodig.' Hij boog zich schuin naar voren en deed het handschoenenkastje open. 'Laat mij dit maar doen.' Hij pakte een stapeltje visitekaartjes en koos er een uit. 'Verzekeringen doen het altijd goed in dit soort situaties.'
Onzeker over wat ik moest doen beet ik op mijn lip.
'Luister, ik ga alleen maar kijken of hij daar is,' zei Sanchez. 'Dat is de eerste stap.'
Ik aarzelde.
'Oké.'
Sanchez stapte uit en ik keek hem na toen hij naar de ingang liep en naar binnen ging.
Hij had natuurlijk gelijk. Ik zou Todd Ellis heel voorzichtig moeten benaderen, want als ik iets verkeerds zei tijdens onze ontmoeting, zeker als hij hier werkte, zou ik hem misschien aan het schrikken maken, of zíjn dekmantel verpesten.
Ik zat in de auto te wachten toen mijn zaktelefoon begon te piepen. Ik haalde hem tevoorschijn.
'Hallo?'
'Eddie, met Carl.'
'Hoe gaat het?'
'Ik denk dat we er zijn. Alle neuzen wijzen dezelfde kant op. Hank en Dan. Ik heb hen allebei uitgenodigd om vanavond bij me te komen dineren en het ziet ernaar uit dat we de deal kunnen bezegelen.'
'Geweldig. Hoe laat?'
'Halfnegen. Ik heb je afspraken voor vanmiddag laten vervallen, dus... Waar zit je trouwens?'
'New Jersey.'
'Wat moet je verdomme...'
'Vraag dat maar liever niet.'
'Nou, zorg ervoor dat je zo gauw mogelijk terugkomt. We hebben nog een hoop te doen voor vanavond.'
Ik keek op mijn horloge.
'Geef me een uur.'
'Oké, ik zie je straks.'
Mijn hoofd duizelde toen ik de telefoon wegstak. Er gebeurden ineens te veel dingen tegelijk; Todd Ellis opsporen, de deal, mijn nieuwe appartement...
Op dat moment kwam Kenny Sanchez weer naar buiten. Hij

kwam met grote passen naar de auto lopen en stapte in.
Ik keek hem aan met een blik van: nou, vertel op!
'Ze zeggen dat hij daar niet meer werkt.'
Hij draaide zich om.
'Hij is een paar weken geleden vertrokken. En ze hebben geen nieuw adres of telefoonnummer waar hij te bereiken is.'

# 24

In bijna absolute stilte reden we terug naar de stad. Ik voelde me naar en misselijk bij de gedachte dat Todd Ellis zojuist vlak voor mijn neus in rook was opgegaan. Het beviel me ook helemaal niet dat hij niet langer voor United Labtech werkte, want als de MDT daar werd geproduceerd, hoe kon ik dan aan een nieuwe voorraad komen zonder contact binnen het bedrijf? Toen we halverwege de Lincoln-tunnel waren, vroeg ik Sanchez: 'Denk je dat je hem kunt opsporen?'

'Ik kan het proberen.'

Ik hoorde aan zijn stem dat hij de pest in had. Maar dat kon ik niet laten gebeuren. Ik moest Sanchez aan mijn kant houden.

'Wíl je het proberen?'

'Ja, maar ik zou...'

Hij zweeg en slaakte een zucht van ergernis. Hij wilde het niet zeggen, dus zei ik het voor hem.

'Je zou willen dat je meer had om mee te werken dan mijn nogal ongeloofwaardige verhaal.'

Hij aarzelde en zei toen: 'Ja.'

Ik dacht er even over na en toen we de tunnel uit kwamen, vroeg ik: 'Die mensen op de lijst, die vijfentwintig die je niet kunt plaatsen, heb je daar iemand van gesproken?'

'Een paar, toen we pas waren begonnen zijn telefoontjes te checken.'

'Wanneer was dat?'

'Een maand of drie geleden. Maar het spoor liep dood.'

Ik pakte mijn zaktelefoon en begon een nummer in te toetsen.

'Wie bel je?'

'Libby Driscoll.'

'Maar hoe weet je...'

'Ik heb een goed geheugen. Mag ik Libby Driscoll, alstublieft?'

Even later lag de telefoon weer in mijn schoot.

'Ze is ziek thuis, al een week.'

'En?'
Ik haalde de lijsten uit de envelop, zocht een van de andere nummers buiten de staat, vroeg Sanchez of het klopte en toetste het nummer in.
Ik kreeg hetzelfde verhaal te horen.
We waren in 42nd Street en ik vroeg Sanchez of hij me op Fifth Avenue wilde afzetten.
'Het is maar een vermoeden,' zei ik, 'maar als je alle nummers op je lijst van vijfentwintig belt, denk ik dat je te horen zult krijgen dat ze allemaal ziek zijn. Bovendien zul je waarschijnlijk ontdekken dat de drie mensen naar wie je op zoek bent, de verdwenen sekteleden, in werkelijkheid mensen zijn die op die lijst staan...'
'Wat?'
'... die zich met succes een nieuwe identiteit hebben aangemeten en in leven worden gehouden met de MDT-48 die ze van Deke Tauber krijgen.'
'Jezus.'
'Maar de voorraad is op en daarom worden ze allemaal ziek.'
Vlak voor Fifth Avenue stuurde Sanchez naar de stoeprand en stopte.
'Ik vermoed,' vervolgde ik, 'dat iedereen op die lijst in werkelijkheid iemand anders is. Dat ze, zoals jij zei, zichzelf hebben herschapen in een andere omgeving.'
'Maar...'
'Waarschijnlijk weten ze niet eens dat ze het gebruiken. Hij geeft het hun op de een of andere manier – ik weet niet hoe – en ik denk dat hij daarvoor een percentage van hun dikke directiesalaris opstrijkt.'
Kenny Sanchez staarde recht voor zich uit en ik kon zijn hersens bijna horen kraken.
'Hoor eens,' zei hij, 'ik ga er meteen mee aan de slag en bel je zodra ik iets weet.'
Ik stapte uit de auto en voelde me nog steeds een beetje misselijk. Maar toen ik over Fifth Avenue richting 48th Street liep, voelde ik ook een aangename tevredenheid omdat ik er heel vernuftig in was geslaagd Kenny Sanchez aan boord te houden.

De middag bracht ik door met Carl van Loon en dingen die we daarvoor al honderd keer hadden besproken, met name de aanpak van de public relations voor de aankondiging van de deal. Hij was erg opgewonden over de afronding en wilde niets aan het toeval overlaten. Hij was ook erg enthousiast over het feit dat het grote moment in zijn huis op Park Avenue zou plaatsvinden, wat, hoewel hij dat was vergeten, mijn idee was geweest. In alle hectische bezigheden van de afgelopen paar weken hadden Hank Atwood en Dan Bloom elkaar maar twee keer echt ontmoet, tamelijk kort en in een formele, zakelijke atmosfeer. Daarom had ik voorgesteld dat een ontspannen diner in Van Loons appartement een betere setting zou zijn voor hun volgende, meest cruciale ontmoeting, uitgaande van het idee dat een relaxte herenclubatmosfeer met cognac en sigaren een prettiger omgeving zou zijn voor het enige wat nog gedaan moest worden, namelijk dat de twee hoofdrolspelers elkaar over de tafel zouden aankijken en zouden zeggen: krijg wat, we doen het.

Ik verliet het kantoor om een uur of vier en ging terug naar 10th Street, waar ik een afspraak had met mijn huisbaas. Ik gaf hem de sleutels en nam de laatste achtergebleven spullen mee, waaronder de envelop met MDT-pillen. Het was vreemd om de deur voor de laatste keer achter me dicht te trekken en het gebouw uit te lopen, want het was niet zo dat ik alleen mijn appartement achterliet, het huis waar ik zes jaar had gewoond, maar ik had ook het gevoel dat ik een deel van mezelf achterliet. In de afgelopen paar weken had ik al een groot deel van wie ik was overboord gezet, en zelfs al had ik dat met overgave gedaan, denk ik dat ik onbewust het gevoel had dat ik, zolang ik in mijn appartement in 10th Street woonde, altijd nog de optie had, als het noodzakelijk was, om het proces stop te zetten en om te keren, alsof mijn genen zich op de een of andere manier hadden genesteld in de muren en vloerplanken en aangesproken konden worden om opnieuw de regie te voeren over mijn bewegingen en dagelijkse gewoonten, over wie ik in feite was. Toen ik echter op First Avenue op de achterbank van een taxi plaatsnam, met de laatste spullen van mijn appartement in de reistas op mijn schoot, wist ik zeker dat de laatste banden waren doorgesneden.

Iets meer dan een uur later stond ik op de 68e verdieping van het Celestial naar de stad te staren. Te midden van kisten en dozen stond ik in de woonkamer in mijn badjas een glas champagne te drinken. Het uitzicht was spectaculair en de avond die voor me lag zou net zo spectaculair worden. En ik herinner me dat ik op dat moment dacht dat als het verbreken van de banden met het verleden zo aanvoelde, ik waarschijnlijk wel aan dat gevoel zou kunnen wennen...

Even voor acht uur arriveerde ik bij Van Loons huis op Park Avenue en werd ik naar de grote, met chintz beklede salon gebracht. Na een paar minuten verscheen Van Loon zelf en bood hij me een drankje aan. Hij maakte een wat gespannen indruk. Hij vertelde dat zijn vrouw weg was en dat hij het niet prettig vond om zonder haar zijn gasten te ontvangen. Ik herinnerde hem eraan dat het gezelschap, afgezien van onszelf, alleen uit Hank Atwood, Dan Bloom en voor beiden een adviseur uit hun respectievelijke onderhandelingsteams zou bestaan. Het was niet bedoeld als extravagant societyfeestje. Het moest simpel en ontspannen zijn, zodat we tegelijkertijd zaken konden doen. Discreet maar met verstrekkende gevolgen.

Van Loon gaf me een klapje op mijn rug en herhaalde mijn laatste woorden. 'Discreet maar met verstrekkende gevolgen. Dat klinkt goed.'

De anderen arriveerden in twee groepjes, vijf minuten na elkaar, en kort daarna stonden we allemaal met een glas in de hand en spraken we bewust niet, zelfs niet discreet, over de MCL-Abraxas-deal. We hadden afgesproken dat we vrijetijdskleding zouden dragen en terwijl ik een zwarte kasjmier trui en een zwarte scheerwollen broek aanhad, gingen de anderen, ook Van Loon, gekleed in polo's en kakibroeken. Het gaf me het gevoel dat ik anders was dan zij en versterkte de indruk dat ik meedeed in een geavanceerd computerspelletje. Ik was de held die zich van de anderen onderscheidde omdat hij in het zwart was gekleed en zij, in hun polo's en kakibroeken, waren de vijand. Ik moest hen doden met mooie woorden voordat ze doorkregen dat ik een oplichter was en zij mij zouden doden.

Dat lichte gevoel van vervreemding bleef aanwezig tijdens het eerste deel van de avond, maar het was niet echt een onaangenaam gevoel, want na een tijdje besefte ik waar het vandaan kwam. Dit had ík gedaan. Ik had de onderhandelingen van de overname in gang gezet. Ik had meegeholpen de structuur van deze reusachtige bedrijfsovername op te zetten. En nu was alles voorbij. Het diner was nog maar een formaliteit en ik wilde alweer aan iets nieuws beginnen.

Alsof ze dit op de een of andere manier aanvoelden, vroeg zowel Hank Atwood als Dan Bloom me, afzonderlijk en heel discreet, of ik – geheel vrijblijvend natuurlijk – geen zin had om een rol te spelen in hun nieuwe mediareus. Ik wist niet zo goed hoe ik moest reageren op deze aanbiedingen, dus maakte ik me ervan af door te zeggen dat mijn eerste loyaliteit Van Loon gold maar dat ik natuurlijk zeer vereerd was met het aanbod. Ik had trouwens geen idee wat een dergelijke regeling me zou opleveren, behalve dat ik iets heel anders zou gaan doen dan ik tot nu toe had gedaan. Misschien kon ik een filmstudio runnen, of een nieuwe mondiale strategie voor het bedrijf opzetten.

Of ik kon me uit deze wereld terugtrekken en iets heel anders gaan doen. In de politiek gaan, me kandidaat stellen voor de Senaat.

We begaven ons naar de kamer ernaast en namen plaats aan de grote, ronde eettafel, en terwijl mijn gedachten nog bij een mogelijke carrière in de politiek waren, had ik tegelijkertijd met Dan Bloom een gesprek over Schotse single malt whisky's. Deze dromerige, afwezige gemoedstoestand bleef voortduren tijdens de maaltijd – tagliatelle met gestoofde haas en peultjes gevolgd door wildbraad met kastanjes – en moet zichtbaar zijn geweest, want ik zag Van Loon een paar keer mijn kant op kijken met een onderzoekende, licht bezorgde uitdrukking op zijn gezicht.

We waren halverwege het hoofdgerecht, en bijna helemaal door twee flessen Château Calon-Ségur uit 1947, toen het gesprek op zaken kwam. Dat duurde echter niet lang, want toen het onderwerp eenmaal was aangekaart, werd al gauw duidelijk dat alle details en ingewikkelde berekeningen van de afgelopen weken als bijzaak werden gezien en een principeakkoord het enige was wat op dit moment telde. Van Loon & Associates zouden de rest voor hun rekening nemen, het echte makelaarswerk om de zaak van de grond te krijgen. Maar nu de zaak eenmaal aan het rollen was gebracht en op de automatische piloot stond, had ik het gevoel dat ik het gebeuren van een afstand, of door een matglazen ruit aanschouwde.

Toen de borden waren afgeruimd, viel er een gespannen stilte in de kamer. De gesprekken hadden zichzelf al enige tijd in de juiste startposities gemanoeuvreerd en nu leek het erop dat het grote moment was aangebroken. Ik schraapte mijn keel en toen, bijna alsof het een aanwijzing was voor de anderen, bogen Hank Atwood en Dan Bloom zich over de tafel en schudden ze elkaar de hand.

Een applausje klonk op en er werden een paar vuisten zegevierend in de lucht gestoken, waarna er een fles Veuve Clicquot en zes glazen op tafel verschenen. Van Loon stond op, maakte met veel omhaal de fles open en toen werd er een toost uitgebracht.

Er werden diverse toosten uitgebracht, op het laatst zelfs een op mij. Dan Bloom hief zijn glas op en koos zijn woorden zorgvuldig toen hij me bedankte voor mijn scherpe inzicht en grote toewijding. Hank Atwood voegde eraan toe dat ik de motor van de onderhandelingen was geweest. Van Loon zelf zei dat hij hoopte dat hij en ik, nadat we elkaar hadden geholpen met de grootste bedrijfsovername in de geschiedenis van de Verenigde Staten, niet het gevoel zouden hebben dat we met deze ervaring onze horizon hadden bereikt.
Dit ontlokte het gezelschap een hartelijk gelach. Het bracht ook de gewenste opluchting na gedane zaken en stuurde ons veilig naar de volgende fase van de avond, een dessert van schuimgebak met geglazuurde amandelen, sigaren en een uur of twee ongeremde bonhomie. Ik nam deel aan de gesprekken, die gevarieerd en lichtzinnig waren, maar binnen in mij, net onder de oppervlakte, was mijn fantasie om New York in de Senaat te vertegenwoordigen een eigen leven gaan leiden, zelfs in die mate dat het me als vanzelfsprekend voorkwam dat ik me ooit als democraat kandidaat zou stellen voor het presidentschap.
Het was natuurlijk een fantasie, maar hoe meer ik erover nadacht, hoe redelijker het idee om in de politiek te gaan me voorkwam, want mensen aan mijn kant scharen en motiveren om dingen voor me te doen, waren precies de dingen waarin ik goed scheen te zijn. Ik had ten slotte deze jongens, de miljardairs in polo, zover gekregen dat ze om mijn aandacht vochten, dus hoe moeilijk kon het nu helemaal zijn om me in de kijker van het Amerikaanse volk te spelen en het vereiste percentage gerechtigde kiezers zover te krijgen dat ze op me zouden stemmen? Als ik een zorgvuldig doordacht plan maakte en binnen een jaar of vijf zitting nam in deel- en kiescomités, wie weet wat daarna mogelijk was.
Het enige wat ik waarschijnlijk nodig had, was een goed vijfjarenplan, iets om mijn onbeperkte energie en door MDT opgewekte ambitie op te richten.
Ik was me echter goed bewust van het feit dat mijn voorraad MDT niet onbeperkt was en met een alarmerende snelheid slonk, maar toch had ik er alle vertrouwen in dat ik dit probleem vroeg of laat en op de een of andere manier zou oplossen. Kenny Sanchez zou Todd Ellis vinden. Ellis zou toegang hebben tot een onbeperkte voorraad van het middel en ik zou erin slagen toegang te krijgen tot zijn voorraad. Dat moest mogelijk zijn...

Om een uur of elf leek iedereen bereid een eind te maken aan de bijeenkomst. We waren eerder overeengekomen dat we de volgende dag een persconferentie zouden houden om de voorgenomen overname bekend te maken. Het nieuws zou in de ochtend strategisch uitlekken naar de media en de persconferentie zelf zou aan het eind van de middag plaatsvinden. De media-aandacht zou overweldigend en zenuwslopend zijn, maar we verheugden ons er ook op. Hank Atwood en ik waren de enigen die nog aan tafel zaten, in gedachten terwijl we de cognac lieten ronddraaien in ons glas. De anderen stonden in groepjes met elkaar te praten en de sigarenrook hing zwaar in de lucht.

'Voel je je wel goed, Eddie?'

Ik keek op naar Atwood.

'Ja, best. Hoezo?'

'Zomaar. Je bent een beetje... ik weet het niet... stil?'

Ik glimlachte.

'Ik zat aan de toekomst te denken.'

'Nou...' Hij boog zich naar voren en tikte met zijn glas zacht tegen het mijne. '... daar drink ik op.'

Op dat moment werd er op de deur geklopt en Van Loon, die er het dichtstbij stond, ging opendoen.

'... op de naaste en de verre toekomst...'

Van Loon stond bij de deur en gebaarde iemand binnen te komen, maar deze persoon scheen daar weinig voor te voelen.

Toen hoorde ik haar stem. 'Nee, papa, ik geloof echt niet dat...'

'Jezus, het is maar sigarenrook. Kom even gedag zeggen.'

Ik keek naar de deur en hoopte dat ze binnen zou komen.

'... hoe je het ook bekijkt,' zei Atwood, 'ze zijn het beloofde land.'

Ik pakte mijn glas en nam een slokje.

'Wat?'

'Die toekomst, Eddie, de toekomst.'

Ik keek weer naar de deur. Ginny kwam binnen en maakte een wat gespannen indruk. Vlak bij de deur strekte ze zich om haar vader op zijn wang te kussen. Ze had een satijnen topje en een corduroy broek aan, en een suède tasje in haar linkerhand. Toen ze haar vader had gekust, glimlachte ze naar me, stak haar andere hand op en bewoog haar vingers, een begroeting, vermoedde ik, die tegelijk voor Hank Atwood bedoeld kon zijn. Ze kwam verder de kamer in en het was pas op dat moment dat ik besefte dat Van Loon zijn arm uitstak om nóg iemand te be-

groeten. Even later, na wat eruitzag als een enthousiast handen schudden, kwam een jongeman van ongeveer vijfentwintig jaar de kamer binnen.
Ginny schudde Dan Bloom en de twee adviseurs beleefd de hand en draaide zich om. Ze stond bij de tafel en legde haar hand op de leuning van de stoel tegenover me.
De jongeman en Van Loon praatten met elkaar, lachten naar elkaar, en hoewel ik het moeilijk vond niet naar Ginny te kijken, bleef mijn blik afdwalen naar de twee mannen. De jongeman had een jack met een capuchon, een zwart T-shirt met een rolkraag en een spijkerbroek aan en had donker haar en een geitensikje. Ik wist het niet zeker maar ik dacht dat ik hem ergens van kende. Hij had in elk geval iets wat me bekend voorkwam. Hij en Van Loon schenen elkaar vrij goed te kennen.
Ik keek weer naar Ginny. Ze trok de stoel naar achteren, ging zitten, legde haar tasje op tafel en vouwde haar handen alsof ze op het punt stond aan een interview te beginnen.
'En, heren, waar hadden jullie het over?'
'De toekomst,' zei Atwood.
'De toekomst?' zei ze. 'Nou, jullie weten wat Einstein daarover heeft gezegd.'
'Nee, wat?'
'Hij zei dat hij nooit aan de toekomst dacht. Die kwam snel genoeg, zei hij.' Ze keek me recht in de ogen en voegde eraan toe: 'Ik heb de neiging het met hem eens te zijn.'
'Hank.'
Van Loon zwaaide in onze richting, gebaarde naar Atwood dat hij moest komen.
'Neem me niet kwalijk, schat,' zei Atwood, waarna hij een lelijk gezicht trok en opstond. Toen hij wegliep, wist ik ineens wie de jongeman was: Ray Tyner. Zoals met veel filmsterren tegenwoordig, zag hij er in het echt anders uit dan op het witte doek. Ik had over hem gelezen in de krant van gisteren. Hij was net terug van filmopnamen in Venetië.
Ginny keek om zich heen en zei: 'Hier ontmoeten de stamoudsten elkaar dus, de mannen die in het geheim het land op zijn kop zetten, in een doorrookt achterkamertje.'
Ik glimlachte en zei: 'Ik dacht dat we in jouw eetkamer zaten.'
Ze haalde haar schouders op. 'Ja, behalve dat ik hier nooit eet. Dat doe ik in de keuken. Dit is het commandocentrum.'
Ik knikte in de richting van Ray Tyner. Atwood, Bloom en de

anderen hadden zich om hem heen verzameld en zo te zien stond Tyner een verhaal te vertellen.
'En wie voert op het ogenblik het commando?'
Ginny draaide zich om op haar stoel en keek enige tijd naar hem. Ondertussen staarde ik naar haar profiel, de lijn van haar hals en haar blote schouders.
'O, nee, zo is Ray niet,' zei ze terwijl ze zich weer omdraaide. 'Hij is lief.'
'Zijn jullie twee een stelletje?'
Ze trok haar hoofd iets terug, leek verbaasd door mijn vraag. 'Ben je aan het freelancen als journalist of zo?'
'Nee, ik ben alleen nieuwsgierig. Met het oog op de toekomst.'
'Zoals ik al zei, meneer Spinola, denk ik niet aan de toekomst.'
'Is hij de reden dat je niet iets met me wilde gaan drinken?'
Ze bleef even zwijgen en zei toen: 'Ik begrijp jou niet.'
Dat verbaasde mij.
'Wat begrijp je niet?' vroeg ik.
'Ik weet het niet.' Haar gezichtsuitdrukking veranderde en het leek alsof ze naar woorden zocht. 'Sorry, het zal mijn instinct wel zijn, maar ik heb steeds het gevoel dat als je naar me kijkt, je iemand anders ziet.'
Ik wist niet wat ik daarop moest zeggen. Gegeneerd staarde ik naar mijn cognacglas. Was het zo duidelijk te merken? Ginny leek op Melissa, dat was waar, maar ik had tot dat moment niet beseft dat die gelijkenis zoveel indruk op me had gemaakt.
Aan de andere kant van de kamer werd opeens hard gelachen, waarna de groep zich begon te verspreiden.
Ik keek Ginny weer aan.
'Ik denk niet aan het verleden,' zei ik, in een poging bijdehand te zijn.
'En aan het heden?'
'Daar denk ik ook niet aan.'
'Nee, waarom zou je?' zei ze en ze begon te lachen. 'Dat gaat nog sneller voorbij.'
'Zoiets.'
Ray Tyner was achter haar komen staan. Ze draaide zich half om en raakte hem even aan. Hij pakte haar hand en ze stond op.
'Ray, dit is Eddie Spinola, een vriend van me. Eddie, Ray Tyner.'
Ik boog me naar voren en we schudden elkaar de hand.
Merkwaardig genoeg verheugde het me dat ze me 'een vriend van haar' had genoemd.

Van dichtbij was Ray Tyner bijna onnatuurlijk knap. Hij had verbluffend mooie ogen en de soort glimlach waarmee je een kamer vol mensen kon bewerken zonder zelfs maar je mond open te doen.
Misschien moest ik hem vragen of hij mijn rechterhand wilde zijn als ik me verkiesbaar stelde.

Iets na twaalf uur was ik terug in het Celestial. Het was mijn eerste nacht in mijn nieuwe appartement, maar ik had niets om op te slapen. Ik had helemaal nog geen meubels; geen bed, geen bank, geen boekenkasten, niets. Ik had een paar dingen besteld, maar die waren nog niet bezorgd.
Ik zou trouwens toch niet veel slapen, dus het maakte weinig uit. In plaats daarvan wandelde ik het reusachtige, lege appartement door, van de ene kamer naar de andere, terwijl ik mezelf ervan probeerde te overtuigen dat ik niet van streek of jaloers was. Ginny van Loon en Ray Tyner zouden een beeldschoon stel vormen en tegen een achtergrond van oude zakenlieden die sigaren rookten en over percentages zeurden, zouden ze er zelfs nog beter uitzien.
Waarom zou ik van streek zijn?
Na een tijdje pakte ik mijn computer uit en zette hem op een houten krat. Toen ik alles had aangesloten, ging ik on line om het financiële nieuws van die dag te bekijken.

# 25

De volgende ochtend om halfacht was ik weer terug in 48th Street om aantekeningen te maken voor speeches en een paar laatste wijzigingen in de persverklaring aan te brengen. Gezien het feit dat de aankondiging vandaag nog gedaan zou worden en geheimhouding niet langer verplicht was, was Van Loon in staat een paar van zijn vaste mensen in te schakelen om de pr-machine te starten. Hoewel dit ons een hoop werk uit handen nam, betekende het ook dat het in het kantoor drukker was dan in Grand Central Station.

Voordat ik vanochtend de deur uitging, had ik mijn gebruikelijke dosis van vijf pillen genomen – drie MDT-pillen en twee Dexerons – maar op het allerlaatste moment was ik teruggelopen naar mijn reistas en had ik er van allebei nog twee extra genomen. Het gevolg daarvan was dat ik in de overdrive stond en al gauw merkte dat mijn werktempo een intimiderend effect had op Van Loons vaste pr-ploeg, mensen die op dit terrein veel meer ervaring hadden dan ik. Om aanvaringen te vermijden maakte ik een geïmproviseerd kantoor in een van de vergaderkamers om nog wat werk voor mezelf te doen.

Om halfelf belde Kenny Sanchez me op mijn mobiele telefoon. Ik zat aan de grote, ovale vergadertafel met een laptop en een berg papieren ernaast toen het toestel begon te piepen.

'Ik heb slecht nieuws voor je, Eddie.'

Ik kreeg een hol, tintelend gevoel in mijn maag.

'Wat?'

'Nou, een paar dingen. Ik heb Todd Ellis getraceerd maar hij is helaas dood.'

Shit.

'Wat is er gebeurd?'

'Hij is aangereden en de auto is doorgereden, ongeveer een week geleden. Ergens in Brooklyn, waar hij woonde.'

Verdomme.

Ik liet de betekenis hiervan tot me doordringen. Wat voor kans had ik zonder Todd Ellis? Waar moest ik naartoe? Waar moest ik beginnen?
Ik merkte dat Kenny Sanchez bleef zwijgen.
'Je zei dat je een paar dingen had,' zei ik. 'Wat heb je nog meer?'
'Ik ben van de opdracht gehaald.'
'Wat?'
'Ik ben van de opdracht gehaald en heb een andere klus gekregen. Ik weet niet waarom. Ik heb stennis gemaakt maar het had geen zin. Het is een groot bureau. Dit is mijn baan.'
'Maar... wie heeft het overgenomen?'
'Dat weet ik niet. Misschien niemand.'
'Is dat normaal, dat er iemand op deze manier ingrijpt?'
'Nee.'
Hij klonk alsof hij flink de pest in had.
'Ik heb gisteren, nadat wij elkaar hebben gezien, de rest van de dag aan de telefoon gezeten, tot laat in de avond. Vanochtend werd ik gebeld door kantoor. Ik moest me melden, kreeg te horen dat ik voor een andere klus nodig was en al mijn papierwerk moest inleveren.'
Ik dacht hier enige tijd over na, maar wat kon ik zeggen? Dus zei ik alleen: 'Wat heb je nog kunnen ontdekken?'
Hij zuchtte en ik kon hem bijna zijn hoofd zien schudden.
'Nou, dat je gelijk had over die lijst,' zei hij ten slotte. 'Het was ongelofelijk.'
'Lijst?' vroeg ik ongeduldig. 'Welke lijst?'
'Die nummers buiten de staat New York? Je had gelijk. Het zijn allemaal sekteleden die een nieuwe naam hebben gekregen. Het merendeel is ziek, maar ik heb een paar van hen gesproken.' Hij zweeg even en zuchtte weer. 'Van de drie naar wie ik oorspronkelijk op zoek was, liggen er twee in het ziekenhuis en is er een thuis, met zware migraine.'
Ik kon aan zijn stem horen dat hij, ondanks het feit dat hij van de klus was gehaald, enthousiast was over de vorderingen die hij had gemaakt.
'Het duurde een tijdje voordat ik iemand had gevonden die met me wilde praten, maar toen het ten slotte lukte, was het resultaat verbluffend. Het langste gesprek dat ik heb gehad, was met een meisje dat Beth Lipski heet. Dekedelia schijnt er een soort standaardprocedure op na te houden als het gaat om het creëren van een compleet nieuwe identiteit: plastische chirurgie, verande-

ring van de lichaamsvloeistoffen met behulp van medicijnen, nieuw "in het leven geroepen" familieleden, de hele mikmak. En zoals je zei, krijgen alleen mensen met geslaagde carrières een nieuwe identiteit, waarbij zestig procent van hun inkomen naar de sekte gaat. Shit, het lijkt wel een kruising tussen de Vrijmetselaars en het getuigenbeschermingsprogramma.'

'Waarom was zij wel bereid te praten?'

'Omdat ze bang is. Tauber heeft alle contact met haar verbroken en ze is nerveus en voelt zich in de steek gelaten. Ze heeft voortdurend hoofdpijn en kan niet normaal werken. Ze weet niet wat haar overkomt. Ik denk dat ze niet eens weet dat ze het middel toegediend heeft gekregen, en ik wilde haar niet nog banger maken door erover te beginnen. Ze vond het al doodeng om met me te praten, maar toen ze eenmaal was begonnen, kon ze niet meer ophouden.'

'Hoe denk je dat hij het middel toediende?'

'Blijkbaar volgden ze allemaal een kuur van vitaminen en voedingssupplementen, dus ik denk dat hij het daarin heeft weggemoffeld. Dat is blijkbaar ook de manier waarop hij de macht over deze mensen heeft gekregen, de bron van zijn zogenaamde charisma.' Hij zweeg weer. Ik hoorde hem met zijn voet op de grond stampen of met zijn vuist op iets slaan. 'Verdomme!' zei hij toen. 'Ik kan het echt niet geloven. Ik heb nog nooit zo'n interessante zaak gehad!'

Kenny Sanchez zat in een carrièredip maar daar had ik nu echt geen tijd voor. Ik begon me ineens een beetje onpasselijk te voelen. Ik haalde diep adem en vroeg of hij nog iets over United Labtech te weten was gekomen.

Hij zuchtte weer.

'Ja, dat heb ik,' zei hij. 'In elk geval één ding. Het is eigendom van een farmaceutisch bedrijf dat Eiben-Chemcorp heet.'

Kort daarna zei ik dat ik moest ophangen omdat ik aan het werk was. Ik bedankte hem, wenste hem veel succes en maakte een eind aan het gesprek.

Ik legde de telefoon op tafel en stond op.

Onrustig ijsbeerde ik door de kamer en ik ging bij het raam staan. Het was een heldere, zonnige dag in Manhattan en vanaf deze plek op de 62e verdieping kon ik alles zien wat er te zien was, elk bekend gebouw en alle architectonische bijzonderheden ervan, zelfs de minder in het oog springende, het Celestial rechts van me en de oude Port Authority Terminal aan Eighth

Avenue, waar Kerr & Dexter zijn kantoren had. Het was zelfs zo dat daar, bij het raam, ik mijn hele leven voor me uitgespreid zag liggen als een reeks piepkleine draadverbindingen in de grote microchip van de stad – straathoeken, appartementen, supermarkten, drankwinkels en bioscopen – echter met dit verschil dat alles niet langer veilig onder de oppervlakte lag en de kans op kortsluiting groot was.

Ik draaide me om en staarde naar de kale, witte muren aan de andere kant van de kamer, de grijze vloerbedekking en het anonieme kantoormeubilair. Ik was nog niet echt in paniek, maar ik wist ook dat die elk moment kon toeslaan. De persconferentie stond gepland voor het eind van de middag, maar de gedachte eraan maakte me nu al onrustig.

Maar ik bedacht ook iets anders en ik wierp me erbovenop met de volharding van de veroordeelde die weigert op te geven.

Sanchez had de naam Eiben-Chemcorp genoemd. Ik wist dat ik die naam nog niet zo lang geleden was tegengekomen en na een paar minuten wist ik waar. Ik had hem gezien toen ik bij Vernon was, in *The Boston Globe*. Vernon was blijkbaar geïnteresseerd geweest in het voorgenomen proces in Massachusetts, over de onbetrouwbaarheid van een geneesmiddel. Als ik het me goed herinnerde ging het om een tienermeisje dat Triburbazine had geslikt en haar beste vriendin en zichzelf om het leven had gebracht.

Ik liep terug naar de tafel en ging achter de laptop zitten. Ik ging on line en ging in het archief van de *Globe* op zoek naar meer informatie.

De ouders van het meisje hadden Eiben-Chemcorp aangeklaagd voor de schade die ze hadden aangericht in de hersenen van hun dochter. In het proces zou het bedrijf zich moeten verdedigen tegen de aanklacht dat het antidepressivum gebrek aan impulsbeheersing en suïcidale remmingen had veroorzaakt. Dave Morgenthaler, een letselschadeadvocaat, zou de familie vertegenwoordigen en volgens een van de artikelen die ik las, was hij de afgelopen zes maanden bezig geweest met het verzamelen van verklaringen van getuige-deskundigen, onder wie wetenschappers die bij de ontwikkeling en productie van Triburbazine betrokken waren geweest, en psychiaters die bereid waren te verklaren dat het een potentieel gevaarlijk middel was.

Talloze gedachten tolden door mijn hoofd. Ik pakte een pen en begon aantekeningen te maken, in een poging alle verschillende feiten aan elkaar te koppelen.

Eiben-Chemcorp was eigenaar van Labtech, waar MDT vandaan scheen te komen. Dat hield in dat MDT in principe was ontwikkeld en geproduceerd door een internationaal farmaceutisch bedrijf. Dit bedrijf stond op zijn beurt voor een rechtszaak die veel media-aandacht zou krijgen en dus veel schade kon opleveren. Het was zelfs zo dat – ik was doorgesurft naar een van de financiële websites en daar stond het – als gevolg van de negatieve publiciteit vanwege het proces, het aandeel Eiben-Chemcorp al een paar flinke klappen had opgelopen en van $87^1/_4$ in het begin van het jaar was gedaald naar $69^7/_8$. De publieke belangstelling zou alleen maar toenemen naarmate de begindatum van het proces naderde. Ik vond talloze artikelen waarin werd gesuggereerd wat de sleutelpunten van het proces zouden worden: als menselijk gedrag alleen werd bepaald door synaps en serotonine, waar kwam de vrije wil dan in beeld? Waar hield persoonlijke verantwoordelijkheid op en begon de chemische werking van de hersenen?

Kortom, Eiben-Chemcorp bevond zich in een zeer kwetsbare positie.

Ik natuurlijk ook, maar nu begon ik me af te vragen hoe ik mijn kennis van MDT kon gebruiken om ervoor te zorgen dat Eiben-Chemcorp me ter wille zou zijn. Een voorraad MDT als ik níét ging praten met Dave Morgenthaler?

Ik stond op en begon weer door de kamer te ijsberen.

Het leek me dat als er tijdens het proces informatie werd gepresenteerd over een product van Eiben-Chemcorp dat nooit was getest en al talloze dodelijke slachtoffers had veroorzaakt, dit een verwoestend effect op de aandelenprijs zou hebben. Het was een riskante optie, maar gezien de omstandigheden was het de enige die ik nog had.

Ik liep weer langs het raam maar keek deze keer niet naar buiten. Na lang nagedacht te hebben besloot ik dat de meest voor de hand liggende eerste stap was contact te leggen met Dave Morgenthaler. Ik zou hem voorzichtig moeten benaderen, want als ik een reële dreiging voor Eiben-Chemcorp wilde zijn, had ik Morgenthaler nodig om de klappen uit te delen. En ik moest een situatie creëren waarin ik hem op hen af kon sturen wanneer ik dat wilde.

Ik won wat informatie in en kreeg het nummer van zijn kantoor in Boston. Ik belde het meteen en vroeg hem te spreken, maar hij was er niet en zou pas later op de dag terugkomen. Ik gaf het nummer van mijn mobieltje en vroeg of hij me wilde terugbellen. Ik zei dat ik belangrijke informatie over Eiben-Chemcorp had en dat ik hem zo gauw mogelijk wilde ontmoeten om die met hem te bespreken.

Toen ik de telefoon had neergelegd, ging ik weer aan het werk en probeerde ik me te concentreren op de MCL-Abraxas-deal en de persconferentie van die middag, maar ik merkte dat het me moeite kostte. Mijn gedachten dwaalden steeds af naar de afgelopen weken en de wens dat ik dit of dat had gedaan, dat ik bijvoorbeeld eerder was begonnen met mijn onderzoek naar Deke Tauber, wat zou betekenen dat ik Todd Ellis zou hebben gevonden voordat hij wegging bij United Labtech...

Toen vroeg ik me af of er een verband kon zijn tussen zijn dood en die van Vernon. Maar wat schoot ik ermee op? Of de dood van Todd Ellis nu een ongeluk was of niet, die route was in elk geval afgesneden. Ik had dus geen andere keus dan een alternatieve route te vinden.

Ik liep weer naar het raam en keek naar de gebouwen aan de overkant, langs de egale, verticale vlakken van glas en staal tot aan de straten eronder en het gekrioel van voetgangers en verkeer. De hele stad zou straks verbaasd staan van het nieuws over de deal en ik zou erbij zijn als het bekend werd gemaakt. Maar het leek net alsof ik erbuiten stond, alsof ik in een bizarre droom terecht was gekomen en op de een of andere manier wist dat ik er nooit meer uit zou ontwaken...

Dat gevoel werd onmiddellijk sterker toen ik naar een van de andere kantoren werd geroepen om de laatste details van de persconferentie te checken. Die was in relatief korte tijd georganiseerd door een van Van Loons pr-mensen en zou om vijf uur in een hotel in de stad worden gehouden. Tot zover was het me allemaal bekend, maar toen ik zag welk hotel, kreeg ik onmiddellijk weer last van dat holle, tintelende gevoel in mijn maag.

'Alles oké?' vroeg een van de pr-mensen me.

Ik keek hem aan en zag tegelijkertijd mijn gezicht in de grote spiegel die aan de zijmuur hing.

Mijn gezicht was lijkbleek.

'Ja,' zei ik. 'Ik ben oké... het gaat zo wel weer, denk ik...'

Ik draaide me om en stormde het kantoor uit. In het herentoilet

liep ik naar de wastafels en plensde een paar handen koud water in mijn gezicht.
De persconferentie zou worden gehouden in het Clifden Hotel aan 56th Street, het hotel waar Donatella Alvarez bewusteloos was aangetroffen in een kamer op de vijftiende verdieping.

Van Loon en ik arriveerden om halfvier in het hotel en het was er al aardig druk. De eerste signalen dat er iets te gebeuren stond hadden de media die ochtend al opgevangen, toen Van Loon enkele zorgvuldig gekozen mensen had gebeld met de mededeling dat ze de namiddag vrij moesten houden. Dat hij hierbij ook de namen van Atwood en Bloom had laten vallen, was voldoende geweest om een wilde stroom van geruchten en speculaties op gang te brengen. We hadden het persbericht een uur later uitgegeven, waarna de telefoons begonnen te rinkelen en niet meer waren opgehouden.
Het Clifden telde 45 verdiepingen van een klassiek maar compleet gerenoveerd gebouw aan 56th Street, net achter Madison Avenue. Het was een zeer luxueus hotel met meer dan achthonderd kamers en alle faciliteiten voor conferenties en zakelijke bijeenkomsten. De lobby kwam uit op een glazen atrium en daarachter was de zaal waar we onze persconferentie zouden geven.
Terwijl Van Loon werd gebeld op zijn zaktelefoon, liet ik mijn blik door de lobby gaan. Ik herkende echt niets en ondanks het vage, onaangename gevoel dat ik had, hield ik mezelf voor dat ik hier nooit eerder was geweest.
Van Loon beëindigde zijn gesprek. We liepen door naar het atrium en voordat we de overkant hadden bereikt, was Van Loon al benaderd door drie verschillende journalisten. Hij stond hen te woord op zijn gebruikelijke, charmante wijze maar vertelde niets meer dan ze al wisten of in het persbericht hadden kunnen lezen. In de conferentiezaal, waar cameraploegen hun apparatuur opzetten en achterin de geluidsinstallatie werd getest, was het al flink druk. Hotelpersoneel was bezig met het neerzetten van rijen klapstoeltjes en aan de voorkant was een podium waarop twee lange tafels naast elkaar waren neergezet. Daarachter prijkten de logo's van de twee bedrijven: MCL-Parnassus en Abraxas.
Ik stond aan de zijkant van de zaal terwijl Van Loon in het midden overleg pleegde met een van zijn mensen. Achter me waren

twee technici bezig met snoeren en kabels en ik kon hen tegen elkaar horen praten.
'... ik zweer het, op haar achterhoofd geslagen.'
'Wat? Hier?'
'Met een stomp voorwerp. Lees je geen kranten? Ze was Mexicaanse. Getrouwd met een schilder.'
'O, ja, nu weet ik het weer. Shit, was dat hier?'
Ik liep in de richting van de deuren totdat ik hen niet meer kon horen. Even later stond ik weer in het atrium.
Een van de dingen die ik me over die nacht nog vrij goed herinnerde, was dat ik na wat er gebeurd was door een verlaten hotelgang liep. Ik kon me het beeld nog steeds voor de geest halen: het lage plafond, de donkerblauwe vloerbedekking met het paarse motief, de roze wanden met eiken deuren die aan weerskanten langs me heen flitsten...
Maar verder herinnerde ik me niets.
Ik liep het atrium door en kwam weer in de lobby terecht. Er kwamen meer mensen binnen en overal hing een sfeer van gespannen verwachting. Ik zag iemand die ik kende en wilde hem ontlopen, dus liep ik door naar de liften aan de andere kant van de receptiebalie. Maar toen was het ineens alsof ik werd gestuurd door een onzichtbare kracht en liep ik achter twee vrouwen aan de lift in. Een van de vrouwen drukte op een knop en keek me afwachtend aan terwijl haar hand bij het paneel bleef zweven.
'Vijftien,' zei ik. 'Dank u.'
De geur van dure parfums vermengde zich met die van mijn angst en de gedwongen intimiteit van het samenzijn met volslagen onbekenden in de kleine ruimte. Terwijl we zacht zoemend opstegen, voelde ik me duizelig en misselijk worden en moest ik tegen de zijwand leunen om mezelf staande te houden. Toen de deuren op de vijftiende opengleden, staarde ik vol ongeloof naar de roze wand ertegenover. Ik wrong me tussen de vrouwen door en zette mijn voeten onzeker op de blauw met paarse vloerbedekking.
'Goedenavond.'
Ik draaide me om en terwijl de vrouwen uit beeld verdwenen door de dichtschuivende deuren, mompelde ik iets terug.
Nu ik alleen in de verlaten gang stond, werd ik overvallen door iets wat op echte angst leek. Ik was hier eerder geweest. Het zag er net zo uit zoals ik het me herinnerde: de brede gang met het lage plafond en de luxueuze tinten van de wanden en vloer, die

me het gevoel gaven dat ik me in een tunnel bevond. Maar dat was alles wat ik me herinnerde. Ik liep een paar passen de gang in en bleef toen staan. Ik stond tegenover een deur en probeerde voor me te zien hoe de kamer erachter eruit zou zien, maar het lukte me niet. Ik liep door en zag de eiken deuren aan weerskanten voorbijschuiven, totdat ik aan het eind van de gang een deur op een kier zag staan.

Ik bleef staan en mijn hart begon te bonken toen ik door de kier de kamer in gluurde en er een deel van kon zien: het voeteneind van een tweepersoonsbed, de gordijnen, een stoel, alles helder verlicht en in beschaafde pasteltinten.

Voorzichtig duwde ik met mijn voet de deur iets verder open en deed ik een stap achteruit. Ik kon nu wat meer zien van de kamer, een standaard hotelkamer, maar toen, opeens, zag ik langs de deurpost een vrouw met donker haar en een lange zwarte jurk van links naar rechts bewegen. Ze had haar handen op haar hoofd en er stroomde bloed langs de zijkant van haar gezicht. Mijn hart sloeg een slag over, ik wankelde en viel naar achteren tegen de roze muur tegenover de deur. Ik krabbelde overeind, wilde hier weg, terug naar de liften.

Ik had pas een paar onzekere stappen gedaan toen ik achter me een geluid hoorde. Uit de kamer waar ik net naar binnen had gekeken, kwamen een man en een vrouw. Ze deden de deur achter zich dicht en kwamen mijn kant op lopen. De vrouw was lang en had donker haar, en ze droeg een jas met een ceintuur. Ze was in de vijftig, net als de man. Ze praatten met elkaar en negeerden me compleet toen ze me voorbijliepen. Ik bleef staan waar ik stond en keek hen na totdat ze verderop in de gang in een lift waren gestapt.

Er gingen een paar minuten voorbij voordat ik weer iets kon doen. Mijn hart voelde alsof het van zijn plaats was gerukt en elk moment kon ophouden met kloppen. Mijn handen trilden. Ik stond tegen de muur geleund en staarde naar de vloerbedekking. De warme kleuren leken te pulseren en het motief trilde en bewoog.

Uiteindelijk kon ik weer op mijn benen staan en ik liep terug naar de liften, maar mijn hand trilde nog steeds toen ik op de knop drukte.

Tegen de tijd dat ik de conferentiezaal weer binnenkwam, was het er al flink druk en hing er een gespannen, verwachtingsvolle

atmosfeer. Ik liep naar voren, waar een paar mensen van MCL met elkaar stonden te praten.
Opeens hoorde ik Van Loon achter me.
'Eddie, waar was je?'
Ik draaide me om en er kwam een verbaasde trek op Van Loons gezicht.
'Jezus, Eddie, wat is er aan de hand? Je ziet eruit alsof je... alsof je...'
'... een geest hebt gezien?'
'Nou, ja.'
'Ik ben een beetje gestresst, Carl, dat is alles. Ik moet gewoon even tot rust komen.'
'Hoor eens, Eddie, neem de tijd. Als iemand hier zijn rust heeft verdiend, dan ben jij het.' Hij balde zijn vuist en stak hem op in een gebaar van solidariteit. 'Trouwens, jouw werk is gedaan. Voorlopig. Heb ik gelijk of niet?'
Ik knikte.
Van Loon werd op zijn schouder getikt door een van zijn mensen en meegenomen naar de zijkant van het podium om met iemand te praten.
De daaropvolgende paar uur bracht ik door in een soort droomtoestand. Ik liep in het rond, schudde handen en praatte met mensen, maar ik had geen idee waarover. Ik stond op de automatische piloot en had het gevoel dat ik in een film speelde.
Toen de persconferentie begon, stond ik voor in de zaal, achter de mensen van Abraxas, die aan de rechtertafel op het podium zaten. Daarachter bevond zich een zee van mensen, ongeveer driehonderd personen, en talloze reporters, fotografen en cameramensen. Het gebeuren werd live uitgezonden op diverse tv-kanalen en een deel van de opnamen werd rechtstreeks doorgeseind naar satellieten en internet. Toen Hank Atwood het woord nam, kwamen alle camera's klikkend, zoemend en flitsend tot leven, wat gedurende de hele persconferentie doorging, zelfs toen het publiek de gelegenheid kreeg om vragen te stellen. Ik luisterde nauwelijks naar de speeches, waarvan ik er een aantal had helpen schrijven, en hoewel ik af en toe een paar woorden of een uitdrukking herkende, droeg het keer op keer herhalen van woorden als 'toekomst' en 'mogelijkheden' alleen maar bij aan het gevoel van onwerkelijkheid met betrekking tot alles wat er om me heen gebeurde.

Dan Bloom had net zijn speech beëindigd toen mijn mobieltje begon te piepen. Ik haalde hem snel tevoorschijn en drukte de knop in.

'Ja?'

'Hallo, spreek ik met Eddie Spinola?'

Ik kon hem nauwelijks verstaan.

'Ja.'

'Met Dave Morgenthaler in Boston. Ik heb uw boodschap ontvangen.'

Ik drukte mijn hand op mijn linkeroor.

'Hoor eens... wacht even.'

Ik liep naar links over de hele breedte van de zaal, naar een deur die naar een stil gedeelte van het atrium leidde.

'Meneer Morgenthaler?'

'Ja.'

'Wanneer kunnen we elkaar ontmoeten?'

'Hoor eens, wie bent u eigenlijk? Ik heb het hartstikke druk dus waarom zou ik de tijd nemen om met u te praten?'

Zo beknopt als ik kon legde ik hem het verhaal voor: een krachtige drug, ongetest en mogelijk levensgevaarlijk, afkomstig uit het laboratorium van het bedrijf dat hij binnenkort voor de rechter zou slepen. Ik hield het vaag en gaf geen bijzonderheden over de werking van het middel.

'U hebt nog niets gezegd wat me heeft overtuigd,' zei hij. 'Hoe weet ik dat u niet gek bent? Dat u deze onzin niet verzint?'

De verlichting was gedempt in dit deel van het atrium en de enige andere aanwezigen waren twee oudere mannen die aan een tafeltje naast een reusachtige potpalm met elkaar in gesprek waren. Achter me hoorde ik gegons van stemmen uit de conferentiezaal.

'MDT verzin je niet, meneer Morgenthaler. Dat spul is echt, geloof me.'

Er viel een stilte, een nogal lange, en toen vroeg hij: 'Wat zei u?'

'Ik zei dat dat spul...'

'Nee, de naam. Welke naam noemde u?'

Shit, ik had de naam niet moeten noemen.

'Nou, dat...'

'MDT, u zei MDT.' Zijn stem had een dwingende klank gekregen. 'Wat is het, een soort smart drug?'

Ik aarzelde voordat ik antwoord gaf. Hij wist ervan, wist er in elk geval íéts van, en het was duidelijk dat hij er meer van wilde weten.

'Wanneer kunnen we elkaar ontmoeten?' vroeg ik.
Deze keer hoefde hij niet na te denken.
'Ik kan morgenochtend een vroege vlucht nemen. Laten we zeggen, een uur of tien?'
'Oké.'
'Ergens buiten? Op het plein in 59th Street?'
'Oké.'
'Ik ben lang en...'
'Ik heb uw foto op internet gezien.'
'O, oké. Dan zie ik u morgen.'
Ik stak mijn telefoon weg en wandelde terug naar de conferentiezaal. Atwood en Bloom zaten samen op het podium om de vragen te beantwoorden. Ik vond het nog steeds moeilijk om me te concentreren op wat er werd gezegd want het incident op de vijftiende verdieping, het visioen, de hallucinatie of wat het ook was, zat nog vers in mijn geheugen en blokkeerde al het andere. Ik wist nog steeds niet wat er die avond tussen mij en Donatella Alvarez was gebeurd, maar ik begon nu te vermoeden dat dit een uiting van schuld en twijfel was, en het topje van een heel grote ijsberg.

Toen de vragenronde was afgerond, begonnen de mensen zich te verspreiden, maar daardoor werd de chaos nog groter dan daarvoor. Journalisten van *Business Week* en *Time* liepen in het rond op zoek naar mensen die commentaar wilden geven en zakenlieden sloegen elkaar lachend op de schouder. Op een gegeven moment kwam Hank Atwood langs en gaf hij míj een klap op mijn schouder. Daarna draaide hij zich om en richtte zijn wijsvinger op me.
'De toekomst, Eddie, de toekomst.'
Ik glimlachte vaag en toen was Atwood verdwenen.
De mensen van Van Loon & Associates waren van plan ergens te gaan eten om het te vieren, maar daar moest ik niet aan denken. Ik had vandaag al genoeg meegemaakt, tot en met de aanzet van een gigantische angstaanval en wilde niets doen wat die aanval alsnog zou opwekken.
Daarom liep ik zonder iets tegen iemand te zeggen de conferentiezaal uit, het atrium en de lobby door, en toen stond ik weer in 56th Street. Het was een warme avond en de lucht was vol gedempte stadsgeluiden. Ik liep naar Fifth Avenue, bleef staan bij de voet van Trump Tower en keek in de richting van 59th

Street, drie blokken verderop, bij Grand Army Plaza en de hoek van Central Park. Waarom wilde Dave Morgenthaler me daar ontmoeten? Waarom per se in de openlucht?
Ik draaide me om en keek de andere kant op, naar het opkomende en afnemende verkeer en de parallelle lijnen van de gebouwen die allemaal naar een onzichtbaar verdwijnpunt wezen. Ik begon die kant op te lopen en bedacht opeens dat Van Loon misschien zou proberen me te bellen, dus haalde ik mijn mobiele telefoon tevoorschijn en zette hem uit. Ik bleef doorlopen op Fifth Avenue en sloeg ten slotte rechtsaf naar 34th Street. Na een paar blokken kwam ik terecht in wat mijn nieuwe buurt moest worden, maar welke was dat? Chelsea? Het Garment-district? Wie wist het verdomme nog?
Op Tenth Avenue kwam ik langs een smoezelig ogende bar en ik ging naar binnen.
Ik nam plaats aan de bar en bestelde een Jack Daniels. Er waren vrijwel geen klanten. De barman schonk mijn whisky in en ging weer tv zitten kijken. Die zat aan de muur bevestigd, boven de deur naar de heren-wc, en stond afgestemd op een comedy. Na een minuut of vijf – gedurende welke tijd hij maar één keer had gelachen – pakte de barman de afstandsbediening en begon hij langs de kanalen te zappen. Op een gegeven moment zag ik in een flits het MCL-Parnassus-logo en ik zei tegen hem: 'Wacht, ga even terug, een paar seconden maar.'
Hij zapte terug en keek me aan, met de afstandsbediening nog steeds op de tv gericht. Het was een nieuwsuitzending met beelden van de persconferentie.
'Stop, één minuutje,' zei ik.
'Eerst een paar seconden, nu een minuutje, jezus,' zei hij ongeduldig.
Ik keek hem aan.
'Alleen dit onderwerp, oké? Bedankt.'
Hij legde de afstandsbediening op de bar en stak zijn handen op, waarna we allebei onze aandacht op het scherm richtten.
Dan Bloom zat op het podium en terwijl een commentaarstem de omvang en het belang van de voorgenomen overname beschreef, zwenkte de camera langzaam naar rechts, waar alle topmensen van Abraxas bij elkaar aan tafel zaten. Op de achtergrond was het bedrijfslogo zichtbaar, maar dat was niet alles. Er stonden ook een paar mensen, en een van die mensen was ik. Toen de camera langzaam van links naar rechts zwenkte en

ik van rechts naar links liep, verdween ik uit beeld. Maar in die paar seconden kon je me duidelijk zien staan, als in een herkenningsconfrontatie bij de politie, mijn gezicht, mijn ogen, mijn blauwe das en mijn donkergrijze pak.
De barman keek me aan, had me blijkbaar herkend, maar toen hij weer naar het scherm keek, waren ze teruggeschakeld naar de studio. Hij keek me weer aan, met een nogal domme uitdrukking op zijn gezicht. Ik pakte mijn glas en dronk het leeg.
'Zap maar door,' zei ik.
Toen legde ik twintig dollar op de bar, stond op en liep naar buiten.

# 26

De volgende ochtend nam ik een taxi naar 59th Street en onderweg repeteerde ik wat ik tegen Dave Morgenthaler ging zeggen. Om hem geïnteresseerd te houden en tijd te winnen, zou ik hem moeten beloven dat ik hem een MDT-pil zou geven. Op die manier moest het mogelijk zijn om mezelf in een positie te wringen waarin ik iemand van Eiben-Chemcorp kon benaderen. Ik hoopte dat ik, door met Morgenthaler te praten, een idee zou krijgen wíe ik bij Eiben-Chemcorp moest benaderen.
Om tien voor tien stapte ik uit op Grand Army Plaza, wandelde wat rond en wierp af en toe een blik in de richting van het hotel. In mijn hoofd had ik het hoofdstuk Van Loon en de overname al afgesloten, in elk geval voor dit moment.
Om vijf over tien stopte er een taxi waaruit een lange, magere man van begin vijftig stapte. Ik herkende hem onmiddellijk van de foto's die ik op het net had gezien. Ik liep op hem af en hoewel hij me zag aankomen, keek hij om zich heen alsof hij naar andere mogelijke kandidaten zocht. Daarna keek hij me aan.
'Spinola?' zei hij.
Ik knikte en stak mijn hand uit. 'Bedankt voor uw komst.'
We schudden elkaar de hand.
'Ik hoop van harte dat ik niet voor niets ben gekomen.'
Hij had een dikke bos gitzwart haar, een bril met een zwaar, donker montuur en hij maakte een vermoeide, wat troosteloze indruk. Hij had een donker pak en een regenjas aan. Het was een bewolkte dag en er stond een frisse wind. Ik wilde voorstellen om op zoek te gaan naar een coffeeshop, of naar The Oak Room te gaan, aangezien we daar praktisch voor de deur stonden, maar Morgenthaler had andere plannen.
'Kom, laten we gaan,' zei hij en hij stak de straat naar het park over. Ik aarzelde maar ging hem toen achterna.
'We gaan in het park wandelen?' vroeg ik.
Hij knikte maar zei niets, keek me ook niet aan.

Zwijgend daalden we de treden af, liepen het park in en wandelden via Wollman Rink naar Sheep Meadow. Morgenthaler koos een bank met uitzicht op de skyline van Central Park South en we namen plaats. We zaten onbeschut en midden in de wind, maar ik klaagde niet.

Morgenthaler keek me aan en zei: ‘Oké, waar gaat dit over?’

‘Nou, zoals ik al zei, over MDT.’

‘Wat weet u van MDT en hoe komt u aan die informatie?’

Zijn benadering was heel direct en hij was blijkbaar van plan me te ondervragen zoals hij dat met een getuige zou doen. Ik besloot met hem mee te doen totdat ik hem zover had dat hij zelf ook over de brug moest komen. Ik beantwoordde zijn vragen op een manier die duidelijk maakte dat ik wist waarover ik het had. Vervolgens beschreef ik op een bijna klinische manier welke effecten MDT op mensen had. Dat interesseerde hem en hij stelde er gerichte vragen over, wat voor mij bevestigde dat ook hij wist waarover hij het had, in elk geval als het om MDT ging. Ik liet hem weten dat ik hem de namen van enkele tientallen mensen kon geven die MDT hadden gebruikt, ermee waren gestopt en als gevolg daarvan leden aan ernstige onthoudingsverschijnselen. Er waren genoeg gevallen om een duidelijk patroon te schetsen. Ik liet hem ook weten dat ik hem de namen kon geven van mensen die MDT hadden gebruikt en als gevolg daarvan waren overleden. Ten slotte maakte ik hem duidelijk dat ik hem een proefexemplaar van het middel kon leveren om het te laten analyseren.

Toen we op dat punt waren aangekomen, merkte ik dat Morgenthaler geïrriteerd begon te raken. Wat ik hem vertelde, was allemaal pure dynamiet als hij het voor de rechtbank kon gebruiken, maar tegelijkertijd was ik tergend vaag gebleven. Als hij nu wegliep, zou hij dat doen met weinig meer dan een goed verhaal, en dat was precies waar ik hem wilde hebben.

‘En hoe gaan we nu verder?’ vroeg hij, waaraan hij op licht afkerige toon toevoegde: ‘En wat wordt u er wijzer van?’

Ik zei niets en keek om me heen. Er waren een paar mensen aan het joggen, hun honden aan het uitlaten en anderen liepen voorbij met een kinderwagen. Ik moest ervoor zorgen dat hij geïnteresseerd bleef zonder hem echte informatie te geven; nu nog niet, in elk geval. En ik moest weten wat híj wist.

‘Daar komen we straks aan toe,’ zei ik, in navolging van Kenny Sanchez, ‘maar ik wil eerst weten wat u over MDT weet.’

Hij sloeg zijn ene been over het andere, deed zijn armen over elkaar en leunde naar achteren op de bank.
'Ik kwam het tegen,' zei hij, 'tijdens mijn research naar de ontwikkeling van en proeven met Triburbazine.'
Ik wachtte op meer, maar er kwam niet meer.
'Hoor eens, meneer Morgenthaler,' zei ik, 'ik heb uw vragen beantwoord. Laten we een beetje eerlijk blijven.'
Hij zuchtte en was maar nauwelijks in staat zijn ongeduld te verbergen.
'Goed dan,' zei hij, waarna hij de rol van getuige-deskundige aannam. 'Tijdens mijn onderzoek naar Triburbazine heb ik een hoop werknemers en ex-werknemers van Eiben-Chemcorp gesproken. Toen ze me de procedures van de klinische proeven beschreven, was het voor deze mensen de normaalste zaak van de wereld om me voorbeelden te geven en parallellen te trekken met andere middelen.'
Hij kwam wat naar voren en het was duidelijk dat hij het niet leuk vond om dit te vertellen.
'Sommigen van deze mensen refereerden aan een reeks proeven met een antidepressivum in het begin van de jaren zeventig, proeven die vreselijk mis waren gegaan. De man die verantwoordelijk was voor de rapportage van deze proeven was ene doctor Raoul Fursten. Hij werkte sinds het eind van de jaren vijftig op de researchafdeling van het bedrijf en had veel proeven met LSD gedaan. Van het nieuwe middel werd gezegd dat het de cognitieve vermogens zou vergroten, of in elk geval zou verbeteren, en het schijnt dat Fursten buitengewoon enthousiast was over het middel en zich daar veelvuldig over had uitgelaten. Hij had het in die context over de macht van het bewustzijn, de slimste die de beste was en de waarde ervan voor de toekomst, dat soort onzin. Je moet niet vergeten dat het begin jaren zeventig was, wat in feite een voortzetting van de jaren zestig was.'
Morgenthaler zuchtte weer, heel diep, alsof hij leegliep, en schoof heen en weer op de bank totdat hij een gemakkelijker houding had gevonden.
'Hoe dan ook,' vervolgde hij, 'er waren ook mensen die heel negatief op het middel hadden gereageerd. Ze waren agressief en verward geworden en sommigen hadden te kampen gehad met tijdelijk geheugenverlies. Een van de ondervraagden vertelde me dat er sprake was geweest van gevallen met een dodelijke afloop, die in de doofpot waren gestopt. De proeven werden stop-

gezet en het middel – MDT-48 – werd gedumpt. Fursten ging met pensioen en het schijnt dat hij zich binnen een jaar dood heeft gedronken. Geen van de mensen die ik heb gesproken kan hier iets van bewijzen of het zelfs maar bevestigen. Alles wordt beschouwd als "uit de tweede hand", wat, als je bedenkt wat ík ermee wil doen, betekent dat ik er absoluut niets aan heb. Ik heb ook gepraat met een paar andere mensen uit de wondere wereld van de neuropsychofarmacologie – dat moet je eens proberen te zeggen na een paar borrels – mensen die anoniem willen blijven maar die me hebben verteld dat er geruchten gingen dat men halverwege de jaren tachtig weer is begonnen met de research van MDT. Het waren maar geruchten...' Hij draaide zijn hoofd om en keek me aan. '... en nu vertelt u me dat het spul praktisch op straat te koop is?'
Ik dacht aan Vernon en Deke Tauber en Gennady en ik knikte. Ik was heel vaag geweest over mijn bronnen en had Morgenthaler niets verteld over Todd Ellis en het niet-officiële onderzoek dat hij bij United Labtech had gedaan.
'U zei halverwege de jaren tachtig?'
'Ja.'
'En die onderzoeken waren niet officieel?'
'Duidelijk.'
'Wie is tegenwoordig hoofd research van Eiben-Chemcorp?'
'Jerome Hale,' zei hij. 'Maar ik kan niet geloven dat hij er iets mee te maken zou hebben. Daar is hij te fatsoenlijk voor.'
'Hale?' vroeg ik. 'Familie van dé Hale?'
'O, ja,' zei hij en hij moest lachen. 'Het zijn broers.'
Ik deed mijn ogen dicht.
'Hij heeft in de begintijd met Raoul Fursten samengewerkt,' vervolgde Morgenthaler, 'heeft de zaak in feite van hem overgenomen. Maar het moet iemand zijn die onder hem werkt, want Hale doet alleen nog maar kantoorwerk. Maar dat maakt niet uit; het is en blijft Eiben-Chemcorp, een farmaceutisch bedrijf dat informatie achterhoudt met financieel gewin als oogmerk. Dat is de zaak die we voor de rechter brengen. Ze hebben gerotzooid met de informatie van het Triburbazine-onderzoek en als ik kan bewijzen dat ze hetzelfde met MDT hebben gedaan, zitten we gebakken.'
Morgenthaler liet zich even meeslepen door het vooruitzicht dat hij de zaak zou winnen, maar ik kon niet geloven dat hij in zijn enthousiasme zo gemakkelijk had prijsgegeven dat Jerome en

Caleb Hale broers waren. De betekenis hiervan leek voor mij van reusachtig groot belang. Caleb Hale was zijn carrière begonnen bij de CIA, halverwege de jaren zestig. In mijn eigen research voor *Turning On* had ik gelezen over de CIA-dienst Research en Ontwikkeling en hoe de MK-Ultra-projecten in het geheim de researchprogramma's van diverse Amerikaanse drugsfabrikanten hadden gefinancierd.
De hele zaak begon ineens onmetelijke proporties aan te nemen, groot genoeg om een flinke hoofdpijn te garanderen. Ik zag nu ook in hoe machteloos ik was.
'Dus, meneer Spinola, ik heb uw hulp nodig. Wat hebt u nodig?'
Ik zuchtte. 'Tijd. Ik heb wat tijd nodig.'
'Waarvoor?'
'Om na te denken.'
'Wat valt er na te denken? Deze schoften zijn...'
'Dat begrijp ik, maar daar gaat het niet om.'
'Waar gaat het dan wel om? Geld?'
'Nee,' zei ik afkeurend en ik schudde mijn hoofd.
Dat had hij niet verwacht; hij was er blijkbaar al die tijd van uitgegaan dat ik op geld uit was. Ik nam een toenemende onrust bij hem waar, alsof hij ineens bang was dat hij me zou kwijtraken.
'Hoelang blijft u in de stad?' vroeg ik.
'Ik moet vanavond terug, maar...'
'Ik zal u morgen of overmorgen bellen.'
Hij aarzelde, wist niet goed wat hij moest antwoorden.
'Hoor eens, waarom...'
Ik besloot hem even af te houden. Ik deed het niet graag, maar ik had geen keus. Ik wilde hier weg en moest echt nadenken.
'Ik kan zo nodig naar Boston komen, met alle spullen. Maar geef me een dag of twee, oké?'
'Oké.'
Ik stond op en hij deed hetzelfde. We liepen terug naar East 59th Street.
Deze keer was ik degene die de stilte in stand hield, maar toen moest ik ineens ergens aan denken.
'De zaak waar u mee bezig bent,' zei ik, 'het meisje dat Triburbazine gebruikte?'
'Ja?'
'Heeft ze... ik bedoel, was ze in staat tot moord?'
'Dat is de stelling die Eiben-Chemcorp zal innemen. Ze zullen op zoek gaan naar problemen in de familie, misbruik en al die

andere achtergrondonzin die ze kunnen vinden en tot een motief kunnen maken. Maar de waarheid is dat iedereen die haar kende – en we hebben het hier over een meisje van negentien, een studente – iedereen die haar kende zegt dat ze het liefste en intelligentste meisje was dat ze ooit hadden ontmoet.'

Mijn maag begon op te spelen.

'Dus het komt erop neer dat u zegt dat het de Triburbazine was en dat zij zeggen dat zíj het heeft gedaan.'

'Ja, daar komt het op neer. Chemische beïnvloeding versus morele aanleg.'

Het was net middag, maar door de zware bewolking en het weinige licht kreeg alles een sombere sfeer.

'Denkt u dat een drug kan overschaduwen wie we zijn,' zei ik, 'en ons dingen kan laten doen die we anders niet zouden doen?'

'Het maakt niet uit wat ik denk. Het gaat erom wat de jury denkt. Tenzij Eiben-Chemcorp bereid is te schikken. In welk geval het niet uitmaakt wat wie dan ook denkt. Maar ik zal u één ding vertellen: ik zou niet graag in die jury zitten.'

'Waarom niet?'

'Nou, als je wordt opgeroepen voor een jury en je denkt: oké, lekker twee weken bij mijn luizige baantje vandaan, en je moet dan een beslissing van deze omvang nemen? Niet echt leuk.'

Daarna liepen we in stilte door. Toen we terug waren op Grand Army Plaza, zei ik weer dat ik hem gauw zou bellen.

'Binnen een paar dagen, hè?' zei hij. 'En alsjeblieft, doe het, want het kan een groot verschil maken. Ik wil u niet onder druk zetten, maar...'

'Ik weet het,' zei ik op besliste toon. 'Ik weet het.'

'Oké.' Hij stak zijn handen op. 'Als u maar belt.'

Hij keek om zich heen, zocht naar een taxi.

'Nog één vraag,' zei ik.

'Ja?'

'Waarom dat geheimzinnige openlucht-bankje-in-het-parkgedoe?'

Hij keek me aan en glimlachte.

'Hebt u enig idee hoe machtig Eiben-Chemcorp als tegenstander is? En hoeveel geld er voor hen op het spel staat?'

Ik haalde mijn schouders op.

'Nou, heel machtig en heel veel.' Hij stak zijn arm op en hield een taxi aan. 'Ik word constant door hun mensen in de gaten gehouden. Ze gaan alles na, mijn telefoontjes, mijn e-mails, mijn reispapieren. Ik ben ervan overtuigd dat ze ons nu ook in de gaten houden.'

De taxi stopte langs de stoeprand. Voordat Morgenthaler instapte, draaide hij zich nog een keer om en zei: 'Weet u, meneer Spinola, misschien hebt u niet zoveel tijd als u denkt.'

Ik keek de taxi na toen hij wegreed en in het verkeer op Fifth Avenue verdween. Toen liep ik ook die kant op, langzaam en nog steeds een beetje misselijk, zeker nu ik besefte dat mijn plan geen kans van slagen had. Morgenthaler mocht misschien licht paranoïde zijn, het was duidelijk dat een groot farmaceutisch bedrijf dreigen met een harde aanpak geen goed idee was. Wie zou ik trouwens moeten benaderen? De broer van de staatssecretaris van Defensie? Afgezien van het feit dat het de zaak knap gecompliceerd maakte, kon ik me niet voorstellen dat een bedrijf als Eiben-Chemcorp gevoelig zou zijn voor dit soort chantage, niet met alle contacten en middelen die het tot zijn beschikking had. Wat me weer aan het denken zette over hoe Vernon was vermoord en hoe Todd Ellis was vertrokken bij United Labtech en kort daarna was overreden. Wat was er in die twee gevallen precies gebeurd? Hadden ze ontdekt dat Vernon en Todd samenzwoeren en partijen MDT verhandelden? Misschien was Morgenthaler helemaal niet zo paranoïde. Maar als de zaken op deze manier in elkaar staken, zou ik met een heel nieuw plan moeten komen, een – op zijn minst – minder roekeloos plan.

Ik kwam op 57th Street en keek om me heen. Dit was de plek waar ik mijn eerste black-out had gehad, na die avond in Van Loons bibliotheek. Dat was een paar blokken verderop geweest, op Park Avenue. Ik was duizelig geworden, had staan wankelen op mijn benen en zonder enige verklaring had ik ineens een blok verderop gestaan, bij 56th Street. Vervolgens dacht ik aan de veel grotere black-out van de avond daarna, met die man in The Congo op Tribeca, die ik op zijn neus had gestompt, die vrouw in de wc, en daarna Donatella Alvarez en de vijftiende verdieping van het Clifden...

Er was die avond iets erg misgegaan en alleen al terugdenken eraan leverde me een hol gevoel in mijn maag op.

Maar toen begreep ik ineens het verband: MDT, de verbeterde cognitieve vermogens, de black-outs, het gebrek aan impulsbeheersing, agressief gedrag, Dexeron om de black-outs te voorkomen, een hogere dosis MDT, nog meer cognitieve vermogens...

het had allemaal te maken met de chemische werking in de hersenen. Misschien had Morgenthaler gelijk met zijn nuchtere kijk op menselijk gedrag die hij aan zijn jury wilde voorleggen, dat het uiteindelijk allemaal neerkwam op de interactie tussen moleculen en dat we in feite niet meer dan machines waren.
Maar als dat zo was, als de menselijke geest niet meer was dan een chemisch softwareprogramma dat de hersenen bestuurde, en dat farmaceutische producten als Triburbazine en MDT dat programma gewoon herschreven, wat weerhield mij er dan van om uit te zoeken hoe het allemaal in elkaar stak? Met behulp van mijn laatste voorraad MDT kon ik me de eerstvolgende paar weken helemaal richten op de werking van de hersenen. Ik kon neurologie, scheikunde en farmacologie gaan studeren, en – verdomme – zelfs neuropsychofarmacologie...
Wat kon me er dan nog van weerhouden mijn eigen MDT te maken? In de jaren van de LSD waren er altijd genoeg ondergrondse producenten geweest, mensen die het initiatief hadden genomen om in hun badkamer of kelder hun eigen laboratorium op te zetten en zo in hun eigen behoefte te voorzien. Goed, ik was geen chemicus, maar voordat ik MDT ging gebruiken was ik ook geen handelaar in aandelen, verre van dat zelfs. Vol enthousiasme om hieraan te beginnen versnelde ik mij pas. Er was een Barnes & Noble in 48th Street. Ik zou daar de benodigde boeken kopen en me met een taxi rechtstreeks naar het Celestial laten brengen. Toen ik een krantenkiosk passeerde en de koppen over de MCL-Abraxas-deal zag, herinnerde ik me dat mijn mobiele telefoon nog steeds uit stond. Ik liep door, haalde hem uit mijn zak en keek of er berichten voor me waren. Er waren er twee van Van Loon, de eerste verbaasd en de tweede licht geïrriteerd. Ik zou hem binnenkort moeten bellen en een redelijk excuus voor mijn afwezigheid voor de eerstvolgende weken moeten bedenken. Ik kon hem niet zomaar negeren. Ik was de man ten slotte bijna tien miljoen dollar schuldig.

Ik bracht ruim een uur door bij Barnes & Noble, op de afdeling studieboeken, dikke pillen met kleine letters, vol grafieken, diagrammen en een sneeuwstorm van gecursiveerde termen in het Grieks en Latijn. Ik kocht er acht, met titels als *Biochemie en menselijk gedrag; Deel 1 – Basisprincipes van de Neurologie en de Hersenschors*, betaalde ze met mijn creditcard en liep even later met twee loodzware plastic tassen de winkel uit. Het begon net te regenen toen ik op Fifth Avenue een taxi aanhield. Tegen de tijd dat we voor het Celestial stopten, was de regen in een stortbui veranderd zodat ik in de tien seconden die ik nodig had om van het plein naar de ingang van het Celestial te rennen, drijfnat werd. Maar dat kon me niet schelen; ik was veel te opgewonden en verheugde me erop om naar mijn appartement te gaan en in mijn boeken te duiken.

Toen ik echter de hal door liep, werd ik gewenkt door Richie, de man achter de balie.

'Meneer Spinola, hallo. Ja, ik heb hen binnengelaten.'

'Wat?'

'Ik heb hen binnengelaten. Ze zijn een minuut of twintig geleden vertrokken.'

Ik liep naar de balie en vroeg: 'Waar heb je het over?'

'Die mannen over wie u het had, die iets kwamen afleveren. Ze zijn geweest.'

Ik zette mijn tassen neer en staarde hem aan.

'Ik heb niets gezegd over mannen die iets kwamen afleveren. Waar heb je het in godsnaam over?'

Hij slikte en kreeg opeens een nerveuze uitdrukking op zijn gezicht.

'Meneer Spinola, u... u hebt me een uur geleden gebeld over een paar mannen die iets kwamen afleveren... en dat ik hun de sleutel moest geven...'

'Ik heb jou gebeld?'

'Ja.'

Het water droop uit mijn haar langs mijn nek tot in de boord van mijn overhemd.

'Ja,' herhaalde hij, alsof hij zichzelf wilde overtuigen. 'De verbinding was slecht, dat zei u zelf, maar dat was omdat u met uw zaktelefoon belde...'

Ik pakte mijn tassen op en haastte me naar de liften.

'Meneer Spinola?'

Ik negeerde hem.

'Meneer Spinola? Ik... ik heb toch niets verkeerds gedaan?'

Ik stapte in de lift, drukte op de knop en terwijl de cabine zich in beweging zette, voelde ik mijn hart zo hard slaan, dat ik diep moest ademhalen en een paar keer met mijn vuist tegen de zijwand moest slaan om mezelf tot kalmte te manen. Toen haalde ik mijn hand door mijn haar en schudde mijn hoofd. Waterdruppels vlogen alle kanten op.

Op de 68e pakte ik de tassen op en wrong me de lift uit voordat de deuren goed en wel open waren. Ik rende door de gang naar de deur van mijn appartement, liet de tassen op de grond vallen en zocht in de zak van mijn jasje naar mijn sleutel. Toen ik hem had gevonden, kostte het me moeite om hem in het slot te krijgen. Ik kreeg uiteindelijk de deur open, maar zodra ik binnen was, wist ik dat alles verloren was.
Ik had het beneden in de hal al geweten, direct toen Richie zei dat hij 'hen' had binnengelaten...
Ik keek om me heen om de schade op te nemen. De dozen en kisten in het midden van de woonkamer waren omver geschopt en opengebroken en de inhoud lag door de kamer verspreid. Ik rende ernaartoe en begon tussen de boeken, kleren en keukengerei te zoeken naar de reistas waarin ik de envelop met mijn voorraad MDT-pillen had bewaard. Na een tijdje vond ik de tas, maar die was leeg. De envelop met de pillen was verdwenen, net als Vernons zwarte adressenboekje. In de ijdele hoop dat de envelop ergens tussen de rommel lag, misschien uit de tas was gevallen, begon ik alles te doorzoeken en deed dat daarna nog een keer. Maar het had geen zin.
De MDT-pillen waren verdwenen.
Ik liep naar het raam en keek naar buiten. Het regende nog steeds. Vanaf deze grote hoogte en ongebruikelijke hoek zag de regen er anders uit, alsof je, als je nog een paar verdiepingen hoger ging, ervan verlost zou zijn en vanuit de blauwe hemel op een deken van grijze wolken zou neerkijken.
Ik draaide me om en leunde tegen het raamkozijn. De kamer was groot en licht en er stonden maar zo weinig spullen in, dat de rommel in het midden niet eens zoveel voorstelde. Ze hadden er geen reusachtige puinhoop van gemaakt, want daarvoor stonden er gewoon te weinig spullen in de kamer, alleen maar een paar dingen die ik uit 10th Street had meegenomen. En ze hadden hun werk hier beter gedaan dan in Vernons appartement.
Ik stond daar een tijdje, in een shocktoestand, neem ik aan, en ik dacht aan niets. Ten slotte keek ik naar de open voordeur. Mijn tassen van Barnes & Noble stonden nog steeds voor de deur, netjes naast elkaar op de gang, om zo naar binnen gedragen te worden.
Toen begon de telefoon te rinkelen.
Ik was niet van plan op te nemen, maar toen ik zag dat ze de telefoonaansluiting niet uit de muur hadden gerukt, wat ze wel

met die van de tv en de computer hadden gedaan, liep ik ernaartoe. Ik bukte me, nam op en zei: ‘Hallo,’ maar er werd onmiddellijk neergelegd.
Ik richtte me op, liep naar de voordeur en schoof de twee tassen met mijn voet naar binnen. Toen ik de deur had dichtgedaan, bleef ik ertegenaan geleund staan. Ik haalde een paar keer diep adem, slikte en deed mijn ogen dicht.
De telefoon ging weer over.
Ik liep ernaartoe en nam op, maar net als de vorige keer werd er meteen opgehangen. Vrijwel onmiddellijk daarna begon het toestel weer te rinkelen.
Ik nam op maar zei niets.
Deze keer werd er niet opgehangen.
Uiteindelijk zei een stem: ‘Nou, Eddie, dat was het dan.’
‘Met wie spreek ik?’
‘Je bent te ver gegaan door met Dave Morgenthaler te gaan praten. Dat was geen goed idee...’
‘Wie is dit, verdomme?’
‘... dus hebben we besloten de kraan dicht te draaien. Maar het leek me netjes om het je te laten weten. Jij bent ten slotte ook heel sportief geweest.’
De stem klonk heel kalm en bijna fluisterend. Er klonken geen emoties in door, en geen spoor van een accent.
‘Ik zou dit natuurlijk niet moeten doen, maar we zijn op een punt aangekomen dat ik bijna het gevoel heb dat ik je kén.’
‘Wat bedoel je met de kraan dichtdraaien?’
‘Nou, je zult inmiddels wel gezien hebben dat we het spul hebben meegenomen. Dus van nu af aan kun je het experiment als beëindigd beschouwen.’
‘Experiment?’
Het bleef een tijdje stil.
‘We hebben je in de gaten gehouden sinds je die dag in Vernons appartement kwam opdraven, Eddie.’
Mijn laatste hoop verdween.
‘Waarom denk je dat je nooit meer iets van de politie hebt gehoord? We wisten het eerst niet zeker, maar toen duidelijk werd dat jij Vernons voorraad had meegenomen, hebben we besloten af te wachten wat er zou gebeuren, om – als het ware – een klinische proef met je te doen. Je weet dat we nogal slecht in onze proefpersonen zaten...’
Ik staarde de kamer in, probeerde mijn gedachten terug te

dwingen naar die tijd, probeerde tekens en aanwijzingen te zien...

'... en tjonge, wat een proefpersoon ben je geweest! Als het enige troost voor je is, Eddie, niemand heeft ooit zoveel met MDT gedaan als jij, niemand heeft het zover geschopt.'

'Wie ben je?'

'Zeker, we wisten dat je stevig gebruikte toen je Lafayette op zijn kop zette, maar toen je met Van Loon in zee ging, waren we pas echt sprakeloos.'

'Wie ben je?'

'En toen was er natuurlijk dat incidentje in het Clifden...'

'Wie ben je?' vroeg ik weer, bijna mechanisch en zonder hoop.

'... maar je moet me toch eens vertellen wat daar nu precies is gebeurd.'

Ik legde de hoorn neer, liet mijn hand erop liggen en drukte erop alsof ik hem – wie het ook was – zo kon laten verdwijnen.

Maar toen de telefoon weer overging, nam ik onmiddellijk op.

'Hoor eens, Eddie, het is niet persoonlijk, maar we kunnen niet riskeren dat je met privé-detectives en letselschadeadvocaten gaat praten, om nog maar te zwijgen van Russische woekeraars. Ik wilde je alleen laten weten dat je een heel nuttig proefkonijn bent geweest.'

'Kom op,' zei ik, opeens overvallen door een gevoel van wanhoop, 'is er geen manier om... ik bedoel, ik heb niets...'

'Luister, Eddie.'

'... ik heb Morgenthaler niets verteld, ik heb hem geen feiten verteld...' Mijn stem brak. 'Kan ik niet... nog een voorraadje...'

'Eddie...'

'Ik heb geld,' zei ik, hard knijpend in de hoorn om het trillen van mijn hand tegen te gaan. 'Ik heb genoeg geld op de bank. Ik kan...'

Er werd opgehangen.

Ik liet mijn hand weer op het toestel liggen, net als ik daarvoor had gedaan. Deze keer bleef ik echter tien minuten wachten. Maar er gebeurde niets.

Ten slotte haalde ik mijn hand weg en stond op. Mijn benen voelden stram aan, dus ik verplaatste mijn gewicht van de ene op de andere voet en stond zo een tijdje heen en weer te zwaaien. Het gaf me het gevoel dat ik iets deed.

Waarom had hij opgehangen?

Was het omdat ik over geld was begonnen? Zou hij me straks te-

rugbellen en een bedrag noemen? Moest ik erop wachten? Hoeveel had ik eigenlijk nog op de bank staan?
Ik wachtte nog eens twintig minuten maar er gebeurde niets.
In de daaropvolgende twintig minuten prentte ik mezelf in dat het feit dat hij had opgehangen een soort code moest inhouden. Ik had hem geld aangeboden en nu liet hij me eerst een tijdje zweten voordat hij me terugbelde om een bedrag te noemen, wat ik maar beter klaar kon hebben.
Ik keek naar de telefoon.
Ik wilde dit toestel niet gebruiken, dus pakte ik mijn zaktelefoon en toetste het nummer in van Howard Lewis, mijn bankmanager. Hij had een ander gesprek, dus liet ik de boodschap achter dat hij me moest terugbellen op dit nummer. Het was dringend.
Hij belde na vijf minuten. Met wat ik onlangs in de aandelenhandel had verdiend en het geld dat ik van Van Loon had geleend om mijn appartement in te richten, stond er nog ruim 400.000 dollar op mijn rekening. Aangezien Van Loon zich min of meer over mijn financiën had ontfermd, was Lewis weer een en al gedienstigheid, dus toen ik hem vertelde dat ik een half miljoen in contanten nodig had, en wel zo gauw mogelijk, schrok hij even maar was hij er tegelijkertijd op gebrand me van dienst te zijn. Hij beloofde dat het geld morgenochtend vroeg voor me klaar zou liggen.
Ik ging akkoord. Ik zou er zijn. Ik zette mijn telefoon uit, klapte hem dicht en stak hem in mijn jaszak.
Een half miljoen dollar. Wie zou dat nu weigeren?
Ik ijsbeerde door de kamer, in een boog om de rommel in het midden heen, en wierp om de zoveel tijd een blik in de richting van de telefoon.
Toen die weer begon te rinkelen, sprong ik eropaf, bukte me en nam op in wat op mij overkwam als één enkele beweging.
'Hallo?'
'Meneer Spinola? Met Richie, van de receptie.'
Shit.
'Wat is er? Ik ben bezig.'
'Ik wilde alleen vragen of alles in orde was. Ik bedoel, omdat...'
'Ja, ja, alles is oké. Geen probleem.'
Ik hing op.
Mijn hart bonkte in mijn keel.
Ik stond op en begon opnieuw door de kamer te ijsberen. Ik overwoog even de rommel op te ruimen maar zag er toch van

af. Na een tijdje ging ik op de grond zitten, met mijn rug tegen de muur, starend naar de telefoon en wachtend.
De daaropvolgende acht uur bleef ik zo zitten.

Normaliter zou ik in de middag een dosis MDT hebben genomen, maar nu dat niet mogelijk was, werd ik 's avonds overvallen door vermoeidheid, iets wat ik beschouwde als een eerste afkickverschijnsel. Zo kwam het dat ik echt ging slapen, hoewel het kort en onrustig was. Ik had geen bed, dus legde ik een dekbed en een kussen op de kale vloer en gebruikte die ervoor. Toen ik wakker werd, om vijf uur in de ochtend, had ik een doffe hoofdpijn en voelde mijn keel droog en rauw aan.
Ik deed een halfslachtige poging de rommel op te ruimen, alleen om iets te doen te hebben, maar mijn geest werd beheerst door onrust en angst, dus erg ver kwam ik er niet mee.
Voordat ik naar de bank ging, nam ik twee Excedrin-tabletten. Daarna zocht ik naar mijn antwoordapparaat in een van de kapotgeslagen kisten. Het zag er niet uit alsof het al te veel schade had opgelopen en toen ik het had aansloten, leek het te werken. Ik vond mijn attachékoffertje in een van de andere kisten, trok mijn jasje aan en vertrok. Toen ik beneden in de hal langs de balie liep, keek ik Ritchie niet aan.
In de taxi op weg naar de bank, met het lege attachékoffertje op mijn schoot, werd ik overspoeld door een golf van wanhoop, een gevoel dat de laatste hoop waaraan ik me vastklampte, zowel minimaal als compleet ongefundeerd was. Ik keek door het raampje naar buiten, naar het voorbijschuivende verkeer en de huizen in 34th Street terwijl het gevoel dat de dingen in dit stadium op de een of andere manier nog konden worden omgedraaid, niet langer reëel leek te zijn.
Maar later, in de bank, toen ik naar de pakken bankbiljetten van vijftig en honderd dollar in mijn koffertje keek, kreeg ik een deel van mijn zelfvertrouwen terug. Ik tekende de benodigde papieren, glimlachte beleefd naar de blozende Howard Lewis, wenste hem goedemorgen en vertrok.
Op de terugweg in de taxi, met het gevulde koffertje op mijn schoot, voelde ik een vage opwinding, alsof mijn nieuwe plan niet kon mislukken. Als de man straks belde, kon ik hem een aanbod doen. Of hij zou mij een voorstel doen, waarna we wat zouden onderhandelen en dan zou alles ten slotte goed komen.

Terug in mijn appartement zette ik het koffertje naast de telefoon op de grond. Ik liet het openstaan, zodat ik het geld kon zien. Er stonden geen berichten op mijn antwoordapparaat en ik checkte mijn mobiele telefoon om te zien of er daar een op stond. Ik had één bericht, van Van Loon. Hij begreep dat ik behoefte had aan een paar vrije dagen, maar niet door zomaar weg te blijven. Ik moest hem bellen.

Ik zette de telefoon uit en stak hem in mijn zak.

Tegen de middag begon mijn hoofdpijn steeds erger te worden. Ik bleef Excedrins slikken, maar ze hadden geen effect meer. Ik nam een douche, bleef een eeuwigheid onder het warme water staan om zo de spanning uit mijn nek en schouders te krijgen. De hoofdpijn was begonnen als een brede band vlak achter mijn voorhoofd en ogen, maar halverwege de middag had hij zich uitgebreid tot alle hoeken van mijn schedel en had ik het gevoel dat er iemand met een hamer op mijn hoofd sloeg.

Urenlang ijsbeerde ik door de kamer in een poging de pijn te verdrijven, om de zoveel tijd kijkend naar de telefoon in de hoop dat hij zou overgaan. Ik kon niet begrijpen waarom de man me nog steeds niet had teruggebeld. Ik keek naar mijn koffertje met geld. Daar, op de grond, lag een half miljoen dollar, te wachten totdat er iemand zou langskomen om het mee te nemen...

Vroeg in de avond besefte ik dat rondlopen niet langer hielp. Ik voelde me duizelig, had aanvallen van misselijkheid en beefde over mijn hele lichaam. Het was beter, besloot ik, als ik op mijn geïmproviseerde bed ging liggen, maar ik lag alleen maar te woelen en te draaien, af en toe met mijn handen tegen mijn slapen gedrukt in een hopeloze poging de pijn terug te dringen. Toen het donker werd, zonk ik weg in een koortsachtige slaap waaruit ik steeds weer opschrok. Op een zeker moment werd ik kokhalzend wakker, maar er zat niets in mijn maag dus er kwam ook niets uit. Ik hoestte bloed op, spuugde het op de grond en ging op mijn rug naar het plafond liggen staren.

Die nacht, van donderdag op vrijdag, duurde eindeloos, terwijl ik ook niet wilde dat hij ophield. Naarmate de laatste effecten van MDT verder afnamen, werden mijn angst en onpasselijkheid steeds groter. De knagende onzekerheid vrat zich diep in mijn maagwand en ik bleef maar denken: wat heb ik gedaan? Ik had wilde, vreemde dromen, hallucinaties bijna, waarin ik diverse keren het gevoel had dat ik nu wist wat er die nacht in het Clifden-hotel was gebeurd, maar omdat ik niet langer in staat was onderscheid te maken in wat er aan mijn zieke geest ontsproot en wat ik me echt herinnerde, kwam ik daar ook niet verder mee. Ik zag Donatella Alvarez door de kamer schrijden, net als daarvoor in een lange, zwarte jurk, met de zijkant van haar gezicht onder het bloed, maar het was nu in deze kamer, niet in het hotel, en ik weet nog dat ik me afvroeg dat als ze zo'n harde klap op haar hoofd had gekregen, hoe het dan mogelijk was dat ze zo rustig was, of überhaupt door de kamer kon lopen. Ik droomde ook dat we samen op een bank zaten, in een innige omhelzing, dat ik in haar ogen keek en me verhit en opgewonden voelde, werd overstroomd door onbekende emoties, maar op hetzelfde moment ook dat het mijn eigen oude bank was, die uit mijn appartement in 10th Street, en dat ze in mijn oor fluisterde dat ik mijn aandelen in de technologiesector moest verkopen, nu meteen. Daarna zat ze tegenover me aan tafel in Van Loons eetkamer, een sigaar te roken en geanimeerd te praten – '... want jullie *norteamericanos* begrijpen er niets van, helemaal niets...' – en dat ik ineens zo boos was, dat ik mijn hand uitstak om de dichtstbijzijnde wijnfles te grijpen...

Talloze versies van onze ontmoeting trokken aan me voorbij, allemaal anders – geen sigaar maar een sigaret of een kaars, geen wijnfles maar een stok of een beeldje – die als gekleurde glasscherven na een explosie in slowmotion in het rond vlogen, allemaal met de vluchtige belofte dat ze een kern van waarheid bevatten en tot een objectieve, concrete en betrouwbare herinnering konden worden gemaakt...

Op een gegeven moment rolde ik van het dekbed met mijn handen tegen mijn maag gedrukt en kroop ik over de vloer door het duister naar de badkamer. Na een nieuwe braakaanval, deze keer in de toiletpot, lukte het me overeind te krabbelen. Ik leunde op de wastafel, was enige tijd bezig om de kraan open te krijgen en plensde een paar handen koud water in mijn gezicht. Toen ik opkeek, zag ik mijn gezicht in de spiegel, spookachtig en nauwelijks zichtbaar, met mijn ogen als enig teken van leven.

Ik strompelde terug naar de woonkamer, waar de rommel op de vloer, de omver geschopte dozen, de neergegooide kleren en het koffertje met geld leken op grillige rotsformaties bij nacht. Bij de telefoon leunde ik tegen de muur en liet me erlangs naar beneden zakken totdat ik op de grond zat. De eerstvolgende uren bleef ik daar zitten, totdat het eerste daglicht naar binnen kwam en de kamer zijn ongewijzigde vorm weer begon aan te nemen.

En ik wist zelfs tot een soort status-quo met mijn hoofdpijn te komen, want als ik doodstil bleef zitten en me absoluut niet verroerde, nam die af tot een gedempt, ritmisch geklop...

# 27

Toen om een paar minuten over negen de telefoon naast me begon te rinkelen, schrok ik op alsof er een stroomstoot van duizend volt door mijn hersenen ging.

Ik boog naar rechts, kromp ineen van de pijn en nam met trillende hand de hoorn op.

'Hallo?'

'Meneer Spinola, met Richie, van de receptie.'

'O.'

'Er is hier een meneer... Gennady voor u? Zal ik hem naar boven sturen?'

Vrijdagochtend.

Vanochtend, of inmiddels gisterochtend.

Ik wachtte even en zei toen: 'Ja.'

Ik legde de hoorn terug. Hij mocht me wat mij betrof zien; dan wist hij meteen wat hemzelf binnenkort te wachten stond.

Ik krabbelde overeind van de vloer en elke beweging joeg een nieuwe serie stroomstoten door mijn hoofd. Toen ik uiteindelijk rechtop stond, zag ik dat ik in een plas van mijn eigen urine stond, dat mijn overhemd vol bloed en kotsvlekken zat en ik trilde over mijn hele lichaam.

Ik keek naar mijn koffertje vol geld en de telefoon ernaast en vroeg me af hoe ik zo stom, zo naïef had kunnen zijn. Ik keek naar het raam. Het was een mooie, heldere dag. Toen liep ik naar de deur, heel langzaam, en deed hem alvast open.

Ik deed weer een paar passen de kamer in en draaide me naar de deur. Aan mijn voeten stond een gescheurde kartonnen doos, met de inhoud – potten, pannen en keukengerei – ernaast op de grond.

Als een oude man stond ik daar, bevend, voorovergebogen, overgeleverd aan de genade van alles wat me omringde. Ik hoorde de liftdeuren opengaan, gevolgd door voetstappen, en even later stond Gennady in de deuropening.

'Wauw! Shit!'
Hij keek geschrokken om zich heen, naar mij, naar de rommel, het reusachtige formaat van de kamer en het raam, zo te zien niet goed wetend of hij nu afkeer of ontzag moest tonen. Hij droeg een pak met een krijtstreepje en twee rijen knopen, een zwart overhemd en geen das. Hij had zijn hoofd kaalgeschoren en een modieus stoppelbaardje laten staan.
Hij bekeek me een paar keer van top tot teen en zei toen: 'Wat is er verdomme met je aan de hand?'
Ik mompelde iets terug.
Hij kwam verder de kamer in, liep in een boog om de rotzooi heen, naar het raam, dat hem, nam ik aan, onweerstaanbaar aantrok, zoals mij tijdens mijn eerste bezoek met Alison Botnick ook was gebeurd.
Ik voelde me misselijk en bleef doodstil staan.
'Een hele verbetering vergeleken bij die varkensstal die je in 10th Street had.'
Ik hoorde hem achter me langs het grote raam lopen.
'Shit, je kunt hier alles zien. Gaaf.'
Gaaf?
'Daar is het Empire State Building, het World Trade Center, Brooklyn. Dit bevalt me wel. Weet je, misschien kom ik hier ook wel wonen.' Ik hoorde aan zijn stem dat hij zich had omgedraaid. 'Misschien neem ik dit appartement wel, kom ik bij je wonen. Hoe zou je dat vinden, rukker?'
'Geweldig, Gennady,' zei ik, me half omdraaiend. 'Ik was al op zoek naar een huisgenoot. Dan kunnen we de kosten delen.'
'Moet je hem horen, de komiek die in zijn broek heeft gescheten.'
Ik dacht al dat ik iets rook.
'Nou, Eddie, wat is hier verdomme aan de hand?'
Hij liep langs de rommel naar de andere kant van de kamer, zodat hij voor mij weer in beeld verscheen, en toen hij het koffertje met geld zag, bleef hij staan.
'Jezus, je houdt echt niet van banken, hè?'
Hij stond met zijn rug naar me toe, boog zich voorover, pakte een paar stapels bankbiljetten uit het koffertje en liet zijn duim erlangs gaan.
'Dit moet minstens drie-, vierhonderdduizend dollar zijn.' Hij floot. 'Ik weet niet waar je mee bezig bent, Eddie, maar als je nog meer van dit spul hebt, zou je eens aan investeren moeten

denken. Mijn importbedrijf komt binnenkort van de grond, dus als je erin wilt deelnemen, kunnen we wel eens over een prijs praten.'
Over een prijs praten?
Gennady wist het nog niet, maar hij zou binnenkort dood zijn, over een paar dagen, als zijn voorraad MDT op was.
'Nou,' zei hij terwijl hij overeind kwam en zich omdraaide, 'wanneer ga ik die dealer van je ontmoeten?'
Ik keek hem aan en zei: 'Die ga je niet ontmoeten.'
'Wat?'
'Je gaat hem niet ontmoeten.'
Hij zweeg, ademde uit door zijn neus en bleef me zeker tien seconden aankijken. Toen stak hij zijn hand in zijn zak en haalde zijn mes eruit. Hij knipte het open en hield het omhoog.
'Ik was al bang dat dit zou gebeuren.' Hij ging met zijn vinger langs het lemmet. 'Dus heb ik wat huiswerk gedaan. Ik ben een paar dingen over je te weten gekomen, Eddie.'
Ik slikte.
'Je hebt het de laatste tijd aardig gedaan met je overnamen en je zakelijke partners, hè?' Hij draaide zich om en liep naar de andere kant van de kamer. 'Maar ik denk niet dat Carl van Loon en de anderen zo blij zullen zijn als ze horen over je drugsgebruik. In de pers zal het ook niet goed staan.'
Hij stond met zijn rug naar me toe en op dat moment viel mijn blik op iets. Het stak uit een gescheurde doos met keukengerei.
'Het is opmerkelijk,' zei hij, 'wat je kunt ontdekken over iemands verleden, wist je dat?'
Terwijl hij aan het woord was, boog ik me voorover naar de doos. Uit de zijkant stak het houten heft van een roestvrijstalen vleesmes. Ik pakte het vast en trok het voorzichtig uit de doos. Mijn hoofd bonste van de inspanning om mijn hand stil te houden, om over het vooroverbuigen maar helemaal te zwijgen. Ik richtte me langzaam op en hield de hand met het mes achter mijn rug.
Gennady draaide zich om.
'En je bent ooit getrouwd geweest, hè?'
Hij kwam mijn kant weer op lopen.
'Voor hoelang, wat... vijf maanden?'
Hij bleef even staan en deed toen nog een paar stappen naar me toe.
'Hoe heette ze ook alweer?'

Hij bracht het mes omhoog en zwaaide het heen en weer voor mijn gezicht. Ik kon zijn adem ruiken en mijn hart en hoofd bonkten in hetzelfde tempo.

'Melissa.'

'Ja,' fluisterde hij, 'Melissa...'

Ik deed opeens mijn ogen wijder open en keek over zijn schouder. Toen hij zijn hoofd omdraaide om te zien waar ik naar keek, haalde ik diep adem en stak ik het vleesmes met een enkele, snelle beweging in zijn buik. Tegelijkertijd legde ik mijn linkerhand in zijn nek en trok hem naar voren terwijl ik het mes met al mijn kracht door duwde en naar boven probeerde te richten. Gennady maakte een laag, gorgelend geluid en zwaaide hulpeloos met zijn armen om zich heen alsof ze ineens een eigen leven waren gaan leiden. Ik gaf het mes nog een laatste stoot en moest het toen loslaten. Het had me een reusachtige krachtsinspanning gekost en happend naar adem wankelde ik achteruit. Daarna leunde ik tegen een van de ramen en keek toe terwijl Gennady me zwaaiend op zijn benen bleef aanstaren. Zijn mond stond open en hij had zijn beide handen om het heft van het mes geklemd, het enige deel dat er nog van te zien was.

Het kloppen in mijn hoofd was zo heftig, dat de gruwelijkheid van de aanblik, van wat ik had gedaan, maar nauwelijks tot me doordrong. Bovendien maakte ik me zorgen over wat er nu ging gebeuren.

Gennady deed een paar stappen mijn kant op. De blik op zijn gezicht was er een van verbijstering en woede. Ik dacht dat ik een stap opzij zou moeten doen om hem te ontwijken, maar hij struikelde vrijwel onmiddellijk over een gescheurde kartonnen doos en stortte neer op een berg grootformaat foto- en kunstboeken. De val dreef het mes nog dieper zijn lijf in, blijkbaar ver genoeg, want hij bleef doodstil liggen.

Ik wachtte een paar minuten, keek en luisterde aandachtig, maar hij bewoog zich niet meer en maakte geen enkel geluid.

Uiteindelijk liep ik heel langzaam naar de plek waar hij was neergestort. Ik boog me voorover, legde mijn vingers op zijn hals en zocht naar een hartslag, maar die was er niet meer. Toen schoot me iets anders te binnen en met een laatste krachtsinspanning pakte ik zijn arm vast en rolde ik hem op zijn rug. Het heft van het mes stak schuin uit zijn buik en zijn zwarte overhemd was doorweekt met bloed. Ik haalde een paar keer diep adem en probeerde niet naar zijn gezicht te kijken.

Met mijn ene hand trok ik de pand van zijn jasje recht terwijl ik mijn rechterhand in de borstzak liet glijden. Ik had eigenlijk niet gedacht dat ik iets zou vinden, maar toen voelde ik iets wat koel en hard was. Ik klemde het tussen mijn vingertoppen en trok mijn hand terug. Ik hield het voor me terwijl mijn hart wild bonkte in mijn borstholte, en schudde het toen heen en weer. Het zilveren pillendoosje maakte een zeer welkom, zacht ratelend geluid.

Ik stond op en liep terug naar het raam. In een vergeefse poging het bonken in mijn hoofd te stoppen bleef ik even doodstil staan. Toen leunde ik met mijn rug tegen het raam en liet ik me langzaam in een zithouding zakken. Mijn handen trilden nog steeds, dus klemde ik het doosje tussen mijn knieën, en moest me tot het uiterste concentreren om het deksel eraf te krijgen. Het lukte ten slotte, ik legde het opzij en keek in het doosje. Er zaten vijf pillen in. Opnieuw moest ik me tot het uiterste concentreren om er drie uit te halen en in mijn handpalm te leggen.

Ik rustte even uit, deed mijn ogen dicht en zonder het te willen beleefde ik de voorafgaande minuten opnieuw, in schokkende flitsen, maar heel accuraat. Toen ik mijn ogen weer opendeed, zag ik Gennady's geschoren hoofd als een oude leren voetbal voor me liggen, met daarachter de rest van zijn lichaam, boven op de stapel boeken. Ik liet de drie pillen in mijn mond glijden en slikte ze door.

De daaropvolgende twintig minuten zat ik voor me uit te staren en voelde ik de pijn in mijn hoofd langzaam wegtrekken, als een zwaarbewolkte lucht die begint op te klaren. Het trillen van mijn handen nam ook af en geleidelijk aan begon ik me weer enigszins normaal te voelen, althans binnen de normen van MDT. Het was echter uitstel van executie en dat wist ik. Ik wist ook dat Gennady's mannen waarschijnlijk beneden op hem stonden te wachten en er een mogelijkheid bestond dat ze ongeduldig of zelfs bezorgd zouden worden, wat de zaak heel gecompliceerd zou kunnen maken.

Ik deed het deksel op het pillendoosje en liet het in mijn zak glijden. Toen ik opstond, viel mijn blik weer op de vlekken op mijn overhemd en de andere sporen van algehele aftakeling. Ik liep naar de badkamer en knoopte onderweg mijn overhemd open. Ik trok de rest van mijn kleren uit en nam snel een douche. Daarna trok ik schone kleren aan, een spijkerbroek en een wit overhemd, en overtuigde me ervan dat het pillendoosje meeverhuisde naar de zak van mijn spijkerbroek. Toen liep ik naar de telefoon op de grond, belde inlichtingen en kreeg het nummer van een plaatselijke taxidienst. Ik bestelde een wagen voor meteen en gaf opdracht dat ze me aan de achteruitgang van het gebouw moesten oppikken. Daarna stopte ik snel een paar dingen in mijn reistas, waaronder mijn laptop. Ik pakte het attachékoffertje met geld, klikte het dicht, liep met mijn bagage naar de voordeur en deed hem open.

Ik bleef even in de deuropening staan en keek nog even achterom, de kamer in. Gennady was nauwelijks te zien te midden van de puinhoop van kisten, dozen, kleren en potten en pannen. Maar toen zag ik een klein stroompje bloed zijn weg zoeken naar een kaal gedeelte van de vloer, en toen ik een tweede stroompje zag, werd ik weer overvallen door een gevoel van misselijkheid en moest ik tegen de deurpost leunen om mezelf in evenwicht te houden. Op dat moment begon er midden in de kamer ineens iets te piepen. Mijn hart sloeg een slag over, maar toen het gepiep overging in een elektronische versie van het hoofdthema van Tsjaikovski's eerste pianoconcert, besefte ik dat het geluid afkomstig moest zijn van Gennady's mobiele telefoon. De zhuliks beneden begonnen blijkbaar onrustig te worden en zouden straks ongetwijfeld naar boven komen. Aangezien ik dus maar beter kon opschieten, draaide ik me om en trok de voordeur achter me dicht.

Ik nam de lift naar de parkeergarage in de kelder en liep langs de rijen geparkeerde auto's en betonnen pilaren naar de uitgang aan de andere kant van de reusachtige ruimte. Even later liep ik de boogvormige afrit op en stond ik buiten. Vijftig meter links van me, bij het laadperron, waren twee vrachtwagens spullen aan het uitladen, vermoedelijk voor een van de restaurants in het Celestial. Ik wachtte een minuut of vijf en zorgde dat ik uit het zicht bleef, totdat er een onopvallende zwarte auto kwam aanrijden. Ik wenkte de chauffeur en hij stopte. Ik gooide mijn koffertje en reistas op de achterbank en stapte in. Nadat ik een paar keer diep had ademgehaald, zei ik tegen de chauffeur dat hij Henry Hudson Parkway in noordelijke richting moest nemen. Hij trok op, reed langs de achterkant van het gebouw en sloeg links af. De verkeerslichten bij het volgende blok stonden op rood en toen de taxi stilhield, draaide ik me om en keek door de achterruit. Langs de stoeprand van het plein stond een Mer-

cedes en ernaast op de stoep stonden twee mannen in leren jacks te roken. De ene keek omhoog naar het gebouw.
Het licht sprong op groen en toen we optrokken, kwamen er opeens drie politiewagens aanrijden. Ze stopten op het plein en het laatste wat ik kon zien, was dat er vijf of zes uniformagenten uit sprongen, die naar de hoofdingang van het Celestial renden.
Ik draaide me weer om. Ik begreep er niets van. Sinds ik uit mijn appartement was vertrokken, was er lang niet genoeg tijd verstreken voor iemand om naar boven te gaan, naar binnen te gaan en de politie te bellen...
Dit kon gewoon niet.
Ik zag dat de chauffeur in zijn achteruitkijkspiegel naar me zat te kijken. Hij bleef me een paar seconden aanstaren.
Toen wendden we allebei onze blik af.

# 28

We bleven in noordelijke richting rijden.
Zodra we op Interstate 87 zaten, begon de spanning iets af te nemen. Ik leunde naar achteren, keek naar buiten en zag de kilometers langs me heen flitsen totdat ze langzaam maar zeker overgingen in een ritmische, hypnotiserende golf die me in staat stelde mijn gedachten de vrije loop te laten over wat er de afgelopen dagen en uren was gebeurd en met name over wat ik zojuist met Gennady had gedaan. Maar na bijna drie kwartier gingen mijn gedachten als vanzelf terug naar de vraag wat ik nu moest doen, en naar de nabije toekomst, de enige soort toekomst die me nog restte.
Ik vroeg de chauffeur af te slaan en me naar Scarsdale of White Plains te brengen. Hij dacht er even over na, woog af wat de beste optie was en zette me ten slotte af in het centrum van White Plains. Ik betaalde hem en in de vage hoop dat hij zijn mond zou houden, gaf ik hem honderd dollar extra.
Ik wandelde een tijdje rond met mijn reistas en koffertje, hield ten slotte een taxi aan op Westchester Avenue en liet me naar het dichtstbijzijnde autoverhuurbedrijf brengen, waar ik met behulp van mijn creditcard een Pathfinder huurde. Vervolgens reed ik White Plains uit en nam Interstate 684 in noordelijke richting.
Ik passeerde Katonah en bij Croton Falls sloeg ik links af voor Mahopac. Nu ik de snelweg had verlaten en door de stille, heuvelachtige en bosrijke omgeving reed, voelde ik me misplaatst en tegelijkertijd heel sereen, alsof ik al in een andere dimensie terecht was gekomen. De onbekende omgeving en de snelheid waarmee ik me voortbewoog, maakte het onwerkelijke gevoel dat ik had alleen maar groter. Ik had al eeuwen niet achter het stuur van een auto gezeten, al helemaal niet buiten de stad en met zo'n hoge snelheid in een compleet onbekende omgeving...
Toen ik Mahopac binnenreed, moest ik vaart minderen. Boven-

dien moest ik nadenken over waar ik mee bezig was en wat ik ging doen. Het kostte geruime tijd voordat ik me het adres herinnerde dat Melissa in de bar in Spring Street voor me had opgeschreven. Uiteindelijk wist ik het weer en zodra ik een benzinestation zag, stopte ik om een plattegrond te kopen, zodat ik kon uitzoeken waar ze woonde.

Tien minuten later had ik het gevonden.

Ik reed Milford Drive in en stopte langs de stoeprand bij het derde huis links. Het was een rustige straat vol bomen. Ik pakte mijn reistas van de achterbank, zocht in het zijvak en haalde er een notitieboekje en pen uit. Daarna pakte ik het koffertje van de passagiersstoel en legde het op mijn schoot. Ik scheurde een bladzijde uit het notitieboekje, schreef er een paar regels op, opende het koffertje, staarde een paar seconden naar het geld en legde het briefje er goed zichtbaar bovenop.

Ik stapte uit, trok het koffertje achter me aan en liep het paadje naar het huis op. Aan beide kanten ervan waren grasstroken en in een ervan lag een kinderfiets. Het was een huis van één verdieping, met buitenwanden van grijze overnaadse planken en een paar treden die naar de veranda aan de voorkant leidden. Het zag eruit alsof het wel een lik verf kon gebruiken, en misschien wel een nieuw dak.

Ik liep de treden op en bleef even op de veranda staan. Ik probeerde naar binnen te kijken maar er zat een hor voor de deur en ik kon weinig zien. Ik klopte op de deurpost.

Mijn hartslag versnelde.

Even later ging de deur open en stond er een mager meisje van een jaar of acht voor mijn neus. Ze had lang, donker steil haar en diepbruine ogen. Ze moest de verbazing op mijn gezicht hebben gezien, want ze fronste haar wenkbrauwen en vroeg beleefd: 'Ja?'

'Jij bent zeker Ally,' zei ik.

Daar moest ze even over nadenken, maar ten slotte knikte ze bevestigend. Ze had een rood vestje en een roze legging aan.

'Ik ben een oude vriend van je moeder.'

Dat scheen weinig indruk op haar te maken.

'Ik heet Eddie.'

'Wil je mama spreken?'

Er zat een licht ongeduldige ondertoon in haar stem en lichaamstaal, alsof ze wilde dat ik een beetje opschoot, zodat ze kon doorgaan met waar ze mee bezig was voordat ik haar kwam storen.

Ergens binnen in het huis vroeg een stem: 'Ally, wie is dat?'
Het was Melissa. Opeens leek alles een stuk moeilijker dan ik had verwacht.
'Het is... een man.'
'Ik...' Ze was even stil, maar haar stem klonk zowel besluiteloos als vol verwachting. '... ik kom zo. Vraag hem of hij wil wachten.'
'Mama is mijn zusjes haar aan het wassen,' voegde Ally er ongevraagd aan toe.
'Dat moet Jane zijn, nietwaar?'
'Ja, ze kan het zelf niet, en het duurt een eeuwigheid.'
'Hoe komt dat?'
'Omdat het zo lang is.'
'Langer dan jouw haar?'
Ze maakte een puffend geluid alsof ze wilde zeggen: ho even, wat weet jij daar nou van?
'Hoor eens,' zei ik, 'jullie hebben het blijkbaar allemaal druk.' Ik zweeg even en toen ik haar recht in de ogen keek, voelde ik iets wat op hoogtevrees leek, terwijl ik toch met beide voeten op de grond stond. 'Als ik dit nou gewoon aan jou geef en jij zegt tegen je moeder dat ik hier was en dat ik dit heb afgegeven...'
Ik wilde vooral niet te opdringerig overkomen dus boog ik me iets naar voren en zette het koffertje net achter de drempel op de grond.
Ze verroerde zich niet toen ik dat deed, keek alleen maar argwanend naar het koffertje. Ik deed twee stappen naar achteren en ze keek me weer aan.
'Mama zei dat u moest wachten.'
'Dat weet ik, maar ik heb haast.'
Ze zei niets, leek na te denken over de redelijkheid hiervan, geïntrigeerd nu en blijkbaar vergeten wat ze aan het doen was voordat ik kwam.
'Ally, ik kom.'
De verwachting in Melissa's stem raakte me diep en ik moest hier weg voordat ze kwam. Ik was van plan geweest haar te zeggen dat ze het koffertje niet moest openmaken voordat ik weg was. Nu maakte het niet meer uit.
Ik liep achteruit de treden af.
'Ik moet gaan, Ally. Het was leuk je te ontmoeten.'
Ze fronste haar wenkbrauwen weer, alsof ze niet goed begreep wat eraan de hand was. Met een klein stemmetje zei ze: 'Mama komt eraan.'

Ik liep door en zei: 'Weet je nog hoe ik heet?'
Met een nog kleiner stemmetje zei ze: 'Eddie.'
Ik glimlachte.
Ik had nog wel uren naar haar kunnen kijken, maar ik moest verder, dus draaide ik me om. Ik liep terug naar de auto, stapte in en startte de motor.
Toen ik wegreed, zag ik vanuit mijn ooghoek iets bewegen bij de voordeur van het huis. En toen ik bij de eerste kruising kwam en in mijn achteruitkijkspiegel keek, zag ik Melissa en Ally hand in hand midden op straat staan.

Ik reed langs Newburgh en nam daar Interstate 87 in noordelijke richting met het plan door te rijden tot Albany en daar verder te zien.
Het was vroeg in de middag toen ik de buitenwijken van de stad binnenreed. Ik reed door richting centrum en parkeerde ten slotte in een zijstraat van Central Avenue, waar ik twintig minuten in de auto bleef zitten en naar het stuur staarde.
Maar wat nu?
Ik stapte uit en begon te lopen, zonder specifiek plan. Onder het lopen speelde de scène met Ally Gant zich keer op keer af in mijn geest. Haar gelijkenis met Melissa was zo groot geweest, dat de ontmoeting een grote indruk op me had gemaakt en nieuwe, onverwachte emoties van verbondenheid en hoop in me had opgewekt.
Terwijl ik liep voelde ik ook Gennady's zilveren pillendoosje in de zak van mijn spijkerbroek. Over een paar uur, wist ik, zou het tijd zijn om het doosje open te doen, de laatste twee pillen eruit te halen en ze door te slikken; een simpele opeenvolging van handelingen die helemaal niets met verbondenheid en hoop te maken had.

Doelloos liep ik door.
Na ongeveer een halfuur besloot ik dat het geen zin had om nog verder te gaan. Het zag ernaar uit dat het straks zou gaan regenen en bovendien had de onbekendheid met de drukke winkelstraten een verontrustend, desoriënterend effect op me.
Ik draaide me om en begon terug te lopen naar de auto. Maar halverwege stond ik ineens voor een etalage van een winkel in elektrische apparaten en keek ik naar vijftien tv's die in drie rijen van vijf op elkaar waren gestapeld. Op alle schermen was het ge-

zicht van Donatella Alvarez te zien, in close-up en me recht aanstarend. Zo te zien stond ze iets voorovergebogen, want haar lange, donkerbruine haar hulde een deel van haar gezicht en haar grote, sprekende ogen in schaduw.

Als versteend bleef ik op de stoep staan terwijl de mensen langs me heen liepen. Ik ging dichter bij de etalageruit staan en zag hoe het nieuwsbericht werd vervolgd door buitenopnamen van Actium en het Clifden-hotel. Vervolgens schoof ik langs het raam naar de open deur om te kunnen horen wat er werd gezegd, maar het geluid stond heel zacht en werd overstemd door het langsrijdende verkeer, zodat ik alleen korte fragmenten opving. Bij een shot van 48th Street meende ik iets te horen als: '... volgens een verklaring die vanmiddag is afgelegd door Carl van Loon.' En even daarna: '... op grond van de schade die de overname door de negatieve publiciteit heeft opgelopen.' En toen – ik moest me echt inspannen om het te kunnen horen – iets als: '... negatieve invloed op de prijs van het aandeel...'

Geschokt keek ik om me heen.

Achter in de winkel, in een nis, stond nog een batterij tv's die waren afgestemd op hetzelfde kanaal. Snel liep ik de winkel door, langs de videorecorders, DVD-spelers, hifi-apparatuur en gettoblasters, en was ik net op tijd om te zien hoe werd overgeschakeld naar beelden van de persconferentie, die waarin de camera aan de voorkant van de zaal van links naar rechts zwenkte. Met een hol gevoel in mijn maag wachtte ik af, en toen, twee seconden later... daar was ik, op het scherm, in mijn pak, lopend van rechts naar links terwijl ik in de camera keek. Er was een merkwaardig afwezige uitdrukking op mijn gezicht, die me niet was opgevallen toen ik de beelden voor de eerste keer zag.

Ik luisterde naar het verslag maar kon het nauwelijks bevatten. Er was die avond iemand in Actium geweest – waarschijnlijk de kalende kunstcriticus met de peper- en zoutkleurige baard – die de beelden van de persconferentie had gezien en me had herkend als de man die in het restaurant tegenover Donatella Alvarez had gezeten en die haar later in de receptie had aangesproken.

Na de beelden van de persconferentie werd overgeschakeld naar een reporter die voor het Celestial stond. '... op grond van deze nieuwe aanwijzing,' zei de reporter, 'is de politie naar Eddie Spinola's appartement hier in de West Side gegaan om hem te ondervragen, maar het enige wat ze daar aantrof was het lijk van een onbekende man van wie wordt aangenomen dat hij deel

uitmaakte van een Russische criminele organisatie. De man was doodgestoken, wat inhoudt dat Eddie Spinola...' Ze schakelden weer terug naar beelden van de persconferentie. '... nu door de politie wordt gezocht in verband met twee moorden...'
Ik draaide me om en liep snel en zonder iemand aan te kijken naar de uitgang van de winkel. Buiten sloeg ik rechts af en liep langs de etalage, waar de vijftien tv-schermen nog steeds beelden van de persconferentie vertoonden.
Op weg naar de auto liep ik een drogisterij binnen, waar ik een grote pot paracetamol kocht. Daarna kocht ik bij een slijter twee flessen Jack Daniels.
Terug in de auto reed ik zo snel mogelijk Albany uit en zette ik opnieuw koers naar het noorden.

Ik vermeed de Interstates, nam secundaire wegen en kwam langs plaatsjes als Schenectady, Saratoga Springs en later Adirondacks. Via een willekeurige route kwam ik ten slotte bij Schroon Lake terecht, me totaal onbewust van de mooie natuur om me heen en met een hoofd dat duizelde van een eindeloze opeenvolging van warrige beelden. Ik reed Vermont binnen, bleef de secundaire wegen volgen en passeerde op die manier Vergennes, Burlington en daarna Morrisville en Barton.
Ik was nu zeven tot acht uur onderweg en was één keer gestopt om te tanken, bij welke gelegenheid ik de laatste twee pillen uit het zilveren doosje nam en inslikte.

Om een uur of tien stopte ik bij de Northview Motor Lodge. Het had geen zin om verder door te rijden. Het was al helemaal donker en waar moest ik trouwens naartoe? Naar Maine? New Brunswick? Nova Scotia?
Ik checkte in onder een valse naam en betaalde met contant geld, vooruit.
Voor twee dagen.
Nadat ik de ergste schok van de kleuren en inrichting van de kamer had verwerkt, ging ik op het bed naar het plafond liggen staren.
Volgens de nieuwsuitzending die ik zonet had gezien was ik nu een gezochte moordenaar. Dat was niet helemaal zoals ik mezelf zag, maar gezien de omstandigheden wist ik dat het knap moeilijk zou worden om anderen zover te krijgen dat ze het met me eens zouden zijn.

Het is een lang verhaal, zou ik moeten zeggen.
En dan zou ik het hele verhaal moeten vertellen.
Ik wist niet precies of ik het op dat moment had beseft, maar het was om die reden dat ik mijn laptop had meegenomen. Het laatste zinnige dat ik nog kon doen, was mijn verhaal vertellen, zodat anderen het konden lezen. Ik bleef nog een tijdje op bed liggen om erover na te denken. Maar toen bedacht ik dat ik niet veel tijd meer had om iets zinnigs te doen.
Dus stond ik op.
Ik zette de tv aan, maar met het geluid uit. Daarna haalde ik de laptop en een van de flessen Jack Daniels uit de reistas en zette de plastic pot met paracetamoltabletten op het nachtkastje. Toen nam ik plaats in deze rieten stoel en terwijl de ijsmachine op de gang een zacht zoemend geluid maakte, begon ik te schrijven.

Het is nu zaterdag, vroeg in de ochtend, en ik begin moe te worden. Het is een van de eerste tekenen dat de MDT uitgewerkt raakt, dus het is maar goed dat ik min of meer klaar ben.
Maar klaar met wat?
Is dit een eerlijk en waar verslag van hoe ik er bijna in ben geslaagd het onmogelijke te bereiken en de beste en de slimste te worden? Is dit het verhaal over een hallucinatie, een droom over perfectie? Of is dit het verhaal van een menselijk proefkonijn dat is gedrogeerd, geobserveerd en gefotografeerd en vervolgens is afgedankt? Of is dit gewoon de laatste bekentenis van een moordenaar?
Ik weet het niet meer, en ik weet ook niet of het nog iets uitmaakt.
Ik begin me trouwens duizelig en zwak te voelen.
Ik denk dat ik even ga liggen.

Ik heb net vijf uur liggen slapen, onrustig liggen woelen en draaien. De hele tijd heb ik het gevoel gehad dat ik in een angstdroom zat en toen ik wakker werd, had ik een hoofdpijn die vlak achter mijn ogen begon maar zich al snel uitbreidde tot de rest van mijn hoofd. Gedesoriënteerd, duizelig en misselijk ben ik opgestaan, weer hier in de rieten stoel gaan zitten en heb ik de laptop weer op mijn schoot gezet.
Het loopt nu tegen de middag en de tv staat nog steeds aan, afgestemd op CNN.

Het is duidelijk dat er sinds gisteravond of vanochtend vroeg belangrijke dingen zijn gebeurd, want ik zie beelden van oorlogsschepen in de Golf van Mexico, grondtroepen die in het grensgebied zijn gestationeerd en staatssecretaris van Defensie Caleb Hale in spoedoverleg met de voorzitter van de verenigde chefs van staven.
Aan de onderkant van het scherm loopt een band waarop een tekst aankondigt dat de president zo meteen het volk zal toespreken vanuit de Oval Office.
Ik knijp mijn ogen even dicht en als ik ze weer opendoe, zie ik de president achter zijn bureau zitten. Ik kan het niet opbrengen het geluid aan te zetten, en als ik hem goed bekijk en de alerte, zelfingenomen MDT-blik in zijn ogen zie, merk ik dat ik ook zijn aanblik niet langer kan verdragen. Ik pak de afstandsbediening en zap naar een ander kanaal, cartoons.
Ik kijk naar het scherm van mijn laptop en klik op Save.
Mijn hoofd klopt en het wordt steeds erger, dus ik weet dat het tijd is om de computer af te sluiten en weg te zetten.
Ik kijk naar het nachtkastje naast het bed en de plastic pot met 150 paracetamoltabletten. Dan kijk ik weer naar het scherm van de laptop en terwijl ik wens dat het commando een bredere, meeromvattende toepasbaarheid had en deed wat het beloofde, klik ik nogmaals op Save.